EMMA SCOTT
We Conquer the Dark

EMMA SCOTT

WE
CONQUER
THE
DARK

Roman

Ins Deutsche übertragen
von Inka Marter

LYX in der Bastei Lübbe AG

Die Bastei Lübbe AG verfolgt eine nachhaltige Buchproduktion.
Wir verwenden Papiere aus nachhaltiger Forstwirtschaft und
verzichten darauf, Bücher einzeln in Folie zu verpacken. Wir stellen
unsere Bücher in Deutschland und Europa (EU) her und arbeiten
mit den Druckereien kontinuierlich an einer positiven Ökobilanz.

NACHHALTIG
PRODUZIERT

MIX
Papier | Fördert
gute Waldnutzung
FSC® C014496

Die Originalausgabe erschien 2021
unter dem Titel »The Sinner«
Copyright © 2021 by Emma Scott Books, LLC

Für die deutschsprachige Ausgabe:
Copyright © 2024 by
Bastei Lübbe AG, Schanzenstraße 6–20, 51063 Köln

Vervielfältigungen dieses Werkes für das Text- und Data-Mining
bleiben vorbehalten.

Textredaktion: Uta Dahnke
Innenillustrationen: Mary Ann Martinez
Umschlaggestaltung: © Franziska Stern, @coverdungeonrabbit,
unter Verwendung von Motiven von © www.freepik.com
Satz: Greiner & Reichel, Köln
Gesetzt aus der Adobe Caslon
Druck und Verarbeitung: GGP Media GmbH, Pößneck

Printed in Germany
ISBN 978-3-7363-2217-2

1 3 5 7 6 4 2

Weitere Informationen unter:
lyx-verlag.de
luebbe.de | lesejury.de

Triggerwarnung

Liebe Leser:innen,

dieses Buch enthält potenziell
triggernde Inhalte.
Deshalb findet ihr auf Seite 361
eine Triggerwarnung.

PLAYLIST

Godsmack: *Voodoo* (Vorspann)
The Weeknd: *Scared to Live*
INXS: *Devil Inside*
Chris de Burgh: *Lady in Red*
Imagine Dragons: *Follow You*
No Doubt (feat. Lady Saw): *Underneath It All*
The Rolling Stones: *Sympathy for the Devil*
Taylor Swift (feat. Bon Iver): *exile*
Billie Eilish: *all the good girls go to hell*
Mumford & Sons: *Thistles & Weeds*
Ed Sheeran: *Thinking Out Loud* (Abspann)

VORBEMERKUNG DER AUTORIN

Die Vorstellungen von Leben, Tod und dem dazwischen, wie sie in diesem Roman beschrieben werden, entstammen allein meiner Fantasie und sind keinesfalls dazu gedacht, einer existierenden Religion recht zu geben oder sie zu widerlegen. Dazu fehlt mir ohnehin die Kompetenz; die Geheimnisse des Universums werden Geheimnisse bleiben, bis wir selbst ins Unbekannte treten. Dieser Roman ist meine Art, diese Geheimnisse zu betrachten, um bestimmte Ereignisse in meinem Leben besser zu verstehen, aber es war auch das reine Vergnügen, meiner Fantasie freien Lauf zu lassen. Außerdem ist das Buch eine tief empfundene Ode an den Liebesroman und an die Träumer:innen und Romantiker:innen (Romance-Leser:innen), die den Wert und die Macht von Liebesgeschichten verstehen.

GLOSSAR
(fiktional und nicht-fiktional)

Andere Seite: Sphäre, in die eine Seele vor dem nächsten Leben nach dem Tod zurückkehrt. Die Sphäre der Engel und Dämonen. Der menschliche Verstand kann die Andere Seite nicht vollkommen verstehen, und etwas darüber zu wissen oder sich daran zu erinnern würde dem Zweck des Lebens zuwiderlaufen. (Siehe: VERGESSEN)

Anikorpus: Die tierische Gestalt, die ein Dämon annimmt, um sich auf Dieser Seite frei bewegen zu können. Nicht mit einer/einem Vertrauten zu verwechseln.

Auslöschung: Ganz aufhören zu existieren. Ultimative und dauerhafte Nichtexistenz. »Der Tod für die Toten.« Nur sehr mächtige Dämonen können andere Dämonen auslöschen, und das auch nur, wenn die- oder derjenige gerade ihre/seine menschliche Gestalt angenommen hat.

Babylonisches Reich: Reich in Mesopotamien zwischen dem 19. und 15. Jahrhundert v. u. Z., dann erneut vom 7. bis zum 6. Jahrhundert v. u. Z.

Bruderschaft: Zwölf hochrangige Dämonen, die direkt dem Großherzog Casziel unterstellt sind und seine Legionen befehligen.

Dämon: Seele, die sich als böse Energie offenbart.

Diener: Jeder Dämon, der einem mächtigeren Dämon dient. Hochrangige Dämonen haben ganze Armeen von Dienern.

Diese Seite: Das irdische Leben.

Dschinn: Dämon, der für eine gewisse Zeit oder bis zur Erfüllung bestimmter Bedingungen als dienstbarer Geist an einen bestimmten Ort, einen Menschen oder einen anderen Dämon gebunden ist.

Engel: Seele, die sich als wohlwollende Energie offenbart.

Großherzog der Hölle: Ranghoher Dämon.

Geringere Diener: Die niedrigsten, untersten Dämonen, die nach menschlichem Schmerz gieren. Sie dienen in den Armeen mächtigerer Dämonen als Fußsoldaten und ähneln hungrigen streunenden Hunden oder haarlosen Ratten. Auch als Teufelchen bekannt.

Gott: Das unbekannte Gute.

Grimoire: Buch mit Zaubersprüchen und Formeln zum Beschwören von Geistern oder Dämonen.

Hammurapi: König der ersten Dynastie von Babylonien, der von ca. 1792 v. u. Z. bis ca. 1750 v. u. Z. regierte.

Himmel: Kollektivbezeichnung für die Engel auf der Anderen Seite. Kein konkreter Ort.

Hölle: Kollektivbezeichnung für die Dämonen auf der Anderen Seite. Kein konkreter Ort.

Innana: Sumerische Göttin des Krieges.

Larsa: Sumerischer Stadtstaat, der 1763 v. u. Z. vom babylonischen König Hammurapi erobert wurde.

Mesopotamien: Das Gebiet zwischen den Flüssen Euphrat und Tigris. Heimat alter Zivilisationen wie die der Sumerer oder Babylonier. Heutiger Irak.

Rim-Sin I: König von Larsa, herrschte etwa von 1822–1763 v. u. Z.

Schleier, der: Eine stark vereinfachte Erklärung der Grenze zwischen Dieser Seite und der Anderen Seite.

Sumer: Alte Zivilisation in Mesopotamien, auf dem heutigen Gebiet des Irak.

Übergang: Übergang zwischen Dieser Seite und der Anderen Seite, normalerweise wenn man stirbt. Nur mächtige Dämonen können sich aus eigenem Willen in beide Richtungen bewegen, während andere Dämonen dazu lediglich in der Lage sind, wenn sie angerufen oder beschworen werden.

Unsere Zeitrechnung (u. Z.): Jahr 0 bis in die Gegenwart.

Utu: Sumerischer Gott des Lichts.

Vergessen: Das Löschen sämtlicher Erinnerungen an die Andere Seite und alle früheren Leben, bevor man einen neuen Zyklus auf Dieser Seite (Leben) beginnt, um besser lernen zu können. Beim Übergang (im Tod) wird die Erinnerung wiederhergestellt.

Vertraute/Vertrauter: Tierische Begleiter oder Begleiterinnen der Dämonen, z. B. Fliegen, Schlangen, Ziegen. Nicht jeder Dämon hat eine:n Vertraute:n.

Vor unserer Zeitrechnung (v. u. Z.): Aufgezeichnete Geschichte bis zum Jahr 0.

Zikkurat: Mesopotamischer Tempel, architektonisch der Vorläufer der Pyramiden.

Zu: Der »Sturmvogel«. Ein Dämon aus der sumerischen Überlieferung.

Für Dad,
den ich mir gern einfach
im Nebenzimmer vorstelle.

Und für Izzy,
mein mutiges Mädchen, die als Erste
in das Unbekannte getreten ist.

Euch beiden all meine Liebe.

TEIL I

EINS

Ich hätte niemals geglaubt, dass der Tag noch schlimmer werden könnte, aber dann fand ich die Leiche.

Auf der Arbeit war es grauenvoll gewesen für einen Freitag. Die Bahn kam zu spät, weshalb *ich* zu spät kam, was meinen ganzen Tag durcheinanderbrachte. Beim Morgen-Meeting verwechselte Guy Baker mich mit der Praktikantin, die den Kaffee holt, obwohl wir seit fast zwei Jahren zusammenarbeiteten. Er wusste also immer noch nicht, dass ich existierte. Auf dem Nachhauseweg war die Bahn überfüllt, und alle standen dicht gedrängt. Ein junges Pärchen, ein Stück von mir entfernt, nutzte das aus. Sie schmiegte sich an ihn, er umarmte sie, und sie sahen sich an, als gäbe es niemanden sonst auf der Welt. Es war schön, dass sie so glücklich waren, aber meine Einsamkeit war noch schmerzhafter durch den Kontrast.

Und zu allem Überfluss lag im leeren Hof hinter meiner Wohnung dann diese Leiche.

Eigentlich war der Hinterhof eher mein Vorgarten. Das Haus in Hell's Kitchen, in dem ich wohnte, war in den 1970er-Jahren zerstückelt worden, um so viel wie möglich am New Yorker Immobilienboom zu verdienen. Das kleine Apartment war kaum eine richtige Wohnung, eher eine Art Anhängsel. Es lag im ersten Stock auf der Rückseite, und um dorthin zu kommen, musste ich um das Gebäude herumgehen, dann über den zugemüllten Hinterhof und schließlich eine klapprige Außentreppe hinauf. Von innen war es nicht viel mehr als ein Schuhkarton, aber es hatte ein großes Fenster. Auch wenn man dadurch vor allem das Nachbargebäude sah, war das Licht am Morgen schön.

Und es war meine Wohnung. In *Manhattan*.

Jedes Mal, wenn ich nachts die drei Riegel vorschob und die drei Ketten vorlegte, rief ich mir ins Gedächtnis, dass ich keine Mitbewohner hatte, die mich wach hielten oder mir das Essen wegaßen oder ewig in dem kleinen Bad brauchten … wobei ich auch nicht mit ihnen morgens beim Kaffee plaudern konnte oder es mir mit ihnen auf der kleinen Couch gemütlich machen und Netflix gucken oder über meine Hoffnungen und Träume reden konnte. Zum Beispiel die Hoffnung, dass Guy Baker mich endlich bemerken und mit mir auf seiner Fünfzehn-Meter-Yacht um die Welt segeln würde, während wir weiter für Ocean Alliance arbeiteten, die gemeinnützige Organisation, bei der wir beide angestellt waren. Wir würden uns wahnsinnig ineinander verlieben – und es wäre die Art von Liebe, von der die Romane handelten, die ich jeden Abend las. Die Art von Liebe, die mir wie ein nie erfülltes Versprechen vorkam.

Was irgendwie dramatisch klang, schon klar. Ich war erst dreiundzwanzig; ich hatte noch mein ganzes Leben, um mich zu verlieben. Aber die Einsamkeit, die mich niederdrückte, fühlte sich viel älter an als dreiundzwanzig.

Als ich an diesem Aprilabend von der Bahn nach Hause ging, versuchte ich, den miesen Tag mithilfe meines Lieblingstagtraums aus meinem Gedächtnis zu löschen. Mit dem Traum, in dem Guy und ich durch die Straße von Gibraltar segeln oder entlang der Küste bei Kapstadt … der genaue Ort ist nicht wichtig. Wir sind auf einer Mission für Ocean Alliance und arbeiten beide leidenschaftlich und unermüdlich. In dieser konkreten Fantasie kehren Guy und ich auf sein Boot zurück, nachdem wir den ganzen Tag auf den Trawlern und Müllsammelkähnen geschuftet und Tonnen von Plastikscheiß aus dem Wasser geholt haben. Wir stehen müde, aber glücklich in der kleinen Kabine, er sieht mich an, und wir fallen uns in die Arme. Er küsst mich leidenschaftlich, dann nimmt er mein Gesicht in die großen rauen Hände. Seine hellblauen Augen sind auf mich gerichtet, als wäre es ihm unmöglich, den Blick abzuwenden.

»Lucy«, sagt er schroff. »Ich will das nie wieder ohne dich tun.«

Ich schlucke, meine Kehle ist wie zugeschnürt von all den Emotionen. »Das musst du auch nicht.«

Mein Lieblingsdialog. Tausend Mal haben wir ihn in meinen lächerlichen Fantasien geführt. Die Sätze könnte ich aus einem der Hunderten von Liebesromanen geklaut haben, die in meiner Wohnung herumstanden. Das Regal, in dem sie standen, nahm fast eine ganze Wand ein, obwohl ich eigentlich nicht genug Platz hatte, um ihn von überhaupt etwas *einnehmen* zu lassen.

Ich ging um das Gebäude herum, um zu meiner Wohnung zu kommen. Vor meinem geistigen Auge fielen Guy und ich auf das Bett, das gerade groß genug war für zwei, und die See wiegte uns sanft, als ich abrupt innehielt und mir ein Schrei in der Kehle stecken blieb.

Der ist tot.

Die Worte ploppten in meinem Kopf auf, bevor meine Augen überhaupt registrierten, was ich sah: lange, schlanke und muskulöse Männerbeine. Völlig nackt und so weiß wie Alabaster. Wie Porzellan oder Marmor. Als wäre Michelangelos *David* im Hinterhof umgekippt.

Ich sah mich um im dämmrigen Licht des frühen Abends. Bis auf Mrs Rodriguez im zweiten Stock, die mit offenem Fenster Telemundo guckte, war alles ruhig.

Ich ging einen Schritt vorwärts. Dann noch einen. Ich hatte das Telefon in der Hand und war kurz davor, den Notruf zu wählen. Aber meine Finger gehorchten mir nicht, mein Blick war auf diese Beine gerichtet, die zu perfekt waren, um real zu sein. Irgendwie surreal.

Vielleicht ist es eine Schaufensterpuppe. Ruf bloß nicht die Polizei, nur weil ein Kaufhaus in deinem Hinterhof seinen Müll abgeladen hat.

Wenn das bei mir auf der Arbeit herauskäme, würde ich es ewig zu hören kriegen. *Lucy, Dummerchen*, würde Abby Taylor kopfschüttelnd sagen und mit der Videofunktion ihres Telefons alles aufzeichnen. Aber es *würde* nicht herauskommen. Ich redete kaum mit jemandem bei Ocean Alliance, höchstens in den Meetings, und dann nur, um Vorschlägen zuzustimmen, denen alle anderen schon zugestimmt hatten. Auch wenn ich sie gar nicht so gut fand. Auch wenn ich eigene Ideen hatte.

Jetzt war ich nah genug dran, um zu sehen, dass es definitiv keine Schaufensterpuppe war, sondern ein Mann, dessen Körper so perfekt war wie seine Beine. Makellos. Ohne Narben, ohne Sommersprossen, ohne auch nur ein einziges Härchen bis auf die dichten schwarzen Locken auf seinem Kopf. So schwarz, wie seine Haut weiß war. Er lag auf dem Bauch (ich wandte den Blick ab von der perfekten festen Rundung seines Pos), hatte die Augen geschlossen und den Kopf auf einem muskulösen Unterarm abgelegt. Der andere Arm – der rechte – war auf dem Boden ausgestreckt, als hätte er nach etwas gegriffen, als er …

Gefallen war?

Ich machte einen Schritt über einen seiner Flügel hinweg – *oh mein Gott, oh mein Gott, oh mein Gott* – und ging so nah heran, wie ich es wagte. Sein Gesicht war berückend. Wie eine Renaissancestatue mit vollen Lippen, hohen Wangenknochen und Augenbrauen so schwarz wie Tinte. Er hatte eine griechische Nase und eine so gerade und perfekte Kieferpartie, dass er fast nicht menschlich wirkte.

»Fast nicht menschlich«? Und was ist mit den Flügeln, Dummerchen?

Ich zwang mich, zu akzeptieren, was ich sah.

Dieser Mann war in keine Decke gehüllt.

Es gab keine Schatten, die meine Augen hätten täuschen können.

Zwei riesige Flügel mit langen, glänzend schwarzen Federn waren zwischen den perfekten Schulterblättern angewachsen. Beide waren etwa so lang wie sein Körper – beim Gehen berührten die Spitzen wahrscheinlich seine Knöchel. Damit musste seine Flügelspannweite über dreieinhalb Meter betragen.

Er hat eine Flügelspannweite.

Mir entfuhr ein kleiner Schrei, als die vollen Lippen des Mannes sich plötzlich öffneten und er so angestrengt nach Luft rang, als hätte er richtig lange den Atem angehalten. Er atmete stöhnend aus – ein Laut, bei dem mir ein Schauder die Wirbelsäule hinunterkroch, zu gleichen Teilen vor Angst und einer merkwürdigen Erregung.

Was auch immer er war, er lebte. Ich sah wieder auf mein Handy.

Wen willst du anrufen? 911 oder die Tierrettung?

Mir wollte gerade ein irres Lachen entfahren, als der Mann die Augen öffnete. Das Lachen verwandelte sich in einen erstickten Schrei, und mir fiel das Telefon aus der Hand.

Seine Augen waren völlig schwarz. Kein Weiß, keine Iris. Die Pupillen – wenn er überhaupt welche hatte – verloren sich in der tintigen Schwärze. In diesen wenigen Sekunden, die sich wie eine Ewigkeit anfühlten, hatte ich die fieberhafte Ahnung, dass seine Augen gar nicht schwarz waren. Das war keine Farbe, sondern eine Abwesenheit von Farbe. Eine Abwesenheit von Licht. Hitze. Wärme.

Von allem Guten auf der Welt …

Es war unmöglich zu sagen, ob er mich ansah, aber ich *spürte*, dass er es tat. Er sah mich. Sein schwarzer Blick durchbohrte mich wie eine kalte Klinge. Mir schauderte, und ich wankte, fühlte mich in diese endlose Schwärze hineingezogen. In einen Abgrund, aus dem es kein Zurück gab.

Der Mann hob den Arm vom Boden, streckte die Hand nach mir aus. Ein raues Flüstern kam aus seinem Mund. »Hilf mir …«

Taumelnd ging ich rückwärts. Dann stieß ich mir an irgendwas den Hinterkopf, und die Schwärze verschlang mich.

ZWEI

Die Fackel brennt ungleichmäßig, Schatten tanzen an den Wänden. Den blutigen Wänden. Die Steine sind glitschig vor Blut, auch der Boden. Und es ist so dunkel. Schreie hallen durch einen schmalen Gang. Seine Schreie, die aus dem Inneren des Tempels kommen.

Der Gang weitet sich zu einer Kammer. Leichen – vier an der Zahl – liegen auf dem Boden. Unter ihnen sammelt sich das Blut und verklebt ihr schwarzes Haar. Eine fünfte Person, eine Frau, lebt noch. Sie ist gefesselt und geknebelt, kniet gegenüber von dem Mann, der geschrien hat. Er ist auch gefesselt, sein harter, muskulöser Körper ist mit Wunden übersät, man hat ihn schlimm zugerichtet.

Ihre Blicke treffen sich über den blutgetränkten Steinen, Tod liegt in der Luft. Er schüttelt den Kopf, Schmerz leuchtet hell in seinen dunklen Augen. Eine Klinge glänzt im Licht der Fackeln, jemand hält sie ihr an die Kehle. Er schreit wieder, rau und stockend, reißt an seinen Fesseln wie ein Besessener. Dann eine schnelle Bewegung, und ein Schwall von Blut ergießt sich aus ihr. Die Frau sinkt auf die Steine, die wie Schatten sind. Sie fällt hinein, hindurch, und die Schreie des Mannes, jetzt voller Zorn, jagen ihr nach.

Die Schreie werden zum Ruf eines Raben mit ausgebreiteten Flügeln …

Dann folgt eine gramerfüllte Bitte.
»Vergib mir ...«

Keuchend öffnete ich die Augen. Setzte mich ruckartig an der Hauswand auf. Die Sonne ging schon unter, und es war dunkler geworden. Ich hatte mindestens eine Stunde verloren durch ...

Einen Traum. Es war alles nur ein Traum ...

Was auch immer es gewesen war, es verblasste – ich konnte es nicht festhalten. Ein Tempel? Und so viel Blut ...

»Wurde auch Zeit«, murmelte müde eine tiefe Stimme. »Ich wollte schon aufgeben und mir jemand anderen suchen.«

Wieder entfuhr mir ein Schrei, und ich drückte mich an die Wand. Der Mann war noch da. Er hatte sich gegen eine alte Holzpalette gelehnt und die Beine angezogen, um seine Blöße zu verbergen.

Jedenfalls dachte ich, dass es derselbe war.

Er war nicht mehr ganz so groß, aber kräftiger gebaut und sehr muskulös. Die Flügel waren verschwunden, und die komplett schwarzen Augen waren jetzt tief bernsteinfarben und sahen mich durchdringend an. Seine Haut war nicht mehr so blutleer und weiß, sondern olivfarben und gesund ... bis auf die Narben, die seinen Körper bedeckten. So viele Narben. Alte Schnittwunden am Oberkörper. Eine am Bizeps. Noch eine am Hals. Und ein Kreis von der Größe eines Silberdollars direkt auf der linken Seite seiner Brust. Über dem Herzen.

Ich rappelte mich auf. »Was ist hier los?«

»Es ist der Anfang.« Der Mann blickte mit zusammengekniffenen Augen in die untergehende Sonne. »Und ein Ende.«

»Ich verstehe nicht. Wie lange war ich ...?«

»Bewusstlos? Etwa eine Stunde.«

Mir schauderte bei dem Gedanken, so lange ohnmächtig

gewesen zu sein, während ein nackter Mann mir gegenüberge-
sessen hatte. Er schien meine Gedanken zu lesen und legte die
Hand auf diese schreckliche Narbe auf seiner Brust.

»*Gek pro'ma-ra-kuungd-eh.* Das ist ein heiliger Schwur. Ich
werde dir nichts tun. Weder in diesem Leben noch in einem
anderen.«

Ich hatte keine Ahnung, was er gesagt hatte – oder auch nur,
in welcher Sprache –, aber die Überzeugung in seiner Stimme
beruhigte mich ein bisschen.

Ich atmete aus. »Wie heißt du?«

»Ich bin Casziel.«

Wie Ca-si-ell, mit einem Zischen in der Mitte. Bei dem
Klang liefen mir halb beängstigende, halb erregende Schauder
über den Rücken. Ich wollte es aussprechen. Ich wollte es auf
meiner Zunge spüren …

»Was ist das für ein … Name?«

»Ein alter«, sagte er. »Und wie nennt man dich?«

»Lucy.«

»Das kommt aus dem Lateinischen und bedeutet ›aus Licht
geboren‹.« Casziel verzog den Mund. »Wie außerordentlich
passend.«

Er sah aus wie etwa fünfundzwanzig, aber er redete, als wäre
er älter. Ein zynischer, sarkastischer Klang färbte seine Worte,
und er hatte einen leichten Akzent, den ich nicht zuordnen
konnte.

»Wie bist du hier gelandet?«, fragte ich. »Hat man dich be-
klaut?«

Ich hoffte, dass es nur das war und nicht, wonach es aussah –
dass man ihn brutal überfallen, ihm sämtliche Kleider weggenommen und ihn tot geglaubt liegen gelassen hatte.

Casziel neigte den Kopf. »Du sorgst dich jetzt schon um
mein Wohl? Das verheißt Gutes. Aber spar dir dein Mitleid;

man hat mir nicht wehgetan. Der Übergang ist immer schwierig.«

Ich nickte, als würde das irgendeinen Sinn ergeben, und rückte ganz langsam zu der Holztreppe, die in meine Wohnung führte. »Na dann, okay … Ich ruf am besten die Polizei …«

»Keine Polizei.«

»Aber du wurdest ausgeraubt … oder?«

»Ich wurde beraubt, ja. Aber was mir genommen wurde, gehört mir nicht mehr.«

»Äh, okay.« Er sprach in Rätseln, aber der Schmerz in seiner Stimme war echt. »Kann ich sonst jemanden für dich anrufen? Familie …?«

»Du hast keine Angst vor mir?«

Ich schluckte. »Sollte ich denn?«

»Die meisten Menschen haben Angst.«

»Okaaaay.« Ich trat einen Schritt zurück. »Ich sollte vielleicht doch jemanden anrufen.«

Die Polizei oder den sozialpsychiatrischen Dienst.

Casziel fixierte mich mit seinen bernsteinfarbenen Augen. »Glaubst du an zweite Chancen, Lucy Dennings? Selbst für die schlimmsten Sünder? Die unvorstellbare Verbrechen begangen haben?«

Die schreckliche Trauer und die blutigen gewaltsamen Tode in meiner Vision oder dem Traum, oder was immer es war, legten sich auf mich wie ein Schatten. Mir wurde am ganzen Körper kalt, und fast wäre mir entgangen, dass er meinen vollen Namen kannte.

»Ich … ich hab dir nie gesagt …«

Casziel murmelte etwas in einer Sprache, die ich nicht erkannte – sie klang exotisch und *alt*.

»Vergib mir, Lucy Dennings. Es war nicht meine Absicht, dich zu ängstigen, obwohl ich weiß, dass man nichts dagegen tun kann. Aber wenn du wirklich darauf bestehst, die Behörden zu verständigen, hast du vielleicht etwas, womit ich meine Blöße bedecken kann?«

»Du brauchst was zum Anziehen«, sagte ich schwerfällig.

»Klar. Okay. Ich … bin gleich zurück.«

Ich ging die klapprige Treppe zu meiner Wohnung hoch und schloss mit zitternden Fingern die Tür auf, wobei ich zweimal fast die Schlüssel fallen ließ. Sobald ich drinnen war, machte ich die Tür hinter mir zu und schob die Riegel vor.

Alles sah aus wie heute Morgen, als ich zur Arbeit gegangen war. Der Kaffeebecher stand noch auf der Arbeitsfläche. Mein Bett war ordentlich gemacht. Meine Zimmerpflanze – Edgar – stand auf der Fensterbank. Die merkwürdige Situation unten mit diesem Casziel wirkte noch unwirklicher vor dem Hintergrund der gewöhnlichen *Wirklichkeit* meiner Wohnung.

Im Hinterhof stand ein nackter Mann. Das war alles.

Und die Flügel? Die schwarzen Augen? Die blutleere weiße Haut?

»Es muss für das alles eine plausible Erklärung geben«, murmelte ich und atmete bewusst ruhig ein. »Ich hab mir einfach schlimmer den Kopf gestoßen, als ich dachte.«

Nur hatte ich Casziel entdeckt, bevor ich mir den Kopf gestoßen hatte. Hatte eine *Version* von ihm Flügel?

Denk das nicht einmal.

Ich nahm das Telefon, wollte die 911 wählen. Die Polizei würde kommen, und dieser Mann würde aus meinem Leben verschwinden. Alles wäre wieder normal. Ich könnte ein heißes Bad nehmen, mir ein paar Instant-Nudeln zubereiten und es mir im Bett mit einem Buch gemütlich machen, bis das Wochenende um war und ich wieder irgendwo hinmusste.

Genau wie letztes Wochenende. Und nächstes Wochenende.

Wäre es so schlimm, Casziel vorher was zum Anziehen runterzubringen?

Ja. Wäre es.

Ich wählte die 9 und hielt inne.

Die Heldinnen meiner liebsten romantischen Fantasien gerieten immer in Gefahr. Sie sahen ihr mutig ins Auge und erfuhren dann, dass sie besondere Fähigkeiten hatten, oder wurden Königinnen in Fantasieländern. Einem nackten Mann – einem schönen nackten Mann – mit Narben und fremdartigen Augen etwas zum Anziehen zu bringen war nicht dasselbe, wie ein Königreich zu retten oder Narnia zu besuchen, aber es war wenigstens *etwas*.

Lächerlich, schnaubte die höhnische Stimme, die sich immer zu melden schien, wenn ich für mich selbst einstehen oder etwas Neues ausprobieren wollte. *Das hier ist kein Buch, es ist die Realität, und du bist nichts Besonderes. Du bist nur das Dummerchen Lucy, das sein dummes kleines Leben lebt.*

Ich schob das Kinn vor. »Heute nicht.«

Meine Nerven verwandelten sich durch diese Erklärung nicht wie von Zauberhand in Drahtseile, aber Mut, hatte ich gelesen, bedeutete nicht, dass man etwas tat, weil man keine Angst hatte. Es bedeutete, Angst zu haben, und es trotzdem zu tun.

Dann suchte ich zwischen den schlichten Blusen, Pullis und Kleidern in meinem Schrank nach etwas, was Casziel passen könnte. Ich war eins fünfundsechzig. Er sicher eins achtzig und mit breiten Schultern …

Mit oder ohne Flügel?

»Hör auf.«

Ich schob die Bügel zur Seite, dann traf mich schnell und hart die Trauer, und alles andere wurde ausgeblendet.

Dads Trenchcoat.

Er hatte immer gesagt, dass der Mantel zwar ein bisschen altmodisch sei, aber dass er sich darin fühlen würde wie Humphrey Bogart in *Casablanca*. Er hatte ihn immer angezogen, wenn er früher sonntags in Milford in eine Klassiker-Matinee in dem alten Kino gegangen war.

Ich drückte den Ärmel an meine Wange und atmete ein. Er war vor sechs Monaten gestorben, aber sein Duft – Old Spice und Pfeifenrauch – war immer noch intensiv.

Der würde Casziel passen.

Der Gedanke war befriedigend und zugleich schrecklich.

»Niemals«, sagte ich durch zusammengebissene Zähne. »Auf keinen Fall.«

Ich bildete mir ein, Dads Stimme in meinem Kopf zu hören.

Ich brauche ihn nicht mehr, Mäuschen. Und du auch nicht. Ich werde immer bei dir sein.

»Ich werde immer bei dir sein« war eines der letzten Dinge, die Dad zu mir gesagt hatte, bevor der Krebs ihn geholt hatte.

Ich hatte seinem letzten Willen gehorcht und fast alle seine Sachen und auch das Haus in Connecticut verkauft, was mir ein kleines finanzielles Notpolster verschafft hatte. Ich hatte an der New York University einen Bachelor in Bioingenieurwissenschaft gemacht, aber statt in einem Labor anzufangen oder im Rahmen eines Projekts zu erforschen, wie man Plastikpartikel aus dem Ozean entfernen konnte, hatte ich einen Einstiegsjob in einer gemeinnützigen Organisation angenommen, wo niemand viel von dem schüchternen Mädchen in der Ecke erwartete, das gut in Excel war.

»Ich kann nicht, Daddy«, murmelte ich. »Ich kann deinen Trenchcoat nicht irgendeinem Fremden geben.«

Aber ich tat es schon wieder. Ich ging auf Nummer sicher und tat, was von mir erwartet wurde: nichts.

Ich nahm den Mantel vom Bügel, vergrub ein letztes Mal mein Gesicht darin und ging wieder nach draußen.

Casziel saß genau da, wo ich ihn zurückgelassen hatte, und sah schwach und hilflos aus.

Er ist weder schwach noch hilflos … und das weißt du.

Nur wusste ich das eben nicht, und ich wollte auch auf keinen Fall länger darüber nachdenken. Langsam atmete ich ein, bereit, Zeter und Mordio zu schreien, falls Casziel … Anstalten machte, mich ermorden zu wollen.

»Das sollte gehen«, sagte er und beäugte den Mantel in meiner Hand.

Er stand steif und ruckartig auf. Ich wandte den Blick ab, gab ihm den Mantel meines Vaters und trat schnell zurück. Casziel drehte sich um, und ich entdeckte noch mehr Narben auf seinem Rücken. Er zog den Mantel an, der ein bisschen an den Schultern spannte, aber einigermaßen seine Blöße bedeckte.

»Okay, äh … das war's dann wohl. Viel Glück …«

»Lucy, warte …«

Casziel taumelte, streckte die Hand aus, griff in die Luft. Instinktiv – und ein bisschen verrückt – eilte ich auf ihn zu statt von ihm weg. Ich reichte ihm den Arm, um ihn zu stützen, und brach fast zusammen unter dem Gewicht. Ein Hauch von Rauch und heißem Metall stieg mir in die Nase, dazu ein merkwürdiger Geruch, den ich nicht einordnen konnte.

Ich sah Casziel an, und er erwiderte den Blick. Seine Augen waren, als würde ein Feuer in ihnen brennen. Zahllose Sonnenaufgänge und Sonnenuntergänge, die sich über Jahrtausende ereignet hatten. Ich fiel immer tiefer in sie hinein, bis ich Schreie hörte …

»Was passiert hier?«, flüsterte ich.

»Meine Zeit läuft ab, Lucy Dennings«, sagte Casziel, und

seine Stimme war wie Rauch. »Ich brauche deine Hilfe. In elf Tagen ist alles vorbei, egal ob es gut oder schlecht ausgeht. Und so unwahrscheinlich es auch scheinen mag, ich strebe nach dem Guten.«

»Dem Guten?«

»Es ist vielleicht zu spät; meine Sünden sind so viele. Unzählige. Aber ich will es versuchen. Und du musst mir zeigen, wie.«

Mein Herz schlug, als wollte es aus meiner Brust ausbrechen, und ich hätte weglaufen sollen, aber ich tat es nicht. »Was soll ich dir zeigen?«

»Wie ich zurück ins Licht finde.«

Weil er ein Ausgestoßener ist.

Mir schauderte, als sich der unmöglich Verdacht, wer – oder *was* – Casziel war, zu einer Realität erhärtete.

»Nein. Ich … ich kann das nicht.« Ich ließ ihn los und trat von ihm zurück. »Ich kann das nicht, was auch immer das hier soll.«

»Lucy …«

»*Nein.* Ich bin nicht wie diese Frauen in den Geschichten. Ich will ja, aber ich bin einfach nicht so. Ich kann dir nicht helfen. Es tut mir leid …«

Ich war die ersten drei Stufen zu meiner Wohnung hochgelaufen, als Casziels tiefe Stimme mich aufhielt.

»Dieser Mantel hat deinem Vater gehört.«

Ich drehte mich um. Mein Herz schlug langsam und laut. »Was hast du gesagt?«

»Es war seiner. Du hast ihn behalten und alles andere weggegeben.« Casziel runzelte verwirrt die Stirn. »Was ist ein Ham-fri Bo-gaad?«

Alles Blut wich mir aus dem Gesicht. »Wer hat dir gesagt …?«

»Er.«

»Du redest mit meinem Vater? Jetzt?«

»Er sagt, du sollst es mich erklären lassen.« Er runzelte wieder die Stirn und lauschte. »Ich weiß nicht, was das mit Mäusen zu tun hat ...«

»Du lügst«, sagte ich mit zitternden Lippen, während ich verzweifelt den Hinterhof nach meinem Dad absuchte. »Du bist ein Lügner und grausam noch dazu, und ...«

»Das bin ich beides.« Casziel verzog den Mund. »Aber nicht heute.«

Ich atmete schwer, drohte zu ersticken, weil mir die Tränen die Kehle zuschnürten. »Ich weiß nicht, wer du bist und woher du von uns weißt, aber es ist falsch, einfach mit meiner Trauer zu spielen. Und Furcht einflößend.«

»Da muss ich widersprechen«, herrschte Casziel mich an. »*Furcht einflößend* ist, das Schicksal deiner ewigen Seele in den Händen einer menschlichen Frau zu wissen, die eindeutig nicht die Courage dafür hat.«

Ich schüttelte den Kopf. »Es geht dir nicht gut. Du brauchst Hilfe.«

»Sage ich das nicht schon die ganze Zeit?« Casziel fuhr sich mit der Hand durch die dunklen Locken. »Gott, Frau, ich habe keine Zeit ...«

»Es ist mir egal«, rief ich, ging rückwärts und schlug mit der Hüfte gegen das Treppengeländer. Es tat weh, weckte mich aber nicht aus diesem Irrsinn. »Du hast den Mantel von meinem Dad. Das ist schon zu viel, mehr kriegst du nicht von mir. Und jetzt lass mich in Ruhe, sonst ruf ich wirklich die Polizei.«

Casziel murmelte einen Fluch, dann sagte er lauter: »Ich soll dir sagen, dass er immer bei dir sein wird.«

Ich erstarrte, drehte mich um.

»Er sagt, dass es dir vielleicht verrückt erscheint, aber ich brauche deine Hilfe. Und du hast nie jemandem, der …«

»… der Hilfe braucht, den Rücken zugekehrt«, beendete ich den Satz. »Mein Gott.« Ich drehte mich erneut zu ihm um, ging die Stufen wieder runter und sah Casziel in die Augen. »Ist das real?«

»Ist es.«

»Warum ich?«

»Du, aus Licht geborene Lucy, kannst mir helfen, etwas anderes zu sein als das … was ich bin.«

Schwarze Flügel und schwarze Augen und Todesvisionen umschwirrten mich. »Was du bist …«

»In die Dunkelheit geboren.«

In diesen kurzen Augenblicken krümmte sich die Realität. Ich ging endlich durch den Schrank, und es gab kein Zurück mehr. Und ich wollte auch nicht zurück. Eine merkwürdige Energie ging von Casziel aus, die tief in mir etwas weckte. Einen Mut, von dem ich nicht wusste, dass ich ihn besaß. Sobald ich ihn abwies, würde er wieder einschlafen.

Ich habe viel zu viel von meinem eigenen Leben verschlafen.

»Mein Vater ist hier? Bei mir?«

»Immer.«

»Er ist ein Engel?«

»Sozusagen.«

»Aber du nicht.«

Das war keine Frage.

»Nein«, sagte Casziel. »Ich nicht.«

»Wie nennt man jemanden wie dich?«

Seine bernsteinfarbenen Augen schienen sich in meine zu ergießen. »Kannst du es nicht erraten, Lucy Dennings?«

»Sag es.«

Ich muss es hören.

»Wir haben viele Namen«, sagte Casziel. »Hyang. Frawaschi. Kami. Dschinn. Yaksha. Sylphe. Kakodaimon. Daimon …«

Die Sonne war hinter den Hochhäusern versunken und hüllte die Stadt in lange Schatten. Casziel sah mich erwartungsvoll an.

Ich atmete ein, sagte beim Ausatmen das Wort.

»Dämon.«

DREI

𒀭𒊺𒀀𒈨𒌍

Es war Nacht geworden, und an meiner Kücheninsel saß ein Dämon und aß Frühstücksflocken.

Ich saß am Fenster an meinem kleinen Schreibtisch und war voller Zweifel. Ich hatte meine Ellbogen umfasst, rührte mich nicht und wagte nicht, den Blick von Casziel abzuwenden. Der saß vornübergebeugt an der Kücheninsel, die mir als Esstisch diente, und schaufelte Cornflakes in sich rein. Schon eine leichte Brise könnte ihn umpusten, aber früher oder später würde er seine ganze Kraft zurückgewinnen. Seine *Kräfte*, wie auch immer die aussahen.

Sei mutig. Das ist deine Wohnung.

Ich stand von meinem Stuhl auf und zwang mich, in den Küchenbereich zu gehen, um mir ein Glas Wasser zu holen. Ich lehnte mich gegenüber von meinem Gast an die Arbeitsplatte. Selbst während er ungehemmt Cornflakes löffelte, war er unmenschlich schön.

Betonung auf *unmenschlich*.

»Wann hast du das letzte Mal etwas gegessen?«, fragte ich und sah zu, wie er Cornflakes auf seinen Löffel häufte und Milch auf Papas Mantel spritzte.

»Fünfzig Jahre«, sagte er. »Plus/minus zehn Minuten.«

»Was soll das heißen?«

Keine Antwort. Ich räusperte mich.

»Du musst hungrig sein, wenn es fünfzig Jahre her ist.«

»Ich *muss* nicht essen.« Casziel schnaubte, als wäre allein die Vorstellung unter seiner Würde. »Ich muss nicht trinken. Ich muss nicht schlafen. Es gibt nichts auf Dieser Seite, was ich *brauche*.« Er sah mich an. »Nur dich.«

Ein Schauder huschte mir die Wirbelsäule hinunter, und er war nicht unangenehm. Bisher hatte mich noch nie jemand gebraucht. Und auf keinen Fall ein Mann, der aussah wie Casziel …

Ein paar Augenblicke vergingen, in denen der Dämon geräuschvoll die Schale Cornflakes verputzte und sich noch eine einfüllte; die dritte.

»Ich kann fühlen, dass du mich ansiehst, Lucy Dennings«, sagte er, ohne aufzublicken.

»Hey, ich hab nur etwa eine Million Fragen.«

Zum Beispiel, wo ich hier reingeraten war oder ob ich gerade total hinters Licht geführt wurde.

Natürlich wirst du das, meldete sich die höhnische Stimme. *Lucy, Dummerchen, du glaubst doch nicht etwa, du bist was Besonderes? Du glaubst doch nicht etwa, dieser Unbekannte, den du in* deine Wohnung *gelassen hast, ist wirklich ein reuiger Dämon, der seine Seele retten will?*

Casziel hob den Kopf und kniff die Augen zusammen. »Sei still, Deb.«

»Deb?«

»Einer deiner Dämonen«, sagte Casziel und konzentrierte sich wieder aufs Essen. »Ein ziemliches Ekel.«

Gänsehaut breitete sich auf meinen Armen und meinem Rücken aus. »*Einer meiner* Dämonen? Wie viele hab ich?«

»Nur zwei.«

»*Nur?*«

»Zwei ist gar nichts. Wenn es mehr wären, hätte ich dich vielleicht nicht gefunden.«

Er hat mich gefunden.

Irgendwie machte mir der Gedanke weniger Angst, als er vielleicht sollte. Weniger, als zwei Dämonen zu haben.

»Sein Name ist Deb?«

»Ihr Name, es ist eine Sie. Die andere heißt K«, sagte Casziel. »Wir belassen es besser dabei. Dämonen lieben es, ihre wahren Namen von Menschen ausgesprochen zu hören, und kommen oft, wenn man sie ruft.«

»Gott.« Mir schauderte. »Was machen die mit mir? Ich meine … Warum sind es meine?«

»Es sind nicht allein deine«, sagte Casziel. »Sie sind zwei der Mächtigsten in unseren Rängen. Deb ist Pestilenz. Wie eine ansteckende Krankheit. Sie vergiftet Menschen und hindert sie, ihr wahres Potenzial zu erreichen. K, die Zermalmerin, macht ihnen Angst, wenn sie es trotzdem versuchen.«

»Das ist … schrecklich.«

Casziel zuckte die Achseln. »Es ist ihr Job. Sünde. Laster. Unmoral. Trägheit. Was ihr Todsünden nennt, sind unsere Fachgebiete.«

»Und was genau ist deins?«, fragte ich, unsicher, ob ich die Antwort hören wollte.

»Zorn.«

Er sagte es ausdruckslos, ohne Stolz oder Arroganz, aber auch ohne schlechtes Gewissen.

Mein Blick fiel auf die Narben, die aus dem Kragen des Trenchcoats hervorlugten. Der Traum von den blutigen Steinen und den Schreien meldete sich noch einmal leise, dann verblasste er wieder.

»Hast du … schon mal jemanden umgebracht?«

»Im Leben, ja«, sagte Casziel. »Ich war ein Krieger.«

»Du warst ein Mensch? Wegen der Flügel dachte ich, du wärst vielleicht … ein gefallener Engel.«

Laut ausgesprochen, klang es genauso verrückt wie in meinen Gedanken.

Er schüttelte den Kopf, seine Augen verdunkelten sich. »Nein, ich hatte einmal ein Leben. Vor langer Zeit. Ich habe Armeen befehligt. Jetzt schwingen meine Armeen keine Schwerter mehr. Wir stacheln die Menschen zum Kampf an, schüren die Wut in den Herzen der Männer. Den *Zorn*.«

»Du klingst nicht besonders traurig deswegen.«

»Ich bin hier, oder?«, sagte er und aß weiter, während ich mich verstohlen nach »Deb« oder »K« umsah.

Wie oft hatte ich ihre Stimmen gehört? Die mir einflüsterten, meine Idee, wie man mehr Plastik aus den Meeren holen könnte, lieber für mich zu behalten, weil sich bestimmt schon jemand Klügeres darum kümmerte. Oder lieber abzulehnen, wenn Jana Gill mich fragte, ob ich nach der Arbeit mit ihr und den anderen noch etwas trinken gehen wolle, aus Angst, mich zu blamieren. Die jedes Mal, wenn ich gerade meinen Mut zusammengenommen hatte, um Guy Baker anzusprechen, flüsterten, dass *Lucy, das Dummerchen*, sowieso nichts sagen könnte, was ihn interessieren würde.

»Das machen Dämonen?«, fragte ich nach einer Minute, die Stimme angespannt vor Wut. »Sie halten Menschen klein? Schicken uns in den Krieg oder geben uns das Gefühl, scheiße zu sein?«

»Dämonen können nichts *machen*«, sagte Casziel. »Wir deuten an. Beeinflussen. Verleiten. Wir schüren eure Trägheit, euren Zorn, eure Eifersucht und nähren uns davon. Ob ihr unseren Andeutungen folgt oder nicht, ist allein eure Entscheidung, auch wenn ihr das meistens nicht glaubt. Unser größter Sieg war es, die Menschen davon zu überzeugen, dass sie ihre Reaktion auf Ungemach nicht kontrollieren können.« Er legte einen Finger ans Kinn. »Ich glaube, Asmodäus ist dafür befördert worden.«

Das ist ein Traum. Ich werde aufwachen. Jede Sekunde …

Ich trank einen großen Schluck kaltes Wasser. »Gibt es viele Dämonen auf Dieser Seite?«

»Es sind nur ein paar Tausend.«

»*Tausend?*«

»Wir sind Legion«, sagte er. »Und deine Cornflakes sind alle.«

»Ich schreib's auf meine Einkaufsliste«, murmelte ich, als Casziel sich mit dem Ärmel des Trenchcoats den Mund abwischte, vom Hocker rutschte und in meinen Wohnbereich ging.

Er tippte mit langen Fingern ans Fenster. »Geht das auf?«

»Ja, aber …«

Er drückte es auf.

»Ich lass es nur im Sommer einen Spalt auf«, sagte ich und wollte es wieder schließen. »Es ist zu unsicher …«

»Niemand wird es wagen, dir zu schaden. Nicht, solange ich hier bin.«

Die beiläufige Drohung in seiner Stimme ließ erneut ein Kribbeln über meinen Rücken wandern. Noch nie hatte ein Mann – oder eine halbwegs annehmbare Kopie davon – auf diese Art geschworen, mich zu beschützen. Als wäre meine Sicherheit unter seiner Aufsicht eine ausgemachte Sache.

Es fühlte sich gut an.

Casziel führte die Inspektion meiner Einzimmerwohnung im Schlafbereich fort und beugte sich vor, um das Foto auf meinem Nachttisch zu betrachten. Dad und ich in Coney Island, als ich zehn war.

»Ah, er kann also lächeln«, murmelte Casziel. »Ich hab mich schon gefragt, ob er immer nur missbilligend guckt.«

»Dad ist jetzt hier?«

»Ja und nein. *Hier* ist ein relativer Begriff.«

»Du hast doch gesagt …«

Casziel winkte ungeduldig ab, als er mein vollgestopftes Bücherregal unter die Lupe nahm. »Er ist immer hier und gleichzeitig auch irgendwo anders. Überall und nirgends.« Er neigte den Kopf, lauschte und schnaubte. »Ich muss widersprechen.«

»Er redet jetzt mit dir?«

»Er behauptet, ich würde mich absichtlich unklar ausdrücken. Als wäre es so leicht, einem kümmerlichen menschlichen Gehirn, für das ›Wahrheit‹ nur ist, was die Sinne wahrnehmen, die Natur des Kosmos zu erklären.«

»Das ist ein bisschen hart«, sagte ich. »Viele Menschen glauben.«

Casziel schnaubte. »An der Oberfläche. Einmal die Woche auf den Knien, wenn überhaupt.«

»Du bist nicht sehr begeistert von der Menschheit.« Ich verschränkte die Arme. »Es ist wohl kaum fair, Menschen zu Krieg und Hass anzutreiben, uns einzuflüstern, dass wir nicht gut genug sind, oder uns in Versuchung zu führen und uns dann für dasselbe zu kritisieren.«

Casziel zuckte die Achseln. »Ich bin ein Dämon. Ich habe nie behauptet, *fair* zu sein.«

Ich verdrehte die Augen und nahm das Bild von meinem Vater und mir in die Hand. Wir lächelten beide. Wir waren beide sorglos und fröhlich. Ohne Dämonen.

»Er ist jetzt ein Engel«, murmelte ich und berührte sein Gesicht.

»Glaubst du, er sitzt auf einer weißen Wolke und spielt Harfe?«, sinnierte Casziel. Er strich mit dem Finger über eine Reihe von Liebesromanen auf dem Regal. »Himmelspforte oder Höllenfeuer. Göttlich oder teuflisch. Engel oder Dämon. Für euch

Menschen ist alles schwarz-weiß, obwohl es tausend Schattierungen von Grau gibt.« Er zog ein Buch aus dem Regal und zog eine Augenbraue hoch. »Deutlich mehr als fünfzig.«

»Okay. Und wie ist es dann?«

»Die Andere Seite?« Er zuckte die Achseln, ließ das Buch einfach fallen und inspizierte weiter meine Wohnung. »Du kannst es nicht verstehen, und ich will dich lieber nicht mit einem Erklärungsversuch in den Wahnsinn treiben.«

»Toll, danke«, murmelte ich und stellte das Buch wieder an seinen Platz, als Casziel den Kopf in mein winziges Bad steckte.

»Ich kannte Mönche, die hatten mehr weltliche Besitztümern als du, Lucy Dennings.«

Ich zuckte mit der Schulter. »Es ist alles, was ich brauche.«

Er deutete auf meine Regale. »Du *brauchst* diese Bücher? Vor allem Liebesromane, wie mir aufgefallen ist.«

»Und Gedichte. Ich liebe Gedichte und Liebesromane.« Ich lächelte verlegen. »Ich hab eben eine Schwäche für schöne Worte.«

Casziel rümpfte die Nase. »Deine *schönen Worte* sind nur Ersatz für das echte Leben.«

»Ich … Das stimmt nicht.«

»Ach nein?« Er streckte seinen langen Körper auf meiner zu kleinen Couch aus. »Ein Hocker in der Küche. Ein Stuhl vor dem Schreibtisch. Ich bin schockiert, dass dein Bett groß genug ist für zwei.«

Ich zupfte am Ausschnitt meines Pullis, mein Gesicht wurde heiß. »In dieser Wohnung ist nicht genug Platz für mehr Möbel. Und nicht, dass es dich etwas angehen würde, aber ich habe nicht so oft Besuch.«

Wohl eher nie, Lucy, Dummerchen.

Casziel zuckte die Achseln, schnappte sich die Fernbedienung vom Couchtisch und zappte durch die Programme. »Können wir Pizza bestellen?«

Ich nahm ihm die Fernbedienung aus der Hand und schaltete den Fernseher aus.

»Sicher, klar, wir können gern Pizza bestellen. Sobald du mir sagst, was du eigentlich von mir willst. Ich soll dir helfen, *kein* Dämon zu sein?«

Er fixierte mich. »Meine Erlösung liegt in deiner Hand, Lucy Dennings. Du bist die Expertin darin, für andere zu leben und dich, zu deinem eigenen Nachteil, ständig zu verbiegen.«

»Das mache ich gar nicht«, sagte ich leise.

»Du würdest sogar dein sprichwörtliches letztes Hemd hergeben, auch wenn es wirklich dein letztes wäre.«

»Das … ist nicht wahr.«

»Wir sind da wohl verschiedener Meinung.«

Ich versank tiefer in meinem Pulli. Ein hässliches, nervöses Gefühl nistete sich wie eine Schlange in meinen Eingeweiden ein. Es war einfach zu ungeheuerlich, was ich tun und glauben sollte. Dämonen oder nicht, die Stimmen in meinem Kopf hatten recht – ich war leichtgläubig und dumm und immer bereit, das Beste in den Menschen zu sehen, auch wenn sie offensichtlich mit mir spielten.

»Dieses Gespräch macht mich krank«, sagte ich. »Es war verrückt, dich reinzulassen. So wie ich das sehe, ist das alles gelogen, und du … willst mir irgendetwas antun.«

Casziels träges Lächeln verschwand. »Ich habe doch gesagt, dass ich dir nichts tun werde.«

»Ja, schon, aber was kann das Wort eines Dämons schon wert sein? Und wie soll ich dir überhaupt helfen? Du hast Gott weiß wie viele Gräueltaten begangen …«

»Gott weiß«, sagte Casziel mit leiser Stimme. »Bis zum letzten Tropfen vergossenen Blutes, Gott weiß.«

44

Ich erschauderte. »Das hier war ein Fehler. Ich denke, du solltest gehen.«

Der Dämon setzte sich gerade hin, senkte den Kopf, ließ die Hände über die Knie hängen. »Vergib mir, Lucy, aus Licht geboren. Es ist fast viertausend Jahre her, dass ich mich zuletzt der Großzügigkeit eines Menschen ausgeliefert habe.« Er sah zu mir hoch, und seine Miene wurde merkwürdig sanft. »Ich habe geschworen, nie …«

»Was?«

Er sah weg. »Nichts.«

Schmerz hing über ihm, drückte ihn nieder wie ein zweiter Mantel. Oder eine Rüstung, die zu schwer geworden war. Gegen meinen Willen ließ mein Herz sich für ihn erweichen, aber er hatte recht. Ich verbog mich, riss mir für andere ein Bein aus, und manchmal – meistens, wenn ich ehrlich war – hatte ich hinterher das schale Gefühl, ausgenutzt worden zu sein.

Ich verschränkte die Arme. »Wie kann ich dir vertrauen?«

»Dein eigener Vater hat dir versichert, dass du das kannst.«

»Und wenn das auch eine Lüge ist?«

»Du hast vorher gefragt, ob er hier ist, und meine Antwort war … unangemessen.« Casziel verzog ärgerlich das Gesicht. »Na gut. Sie war unhöflich und respektlos. Besser?«

Trotz allem musste ich lächeln. Fast sah ich vor mir, wie Dad, die Hände in die Hüfte gestemmt, mit Casziel schimpfte. Fast. Sosehr ich es auch glauben wollte, es war niemand da.

»Das Schlimmste daran, jemanden zu verlieren, ist der Gedanke, dass sie für immer fort sind«, sagte ich. »Im Herzen weißt du, dass es nicht stimmt, aber die leisen Stimmen des Zweifels flüstern *und wenn doch?*«

Casziel nickte, dann neigte er den Kopf und lauschte. Als er sprach, war sein Tonfall viel sanfter.

»Er sagt, du sollst dich an deine Jugend erinnern. Wie du deine Hausaufgaben am Esstisch gemacht hast, während er in der Küche in eurem Haus in Milford Essen gekocht hat.«

»Milford.« Tränen stiegen mir in die Augen. »Ich erinnere mich.«

Ich sah es, als wäre es erst gestern gewesen: Dad werkelte in der Küche unseres gemütlichen Hauses herum, und der Duft von Schmorbraten oder Spaghettisoße lag in der Luft. Ich, damals mit Zöpfchen, saß am Tisch und hatte meine Schulsachen überall, aber ordentlich darauf ausgebreitet. Ich war eine gute Schülerin, wollte immer mein Bestes geben. Um Dad stolz zu machen, auch wenn er nie mehr von mir verlangte, als ich schaffte.

»Wenn du Hilfe bei einer Gleichung brauchtest oder eine Frage hattest«, sagte Casziel, »ist er aus der Küche gekommen, um dir zu helfen, und wenn du keine Hilfe mehr brauchtest, ist er wieder gegangen.«

Ich nickte, meine Stimme war ein Flüstern. »Ja. Das hat er gemacht.«

»Und so ist es auch jetzt. Er ist immer da, Lucy. Er ist einfach im Nebenzimmer. Und wenn du ihn brauchst, kommt er.«

Die Tränen flossen jetzt über. Ich lächelte durch sie hindurch, fühlte mich, als wäre eine Last leichter geworden. Sie war nicht fort; sie würde nie ganz weggehen, aber zum ersten Mal seit sechs Monaten hatte ich das Gefühl, wieder atmen zu können.

»Danke, Casziel.«

Ich hatte seinen Namen vorher nicht ausgesprochen. Wahrscheinlich bildete ich mir das nur ein, aber es fühlte sich an, als hätte sich die Luft zwischen uns verändert. Da war ein Schimmern zwischen uns, wie die wabernde Luft über einem Feuer, und verschwand dann.

»Und ich helfe dir«, sagte ich. »Ich weiß nicht, wie oder wo ich anfangen soll. Aber ich versuche es.«

Casziels Augen weiteten sich, als er mich ansah. »Ich habe zu danken, Lucy Dennings«, sagte er sanft. Dann war seine mürrische Miene wieder da, als hätte er sich erinnert, sie wieder aufzusetzen. »Können wir jetzt endlich Pizza bestellen?«

Ich bestellte Pizza für meinen Dämon und legte mich aufs Bett, während er auf der Couch saß und fernsah. Irgendwann wurden meine Lider schwer; die Ereignisse des Tages und die starken Emotionen hatten mich ausgelaugt. Ich döste ein bei Casziels ständigem Hintergrundkommentar zu was auch immer er sich ansah – er lachte höhnisch oder murmelte etwas in dieser merkwürdigen Sprache. Einer Sprache, die klang, als stamme sie aus einem geöffneten Grab, staubig und kehlig und seit Jahrhunderten nicht von lebenden Wesen gehört.

Ich schlief ein und träumte von einer Frau …

… die auf einem Feld steht. Ihr schwarzes Haar ist zu einem dicken, bis zur Taille reichenden Zopf geflochten. Sie trägt ein formloses Wollkleid, das über der Hüfte gegürtet ist. Ihre Haut ist gebräunt, silberne Armreifen mit blauen Steinen gleiten über ihren Arm, als sie die Hand hebt, um die Augen vor der untergehenden Sonne zu schützen. In der Ferne steht am Ufer eines Flusses eine Stadt mit niedrigen Lehmziegelbauten.

Ich folge ihrem Blick und kann gerade noch einen Zug von Soldaten erkennen, der in die Stadt marschiert. Leise höre ich die jubelnde Menge und den Klang triumphierender Hörner.

Die Frau stößt einen Freudenschrei aus, und auch mein Herz hüpft vor Glück. Sie rafft das Kleid und läuft los …

VIER

Ein Dämon in Gestalt eines menschlichen Türstehers lehnt neben dem Eingang des Idle Hands. In der Kneipe, die in einer dunklen Gasse liegt, ist einiges los, dem lauten Gelächter, den Flüchen und den üblen Gerüchen nach zu urteilen, die nach draußen dringen. Der Türsteher sieht mich mit ausdruckslosen Augen näher kommen. »*Aus der Höhe schoss ich her ...*«

»*Im Stern- und Feuerscheine*«, vervollständige ich.

Er nickt. »Tritt ein.«

Ich blicke mich in der Gasse um. Sie ist leer, aber um uns herum atmet elektrisiert und lebendig New York. Selbst in der tiefsten Nacht ist die Stadt voller Leben. Voller Licht.

Da es keine neugierigen Augen gibt, verwandle ich mich, nehme meine Dämonengestalt an, und seufze fast vor Erleichterung, als ich fühle, wie ihre Kraft mich umhüllt, als würde ich eine Rüstung anlegen. Ich bin nicht länger geschwächt vom Übergang; die schwarze Kleidung und das Großschwert, das ich auf der Anderen Seite trage, begleiten mich.

Der Türsteher tritt zurück und wendet den Blick ab. »Casziel, Herr, ich hatte keine Ahnung. Vergib mir.«

Vor nicht allzu langer Zeit hätte ich die Todesangst genossen, die meine Gegenwart hervorruft. Jetzt erinnert sie mich an alles, was ich getan habe, um sie zu verdienen.

»Aus dem Weg«, fauche ich.

Er gehorcht mit einer weiteren Verbeugung, und ich betrete das Idle Hands. In der dunklen, fensterlosen Kneipe stinkt es bestialisch – von den etwa zwanzig Dämonen und Dämoninnen, die sich hier versammelt haben, gehen üble Gerüche aus. Alle sind in ihrer Dämonengestalt. Das Idle Hands ist ein Rückzugsort, unsichtbar für menschliche Augen.

Nur wenige bemerken meine Ankunft, aber Eistibus starrt mich von hinter dem Tresen an. Der Dschinn scheint erfreut, aber nicht überrascht, mich zu sehen.

»Casziel, mein Herr.« Eistibus ergreift meinen Arm. »Wie lange ist es her?«

»Fünfzig Jahre nach menschlicher Rechnung.«

»Viel zu lange, und doch kommt es mir wie gestern vor.« Der Dschinn blickt auf eine Tür hinter dem Gastraum. »Astaroth wartet ...«

»Ich weiß.«

Lass ihn warten.

»Wenn du meinst«, sagt Eistibus langsam. »Was willst du trinken?«

Auf einigen der Flaschen in den Regalen sind Schädel mit gekreuzten Knochen, aber ich weiß, was ich will. »Rotwein, bitte.«

Eistibus stellt ein Glas Wein von der Farbe alten Blutes vor mich hin. Von der Taille aufwärts erscheint der Dschinn als ein rundlicher, prächtig gekleideter Mensch mit schweren Goldketten um den dicken Hals und an den Fingern funkelnden Edelsteinen. Unterhalb der Schärpe aus Goldbrokat, die er sich um die Taille gewickelt hat, ist nur Nebel. Dieser kettet ihn an eine Lampe, die irgendwo in den Fundamenten der Taverne vergraben ist. Angeblich hat er eine Wette gegen Aclahayr verloren.

»Wie lange wirst du auf Dieser Seite sein?«

»Nicht lange«, antworte ich und nippe an meinem Wein. »Ein paar Tage.«

Und dann wird es enden, so oder so.

»Und du?«, frage ich. »Wie läuft das Geschäft?«

»Es ist einiges los dieser Tage. Was komisch ist. Meistens bin ich allein mit dem wurmigen Bastard.«

Langsam deutet er mit dem Doppelkinn auf den Dämon am anderen Ende des Tresens, dessen Kopf auf dem polierten Mahagoni ruht und der den dürren Arm um einen Ring leerer Shotgläser gelegt hat.

Eistibus haut mit der Faust auf die Theke. »Hey! Ba-Maguje! Nimm deine dreckige Fresse von meiner Theke.«

»Lass mich in Ruhe«, lallt Ba-Maguje. »Ich arbeite.«

Eistibus lacht leise, hörte aber schnell wieder auf. Ein Blick seiner goldenen Augen huscht flackernd zur Hintertür, dann wieder zu mir. »Ich will dich nicht drängen, aber Astaroth hat darauf bestanden, dass du gleich zu ihm gehst.«

»Willst du mich schon wieder loswerden?« Ich lächle. »Ich dachte, wir wären Freunde.«

»Wir *sind* Freunde«, sagt Eistibus. »Deshalb die Warnung. Und du wärst mir ein besserer Freund, wenn du schnell gehst. Sonst schneiden sie mir nämlich die Eier ab, weil ich die Botschaft nicht überbracht habe.«

»Du hast keine Eier, Eistibus«, sage ich grinsend, dann winke ich ab. »Ich geh ja schon.«

Ich kippe den Wein runter, und jetzt blicken mir ein paar Dutzend Augen nach – oder was als Augen dient –, als ich den Raum durchquere. Ich steige über Schwänze und umgehe eklige Pfützen. An der Tür nehme ich die Schultern zurück und klopfe.

»Herein.«

Der Raum ist dunkel bis auf eine einzige schwarze Kerze auf einem kunstvollen Tisch. Prächtige antike Möbel mit zerschlissenen Samtbezügen verleihen ihm das Aussehen eines Salons in einem alten Herrenhaus. Im kümmerlichen Licht erkenne ich meinen Dienstherrn Astaroth, Kopf des Achten Ordens, Prinz der Ankläger. Er sitzt auf einem Sofa, die schwarzen Flughäute hat er fest gefaltet, sodass die Spitzen der Flügel mit ihren Haken glänzend hinter seinem wirren feuchten Haar hervorragen. Er sieht aus – und riecht – wie eine Leiche, die man aus einem Moor gezogen hat. Ich bemühe mich, nicht vor seinem Atem zurückzuweichen, der den ganzen Raum erfüllt.

Er streichelt den Kopf einer riesigen weißen Schlange, die sich um das Sofa geringelt hat und mich aus schwarzen Augen ansieht. Geringere Diener winseln und huschen wie Ratten am Rand des Lichts umher.

»Knie nieder.«

Ich gehorche und falle mitten im Raum auf die Knie.

»Mein Dämonenprinz«, sagt Astaroth gedehnt, jede Silbe klingt nach Gefahr. »Du bist so schön und perfekt in deiner Bösartigkeit … nur nicht, wenn es um *sie* geht.«

Sie heißt diesmal Lucy …

Ich vergrabe den kleinen Lichtfunken, der in meinem schwarzen Herzen brennt. Selbst nachdem ich die Erde jahrhundertelang mit meinem Zorn verwüstet habe, ist diese Flamme noch nicht erloschen. Lucy ist genau so hell und schön in diesem Leben wie in jedem anderen, aber sie ist allein. Immer allein. Ich wage es, mich zu fragen, ob sie mir irgendwo in ihrer Seele noch nachtrauert. Es zu hoffen …

»Tut sie nicht«, faucht Astaroth, der in meinen Gedanken herumkriecht. »Egal in wie vielen ihrer Leben du wie ein Straßenköter um sie herumschleichst, für sie bist du tot. Sie hat nicht einmal eine Erinnerung an dich. Du weißt, dass das die Wahrheit ist.«

Das weiß ich. Aber ich kann sie nicht dieser Einsamkeit überlassen. Ich muss wissen, dass sie am Ende ihr Glück findet.

Dann kann ich mich verabschieden ...

Astaroth grinst höhnisch, breitet seine Flügel aus. Sein Gestank schlägt mir in Wellen entgegen. »Ich sehe in dein Herz. Ich rieche deine lächerliche Hoffnung. Wäre sie nicht so erbärmlich, fände ich die Lüge, die du ihr über deine *Erlösung* erzählt hast, fast amüsant.«

»Diese Zeit gehört mir«, sage ich und hebe herausfordernd das Kinn. »Elf Tage. Du hast es geschworen ...«

Was kann das Wort eines Dämons schon wert sein?, hat Lucy gefragt. *Nichts* ist natürlich die Antwort.

Astaroth verzieht die schwarzen Lippen. »Und was ist mit *deinem* Wort? Deiner Pflicht. Während du auf Dieser Seite deine Zeit verschwendest, sind deine Legionen auf der Anderen Seite ohne Führung.«

Ich schweige. Mein Kurs ist klar, und ich werde nicht wanken. Ein Kommandant lässt nicht ab von seiner Mission, bis er den Sieg errungen hat.

Oder bis er tot ist.

Schnell verbanne ich den Gedanken, damit ihm meine Absichten nicht offenbart werden. Ich habe wohl Erfolg, denn Astaroth seufzt enttäuscht und zieht das große Schwert, das er an einem Gürtel um seine Taille trägt. Es glänzt dumpf im flackernden Kerzenlicht.

»Dann komm.«

Ich weiß, was er erwartet – ich wechsle in meine schwache menschliche Gestalt, den Körper, der vor so vielen Jahren gezeichnet und ermordet wurde. Astaroth wird mir eine weitere

Narbe zufügen, um mich an diese Schwäche zu erinnern – mich daran zu erinnern, dass er mich vernichten kann, solange ich diese menschliche Haut trage.

Und darauf zähle ich … aber noch ist es zu früh.

Ich trete näher, trage den Kopf hoch erhoben und weiche nicht zurück. Zu beiden Seiten von Astaroth beobachten mich geringere Diener und warten darauf, dass ich Schwäche zeige. Sie gieren nach einem Fetzen meiner Angst. Ich zeige keine. Ich könnte die Teufelchen mit einem Wort oder einem Schwerthieb zerstören.

Ich entblöße meinen Arm, biete ihn Astaroth wie ein Stück Opferfleisch.

»Du hast einen Tag verbraucht. Verbleiben zehn. Mein Geschenk an dich.«

Er zieht das Schwert über mein Handgelenk, und ich halte die Luft an und frage mich, ob er mir die Hand abhacken wird. Aber die Wunde ist nicht tief. Das rote Blut fließt dunkel im kümmerlichen Licht. Der Schmerz ist grell, aber nichts im Vergleich zu den Verletzungen, die ich vor Jahrhunderten am lebendigen Leib erlitten habe, als ich in den Zikkurat geschleift und körperlich und seelisch vernichtet wurde …

Meine Gedanken werden gewaltsam von den blutigen Erinnerungen gelöst, als Astaroth die breite Seite der Klinge auf den blutenden Schnitt drückt. Es zischt; Rauch steigt, sich kräuselnd, auf. Der Schmerz sinkt tief ein. Schichten brennender Qual. Die Teufelchen winseln und geifern. Trotzdem zucke ich nicht zusammen. Ich zahle den von Astaroth geforderten Preis und bleibe ruhig.

Als es vorbei ist, ziehe ich den Arm an mich und damit auch den Schmerz. Ich genieße ihn. Solange es mein Schmerz ist und nicht Lucys – das darf niemals sein –, kann ich ihn ertragen.

Astaroth lässt angesichts meines Gleichmuts enttäuscht die Flügel sinken. Sein Hunger ist nicht gestillt, aber unser Pakt wurde nicht gebrochen.

»Geh«, sagt er und dreht mir den Rücken zu. »Geh und spiel. Nimm dir deine Zeit.«

»Danke, Herr.«

Ich beuge den Kopf und gehe. Der Geruch meines verbrannten Fleisches hängt im Raum. Die Diener ducken sich winselnd wie streunende Hunde in die Schatten zu Astaroths Füßen. Sie sind noch hungrig.

Sollen sie alle verhungern!

»Casziel.«

Ich bleibe stehen, drehe mich um.

»Ich weiß, du glaubst, ihr Glück ist die einzige Erlösung, die dir beschieden ist, aber du wirst scheitern. Sie wird dich hassen, bevor alles vorbei ist. Und weißt du, warum?«

Das menschliche Blut gefriert mir in den menschlichen Adern. Ich schweige. Es gibt keine richtige Antwort außer seiner.

»Weil du dein wahres Ich nicht vor ihr verbergen kannst.« Astaroths Stimme trägt die Dunkelheit vieler Nächte in sich. »Weil niemand dir deine Gräueltaten vergeben kann, nicht einmal jemand, der so hell strahlt wie sie. Weil du mir gehörst. Dein schwarzes Herz und deine noch schwärzere Seele gehören *mir*.«

Er grinst und zeigt dabei die fauligen Zähne.

»Und ich lasse dich niemals gehen.«

FÜNF

𒈗𒂍𒀭𒌋

Als ich aufwachte, fiel die Sonne durch das offene Fenster, und der Traum von der schwarzhaarigen Frau hing mir noch nach. Er erinnerte mich an andere Träume. Extrem klare Träume, die sich in anderen – viel früheren – Zeiten abspielten. Dieser letzte kam mir noch früher vor. Wie aus grauer Vorzeit.

Ich sah mich um. Dads Trenchcoat lag zusammengeknüllt auf der Couch, und Casziel war nirgends zu sehen.

Vielleicht hatte ich ihn auch nur geträumt.

Trotz des Cornflakeschaos auf der Kücheninsel und des leeren Pizzakartons auf dem Couchtisch war das die plausibelste Erklärung. Der Anflug von Enttäuschung überraschte mich. Und es war mehr als ein Anflug. Casziel war unhöflich und arrogant, aber wenn ich ehrlich war, hatte er seinen ganz eigenen merkwürdigen Charme. Und wenn ich *wirklich* ehrlich war, fand ich ihn sexy. Er war ein Krieger gewesen, und das sah man an jeder harten Kontur seines Körpers. Daran, wie er sich bewegte. An den kampfbereiten Muskeln. Er strahlte Macht und Gefahr aus, und es widersprach jeder Logik, aber ich fühlte mich sicher bei ihm.

Aber wenn ich mir Casziel nur eingebildet hatte, wäre auch alles, was er mir über Dad erzählt hatte, nur ein Produkt meiner trauernden Fantasie.

»Nein«, sagte ich sanft und nahm den Trenchcoat auf. »Ich kann trotzdem glauben, dass du hier bist. Du bist nur im Nebenzimmer.«

Ich hängte den Mantel wieder in den Schrank. Der Geruch nach Pfeifenrauch und Rasierwasser wurden von Casziels exotischem Duft überdeckt; vielleicht war er also doch real. Aber wo zur Hölle war er?

In der Hölle. Wo sonst.

Ich ignorierte das und machte das Bett, steckte sorgfältig das Laken fest und strich jede Falte glatt, bis es aussah, als hätte niemand darin geschlafen. Und außer mir *hatte* nie jemand darin geschlafen. Das letzte Mal, dass ich das Bett mit einem Mann geteilt hatte, war in meinem zweiten Jahr an der Uni gewesen.

Jeff Hastings war in meiner Lerngruppe gewesen und wie ich noch Jungfrau. Wir beschlossen, zusammen nicht mehr Jungfrau zu sein. Die ganze Sache war unbeholfen und peinlich, aber nicht total unangenehm. Ich fragte mich sogar, ob da mehr war zwischen mir und Jeff. Nachdem er einmal Sex gehabt hatte, wuchs allerdings sein Selbstvertrauen. Er dankte mir, ihm diesen »Riesengefallen« getan zu haben, und datete für den Rest des Jahres Cindy Nguyen. Meines Wissens waren sie inzwischen verheiratet und hatten drei Kinder.

Seit damals war ich ein paarmal mit Typen ausgegangen, aber es hatte nie zu etwas geführt. Ich sagte mir, dass ich mich zu sehr auf mein Studium konzentrierte, um eine ernsthafte Beziehung zu haben. Dann war das College vorbei, ich nahm den Job bei Ocean Alliance an, Dad starb. Ich hatte mich in ein kleines Leben zurückgezogen – ereignislos, ruhig, sicher. Unbedeutend.

Ein selbst geschaffenes Fegefeuer.

Das Telefon klingelte und riss mich aus meinen Gedanken. Cole Matheson rief mich über Facetime an.

Ich lächelte und ging ran. »Hey!«

»Hab ich dich geweckt?« Er warf das hellbraune Haar zurück, das ihm in die Stirn fiel. »An einem Samstag um zehn Uhr morgens deiner Zeitzone?«

»Nicht wirklich.« Ich lachte. »Sehe ich so müde aus?«

»Ehrlich gesagt nicht. Du siehst gut aus.« Cole schob die eckige, schwarz gerahmte Brille auf seiner Nase hoch. »Irgendwas ist anders. Deine Haare sehen ein bisschen zerzaust aus. Fast sexy.«

Ich berührte verlegen mein Haar. »Ich … hatte eine lange Nacht.«

»Ach ja? Bitte sag mir, dass du nächtlichen Aktivitäten für Erwachsene nachgegangen bist.«

»Nein, nein, nichts dergleichen. Nur komische Träume.«

»Oh Mist. Ich hatte gehofft, dieser Typ von deiner Arbeit … wie heißt er noch gleich?«

»Guy.«

»Genau. Ich hatte gehofft, dieser *Guy* hätte endlich die Scheuklappen abgelegt und dich zum Essen eingeladen. Aus dem Essen wären ein paar Drinks geworden. Nach den Drinks dann ab in die Kiste …«

»Schön wär's.« Ich setzte mich auf die Couch und strich die zerknitterten Sachen glatt, in denen ich geschlafen hatte. »Aber Guy hat keine Scheuklappen auf. Er bekommt ziemlich viel weibliche Aufmerksamkeit, und ich habe ihm keinen Grund gegeben, mich zu bemerken.«

»Hm. Du bist wunderbar, Luce. Das ist nicht so schwer zu bemerken.«

»Du musst das sagen. Du bist mein bester Freund. Wie läuft's an der Uni?«

Ich kannte Cole von der NYU, und mein talentierter Freund hatte einen begehrten Platz für ein Masterstudium an der Royal Academy of Arts in London gekriegt. Das war ein Jahr her, aber ich war immer noch wahnsinnig stolz auf ihn.

»Hält mich auf Trab, aber nicht so sehr, dass ich keine Zeit für mein Nebenprojekt hätte.« Cole verschwand vom Bildschirm und kam mit seinem Skizzenblock zurück. »Nummer fünfzehn in der Serie *Meine Freundin Lucy. Eine Studie.*«

Er hielt eine Bleistiftzeichnung hoch, die zweifellos mich darstellte und so realistisch war, als hätte er ausgehend von einem Foto gearbeitet. Als Porträtist hatte Cole die Aufgabe, das Wesen seiner Modelle einzufangen. Und diese Zeichnung hatte mich perfekt eingefangen – mein herzförmiges Gesicht, die Sommersprossen, das schulterlange braune Haar. Meine reizlosen und auffällig durchschnittlichen Züge.

»Das ist von unserem letzten Videocall«, sagte Cole. »Beachte bitte den bedrückten Blick und das schöne, aber traurige Lächeln.«

»Wenn du nicht so talentiert wärst, wäre ich gekränkt.«

»Ich mach mir Sorgen, Luce.«

»Ich weiß, und ich sag dir ständig, dass du damit aufhören sollst.«

»Ich kann nichts dagegen tun. Irgendwie sehen die Zeichnungen langsam alle gleich aus.« Er lächelte sanft. »Ich sollte die Serie in *Stillleben mit Lucy* umbenennen.«

Ich zupfte einen Fussel von meinem Kleid. »Es war nicht leicht seit Dads Tod.«

»Das weiß ich, aber ich weiß auch, wie du bist.«

»Und wie bin ich?«

»Du gehst nicht aus. Du lädst nie jemanden zu dir ein. Du bist zu nett.«

»Man kann nicht zu nett sein.«

»Auf der Beerdigung deines Vaters hast du mich gefragt, ob es *mir* gut ging.« Coles Lächeln wurde weicher. »Ich bin nicht geizig. Ich wäre bereit, deine Großartigkeit mit *mindestens* einer anderen Person zu teilen.«

Meine Gedanken wanderten zu Casziel.

Es gibt nichts auf Dieser Seite, was ich brauche. Nur dich.

»Wow«, rief Cole. »Was war das denn? Dein ganzes Gesicht leuchtet auf einmal.«

»Was? Nein. Das bildest du dir nur ein …«

Ich verstummte abrupt, als ein großer schwarzer Rabe durchs Fenster ins Zimmer flog – das Fenster, das Casziel unbedingt hatte offen lassen wollen. Der Vogel bremste mitten im Flug, wurde größer und entfaltete sich irgendwie. Im nächsten Moment stand Casziel ganz in Schwarz gekleidet in meiner Wohnung. Schwarze Jeans, schwarze Stiefel und eine schwarze Jacke über einem verblassten Metallica-T-Shirt.

Cole suchte eifrig nach seinem Bleistift und hörte meinen kleinen erschrockenen Aufschrei gar nicht. Ich blinzelte, als würde ich mich dann weniger so fühlen, als hätte mein Gehirn einen Kurzschluss.

Ist das gerade wirklich passiert?

»Cole, ich muss auflegen. Da ist jemand, äh … an der Tür.«

»Ach wirklich?« Cole grinste jetzt über beide Ohren, sein Blick huschte zwischen mir und dem Zeichenblock hin und her, seine Hand sauste über das Papier. »Sag nicht so was.«

»Mit wem redest du?«, fragte Casziel. Laut.

Coles Augen weiteten sich hinter seiner Brille. »Heilige Scheiße, war das gerade …?«

»Ich muss auflegen, hab dich lieb, ich melde mich.« Ich beendete das Gespräch und sah Casziel wütend an. »Echt jetzt?«

Der Dämon starrte wütend zurück. »Unsere Situation ist vertraulich, hatte ich das nicht erwähnt?«

»Das war mein bester Freund, und ich habe ihm nichts gesagt. Er wird glauben, dass ich den Verstand verloren habe.

Und ich bin mir nicht sicher, ob ich das nicht vielleicht auch denke. Warst du gerade ... ein *Vogel?*«

»Der Rabe ist mein Anikorpus«, sagte Casziel. »Eine Art Fortbewegungsmittel auf Dieser Seite.«

»Oh, klar. Anikorpus. Total normal.« Ich runzelte die Stirn. »Woher kommt diese Kleidung?«

»Materie ist Energie. Sobald ich mir einmal Gewänder beschafft habe, kann ich ihre Energie manipulieren und mit meiner eigenen verschmelzen lassen. Sie werden ein Teil von mir, sind in mir, genau wie die Energien für meine verschiedenen Gestalten – Rabe, Dämon, Mensch. Ich kann bestimmen, welche davon ich annehme oder trage.«

»Okay. Ich tu einfach so, als würde ich das verstehen.« Ich schob mir eine Strähne hinters Ohr. »Aber du hattest eindeutig keine *Gewänder*, als ich dich gefunden habe.«

»Um Energie zu manipulieren, braucht man Kraft. Zu jenem Zeitpunkt hatte ich keine.«

»Okay.« Ich schüttelte nachdenklich den Kopf. »Warte mal. Ich hab dich schon einmal als Raben gesehen. Als ich dich gefunden habe. Ich hatte einen Traum oder eine Vision von einem Raum in einem Tempel.«

Casziel, der in meinen Küchenschränken stöberte, erstarrte. »Du hast einen Tempel gesehen?«, fragte er, ohne sich umzudrehen.

»Das war mein Eindruck, aber ich bin mir nicht sicher. Es war ziemlich dunkel. Alles war voll Blut und ... ich habe Trauer gespürt. Ich glaube, deine Trauer.«

Der Dämon blieb einen Moment lang reglos stehen, dann nahm er die Durchsuchung meiner Küchenschränke wieder auf. »Das liegt daran, dass wir miteinander verbunden sind, seit du meinen wahren Namen gesagt hast. Meine Existenz sickert in deine ein. Mehr nicht.«

»Aber ich hatte diese Vision, bevor ich deinen Namen gesagt habe …«

»Der Inhalt deiner Schränke ist ungenügend, Lucy Dennings«, sagte Casziel, der mir immer noch den Rücken zugedreht hatte. »Es ist erstaunlich, dass du von dieser kümmerlichen Auswahl leben kannst.«

Er lenkte ab, aber ich hakte nicht nach, weil ich davon gefesselt war, wie Casziel meine kleine Wohnung mit seiner männlichen Gegenwart ausfüllte. Nackt war er schon ziemlich ansehnlich gewesen, aber diese schlanken, ausgeprägten Muskeln mit Kleidern zu bedecken machte sie irgendwie noch auffälliger.

Und Schwarz ist absolut seine Farbe.

Ich riss mich zusammen – es ging wohl kaum, dass ich einen *Dämon* anschmachtete – und räusperte mich. »Warte, wie genau hast du dir die Kleider beschafft?«

»Ich habe von einem Mann Besitz ergriffen, der vor einem Club wartete und ungefähr meine Statur hatte«, sagte Casziel, der endlich eine Packung Pop-Tarts aus dem Schrank holte. Er riss ein Päckchen auf und ließ die Plastikverpackung auf den Boden fallen. »Die Unterwäsche hab ich ihm gelassen. Ich bin kein Monster.«

»Du hast von ihm *Besitz ergriffen*?«

»Warum schockiert dich das? In euren Filmen und Büchern wird meine Art nicht besonders korrekt dargestellt, aber das mit der Besessenheit ist im Prinzip richtig.« Casziel neigte den Kopf. »Das ist damals Uriel rausgerutscht. Diese unsägliche Geschichte mit den Nonnen 1634.«

Mein Kiefer arbeitete, dann schüttelte ich den Kopf. »Hast du mal drüber nachgedacht, wie dieser Typ sich gefühlt haben könnte, als er plötzlich in der Öffentlichkeit nackt war?«

Casziel starrte mich ausdruckslos an und kaute auf seinem Pop-Tart.

Ich verdrehte die Augen. »Hör zu, wenn du dich bessern willst, musst du lernen, ein bisschen empathischer zu sein. Und du solltest nicht stehlen. Und nicht von Leuten *Besitz ergreifen*, meine Güte.«

»*Mich zu bessern* wird nicht reichen, Lucy Dennings. Angesichts des Ausmaßes meiner Sünden wird meine Erlösung etwas wirklich Großes erfordern. Hast du über meine Lage nachgedacht?«

»Äh … nein. Ich bin aufgewacht, und du warst weg. Ich dachte, ich hätte mir alles nur eingebildet.«

»Während du dir Sachen *einbildest*, läuft meine Zeit ab. Jetzt habe ich nur noch zehn Tage.«

»Wenn wir scheitern, bleibst du für immer ein Dämon?«

Er brauchte ein wenig zu lange, um zu antworten. »Ja.«

»Aber was …?«

»*Genug*«, fauchte er. »Ich habe keine Zeit für deine endlosen Fragen.«

Ich umfasste meine Ellbogen. »Du hast schlechte Laune.«

»Ich werde unruhig«, sagte Casziel. »Ich bin nicht auf Diese Seite gekommen, um den ganzen Tag in deiner Wohnung zu hocken. Und du, könnte ich hinzufügen, solltest das auch nicht.«

»Was soll das bitte heißen?«

»Du hast ganz New York zu deiner Verfügung und verkriechst dich ständig hier drinnen.«

Meine Wangen brannten. »Das stimmt nicht. Ich gehe spazieren und … mache Sachen.«

»Nichts, was ich beobachtet hätte.«

»Du sollst mich nicht *beobachten*.«

Casziel zuckte die Achseln und biss in seinen zweiten Pop-Tart. »Es lässt sich nicht ändern. Ich brauchte einen Menschen, der nicht von meiner Art heimgesucht wird. Dein Licht wurde noch nicht gedämpft. *Noch nicht*.«

»Ich habe ein Licht?«

Die Frage macht ihn irgendwie sauer, als wäre es Allgemeinwissen und nicht totaler Irrsinn.

»Zwischen den Gefilden der Lebenden und der Toten befindet sich der Schleier.« Casziel hielt seinen Pop-Tart senkrecht hoch wie eine Grenze. »Die Menschen existieren auf Dieser Seite. Die Toten auf der Anderen Seite. Dämonen drängen sich so dicht wie möglich an den Schleier, um ihr Werk an der Menschheit zu tun. Wie Motten, die vom Licht angezogen werden, gierig und voller Hunger.«

Ich stellte mir geflügelte, sich windende Körper vor, die im Dunkeln geiferten und über eine hauchdünne Gardine krochen, um an die Menschen auf der anderen Seite zu kommen.

»Und Engel? Kommen die jemals auf Diese Seite?«

»Manche schon. Wenn sie noch eine Rechnung offen haben.«

»Mein Dad …?«

»Hat noch eine Rechnung offen. Er will mir nicht sagen, was, also frag nicht.«

Ich wich unwillkürlich zurück angesichts Casziels schneidendem Tonfall und fühlte mich klein und zurechtgewiesen. Ich hasste es, dass die Kommunikation mit meinem Vater über einen Dämon laufen musste, weil ich Dad am liebsten für mich allein gehabt hätte, um ihm all das zu sagen, was ich zu seinen Lebzeiten nie gesagt hatte.

In meiner kleinen Wohnung war es plötzlich drückend und heiß vor Anspannung, bis Casziels sanfte Stimme die Stille durchbrach. »Dein Vater sagt, du musst nichts bereuen, Lucy. Alles, was zwischen ihm und dir nicht gesagt wurde, kann er in deinem Herzen lesen.«

Tränen brannten mir in den Augen. »Wirklich?«

»Wirklich.«

Ich atmete zitternd ein. »Danke, Casziel.«

Er nickte. Seine Wut hatte sich beinahe in Wärme verwandelt. Der Moment dehnte sich aus, unsere Blicke verschränkten sich, und ich empfand eine merkwürdige Sehnsucht, auch wenn ich nicht sagen konnte, ob sie von mir oder ihm ausging. Wie elektrischer Strom, der zwischen uns hin und her floss. Eine undeutliche Nachricht über eine Telegrafenleitung. Ich konnte sie nicht verstehen, aber ich hatte dasselbe Gefühl, das ich auch hatte, wenn ich einen Liebesroman zu Ende las – ich wollte etwas, was ich nicht hatte.

Oder nicht mehr hatte.

SECHS

»Tja, wir sollten wirklich langsam loslegen«, sagte ich und schüttelte den Kopf. »Du brauchst eine große rettende Idee, und ich brauche ein Kleid für eine Veranstaltung von der Arbeit am nächsten Wochenende. Wir könnten zum Macy's am Herald Square laufen und auf dem Weg brainstormen.«

Genau, geh einfach mit deinem Dämon shoppen.

Die ganze Sache war so unwirklich, als wäre ich in einem merkwürdigen Traum gefangen. Aber ich war hellwach, die Sonne schien durchs Fenster, und in meiner Küche stand ein schöner Mann, futterte Pop-Tarts und bat mich, ihm zu helfen, seine Seele zu retten.

»Ich dusch kurz und zieh mich an.« Ich suchte ein paar Sachen zusammen, die ich mit ins Bad nehmen wollte. »Du kannst solange fernsehen oder ... das ...«

Casziel hatte im Kühlschrank einen Eisbergsalat gefunden und biss geräuschvoll hinein.

Ich duschte, zog ein marineblaues T-Shirt-Kleid an, dessen Rockteil mit einem Patchworkmuster bedruckt war. Es saß weit und konturlos – mein bevorzugter Schnitt, um meinen kleinen Bauch und die Oberschenkel zu verstecken, die sich definitiv berührten.

Ich ließ Casziel warten, während ich Salatreste und Krümel

wegwischte. Offensichtlich gab es auf der Anderen Seite keine Tischmanieren – und auch keine Kakerlaken. Dann gingen wir hinaus in die Aprilsonne eines umwerfenden Samstagmorgens.

Ich gab es nur ungern zu, aber der Dämon – und Cole – hatten recht. Mir selbst überlassen, wäre ich an diesem schönen Tag drinnen geblieben, hätte gelesen und es schon wieder aufgeschoben, für die Hochzeit meiner Chefin etwas zum Anziehen zu kaufen, weil mich der Gedanke an diese Feier sowieso nervös machte.

Casziel ging neben mir und sah auf eine düstere Art gut aus. Andere Fußgänger machten einen weiten Bogen um uns, als würden sie unbewusst die Gefahr wahrnehmen, die von ihm ausging. Ich dagegen konnte nicht aufhören, ihn anzustarren, jetzt, da er nicht länger aussah wie ein Exhibitionist im Trenchcoat.

Er bemerkte meine Blicke und sah mich an. »Ja?«

»Du glitzerst gar nicht.«

»Wie bitte?«

»Ich mach nur Witze.« *Oder drehe durch.* »Ich dachte bloß gerade an eins meiner Lieblingsbücher, einen Liebesroman über Vampire.«

»Ich bin kein Vampir.«

»Wolltest du nicht eigentlich sagen: *Es gibt keine Vampire, Lucy?*«

Er sah mich an, dann wieder auf die Straße.

Mir klappte die Kinnlade runter. »Die gibt's?«

»Willst du das wirklich wissen?«

»Eigentlich nicht. Mein Verstand wird länger durchhalten, wenn ich mir meine Kräfte einteile. Aber …«

»Du hast Fragen.«

»Nur ein oder zwei … *tausend.*«

»Frag.«

»Ich dachte, du hast meine Fragen satt.«

»Ich habe möglicherweise nicht ausreichend berücksichtigt, wie neu unsere Situation für dich ist.«

Ich grinste schief. »Denkst du?«

»Du kannst es mir nicht vorwerfen. Eure Unterhaltungsindustrie produziert Unmengen von Filmen und Fernsehserien zu dem Thema, und doch hat die Menschheit nur kümmerliche Fähigkeiten, das Übernatürliche zu begreifen.«

»Wir geben uns Mühe. Wir haben sogar eine Serie, die *Supernatural* heißt.« Ich grinste. »Würde dir nicht gefallen. Es geht um Dämonenjäger.«

Casziel schnaubte. »Bestimmt auch noch komisch.«

Ich lachte. »Und ich finde, ehrlich gesagt, ich komme ziemlich gut mit der Situation zurecht. Allein, dass ich wegen dieser Anikorpus-Sache nicht total durchgedreht bin.«

»Es gibt überhaupt keinen Grund *durchzudrehen*. Ich hab dir doch erklärt, dass alle Dämonen auf Dieser Seite eine Tiergestalt haben, die ihnen die Fortbewegung ohne ungewollte Aufmerksamkeit erleichtern soll.«

Ich nickte und fragte mich, wo Casziel letzte Nacht gewesen war – abgesehen davon, dass er von einem Typen Besitz ergriffen und ihm die Klamotten geklaut hatte. Es lag mir auf der Zunge zu fragen, aber ich war mir nicht sicher, ob ich die Antwort hören wollte.

»Wie oft warst du schon auf Dieser Seite?«

Er sah mich an und zog eine Augenbraue hoch. »Fragst du mich gerade, ob ich öfter in der Nähe bin?«

Mein Gesicht wurde heiß. »Du weißt, was ich meine.«

»Ziemlich oft, über die Jahrhunderte.«

»Warum? Was willst du hier?«

»Persönliche Angelegenheiten«, sagte er steif.

»Warst du schon mal in New York?«

»Ja. Viele meiner Art werden von Städten angezogen. Das Verderben gedeiht besser in ihnen. Und es ist hilfreich, dass hier sowieso schon jeder schlechte Laune hat.« Er bemerkte meine zweifelnde Miene. »Du glaubst mir nicht?«

»Ich weiß nicht mehr, was ich glauben soll. Ich denke immer noch halb, dass ich träume. Apropos, warst du bei deinen Reisen auf Diese Seite je in Japan oder Russland?«

Er blickte weiter auf die Straße. »Warum fragst du?«

»Ach, nichts. Ich hatte nur diese sehr klaren Träume, die sich irgendwie anfühlten, als …«

»Was?«

»Als wären sie real. In einem Traum war ich vor Hunderten von Jahren in Japan. Da war eine junge Frau, die einen schweren Karren mit Vorräten durch den Wald zu ihrem Dorf zog. Ich habe sie von Weitem gesehen, aber sie war ich. Es war wie eine außerkörperliche Erfahrung. Man hatte mich gewarnt, dass der Weg gefährlich sei und der Wald voller Räuber, aber ich hatte keine Wahl. Meine Familie brauchte Lebensmittel, um den Winter zu überstehen. Als ich fast zu Hause war, griffen mich drei Räuber an. Sie wollten mich … du weißt schon …«

Casziel nickte grimmig. »Ja, ich weiß.«

»Aber dann kam plötzlich ein Krieger aus dem Nichts. Er trug eine Maske. Er war ein Samurai, glaube ich. Er hat die Räuber mit seinem Schwert erschlagen und dann den Karren für mich ins Dorf gezogen. Er hat kein Wort gesagt – ich glaube, es gab damals Regeln, wie Männer sich in Gegenwart unverheirateter Frauen verhalten sollten. Aber ich habe mich so sicher gefühlt. Sobald wir im Dorf angekommen waren, hat der Samurai den Karren abgestellt, sich verbeugt und ist gegangen.«

»Rōnin«, sagte Casziel.

»Was?«

»Ein umherziehender Samurai ohne einen Herrn oder Meister ist ein Rōnin.«

»Ah. Okay. Woher weißt du, dass er das war?«

Casziel zuckte die Achseln. »Ich hab nur geraten. Und der andere Traum?«

»Na gut, also … Ich habe in einer Stadt im zweiten Weltkrieg gelebt. Leningrad in Russland, jetzt heißt das anders.«

»St. Petersburg.«

»Ja, genau.« Ich lächelte. »Du bist ein wandelndes Lexikon.«

Er lächelte dünn und wartete, dass ich fortfuhr.

»Ich war in etwa so alt wie jetzt, und es fielen Bomben. So viele Bomben. Ich konnte spüren, wie die Erde bebte. Rauch und Staub brannten in meinen Augen, und überall explodierte irgendwas, und Leute schrien. Ich rannte durch die Straßen, in denen überall Schutt lag, und wusste nicht, wo ich hinsollte. Dann kam ein russischer Soldat, packte mich und rannte mit mir in ein ausgebranntes Gebäude, gerade als die nächste Bombe genau an der Stelle, an der ich eben noch gestanden hatte, die Straße traf. Der Soldat hat mir das Leben gerettet. Ich wusste nicht einmal, wie er hieß, aber ich habe mich an ihn geschmiegt, und er hat mich an die Wand gedrückt und vor der Explosion abgeschirmt. Als wollte er auf sich nehmen, was eigentlich mir passieren sollte.«

Casziel nickte, seine Miene war ausdruckslos.

»Die Bomben hörten nicht auf, und ich hatte solche Angst«, fuhr ich fort. »Aber in den Armen dieses Soldaten wusste ich, dass mir nichts passieren würde. Als der Angriff vorbei war, fragte er, ob ich verwundet sei – was ich dank ihm nicht war –, und dann ging er einfach. Er lief in den Rauch zurück und verschwand.«

»Was, glaubst du, bedeuten die Träume?«

»Ich weiß es nicht. Vielleicht lebt mein Unterbewusstsein

den Inhalt irgendwelcher Liebesromane aus. Bei dem russischen Traum ist das bestimmt so. Garantiert hab ich einmal zu oft *Die Liebenden von Leningrad* gelesen.« Ich grinste verlegen. »In Gedanken nenn ich den Soldaten sogar meinen Shura.«

Casziel lächelte nicht.

»Vielleicht bedeuten sie ja auch etwas anderes«, sagte ich langsam. »Mein romantisches Herz sehnt sich nach wahrer Liebe, und wenn ich diesen Mann treffe, ist er jedes Mal gerade so außer Reichweite. Er bleibt nie bei mir.«

Der Dämon atmete geräuschvoll durch die Nase ein. »So faszinierend die Auswüchse deines Unterbewusstseins auch sind, das hier ist kein Traum, und ich warte immer noch auf einen Plan für meine Erlösung. Einen, den du nicht von Deb und K sabotieren lässt.«

»Warum sagst du das?«, fragte ich und fühlte mich irgendwie abgewatscht durch seinen plötzlichen Spott.

»Ich kann sie hören. Lucy, das Dummerchen, und ihr dummes kleines Leben?«

Ich zog die Schultern hoch und ließ mir das Haar ins Gesicht fallen. »Du solltest nicht lauschen.«

»Mein Schicksal liegt in deinen Händen, Lucy Dennings. Ich sehe keine Beweise, dass du je eine ›große Idee‹ verwirklichen konntest, falls du überhaupt schon einmal eine hattest.«

»Ich habe durchaus große Ideen«, sagte ich. »Ganze Notizbücher voll. Aber ich stecke schon bis zum Hals in Schulden durch Studiendarlehen …«

»Und Deb und K haben dich davon überzeugt, dass es sowieso Zeitverschwendung ist. Dass du nicht gut genug bist. Dass jemand anders es besser kann …«

Ich umfasste meine Ellbogen und wünschte, ich könnte einfach im Erdboden versinken. Oder nach Hause laufen und mich mit einem Buch auf dem Bett zusammenrollen.

Sei mutig.

»Du weißt, dass es nicht okay ist, jemandem einfach seine schlimmsten Unsicherheiten vor die Nase zu halten?«

Casziel zuckte die Achseln. »Deb und K ...«

»Mir ist egal, wie du sie nennst. Dieses Geflüster klingt nicht wie Dämonen. Es klingt wie die hämische innere Stimmen, die ich schon mein ganzes Leben höre.«

»Deshalb sind wir so erfolgreich«, sagte Casziel. »Die meisten Leute lassen ihr Gehirn einfach plappern, vierundzwanzig Stunden jeden Tag. Eine Symphonie aus Müll, in die wir unsere Andeutungen so hineinweben, dass man sie nicht mehr unterscheiden kann.«

Ich runzelte die Stirn. »Es ist nicht einfach Geplapper. Wir haben Gedanken ...«

»Es gibt *Denken*, und es gibt *Gedanken*«, sagte er. »Zu entscheiden, was man zu Abend essen will, oder eine Mathegleichung zu lösen ist *Denken*. Eure *Gedanken* sind in der Regel nur Hintergrundrauschen ohne Sinn und Zweck.«

»Und wie wird man seine Dämonen los?«

Casziel sah mich an. Sein Blick war plötzlich intensiv, sein Tonfall herrisch. »Höre ihnen nicht mehr zu, Lucy. Hungere sie aus, indem du sie nicht beachtest.«

»Leichter gesagt als getan.«

»Deb lechzt nach deiner Scham. K nach deiner Angst. Sie nähren sich davon.«

Ich sah ihn an. »Und wovon nährst du dich?«

Er sah weg. »Dem Schmerz, wenn einem etwas Kostbares entrissen wird. Der Wut über die Ungerechtigkeit dabei. Trauer um das Verlorene.«

Der Schmerz dämpfte seine Stimme, und ich erinnerte mich wieder an die Vision von dem Tempel und dem tiefen schwarzen Abgrund der Angst, der mich fast verschluckt hätte. Plötzlich empfand ich das Bedürfnis, Casziels Hand zu nehmen. Ich streifte seinen Handrücken. Es war eine kleine, zarte Berührung. Damit er wusste, dass ich da war, falls er sich an jemandem festhalten wollte ...

Er zuckte zusammen und schob die Hände in die Taschen seiner geborgten Jeans.

»Kommen wir zur Sache«, sagte er brüsk. »Der Plan für meine Errettung muss gut sein, Lucy Dennings. Etwas ›Kleines‹ geht nicht.«

Er will deinen Trost nicht, Dummerchen. Er will nur sich selbst helfen. Du bedeutest ihm nichts.

Gott, ich hatte es satt, mich durch diese Stimmen so klein zu fühlen. Ich schluckte meine Angst runter und nahm meinen ganzen Mut zusammen, um zu tun, was Casziel vorgeschlagen hatte: meine Dämonen nicht länger zu füttern.

»Wenn wir das zusammen machen wollen, so wie Partner oder wie auch immer das aussehen soll, dann musst du dich auch so verhalten«, stieß ich hervor, als wir von der 49th Street in die 7th Avenue einbogen. Ein paar Blocks weiter schlugen die Glocken der St. Patrick's Cathedral zwölf Uhr mittags.

»Partner«, sagte Casziel. »Ist es das, was ich bin?«

»Nicht, wenn du weiter so redest wie Deb und K und behauptest, dass ich mich in meiner Wohnung verkrieche oder als Ersatz für das echte Leben Liebesromane lese.«

»Tust du das nicht?«

»Nein. Ich gehe nicht viel aus, weil ich introvertiert bin«, sagte ich. »Und als ich das letzte Mal nachgesehen hab, war das noch kein Verbrechen. Außerdem ist nichts falsch daran, diese Bücher zu mögen. Sie handeln von Liebe, das ist die stärkste Macht auf Erden. Man erlebt in ihnen verschiedene Arten von Liebesgeschichten: *Enemies to Lovers*, zweite Chancen ... Und die Männer darin – die Helden – mögen vielleicht Milliardäre oder Mafiagangster oder in einer Motorradgang sein, aber sie haben eins gemeinsam: Für ihre Frau würden sie sterben.«

»Ist es das, was du willst, Lucy Dennings? Einen Mann, der für dich sterben würde?«

Ich dachte, dass er einen Witz machte, aber als ich aufsah, war sein Blick todernst.

»Es muss gar nicht so extrem sein«, sagte ich mit einem leisen Lachen und ignorierte, dass mein Herz ein bisschen schneller schlug. »Aber ich wünsche mir schon eine so intensive Liebe, eine Liebe, bei der man sich ohne den anderen *verloren* fühlt. Bei der deine Stärken die Schwächen des anderen ausgleichen. Bei der man wächst und besser wird, indem man den anderen liebt und von ihm geliebt wird … Das will ich. Und jetzt, da ich es laut ausspreche, wird mir klar, dass Liebesgeschichten mich anziehen, weil ich etwas darin wiedererkenne oder da eine Verbindung spüre, obwohl ich selbst noch nie geliebt habe.«

Heiliger Bimbam, so viel hatte ich schon lange nicht mehr geredet … vor allem nicht über meine tiefsten Gefühle. Ich sah auf und erwartete, dass Casziel genervt war von diesen Mädchenträumereien, aber er hing an meinen Lippen. Mein Herz schlug noch lauter.

»Ich will damit sagen, dass man in diesen Büchern alles auch selbst fühlt und sich zusammen mit den Figuren verliebt. Und natürlich hofft man, auch eine so tiefgehende Liebesgeschichte zu erleben. Es ist Teil der Fantasie, dass alles möglich ist. Aber bis dahin kann es doch nicht falsch sein, eine Weile das Glück von anderen mitzuerleben?«

Dazu hatte Casziel nichts mehr zu sagen, und wir näherten uns dem Kaufhaus. Vielleicht war ich schließlich doch zu ihm durchgedrungen. Ich atmete langsam ein und wieder aus. Mein Gesicht fühlte sich nicht mehr so heiß an, und ich ließ die Schultern sinken.

So fühlt es sich also an, für mich einzustehen.

Es gefiel mir. Es gefiel mir sehr.

»Was ist mit dir?«, fragte Casziel nach einer Minute.

»Was soll mit mir sein?«

»Wo ist dein Glück, Lucy? Wo ist dein milliardenschwerer Gangster? Der Mann am Telefon heute Morgen? Ist er dein Held?«

»Cole ist nur ein Freund. Mein bester Freund.«

»Du hast gesagt, du würdest ihn lieb haben«, sagte er steif.

»Tu ich ja auch«, sagte ich. »Aber es ist keine romantische Liebe. Er ist Künstler und studiert am anderen Ende der Welt.« Ich warf dem Dämon einen scharfen Blick zu. »Außerdem ist er schwul.«

»Wofür ist dieser Blick?«

»Das weißt du genau.«

Er legte sich gekränkt eine Hand auf die Brust. »Guck nicht mich an. Vorurteile zu schüren fällt unter Nadrocs Zuständigkeit, und er gilt selbst bei meinesgleichen als totales Arschloch.«

»Gut. Weil ich dir ehrlich gesagt nicht helfen könnte, Erlösung zu finden, wenn du was mit Homophobie oder Rassismus zu tun hättest.«

Er grinste schief. »Aber Menschen zum Krieg anzustacheln ist verzeihlich?«

»Menschen kämpfen aus Hunderten Gründen gegeneinander«, sagte ich. »Bist du für alle verantwortlich?«

»Äh ... nein.«

»Manchmal ist Krieg notwendig, um etwas Böses *aufzuhalten*. Und außerdem ist es nicht meine Entscheidung, ob du es wert bist, dass man dir vergibt«, sagte ich, als wir an einer roten Ampel warteten. »Aber die Tatsache, dass du hier bist und überhaupt danach strebst, bedeutet etwas. Es bedeutet viel.«

Wir schwiegen einen Moment, und die merkwürdige Verbindung zwischen uns surrte lauter.

»Ich finde es schwer zu glauben, dass du nie verliebt warst, Lucy Dennings«, sagte Casziel schließlich. »Da du offensichtlich das Zeug dazu hättest.«

»Bisher ist es nicht passiert.« Ich blickte auf meine Schuhe, meine Wangen wurden warm. »Aber ich stell mir gern vor, dass ich wie in den Büchern eine Büroromanze habe. Da ist ein Typ bei meiner Arbeit, in den ich schon ewig verknallt bin ...«

Ich sah auf und erschrak angesichts Casziels Gesichtsausdruck. Er lauschte nicht mehr aufmerksam, sondern sah fast wütend aus.

»Wie auch immer. Ist ja egal. Wir sollten uns auf dich konzentrieren, nicht auf mich.« Ich zog eine Augenbraue hoch. »Ich sag's nur ungern, aber du hast ziemlich viel Arbeit vor dir.«

Er ließ ein widerstrebendes Lachen hören.

»Ich weiß nicht, wo ich anfangen soll«, sagte ich, »aber es muss etwas richtig Bedeutsames sein. Etwa Mächtiges. Und es gibt nur eins, was mächtig genug ist, um dich in den zehn Tagen, die dir bleiben, zu erlösen.«

»Und das wäre?«

»Liebe. Es ist die einzige Möglichkeit.«

Casziel sah grimmig aus. »Wenn Liebe die Antwort ist, Lucy Dennings, dann haben wir schon verloren.«

»Warum?«

»Weil keine Liebe mehr in mir ist.«

SIEBEN

Die Sonne strahlte und stand hoch am Himmel, aber es fühlte sich an, als wäre ein Schatten auf mich gefallen. Wir kamen zu Macy's, und Casziel machte sich direkt auf den Weg in die Herrenabteilung. Ich beeilte mich hinterherzukommen, und erreichte ihn an einem Tisch, an dem er sich Krawatten ansah.

»Wie hast du das gemeint, es sei keine Liebe mehr in dir?«

»Genau wie ich es gesagt habe.« Er hielt eine schwarze Seidenkrawatte hoch. »Die.«

»*Die* kostet achtzig Dollar«, sagte ich. »Casziel …«

Ich hielt inne. Irgendwann auf dem Weg hatte er seine Jacke ausgezogen und trotz der Narben extrem schöne, perfekte Arme enthüllt. Aber jetzt bemerkte ich auch einen schmalen Schnitt innen am Handgelenk, wie einen Strich.

Ich nahm seinen Arm und untersuchte die Stelle. Die Wunde war ausgebrannt worden, die Ränder waren schwarz. »Die ist neu. Von letzter Nacht?«

Casziel zog den Arm weg. »Es ist nichts.«

»Cas …«

»Hast du meine Narben nicht gesehen?«, fragte er mit einem Hauch von Wut. »Was ist schon eine mehr?«

»Hast du dir das selbst angetan?«, fragte ich leise.

»Gewissermaßen«, murmelte er und sah sich Herrenhemden an. »Hast du nichts zu tun in diesem Geschäft?«

»Doch, schon. Meine Chefin heiratet nächstes Wochenende. Wir müssen alle hingehen.«

»Und das ist lästig?«, fragte Casziel, ohne mich anzusehen. Seine Worte trieften vor Bitterkeit. »Wenn meine Erinnerung mich nicht täuscht, sind Hochzeiten fröhliche Ereignisse.«

»Gesellschaftliche Anlässe mit vielen Menschen sind nicht so meins.«

»Wie wir bereits festgestellt haben. Geh, Lucy Dennings. Kauf dein Kleid.«

Ich biss mir auf die Lippe. »Cas …«

»*Geh.*«

Er drehte mir den Rücken zu, und mir blieb nichts anderes übrig, als in die Damenabteilung zu gehen und diese neue Verletzung zu vergessen. Fürs Erste.

Ich fand ein hübsches lavendelfarbenes Sommerkleid mit kleinen grünen und rosa Blumen. Es war perfekt für eine Hochzeit im Freien. Ein schlichter Empireschnitt, in dem ich mich fühlte wie Daphne Bridgerton.

Oder wie Penelope. Und Guy ist mein Colin.

Bei dem Gedanken fand ich es ein bisschen weniger schlimm, auf die Hochzeit gehen zu müssen. Mir grauste schon seit Wochen davor, obwohl ich meine Chefin wirklich mochte. Kimberly Paul war witzig und freundlich, und ihr Gesicht hellte sich jedes Mal auf, wenn sie ihre Verlobte Nylah erwähnte. Ihre Hochzeit im Central Park Boathouse mit Blick auf The Lake würde perfekt und romantisch werden. Aber für mich wäre es trotzdem nicht anders als andere Veranstaltungen, die mit der Arbeit zu tun hatten: stundenlang lächeln und über die Party schlendern, als müsste ich irgendwo hin, statt allein an einem Ort zu sitzen. Jana Gill von der Buchhaltung würde versuchen, mich mit einzubeziehen, aber nach ein paar Worten Smalltalk würde ich in peinliches Schweigen verfallen und mich langsam davonschleichen, bevor mich jemand nach meinem Plus-Eins fragen konnte. Oder dem Fehlen desselben.

Casziel könnte mein Plus-Eins sein.

Ich kicherte bei dem Gedanken. Wenn Guy Colin war, dann war Casziel der Duke of Hastings. Gott, ich sah schon ihre Blicke vor mir, wenn dieser gut aussehende Mann mit den bernsteinfarbenen Augen *mich* begleiten würde.

Eine Verkäuferin kassierte mich ab und packte mir das Kleid ein. Dann ging ich wieder in die Herrenabteilung, wo Casziel ungeduldig neben einer Verkäuferin stand, die ihm unentwegt schöne Augen machte. Er hatte eine neue schwarze Jeans an, ein enges schwarzes T-Shirt und eine leichte schwarze Lederjacke.

Mir blieb buchstäblich die Luft weg, so gut sah er aus. Allerdings erholte ich mich schnell, als ich den Klamottenhaufen neben der Kasse entdeckte.

Ich nahm Cas beiseite. »Ich kann mir das nicht leisten. Ich meine, ich habe Ersparnisse, aber …«

»Dann kannst du es dir leisten.«

»Aber es sind meine *Ersparnisse*.«

»Wofür sparst du?«

Mein Kiefer arbeitete. Ich hatte keine Antwort.

»Geld muss man ausgeben, Lucy Dennings«, sagte Casziel und runzelte die Stirn. »Auf Hochzeiten muss man gehen. Das Leben muss gelebt werden.«

Bevor ich noch etwas sagen konnte, nickte er der Verkäuferin zu – Marcy stand auf ihrem Namensschild. Eifrig fing sie an, Hosen, Hemden, Jeans und eine Anzugjacke einzuscannen, alles in Schwarz. Ich wollte gerade protestieren, als Marcy ein Langarmshirt zusammenlegte, das versprach, jede Linie von Casziels Brust und Armen zu betonen.

Okay, darin muss ich ihn irgendwie sehen.

Während sie meine Kreditkarte mit einer Summe belastete, bei der mir schwindelig wurde, wanderte mein Blick wieder zu Cas' Arm.

Er spürte meine Aufmerksamkeit und seufzte. »Ich weiß deine Sorge zu schätzen. Ich verlasse mich sogar darauf. Aber nicht jetzt.«

Ich nahm die Schultern zurück. »Doch, jetzt. Woher stammt das? Sag mir die Wahrheit.«

»Du musst die Wahrheit nicht wissen und willst es auch nicht.«

»Doch, will ich.«

Sein Blick verhärtete sich. »Wie soll ich es einfacher ausdrücken?«, stieß er hervor. »Es geht dich einen Dreck an.«

Ich wich zurück und ließ mir das Haar ins Gesicht fallen, um mich vor Marcy abzuschirmen, die nervös die Sachen in eine Tüte packte und wegsah.

»Gut«, murmelte ich. »Vergiss es. Sorry, dass ich gefragt hab.«

Ich entfernte mich ein paar Schritte und tat so, als wäre ich an einem Ständer mit Brieftaschen interessiert. Ich spürte, wie Cas zu mir kam, nahm seinen exotischen, würzigen Duft wahr, der mit nichts vergleichbar war, was ich kannte. Er berührte mich sanft unterm Kinn und drehte meinen Kopf zu sich. Seine Augen waren voller Reue.

»Vergib mir, Lucy, aus Licht geboren. Ich bin mehr Tier als Mensch, nachdem ich so lange in der Dunkelheit gelebt habe.«

Zu meinem Entsetzen legte er seine starke, schwere Hand an meine Wange. Seine Berührung überlief mich wie ein Steppenbrand, den Hals hinunter, zwischen die Schulterblätter und über die Brüste, deren Nippel hart wurden. Mir wurde am ganzen Körper heiß, und ich keuchte leise.

»Meine Anwesenheit hier hat ihren Preis«, sagte er. »Mehr musst du nicht wissen. Verstanden?«

Ich nickte schwach, hatte ein Gefühl, als würde die Zeit stillstehen und es gäbe nichts auf der Welt als Casziels raue Stimme und seine sanfte Berührung.

»Entschuldige dich nie dafür, wer du bist.« Er strich mir die Haare aus dem Gesicht. »In deiner Güte liegt meine Erlösung.«

Ich hätte in seinen sehnsüchtigen Augen ertrinken können, so sehr fühlte ich mich in ihre zeitlosen Tiefen hineingezogen. Ich fiel durch ganze Jahrhunderte, immer neue Tage und Nächte, die anbrachen und endeten …

Marcy räusperte sich, und Casziel schien sich bewusst zu werden, was er tat. Er zog die Hand zurück, wandte den Blick ab, und Reue verhärtete seine Züge. Der Moment war so schnell vorbei; hätte ich nicht noch die Gänsehaut gespürt, hätte ich mich gefragt, ob ich mir das eben nur eingebildet hatte. Ebenso wie den Raben und die komplett schwarzen Augen und die Flügel und den Rest. Jede Minute mit Casziel war ein Kampf mit meinem Realitätssinn. Es war wie in einem Klartraum. Fast war ich mir sicher, jeden Moment aufzuwachen, und er wäre dann weg.

Und ich würde ihn schon wieder verlieren.

Der Gedanke ließ mich innehalten. Er ergab überhaupt keinen Sinn. Allerdings, überlegte ich, galt das gerade für *alles*.

Schweigend verließen wir das Kaufhaus und gingen in der Nähe in ein mexikanisches Restaurant. Die leuchtenden Farben und die warmen Düfte aus der Küche konnten den surrealen Moment im Kaufhaus etwas vertreiben. Alles war irgendwie … normal.

Bis auf Casziels Appetit.

Ich sah bei einem Taco-Salat dabei zu, wie er einen Burrito, zwei Hühnchen-Tamales und eine noch zischende Platte Fajitas verschlang.

»Ich dachte, du *musst* nicht essen«, sagte ich und zog eine Grimasse, als er auf einen Schluck Bier einen Schluck Horchata folgen ließ.

»Alle Dämonen gieren nach Essen, Zeit und Sex.«

Wieder überlief mich ein Hitzeschauder. »Du gierst nach *Zeit*?«

»Es gibt keine Zeit auf der Anderen Seite. Nicht, wie du sie kennst. Kein klares, lineares Ablaufen von Wochen, Monaten und Jahren. Es ist eine nebulöse Wolke, in der jedes Gestern ein Morgen sein kann und tausend Morgen gleichzeitig passieren. Auf Dieser Seite unterbricht jeder neue Sonnenaufgang die Monotonie der Unsterblichkeit.«

Ich stützte das Kinn auf die Hand. »Du hast echt fragwürdige Tischmanieren, aber das war richtig poetisch, Cas.«

Er sah mich an, dann konzentrierte er sich wieder auf das Essen. »Cas?«

»Ist das okay?« Ich spielte mit meiner Serviette. »Es kommt mir nur … richtiger vor.«

Und vertraut. Weil mir alles an Cas mit jeder Minute vertrauter wurde. Ich hob den Kopf und ertappte ihn dabei, wie er mich ansah. Er wandte den Blick ab.

»Es ist nichts Poetisches an verschwendeter Zeit«, sagte er gereizt. »Die tickende Uhr soll das Leben angeblich aufregender und kostbarer machen, aber die Mehrheit der Menschen vergeudet es trotzdem nur. Würdet ihr ewig leben, wärt ihr ein noch fauler Haufen als sowieso schon.« Er schob den Teller weg und murmelte fast unhörbar: »Cas ist okay.«

Ich grinste. Der Dämon war irgendwie süß, wenn er zerknirscht war.

Und sexy.

Es war unübersehbar. Casziel hatte eine überirdische Anziehungskraft, ja, aber er war auch so einfach heiß. Ich räusperte mich. »Also, Zeit und Essen haben wir abgedeckt, aber Dämonen gieren auch nach … äh …«

»Sex?«

Köpfe wandten sich uns zu. Jemand ließ die Gabel auf den Teller fallen.

Ich ließ mich tiefer in den Sitz sinken. »Wiederhol das noch mal ein bisschen lauter. Ich glaube, der Koch hat dich noch nicht gehört.«

Cas zuckte ungerührt die Achseln. »Ja, wir gieren nach Sex. Manche mehr als andere. Einer meiner Untergebenen zum Beispiel, Ambri, hat als Inkubus eindeutig seine Berufung verfehlt. Aber er hat auch kein Interesse daran, gerettet zu werden.«

»Was meinst du damit?«

»Ich könnte meine Erlösung verwirken, wenn ich – entschuldige meine Ausdrucksweise – einen Menschen ficke.«

Oh mein Gott, es nahm mir den Atem, wie diese letzten drei Worte über meine Wirbelsäule nach unten rasten und wie eine Flamme zwischen meinen Beinen aufloderten.

Reiß dich zusammen, Mädchen.

Ich trank einen großen Schluck kaltes Wasser. »Warum? Weil Sex als Sünde betrachtet wird?«

»Nicht der Sex, sondern das Zeugen von Nephilim ist verboten. Das sind die Nachkommen von Dämonen und Menschen.«

»Es gibt hier Nephilim?«

»Natürlich.«

»Würde ich sie erkennen?«

»Sehr wahrscheinlich. Sie neigen dazu, in die Politik zu gehen.«

Ich lachte, und seine Lippen verzogen sich zu einem kleinen Grinsen, als der Kellner die Rechnung brachte.

»Vielleicht wirst du erlöst, wenn du dir einen Job suchst und mir hilfst, das alles zu bezahlen«, sagte ich, nachdem ich gezahlt hatte und meine Kreditkarte wieder in die Brieftasche steckte. Wir traten auf die Straße. »In meinem Horoskop stand nichts davon, dass ich ›einem Dämon den Erdenurlaub finanzieren‹ soll.«

»Das ist kein Urlaub.«

»Sagst du ständig.« Ich lächelte bei mir, als Cas mir die Tüte mit meinem Kleid abnahm. »Aber trotz der zehn Tage machst du nicht gerade den Eindruck, es besonders eilig zu haben.«

Er zuckte die Achseln. »Es ist niemandem damit gedient, wenn ich jede zweite Minute in Panik gerate.«

»Ja, aber ...«

Ich verstummte, als wir an eine Kreuzung kamen. Die Ampel war rot, und da stand eine ganze Gruppe, die über die Straße wollte. An der Ampel lehnte ein Obdachloser. Er hatte kein Hemd an, war völlig abgemagert, und das verfilzte Haar fiel ihm in die Augen. Er bettelte murmelnd um ein bisschen Kleingeld, aber von den Leuten, die an der Kreuzung warteten, reagierte niemand. Sie sahen ihn nicht einmal an.

Ich suchte in Cas' Tüte nach dem Metallica-T-Shirt und gab es dem Obdachlosen. Dann sah ich in meine Brieftasche, in der nur noch ein Zehn-Dollar-Schein war, und gab ihm den auch.

»Danke, Miss«, sagte der Mann, dem ein paar Zähne fehlten, mit einem dankbaren Lächeln. »Haben Sie einen gesegneten Tag.«

»Sie auch«, murmelte ich mit belegter Stimme, und wir überquerten die Straße. Casziel ging neben mir. »Das letzte Hemd«, sagte er leise.

»Er brauchte fast dringender Blickkontakt«, sagte ich und

wischte mir über die Augen. »Es ist wichtig, gesehen zu werden ... dass jemand wahrnimmt, dass du *existierst*. Sogar sehr wichtig.« Ich atmete zittrig ein. »Egal. Was jetzt? Wir haben immer noch keinen Plan für deine Erlösung.«

Cas schwieg einen Moment und dachte nach. »Ich würde mir gern die Stadt ansehen«, sagte er schließlich.

»Du hast gerade gesagt, es ist kein Urlaub.«

»Ich hab's mir überlegt.«

»Siehst du, genau das meinte ich, als ich sagte, du würdest nicht besonders eilig wirken.«

»Die Antwort wird kommen. Ich habe die Stadt viele Jahre nicht gesehen, Lucy Dennings.« Er sah mich an. »Ich würde gern, ein letztes Mal.«

Mein Herz pochte angesichts der Tiefe seines Blicks und der Sehnsucht darin.

Weil es seine letzte Chance auf Erlösung ist. Das ist wichtig und hat nichts mit dir zu tun.

Ich schwor mir, nicht jedes Mal weich und kribbelig zu werden, wenn Cas mich mit diesen bernsteinfarbenen Augen ansah, und erinnerte mich daran, dass er ein *Dämon* war. Ein Dämon, der, wie er selbst sagte, zahlreiche Sünden begangen hatte. Aber er hatte sich die richtige Person ausgesucht, damit diese ihm half. Er verdiente eine Chance, und nicht nur, weil er so umwerfend aussah. Oder weil ich ihn manchmal dabei ertappte, dass er mich ansah, wie ein verurteilter Straftäter an seinem letzten Tag in Freiheit die Welt ansah.

Ah, Lucy, das Dummerchen, ist zurück, spottete Deb oder K. *Das Dummerchen mit den dummen romantischen Ideen aus ihren dummen Büchern ...*

Casziel drehte sich knurrend zu mir um. Seine Augen wurden komplett schwarz, und kurz sah ich die Dämonengestalt, die in dem schönen menschlichen Mann neben mir lauerte.

Die kalte Furcht, die ich gespürt hatte, als ich ihn gefunden hatte, griff mit eisigen Fingern nach mir. So, stellte ich mir vor, musste sich Harry Potter fühlen, wenn ein Dementor versuchte, die Seele aus ihm rauszusaugen.

Die Stimme verstummte, und Cas' Augen nahmen wieder die Farbe von Bernstein an. Er blinzelte unschuldig.

»Wollen wir los?«

ACHT

Für den Rest des Nachmittags führte ich Casziel durch Manhattan. Wir ließen unsere Einkäufe in einem Schließfach in der Grand Central Station, dann spazierten wir durch den Central Park, betrachteten die grelle Leuchtreklame am Times Square und sahen vom Empire State Building aus die Sonne untergehen. Ich wohnte schon seit Jahren in New York, aber es war, als würde ich die Stadt zum ersten Mal wirklich wahrnehmen. Als würde Cas mich mit einem alten Freund bekannt machen.

Nach einem koreanischen Barbecue zum Abendessen und einem Eisbecher zum Nachtisch und noch einer Pizza für ihn, weil dieser Dämon ein Fass ohne Boden war, holten wir die Einkäufe und machten uns auf den Weg zurück nach Hell's Kitchen.

Die Nacht war angenehm, und ich fühlte mich auf eine Weise zufrieden wie schon lange nicht mehr. Ich war unterwegs gewesen, hatte Cas von meinem Studium an der NYU erzählt und sogar von meiner Idee, aus den Meeren gefischtes Plastik zu Sportschuhen weiterzuverarbeiten. In Cas' Gegenwart wurde die Mauer zwischen mir und meinen Gefühlen irgendwie eingerissen, und auch die Schüchternheit, über sie zu reden, schwand. Vielleicht lag es daran, dass er die anderen Dämonen für den Moment vertrieben hatte, aber ich fühlte mich weder dumm noch albern. Und auch meine Idee kam mir nicht dumm vor, als ich sie laut aussprach. Sie klang machbar. Und sogar notwendig.

»Vielleicht wird es Zeit, mit den Leuten bei deiner Arbeit über deine Ideen zu reden«, sagte er, als wir durch mein Viertel schlenderten. »Es sind doch alles Gleichgesinnte, die unbedingt die Meere retten wollen, oder?«

»Ja.« Ich sah ihn an. »Und ich weiß schon, was du als Nächstes sagen wirst: Aus meinen großen Ideen kann nichts werden, wenn niemand von ihnen weiß.«

»Eigentlich wollte ich sagen, dass es sowieso Zeitverschwendung ist, die Meere zu retten. In fünf Jahren wird die Erde von einem Meteor getroffen, und die Menschen werden das Schicksal der Dinosaurier teilen.«

Mir klappte die Kinnlade runter. »Was …?«

»War nur ein Witz.« Seine Lippen zuckten. »Vielleicht.«

Ich lachte und stieß ihn mit dem Ellbogen an. Cas lächelte *fast*, als ihm auf der anderen Straßenseite etwas auffiel. Ich folgte seinem Blick und konnte gerade noch zwei Schatten sehen, die aus dem gelben Lichtkegel einer Straßenlaterne flohen.

»Lass uns da reingehen«, sagte Cas und deutete mit dem Kinn auf das Mulligan's, den Irish Pub ein Stück die Straße runter.

»Stimmt etwas nicht?«

»Ich hätte Lust, ein Glas zu trinken. Dieses Lokal wird von vielen Menschen frequentiert und muss also gut sein.«

Ich wandte den Blick ab. »Keine Ahnung.«

»Es ist zehn Schritte von deiner Wohnung entfernt. Du warst nie da?«

»Nein.«

Ich machte mich auf seine bissigen Bemerkungen gefasst. Stattdessen warf er einen letzten Blick über die leere Straße und steuerte auf den Pub zu. Ich trank ehrlich gesagt nicht viel Alkohol, aber nach den letzten zwei Tagen schien mir die Aussicht auf einen kleinen Schwips ziemlich verlockend.

Der Gastraum des Mulligan's war dunkel. Über den Gesichtern der zahlreichen Gäste an diesem Samstagabend leuchteten nur ein paar Neonschilder für Guinness und Murphy's. Ein Fernseher, auf dem WM-Highlights liefen, plärrte in einer Ecke und machte der Musik aus der Jukebox Konkurrenz. Selbst die härtesten Männer wichen dem Dämon in weitem Bogen aus, während die Frauen ihn von oben bis unten beäugten. Eine sah mich an und formte stumm mit dem Mund *nicht schlecht*.

Die Plätze an der Bar waren alle besetzt. Zwei Typen am Ende der Theke waren in eine Unterhaltung vertieft, erstarrten jedoch bei unserer Ankunft. Cas' Augen wurden erneut ganz schwarz, und ich spürte die Angst, die sie verströmten. Ohne ein Wort nahmen die beiden ihre Gläser und hasteten davon.

»Oh mein Gott.« Ich stieß Cas in die Rippen und sah mich um, ob es sonst noch jemand bemerkt hatte. »Das hast du gerade *nicht* gemacht.«

Er zuckte die Achseln und schob mir einen Barhocker hin. »Ich warte nicht gern.«

Ich wollte schon mit ihm schimpfen, als »Devil Inside« von INXS aus der Jukebox kam.

»Warst du das?«

Seine Lippen zuckten. »Vielleicht.«

»Jetzt brauch ich *wirklich* einen Drink«, sagte ich und lachte. »Und mach so was nicht noch mal.«

Der Barmann kam, und ich bestellte einen Old Fashioned. Casziel nahm ein Glas Rotwein.

»Nur Wein?«, zog ich ihn auf. »Ich dachte eigentlich, du

würdest von allem etwas bestellen und ich würde einen Kredit aufnehmen müssen, um den Deckel zu bezahlen.«

»Wein ist eine meiner wenigen Konstanten in den veränderlichen Jahrhunderten auf Dieser Seite.«

»Jahrhunderten.« Der Barmann stellte die Getränke vor uns ab, und ich nahm einen großen Schluck. Mir tränten die Augen, als der Whiskey mir scharf die Kehle hinunterrann, aber er landete warm in meinem Magen, und ich entspannte mich. »Ich kann mir nicht vorstellen, was du in den ganzen Jahren gesehen hast. Du bist ein Zeitreisender, Cas. Was man leicht vergessen kann, solange du nicht redest.«

»Wie rede ich denn?«

»Als wärst du in der falschen Zeit. Du bist ein wandelnder Anachronismus. Kein Typ, den ich kenne, ist so raffiniert und geschliffen wie du.«

Weil er kein »Typ« ist. Er ist ein Mann.

»Du bist so absolut fremd hier, ein *Outlander*«, fuhr ich fort, dankbar, dass das Halbdunkel im Pub meine Röte verbarg. »Wie in dem Buch, nur müsste Jamie die Zeitreisen machen und Claire bleiben, wo sie ist.«

»Das ist auch eine Liebesgeschichte, nehme ich an.«

»Also … ja, schon.«

Ich spielte mit meiner Serviette, erwartete, dass er sich über mich lustig machen würde, aber Cas sah nachdenklich aus.

»*Outlander*«, sinnierte er. »Eine passende Bezeichnung. Ich bin nicht mehr in dem Land, das mein Zuhause ist, gehöre nirgendwo mehr hin.«

»Warst du immer … so wie jetzt?«

»Ein Dämon, Lucy Dennings?«

Der Barmann warf uns einen komischen Blick zu und ging zum anderen Ende der Theke.

»Ich wurde als Mensch geboren.«

»Ach ja, stimmt«, sagte ich. »Ich vergesse das ständig, weil du so tust, als wären wir Menschen es nicht wert, von dir beachtet zu werden.«

»Das Internet liefert schlagende Beweise.«

Ich lachte. »Außerdem sahst du nicht sehr menschlich aus, als ich dich entdeckt habe.«

»Du hast mich in meiner wahren Gestalt gesehen.« Cas deutete auf sich, wie er gut aussehend und schwarz gekleidet vor mir saß. »Das war ich als Mensch. Ich muss diesen hässlichen engen Körper tragen, um auf Dieser Seite nicht aufzufallen.«

»Hässlich?«, schnaubte ich, schon ein bisschen angeschickert. »Hast du mal in den Spiegel geguckt?«

Er runzelte die Stirn. Ein überraschtes kleines Lächeln huschte über seine Lippen.

Ich räusperte mich. »Ich meine, so sahst du zu Lebzeiten aus?«

»*Lebzeiten.*« Er spuckte das Wort aus, als würde es faulig schmecken. »Zu Lebzeiten ist dieser Körper schwach und leicht zu vernichten. Die Gestalt, in die ich nach dem Tod hineingeboren wurde, ist mächtig. Unbesiegbar.«

»Und dämonisch«, sagte ich vorsichtig. »Ich dachte, du würdest das ändern wollen. Heißt das nicht, dass du wieder menschlich wirst?«

»Nein.«

»Ein Engel?«

»Ich bin kein Engel und werde auch nie einer sein.«

Vielleicht lag es an dem Whiskey, der mir schon zu Kopf stieg, aber bei seinen Worten lief mir ein heißer Schauder über den ganzen Körper. Allerdings wollte er eindeutig nicht über sein Schicksal nach der Erlösung reden, also wechselte ich mit dem vollendeten Takt einer beschwipsten Person das Thema.

»Wo wurdest du geboren?«, platzte ich heraus.

»Sumer. Das einst Mesopotamien hieß.«

Ich kriegte große Augen. »Das Zweistromland. Die Wiege der Zivilisation.«

Casziels Augen weiteten sich fast unmerklich. »Woher weißt du das?«

»Ich hab an der Uni einen Kurs in Anthropologie belegt. Ich weiß nicht, warum. Es war nicht Teil meines Studiums, aber irgendwie hat mich diese Epoche fasziniert.«

»Wirklich?«, sagte er in sein Weinglas.

»Oh ja, aber kein Lehrbuch kann mit jemandem mithalten, der damals gelebt hat. Wie war es? Wo bist du aufgewachsen?«

»In Larsa. Einem Stadtstaat in der nördlichen Region, in der Nähe des Golfs. Ich wurde im Jahr 1785 vor unserer Zeit geboren.«

Ich riss die Augen noch weiter auf. »Oh wow. Dann bist du …«

»Sumerer.«

»Ich wollte sagen *alt*.«

Cas lachte ein bisschen, leise und rau, aber sein Lächeln war wunderschön. Und kurzlebig.

»So gesehen bin ich alt, aber ich bin 1763 v. u. Z. im Alter von zweiundzwanzig Jahren gestorben.«

»Wie bist du gestorben?« Ich winkte ab. »Sorry, das ist eine sehr persönliche Frage. Glaube ich jedenfalls. Ich habe noch nie jemanden fragen können, wie er gestorben ist.«

»König Hammurapi von Babylonien hat im südlichen Mesopotamien Krieg geführt«, sagte er. »Er wollte Larsa seinem Reich einverleiben. Ich habe für meinen König Rim-Sin I. gekämpft und seine Armee in viele Schlachten geführt, aber irgendwann wurden wir besiegt. Rim-Sin ist geflohen.« Casziels Augen verhärteten sich. »Ich blieb.«

»Du warst ein Krieger«, sagte ich und erinnerte mich an eins unserer ersten Gespräche.

Cas nickte. »Ich habe meine Heimat bis zum bitteren Ende verteidigt, aber es war zwecklos. Hammurapi hat die Stadt belagert, die Felder verbrannt, die Leute ausgehungert. Frauen und Kinder starben. Ich hatte keine Wahl und musste mich ergeben. Ich wurde gefangen genommen und getötet.«

»Es tut mir leid, Cas«, sagte ich und spielte mit meinem neuen Cocktail, bei dem ich mich nicht erinnern konnte, ihn bestellt zu haben. »Aber du bist gestorben, als du deine Heimat vor einer Invasion geschützt hast. Das klingt nicht wie etwas Schlimmes. Jedenfalls nicht schlimm genug, um …«

»Meine Seele zu ewiger Verdammnis zu verurteilen?«

»Äh, ja. Wie ist das passiert? Wenn du es erzählen willst.«

Er drehte den Stiel seines Glases und verlor sich in den roten Tiefen des Weins.

»Hammurapis Hass auf mich war groß«, sagte er. »Wir haben einen heftigen Krieg geführt. Ich habe seine Angriffe abgewehrt und erfolgreiche Beutezüge ins babylonische Gebiet angeführt. Er hat eher mir die Schuld an Larsas Widerstand gegeben als Rim-Sin.«

Mit großen Augen starrte ich Casziel an, der historische Ereignisse erlebt hatte, die ich nur aus Geschichtsbüchern kannte.

»Bei meiner Gefangennahme ließ Hammurapi mich in die Zikkurat bringen – unseren Tempel für Utu, den Sonnengott. Dort wurde ich gefoltert, bis ich immer wieder an die Schwelle des Todes kam. Zur Strafe für meinen Widerstand.« Seine Stimme war angespannt, sein Blick voller Erinnerungen. »Er hat unseren Tempel und auch Utu selbst entweiht, als er die Wände des Gotteshauses mit meinem Blut besudelte. Aber Hammurapi genügte das nicht. Er befahl seinen Generälen, meine Eltern zu fassen, meine Schwester …« Er trank einen großen Schluck Wein. »Und meine Frau.«

Ich erinnerte mich an meine merkwürdige Vision, als ich Cas gefunden hatte. Wahrscheinlich waren es seine Erinnerungen an diese letzte Nacht im Tempel. Ein Anflug von Eifersucht traf mich in die Brust. »Du warst verheiratet?«

Er nickte. »Es war eine arrangierte Ehe, wie es damals Brauch war. Kaum zwei Monate nach unserer Hochzeit führte Hammurapi seinen letzten, siegreichen Angriff durch, und Larsa wurde besiegt. Meine Frau wurde mit dem Rest meiner Familie und ihrem Vater, dem Hohepriester, ermordet. Man hat sie nacheinander vor meinen Augen abgeschlachtet.« Er atmete durch die Nase ein und wappnete sich. »Mir wurde erst erlaubt zu sterben, als ihr Blut versiegt war.«

Sein Schmerz traf mich wie ein Hammer. Ich konnte nichts sagen. Es hätte nur dumm und schwach geklungen.

»Die Wut der Hilflosigkeit und die Trauer verließen mich nicht bei meinem Übergang«, fuhr Casziel fort. »Und Astaroth, angezogen von diesem Schmerz, wartete auf der Anderen Seite schon auf mich.«

»Asta…?«

Casziels Finger flogen zu meinen Lippen. »Sag seinen Namen nicht. Du willst ihn nicht in deiner Welt, Lucy.« Er ließ die Hand sinken. »Er muss in meiner bleiben.«

»Wer ist er?«

»Mein Kommandant sozusagen. Ich bin sein Diener. Sein Soldat.« Er verzog grimmig den Mund. »Von Astaroth geschürt, hat mein Zorn mich schnell verdorben. Unter seiner Führung wurde ich sehr mächtig. Es gibt nur wenige Dämonen, die mächtiger – oder teuflischer – sind als er.« Er sah mich an. »Oder als ich.«

Ich richtete mich auf. »Oh.«

»Astaroth hat mich in einem Reich willkommen geheißen, in dem ich die Wut und Trauer über mein grauenvolles Schicksal kanalisieren konnte. Ich habe sie in den Menschen angestachelt, bis sie sich schließlich in etwas verwandelt haben, was außerhalb von mir existierte. Ich musste sie nicht erleiden, ich genoss sie. Meine Trauer war nicht länger eine Schwäche, sondern Macht.«

»Trauer ist keine Schwäche«, sagte ich leise. »Sie ist ein Zeichen von Liebe. Sie ist Liebe, die andauert ...«

»Und was ist, wenn die geliebte Person vor deinen Augen ermordet wird?«, fragte er plötzlich wild. »Wenn sie mit blutigen Lippen deinen Namen schreit und um Hilfe ruft und du nicht helfen kannst? Sag mir, dass das keine Schwäche ist, Lucy Dennings. Die größte Schwäche. Unfähig zu sein, sie zu retten. Ich konnte keinen von ihnen retten ...« Er schüttelte endgültig den Kopf, seine Stimme wurde wieder hart. »Trauer ist nicht Liebe. Trauer ist Buße dafür, dass man weiterlebt, nachdem die Liebe gestorben ist.«

Ich schluckte schwer. »Was dir und deiner Familie zugestoßen ist, ist unvorstellbar, Cas. Aber die Tatsache, dass du hier bist ...«

»Hat nichts Heldenhaftes an sich. Ich bin es nur leid, das Feuer von Wut und Schmerz anzufachen. Ich bin den ewigen Hunger leid. Den Tod.«

Mein Blick fiel auf seinen Ärmel, der die Wunde am Handgelenk verdeckte. »Wenn wir erfolgreich sind, wird As... wird dein Kommandant dich dann gehen lassen?«

»Wir haben eine Vereinbarung. Elf Tage. Nicht mehr.«

Das war keine Antwort auf meine Frage, aber ich konnte bereits nicht mehr klar denken, und Cas winkte schon wieder dem Barmann. Eine dritte Runde wurde vor uns hingestellt.

Ich nahm einen großen Schluck und ließ mich vom Whiskey stärken.

»Es tut mir leid wegen deiner Familie, Cas«, sagte ich. »Als meine Mutter gestorben ist, war ich zu klein, um mich später daran zu erinnern, aber meinen Vater zu verlieren … war so schwer. Ich kann mir nicht vorstellen, was du durchgemacht hast.«

»Es ist lange her«, sagte er in sein Weinglas.

»Deine Frau …« Ich räusperte mich. Die ungerechtfertigte Eifersucht schien mit diesem Wort verbunden. »Erinnerst du dich daran, sie geliebt zu haben?«

Blitzartig drehte er sich zu mir um. »Warum fragst du das?«

»Du hast gesagt, es wäre keine Liebe mehr in dir. Aber wenn du sie einmal geliebt hast, ist sie vielleicht doch noch da. Vielleicht …«

»Es gibt sie nicht mehr«, stieß er durch zusammengebissene Zähne hervor, als würde sich jedes Wort wie ein Messer in ihn bohren. »Weil ich mich weigere, mich jemals wieder von dieser Krankheit anstecken zu lassen.«

»Liebe ist keine Krankheit. Sie ist …«

»*Lucy*«, fuhr er mich an. »Ich habe keine Geduld für Grußkartengefühle.«

»Ich weiß, dass du wütend bist«, sagte ich nach einem Augenblick. »Wenn ich meinen Vater wirklich vermisse oder daran denke, wie er in den letzten Wochen seiner Krankheit gelitten hat, will ich weiß Gott auch keine netten und platten Gefühle. Ich würde alles niederbrennen, um ihn zurückzukriegen.«

Cas sah mich nicht an, schien mir jedoch mit seinem ganzen Wesen zu lauschen.

»Aber manchmal, nicht sehr oft, wird die Trauer schwächer«, sagte ich. »Sie ist für eine Weile weniger hart, und ich finde

Schönheit darin. Ich weiß, das klingt vielleicht verrückt, aber es stimmt. Schönheit in seinem Leben, darin, wer er war und was wir füreinander waren. Darin, wie sehr ich ihn geliebt habe. In diesen Momenten tut es trotzdem noch weh, aber statt wütend zu werden oder Angst zu empfinden, bin ich dankbar.«

»Dankbar?«, fragte er ungläubig.

»Ja. Dankbar, dass ich das Privileg hatte, ihn zu kennen. Dass mein Schmerz so groß ist, weil ich ihn geliebt habe. Ich würde ihn nicht dagegen eintauschen, ihn gar nicht gekannt zu haben. Wenn etwas Schlimmes passiert … dann tut es weh. Manchmal so sehr, dass es beinahe unmöglich ist, die Schönheit im Leben zu sehen. Aber wenn wir tief einatmen und ganz still werden, können wir fühlen, wie lebendig wir sind. Wir sind hier und leben, und das Gute ist umso kostbarer, wenn wir wissen, dass es nicht so lange bleibt, wie wir wollen. Mein Verlust ist nicht mit deinem vergleichbar, aber so denke ich darüber, und ich fühle mich besser dadurch. Vielleicht würdest du dich auch besser fühlen.«

Heiliger Bimbam, ich hatte keine Ahnung, was es war, aber irgendwas an Cas brachte mich dazu, mehr zu reden, als meine Schüchternheit normalerweise zuließ. Er sah mich merkwürdig an. Vielleicht würde ich später dem Alkohol die Schuld geben, aber ich nahm seine Hand. Da war eine Narbe auf dem Handrücken, die ich vorher nicht bemerkt hatte. Er versteifte sich bei meiner Berührung, dann entspannte er sich. Seine Hand – die raue und schwielige Hand eines Kriegers – umfasste meine. Zuerst leicht, dann fester. Er war reine Kraft – männlich und hart und auch gefährlich, aber nicht für mich.

Meine Hand gehört in seine.

Meine vom Whiskey geschmierten Gedanken schlitterten über rutschigen Boden. Wie es sich anfühlen würde, mehr von ihm zu berühren. Dass andere Körperteile von uns genauso perfekt zusammenpassen würden. Dass eine Art Glückseligkeit auf mich warten würde, wenn die Form und Größe jeder einzelnen Narbe an seinem Körper nicht länger ein Geheimnis für mich wären.

Eine Weile saßen wir in dem vollen, lauten Pub wie eine Oase der Stille. Dann drückte er meine Hand ein letztes Mal und ließ sie los.

»Deine Fähigkeit zu lieben ist unendlich, Lucy Dennings«, sagte er leise. »Ich weiß, was mir helfen könnte.«

»Wirklich?«

Er nickte. »Ich habe heute nicht das Bedürfnis verspürt, diesem Obdachlosen Geld oder Kleidung zu schenken, und mir wäre niemals in den Sinn gekommen, dass er menschlichen Kontakt brauchte. Aber dir schon. Du hast die Misere dieses Mannes gesehen, und du hast etwas gefühlt … Wie heißt es noch?«

Meine Lippen zuckten. »Empathie?«

»Ja, genau. Und Empathie kann man nicht lernen. Genauso wenig wie Mitleid und Nächstenliebe. Zumindest kann ich das nicht, der ich seit Jahrhunderten in der Dunkelheit gelebt habe – und sicher nicht in den wenigen Tagen, die mir bleiben.«

»Das macht die Sache ziemlich schwierig, Cas«, sagte ich und trank noch einen Schluck von meinem Whiskey.

»In der Tat. Mir zu helfen ist Zeitverschwendung. Der Schlüssel zu meiner Erlösung liegt darin, dir zu helfen.«

»*Mir?*«

»Ja.«

»Okay«, sagte ich. »Aber Liebe muss irgendwie eine Rolle spielen.«

Der Alkohol tat seine Wirkung – mein Kopf fühlte sich an, als würde er über meinem Hals schweben.

Ich kicherte, als ein Gedanke durch meinen besoffenen Verstand schlitterte. »Eine vorgetäuschte Beziehung.«

»Verzeihung?«

»Eine vorgetäuschte Beziehung ist ein typisches Motiv in Liebesromanen. Zwei Personen tun so, als wären sie zusammen, um unterschiedliche Ziele zu erreichen, zum Beispiel, eine Erbschaft zu bekommen oder jemanden eifersüchtig zu machen.«

Ich erwähnte nicht, dass sich vorgetäuschte Beziehungen in Büchern immer zu echten entwickelten. Weil daran nicht zu denken war. Abgesehen von der Tatsache, dass Cas ein Dämon war, hatte er nur wenige Tage auf Dieser Seite. Und das mit der vorgetäuschten Beziehung war sowieso eine total dämliche Idee, aber er rieb sich nachdenklich das Kinn.

»Sprich weiter.«

»Na ja … Da ist dieser Typ auf meiner Arbeit. Ich habe ihn schon erwähnt. Ich bin seit einer Ewigkeit in ihn verknallt, aber er weiß nicht mal, dass ich existiere.«

»Warum nicht?«

»Na ja, sieh mich doch einfach mal an.«

»Ich sehe dich an.«

Das tat er. Cas' harte, kontrollierte Miene wurde weich im Halbdunkel des Pubs, und sein Blick wanderte über mein Gesicht, trank mich wie Wein, verschlang mich wie das Essen, das er mit bodenlosem Hunger in sich hineinstopfte …

Lucy, Dummerchen, du bist betrunken.

»Ich bin nicht gerade ein Supermodel.«

»Nein, dein Körper ist fülliger als die in euren Zeitschriften.«

Ich beugte mich über meinen Drink. »Uh, danke. Als würde ich nicht jeden Tag meines Lebens mit dieser Tatsache bombardiert werden.«

»Ich habe dich gekränkt?« Er runzelte die Stirn. »Du bist stark und gesund. Wird das heute nicht ebenso geschätzt wie damals in Sumer?«

»Ja und Nein«, sagte ich und errötete bis zu den Haarwurzeln. »Ich weiß nicht, was sie im siebzehnten Jahrhundert v.u.Z. in Larsa dachten, aber in dieser Ära entspreche ich nicht dem Schönheitsideal.«

»Dann ist es kein Ideal«, fauchte er.

Ich blinzelte, Wärme flutete meine Brust. Noch nie hatte jemand so etwas zu mir gesagt.

»Teilt dieser Mensch auf deiner Arbeit diese oberflächlichen Ansichten?«

»Er ist überhaupt nicht oberflächlich«, sagte ich. »Für ihn bin ich einfach das stille Mädchen in der Ecke. Aber wenn du mir Aufmerksamkeit schenken würdest, könnte es ihn neugierig machen.«

»Du meinst, dann will er haben, was er nicht haben kann«, sagte Cas säuerlich. »Ich habe vielleicht keine Liebesromane gelesen, aber mit männlichem Stolz bin ich durchaus vertraut.«

»So ist das nicht«, sagte ich. »Er ist nicht so ein besitzergreifendes Arschloch, aber ich glaube, wenn er mich erst kennt, würde er sehen, dass wir viel gemeinsam haben.«

»Er ist ein guter Mann?«

»Oh ja. Er arbeitet unermüdlich für den Schutz der Meere und hat immer gute Ideen. Er ist sehr beliebt im Büro. Er mag Hunde …«

Ich stürzte mich auf meinen Cocktail, um aufzuhören Blödsinn zu plappern.

»Und du glaubst, wenn er sieht, dass ein anderer Mann sich für dich interessiert, könnte das auch sein Interesse wecken.«

»Vielleicht.« Ich ließ mir das Haar ins Gesicht fallen. »Vielleicht nicht. Nein, definitiv nicht. Es ist zu riskant und nicht groß genug. Wir brauchen etwas anderes …«

»Wie sollte das denn funktionieren? Ich umwerbe dich in Gegenwart dieses Mannes … Wie heißt er?«

»Guy.«

»Er heißt *Guy*? So wie Typ? Kerl?«

»Ja …«

Der Dämon grinste schief. »Und was ist sein Nachname? Mensch?«

Ich kicherte. »Guy ist ein ganz normaler Name. Er ist süß und passt zu ihm. Er ist witzig, locker … hat ein tolles Lachen.«

»Den Göttern sei Dank.« Cas verdrehte die Augen. »In Ordnung, was soll ich tun? An deinem Arbeitsplatz auftauchen und dich mit Zuneigung überschütten? Auf die Knie fallen und dich anflehen, nicht länger mit meinem Herzen zu spielen und mich als deinen einzigen wahren Geliebten zu wählen?«

Ehrlich gesagt klang das nicht schlecht. Ich stellte mir vor, wie die anderen gucken würden, vor allem Abby Taylor, die immer aussah, als hätte sie eben noch hinter meinem Rücken über mich geredet.

»Nicht ganz so dramatisch, aber in der Art.« Ich blickte auf mein Getränk. »Ich habe niemandem außer Cole von Guy erzählt, und er ist zu weit weg und kann mich nicht dazu bringen, die Initiative zu ergreifen.«

»Aber jetzt ergreifen wir die Initiative.« Cas' Stimme wurde leiser. »Wird es dich glücklich machen, Lucy Dennings? Von diesem Mann geliebt zu werden?«

Ich zupfte an meiner Serviette. »Na ja … schon. Dafür sind wir schließlich da, oder? Um zu lieben und auch umgekehrt von jemandem geliebt zu werden.«

»Ich bin für dich da. Der Plan wird uns beiden zugutekommen«, erwiderte er schnell.

»Aber Dämonen können niemanden *dazu bringen*, etwas zu tun«, entgegnete ich. »Das hast du gesagt, und ich würde es auch nicht wollen, wenn es nicht echt ist.«

»Ich kann nicht *machen*, dass Guy sich in dich verliebt«, stieß Cas hervor. Dann wurde seine Stimme sanfter. »Aber wenn wir ihn in deine Richtung lenken, wüsste ich nicht, wie er sich dagegen wehren könnte.«

Die Worte sanken langsam in mich ein. Das war das Romantischste, was je jemand zu mir gesagt hatte. Ich schwelgte in dem Gefühl. So ein Moment könnte auch in einem meiner Liebesromane vorkommen.

Reiß dich zusammen. Dies ist das echte Leben, kein Märchen mit einem garantierten Happy End.

Trotzdem fühlte es sich gut an. Für eine Weile.

Ich wandte mich mit einem sanften Lächeln dem Dämon zu. »Danke, Cas.«

»Wofür?«

»Es war schön, ein bisschen zu träumen, auch wenn es nur eine Illusion ist.«

Er runzelte die Stirn. »Eine Illusion?«

»Na ja.« Ich schob mir eine Haarsträhne hinters Ohr. »Aus Guy und mir wird nie etwas werden, aber es war nett, was du gesagt hast. Als wäre jemand auf meiner Seite, der so tut, als wäre ich …«

»… der Liebe dieses Mannes wert?« Casziels Miene war ernst und grimmig – so wie ich ihn mir vorstellte, wenn er in den Kampf zog. »Ich bin auf deiner Seite. Ich tue nicht nur so.«

Ich schüttelte den Kopf und wünschte, ich hätte nicht so viel getrunken. »Nein, nein. Das ist keine große Idee. Es reicht nicht, um dich zu retten.«

»Wahrscheinlich nicht angesichts des Ausmaßes meiner Sünden. Aber es ist unsere beste Chance.«

Ich starrte ihn an. »Nein, Cas. Das kann nicht funktionieren. Es ist …«

»Dumm?« Casziel schüttelte den Kopf, seine Augen waren geschmolzenes Gold im Halbdunkel des Pubs. »Einen Mann zu deinem Licht zu lenken ist eine würdige Aufgabe, Lucy Dennings. *Dein Glück* ist eine würdige Aufgabe. Mir fällt nichts ein, was würdiger wäre.«

Bei diesen Worten schlug mein Herz so heftig, als wäre es das erste Mal.

Als hätte es bisher stillgestanden und wäre nur eingestaubt in meiner Brust. Bis zu diesem Abend. Mit Cas.

NEUN

Ich war betrunken.

Und zwar so was von.

Ich konnte mich nicht daran erinnern, wann ich das letzte Mal so hackedicht gewesen war.

»Dochich weiß noch«, lallte ich, stützte mich schwer auf Casziel, der mich und die Tüten von unserem Shopping-Ausflug aus dem Pub in die Nacht hinausmanövrierte. »Highschool-Abschluss. Meine Freunnin Sarah und ich ham den ganzn Southern Comfort von ihrer Mutter getrunkn. Nich gut. Nich ssu empfehln. Gansschlecht.«

»Ich werde es im Hinterkopf behalten.«

Ich sah Cas an und kniff ein Auge zu, um ihn nicht doppelt zu sehen.

»Aber zwei Cassesse is nich schlecht.« Ich keuchte und packte ihn am Arm. »Ich hab das alles laut gesagt, oder?«

Sein Grinsen wurde breiter. »Hast du.«

Ich verzog das Gesicht. Dieser wunderschöne Mistkerl war komplett nüchtern, obwohl er genauso viele Gläser getrunken hatte wie ich. Ich erinnerte mich vage, dass Cas immer noch mehr bestellt – und ich am Ende bezahlt hatte.

Ich muss dem Jungen einen Job besorgen …

Ich kicherte, dann boxte ich ihn gegen den Arm. Meine

Faust prallte harmlos gegen seinen harten Bizeps. »Warum hassu mich so viel trinken lassn?«

»Du hast es gebraucht«, sagte er. »Vielleicht nicht den Kater morgen, aber du musstest mal rauskommen. Wenigstens in deinem eigenen Viertel.«

»Pfft«, schnaubte ich. »Noch'n Schritt in deim großen Plan, mich … was? Nich introvertiert zu machen? Viel Glück.«

»Ich will dich nicht ändern, Lucy Dennings.«

»Was soll das dann?«

Er sah mich an. Mein Blick war vom Whiskey verschwommen, aber ich hätte schwören können, dass da Sehnsucht in seinen Augen lag, als würde er … auf etwas warten. Als müsste ich etwas sagen oder tun, was er nicht konnte. Aber ich kam nicht drauf, was es war, und war ohnehin viel zu sehr damit beschäftigt, sein gut aussehendes Gesicht zu betrachten.

Gott, er ist wirklich, wirklich schön. Für einen Dämon.

Aber es war unmöglich, sich Casziel als ein höllisches Wesen aus der Unterwelt vorzustellen. Oder dass ich zwei Dämonen haben sollte, die mich plagten. Jetzt, da ich betrunken war, war die ganze Sache nur noch lächerlich.

Ich kicherte.

»Ist irgendwas komisch?«

»Ich hab zwei Dämoninnen, und eine heiß Deb. Für Deborah? Debbie? Wofür steht K? Karen?«

»Ihre wahren Namen sind Deber und Keeb.«

Ich fing an zu lachen. »Oder vielleicht Döner un Kebab?«

Er sah mich ausdruckslos an. »Sie sind ziemlich berüchtigt. Nicht viele Dämonen werden namentlich in der Bibel genannt.« Er hob das Kinn. »Wobei ganze Kapitel verschiedener Grimoires von mir handeln. Allein in der *Theurgia Goetia* werde ich mehrmals erwähnt …«

Ich konnte nicht aufhören zu kichern. »Es is nur, dass Kee…«

Cas legte mir einen Finger auf die Lippen. »Keine wahren Namen. Es sei denn, du willst sie anrufen oder fester an dich binden.«

»Man muss nur den wahren Namen eines Dämons aussprechn, um ihn zu rufn?«

»Manchmal sind Rituale notwendig. Mächtigere Dämonen wie ich selbst müssen ziemlich umworben werden.«

»Abaich hab dich nie umworben«, sagte ich, und mein Gesicht wurde heiß. »Ich mein, ich hab dich nich gerufn.«

»Natürlich nicht«, sagte er verächtlich. »Ich komme nicht wie ein gehorsamer Köter auf den Zuruf eines Menschen. Ich habe dich auserwählt.«

»Du has mich auserwählt«, sagte ich und lächelte. »Weissu, Cas, manchmal fühlt essich an, als ob wir ...«

Sein Arm unter meiner Hand versteifte sich. »Ja?«

»Als ob wir ...«

»Psst«, zischte Cas und erstarrte.

Wir waren fast bei dem Gebäude, in dem sich meine Wohnung befand. Die Schatten wirkten dunkler in dieser Nacht. In den Gassen zwischen den Häusern kam mir die Dunkelheit lebendig vor. Als würde sie atmen.

Du bist nur betrunken. Seeehr betrunken.

Aber Casziels aufmerksame Augen waren schmal, und er murmelte einen Fluch in seiner Sprache.

Sumerisch, dachte ich. *Er spricht Sumerisch, weil er fast viertausend Jahre alt ist ...*

Wieder wurde mir klar, wie unwirklich das alles war, und ich war froh über den Alkohol, der mich ein bisschen von dem Drang befreite, es begreifen zu wollen.

Ich war viel zu betrunken, um auf meine Umgebung zu achten, als Cas mich von der Straße in den Hinterhof zog, wo ich ihn gefunden hatte, und dann die Treppe hinauf. Ich fand die

Schlüssel in meiner Handtasche, aber den richtigen ins Schloss zu stecken, war zu viel verlangt.

Cas kümmerte sich um mich, die Einkaufstüten und den Schlüsselbund und verfrachtete alles nach drinnen. Er ließ die Tüten fallen und schloss die Tür mit einem Tritt. Ich hielt mich an seinem Arm fest, als er den anderen hob und die Handfläche auf die Tür richtete.

»*Zisurrû*«, murmelte er.

Ich konnte kaum den Kopf oben oder die Augen offen halten, aber das schmale grüne Licht, das meine Tür umrahmte und in der Dunkelheit glühte, war nicht zu übersehen.

»Gibt's ja nich!«

Das Licht verblasste, und Cas half mir zu meinem Bett. Ich fiel bäuchlings auf die Matratze, aber ich konnte ihn am Ärmel packen und zog an ihm, bis er sich steif zu mir auf die Bettkante setzte. Sein exotischer Duft war so berauschend wie der Whiskey, beschwor Bilder eines flachen Landes unter einer hellen Sonne, umgeben von zwei Flüssen ...

»Warte.« Ich zog die Augenbrauen zusammen, als ich versuchte, den Alkohol beim Denken zu durchdringen. »Wassis mit mir los, Cas? Sag die Wahrheit. Isdas ...?« Ich wedelte mit der Hand. »Isdas alles real? Oder bild ich mir dich nur ein?«

»Wäre dir lieber, es wäre nicht real?« Seine Stimme war leise. Sanft. »Willst du morgen ohne Erinnerungen an diese zwei Tage aufwachen? An mich?«

Ich packte ihn fester. »*Nein.* Ich ... ich weiß es nicht. Ich kann nicht denken. Eben is was passiert. Du hast Angst gehabt, aber ich kann nicht ...«

»Ich fürchte nichts«, sagte Casziel. »Nicht, wenn es um mich geht. Aber wenn du Angst hast, Lucy. Wenn es zu viel ist ...«

»Dann gehst du?«

Ich fühlte mehr, dass er nickte, als dass ich es sah.

»Und ich werde mich nich an dich erinnern?«

»Wenn du das willst.«

»Wassis mit deiner Erlösung?«

»Zu wissen, dass du glücklich und in Sicherheit bist, gibt mir Frieden.« Er streichelte mein Haar. Durch die beruhigende Berührung sank ich tiefer und tiefer … »Hab keine Angst, Lucy Dennings. Dir wird nichts geschehen. Ich lasse es nicht zu.«

Die Sicherheit, die er mir mit leiser Stimme versprach, legte sich über mich wie eine schwere Decke. Wie eine Zauberformel, die mich mit ihrem schützenden Licht umrahmte.

Ich lächelte und seufzte, als ich in den Schlaf sank. »Ich glaube dir, Casziel.«

Aber ich weiß nicht, wer du bist. Oder doch …?

Eine andere Stimme antwortete, und die war gemein und wimmelte nur so von Schatten.

Ich zeige dir, wer er ist …

Ein Schlachtfeld.

Leichen liegen in Blutlachen, die in die Erde sickern. Der Geruch ist unerträglich. Nichts bewegt sich außer den aschgrauen Wolken, die den rostfarbenen Himmel belagern.

Und den Fliegen.

Fliegen surren über den Toten wie lebendiger Nebel, ihr Summen ist laut in meinen Ohren und wird immer lauter. Ich suche nach einem Ausweg, aber zu allen Seiten sind nur Tote. Ich wische mir die Fliegen aus dem Gesicht und den Haaren. Aber es kommen immer mehr, und ich muss fliehen.

Blind stolpere ich über starre Gliedmaßen, aber die Fliegen kommen trotzdem weiter, setzen sich auf meine Augen. Ihre Beine und Flügel kitzeln auf der Haut.

Und als ich den Mund aufmache, um zu schreien, ergießen sie sich in mich …

Schreiend fuhr ich hoch. Der Traum verblasste, und die Realität kam mit scharfen Konturen zurück. Ich war im Bett in meiner Wohnung, ich hatte Kopfschmerzen, von Casziel keine Spur.

»Es war nur ein Albtraum. Das ist alles.«

Ich zog eine Grimasse, als mir das Morgenlicht in den Augen brannte, als wollte sich die Sonne an mir für ein mir unbekanntes Verbrechen rächen. Ich legte mich wieder hin, bis die Übelkeit etwas nachließ. Der Traum wollte in meine Gedanken zurückkriechen, aber ich unterdrückte ihn, sonst hätte ich mich garantiert übergeben.

Als ich meinem Magen wieder traute, stand ich auf und ging zur Spüle, um mir ein Glas Wasser zu holen. Langsam wie eine alte Dame schlurfte ich am Fenster vorbei, das einen Spalt offen stand, und zog die Nase kraus, als ich eine Fliege sah, die draußen über die Scheibe krabbelte.

»Hey, Fliege, raus aus meinen Träumen!«

Ich schaffte es, ein Glas aus dem Schrank zu holen, und füllte es mit Leitungswasser. Mein Mund schmeckte wie die Auslegeware eines Kinos – ich erinnerte mich vage, dass uns der Barmann im Mulligan's irgendwann bei unserem Gelage gestern Nacht eine Schüssel mit abgestandenem Popcorn hingestellt hatte.

Meinem Gelage. Obwohl Cas literweise Wein getrunken hatte, war er verdammt nüchtern geblieben.

Ich kicherte, trank noch mehr Wasser und betrachtete meine kleine leere Wohnung. Inzwischen hatten sich mehrere Fliegen vor meinem Fenster versammelt. Als ich hinsah, flog eine herein und landete in der Obstschale auf der Kücheninsel. Die einsame Banane darin war kurz davor zu verfaulen.

Eine zweite Fliege kam dazu. Dann noch eine.

»Was …?«

Mir wurde eiskalt, als ich einen ganzen Schwarm Fliegen am Fenster sah. Sie bedeckten die Scheibe, eine krabbelnde Masse kleiner grauer Körper. Es wurden immer mehr, dann drangen sie durch den Spalt herein wie Rauch, zuerst nur eine Handvoll, dann in so dichten Wolken, dass ich nichts mehr sehen konnte.

Das Wasserglas glitt mir aus der Hand und zerbarst zu meinen Füßen. Hektisch – und ohne etwas auszurichten – schlug ich auf den Schwarm ein.

Das ist nicht real, ist nicht real, ist nicht …

Ich krachte taumelnd gegen die kleine Kücheninsel. Ich saß in der Falle. Ich wagte nicht, die Augen zu öffnen oder auch nur zu atmen, weil die Fliegen überall auf mir saßen. Die Panik umgab mich, vertrieb jeden rationalen Gedanken. Es war unvorstellbar, dass das hier wirklich passierte.

Ich wollte gerade zu Boden sinken, als die Luft sich veränderte. Als wäre in der Wohnung Wind aufgekommen.

»*Ma ki-ta!*«

Durch einen Spalt zwischen meinen Fingern sah ich Casziel. Den Dämon Casziel. Er stand, ganz in Schwarz gekleidet, in der Mitte meiner kleinen Wohnung. Ein großes Schwert steckte in einer Scheide, die er auf dem muskulösen Rücken trug, zwischen riesigen Flügeln mit glänzenden schwarzen Federn, deren Spitzen die Rückseite seiner Stiefel berührten. Selbst in diesem entsetzlichen Augenblick raubte mir seine düstere Majestät den Atem.

Er stieß die weißen, blutleeren Hände Richtung Fenster und schlug einmal mit den Flügeln. Der Windstoß, der dabei entstand, erfasste jede einzelne Fliege und trieb sie durch das offene Fenster hinaus. Innerhalb von Sekunden waren sie fort, und wieder wurden meine Sinne überwältigt, und ich versuchte verzweifelt, zu entscheiden, was real war.

Schluchzend hielt ich mich an der Arbeitsplatte fest. Bei

dem Geräusch drehte sich Casziel zu mir um, seine Augen schwarze Gruben in der alabasterweißen Perfektion seines Gesichts. Ich duckte mich angesichts des kalten Schreckens, den sie ausstrahlten, und sank zu Boden, wo ich mich inmitten der Scherben zusammenrollte.

Im nächsten Augenblick kniete Cas in seiner menschlichen Gestalt neben mir, seine Miene voller Entsetzen.

»Vergib mir, Lucy. Vergib mir …«

Er nahm mein Gesicht in beide Hände und beugte sich vor. Einen verrückten Moment lang dachte ich, er würde mich küssen. Aber er drückte mir nur den Daumen auf die Stirn und schloss die Augen.

»*Ñeštug u-lu* …«

Blinzelnd wachte ich auf, und ein leiser Schrei entfuhr mir. Ich saß, an die Kücheninsel gelehnt, auf dem Boden, statt im Bett zu liegen. Um mich herum waren Scherben auf dem Boden verteilt, und der Boden war nass. Ich war so betrunken letzte Nacht. Ich musste mir Wasser geholt und das Glas fallen gelassen haben und dann … war ich umgekippt?

Mein Magen rumorte bei dem Gedanken, dass ich so leichtsinnig gewesen war.

Cas hat da jedenfalls nicht geholfen.

Obwohl er literweise Wein getrunken hatte, war er verdammt nüchtern geblieben …

»Uh. Déjà-vu.«

Ich war barfuß und ging vorsichtig um die Scherben herum. Meine Wohnung war leer. Ich blickte zum offenen Fenster und fragte mich, ob Cas wieder als Rabe hereinfliegen würde, beschloss aber, dass ich nicht dabei zusehen müsste. Mein armes Gehirn brauchte nicht noch einen Schock.

Da war irgendwas mit dem Fenster gewesen …

Ich fegte die Scherben zusammen, wischte das Wasser auf und versuchte es noch einmal. Diesmal schaffte ich es mit einem vollen Glas und zwei Ibuprofen aus dem Bad ins Bett zurück. Ich legte mich hin und fühlte den Kopfschmerz hinter den geschlossenen Augen pochen.

Ich war fast eingeschlafen, als das Telefon klingelte. Stöhnend sah ich mich danach um und fand es auf dem Fußboden neben dem Bett.

»Wenn du mich nur ein winziges bisschen magst, flüsterst du«, sagte ich zu meinem besten Freund.

Coles Augen weiteten sich alarmiert hinter der schwarz gerahmten Brille. »Geht es dir gut? Bist du krank?«

»Alles gut, ich hab nur einen Kater.«

»*Du?*«, rief Cole aus, und ich zog eine Grimasse. »Ups, sorry«, sagte er, dann verwandelte sich sein besorgter Gesichtsausdruck in ein erfreutes Grinsen. »Hast du dich mit Fruchtwein eines heimischen Winzers betrunken, dem nur die beste Melone gut genug fürs Eichenfass ist?«

»Es war ein lieblicher Bananenrosé.« Ich lachte und zog erneut eine Grimasse. *Schitt's Creek* war eine unserer Lieblingsserien, und wir verpassten nie eine Gelegenheit, daraus zu zitieren.

»Und?«, fragte er und griff nach seinem Zeichenblock. »Raus damit. Ich will alle schmutzigen Details hören.« Er erstarrte, als ihm etwas in den Sinn kam. »Oh, Mist, bist du allein? Störe ich etwa beim Morgen danach? Ist der Typ da, den ich gestern gehört hab?«

Gestern? Gestern war hundert Jahre her.

»Ja. Nein«, verbesserte ich mich schnell. »Er ist nicht hier. Aber ja, wir sind gestern ausgegangen.«

Cole fielen fast die Augen aus dem Kopf, während er schnell an einer Skizze arbeitete. »Erzähl mir alles. Wer ist es?«

»Er ist ein Freund. Glaub ich.«

Cole ließ die Schultern hängen und schürzte die Lippen. »Jetzt komm schon.«

»Ich meine es ernst. Er ist nur ein paar Tage in der Stadt.«

»Und dann? Ist er für immer weg?«

Ja. Er ist für immer weg.

Das Herz tat mir plötzlich genau so weh wie der Kopf.

Coles Hand hielt inne. »Luce?«

»So in etwa.«

»Wie heißt er?«

»Casz… Er heißt Cas. Und es wird dich freuen, dass er mir bei Guy helfen wird.«

Gott, es klang so lächerlich, das laut auszusprechen.

»Okay, und wie wird dieser Cas dir bei Guy helfen?«

»Es ist eine lange Geschichte, und ich kann jetzt nicht reden. Ich hab dich lieb, aber wenn ich nicht in zehn Sekunden die Augen zumache, wird es hier aussehen wie in *Der Exorzist*.«

Oh mein Gott, auf einmal gibt es nur noch Dämonen in meinem Leben …

»Okay, okay, du kannst es mir später erklären«, sagte Cole. »Ich wollte dir nur etwas zeigen.« Er blätterte in seinem Zeichenblock, um mir eine andere realistische Zeichnung von mir zu zeigen. »Die hab ich gestern gemacht, weißt du noch? Als dein Gesicht sich aufgehellt hat?«

»Ich weiß es noch«, sagte ich sanft.

Cole zeigte mit dem Bleistift auf das Porträt, das Lichtjahre von den anderen entfernt war, die er in letzter Zeit angefertigt hatte. »Siehst du das Licht in deinen Augen, die Lippen, die sich ganz leicht überrascht öffnen? Als wärst du von einem angenehmen Gedanken überrumpelt worden. Fast ein Lächeln, aber nicht ganz.«

Ich schluckte schwer. »Ich sehe es.«

»Du hast nicht an Guy gedacht, oder?«

Ich schüttelte den Kopf. Nein.

»Es war Cas, oder?«

Ich nickte.

Cole lächelte milde. »Meine Frage ist also: Wenn du bei Cas so aussiehst, warum solltest du je wieder an Guy denken?«

ZEHN

Ich knie vor Astaroth im Hinterzimmer des Idle Hands. Die Flamme der schwarzen Kerze ist von einem bleichen Weiß und bewegt sich nicht. Unter dem Sofa liegt die große Schlange – von demselben bleichen Weiß – und beäugt mich misstrauisch. Geringere Diener kriechen herbei und hoffen auf einen Tropfen Blut oder einen Hauch von Angst. Aber obwohl ich in meiner schwachen Menschengestalt gekommen bin, krabbeln sie in den Schatten zurück, als ich sie anknurre.

»Sind Deber und Keeb auf Dieser Seite?«

»Bin ich der Aufpasser der Zwillinge?«, murmelt Astaroth und zieht sein Schwert. »Sie sind die Dämonen des Mädchens.« Er schneidet eine zweite Linie, parallel zur ersten, in mein Handgelenk. »Vielleicht sind sie wie du gekommen, um mit ihr zu spielen.«

Ich vermute, dass Astaroth mehr weiß, als er sagt, aber er dreht die Klinge um, und ich schließe stöhnend die Augen. Der Geruch meines verbrannten Fleischs überdeckt den Gestank seines Atems. Fast.

»Geh, Casziel«, sagt er, als er fertig ist. »Dir stehen hoffnungslose Schwärmerei und Sorge um das Mädchen ins Gesicht geschrieben. Das macht mich krank. Falls die Zwillinge sie heimsuchen, haben sie meinen Segen. Hinfort.«

Es juckt mich, nach meinem Schwert zu greifen, um ihm die herzlosen Worte aus der Kehle zu schneiden, aber mein Plan erfordert Geduld, ich darf nicht zu früh aufgeben. Ich verbeuge mich und gehe zur Tür.

»Ach, und Casziel«, ruft Astaroth und streichelt träge den Kopf seiner Schlange.

»Herr?«

»Oh, ich habe vergessen, was ich sagen wollte.« Sein Lächeln gefällt mir nicht, die schwarzen Augen funkeln im schwarzen Kerzenlicht. »Egal. Es fällt mir sicher wieder ein.«

Ich verlasse den Raum und schlüpfe in meine Dämonengestalt wie in eine Rüstung. Die Kneipe ist voll; die anderen Dämonen kümmern sich um ihre eigenen Angelegenheiten. Eistibus hinter der Theke hat den Blick abgewandt. Gut. Er sollte mich fürchten. Das sollten sie alle.

Vor allem die, die es wagen, Lucy zu schaden.

Ich schließe die Augen bei der Erinnerung an ihre Angst, die Fliegen, die sie bedrängen – ein lebendig gewordener Albtraum. Das Gefühl der quälenden Hilflosigkeit, als ich ihr Leid sah, hat in mir die Erinnerung an unsere letzte Nacht in der Zikkurat geweckt – ihre Augen voller Liebe und Tränen, die mich stumm um Hilfe bitten. Das Aufblitzen der Klinge und dann ihr heiß strömendes Blut … Ich habe Astaroth vor all diesen Jahren nachgegeben, weil ich mich nie wieder so fühlen wollte, mit aufgerissener Brust und entblößtem Herzen der endlosen Qual namens Liebe ausgeliefert.

Eistibus spürt meine Stimmung und nähert sich langsam. »Wein, Herr?«

Ich nicke, und er stellt ein Glas vor mich. Ich leere es in einem Zug, dann schleudere ich es gegen das Flaschenregal hinter dem Dschinn, an dem es zerschellt.

»Ambri, zu mir!«

Mein Ruf hallt durch das Idle Hands in die Atmosphäre Dieser Seite, dann durch den Schleier hindurch auf die Andere. Innerhalb weniger Momente öffnet sich die Tür der Taverne, und mein stellvertretender Kommandant schlendert herein, ein träges Lächeln und schwarze Augen in einem teuflisch gut aussehenden Gesicht. Sein blutroter Gehrock ist wie immer makellos, sein goldenes Haar sitzt perfekt. Ihm ist keine Erschöpfung vom Übergang anzumerken; seine Flügel – schwarz gefiedert wie meine – sind hoch erhoben, als er vor mir strammsteht und sich verbeugt.

»Casziel, Herr. Wie kann ich dir dienen?«

»Du warst auf Dieser Seite«, stelle ich fest.

»Nun ... ja.« Ambri zupft am Ärmel seines Gehrocks aus Samt. »Ich habe mich um ein paar Angelegenheiten in der Stadt gekümmert, in meiner Wohnung nach dem Rechten gesehen und meine Finanzen geprüft ...«

»Du hast Menschen gefickt.«

Er grinst. »Vielleicht einen. Oder zwei. Oder ... fünf.«

»Du musst niemanden überbieten.« Ich deute auf den Hocker neben mir. »Setz dich.«

Ambri schiebt das Schwert, das er um seine schmale Taille trägt, zur Seite und setzt sich mit der Anmut einer Raubkatze. Eistibus stellt noch zwei Gläser Wein auf die Theke und geht.

»Ich habe eine Aufgabe für dich«, sage ich zu meinem stellvertretenden Kommandanten.

»Du musst es nur sagen, und es ist praktisch schon geschehen.« Ambri hat seinen menschlichen Akzent noch nicht abgelegt – er war vor etwa dreihundert Jahren ein wohlhabender britischer Lord und hat sein kurzes Leben damit verbracht, durch Europa zu reisen, Geld auszugeben, mit allem ins Bett zu gehen, was nicht bei drei auf den Bäumen war, und überhaupt eine wandelnde Verkörperung von Wollust, Trägheit und Völlerei zu sein.

Viel hat sich nicht geändert.

Ich nippe an meinem Wein; er schmeckt sauer. Vielleicht sind es auch die Worte in meinem Mund. »Ich brauche Informationen über einen Menschen. Guy Baker.«

Ambri zieht eine perfekte Augenbraue hoch. »*Guy*? Gehen den Menschen die Namen aus?«

Ich kann mir das Grinsen nicht verkneifen. Ambri ist mir der liebste unter meinen Dienern und das, was einem Freund am nächsten kommt. Sofern man einen Dämon, der einen jederzeit hinterrücks erdolchen würde, wenn es seinen eigenen Zwecken dienlich wäre, einen Freund nennen kann. Aber ich will nicht urteilen – ich war einst wie er. Mein Weg an die Spitze der Hierarchie ist mit den Leichen derer gepflastert, die mir im Weg standen.

»Ich will einen kompletten Bericht«, sage ich. »Wer seine Dämonen sind, seine Geschichte, seine Schwächen und Laster, alles.«

»Betrachte es als erledigt. Noch etwas?«

»Wenn es noch etwas gäbe, hätte ich es gesagt.«

»Aye, Herr.« Er sieht mich aus schwarzen Augen über seinem Weinglas an.

»Jetzt sag schon, Ambri«, stoße ich hervor.

»Willst du nicht wissen, wie es deinen Legionen auf der Anderen Seite ergeht? Maras befehligt sie gut während deiner Abwesenheit, aber es sind immer noch deine Diener, Herr.«

Meine Diener können meinetwegen zur Hölle fahren.

Wie viel besser wäre die Welt ohne sie? Ohne mich?

Aber es ist zwecklos – und lächerlich –, zu glauben, dass mein Verschwinden meine Sünden wiedergutmachen wird. Maras oder ein anderer der Bruderschaft wird aufsteigen und meinen Platz einnehmen. Kriege und Zwistigkeiten werden weitergehen wie immer. Solange Menschen auch nur einen Funken Böswilligkeit füreinander hegen, wird es Dämonen geben, die ihn zu einem Inferno schüren.

Ambri fixiert mich mit seinem klugen schwarzen Blick.

»Gut«, sage ich mürrisch. »Erzähl es mir.«

Er berichtet von Konflikten in Myanmar, in Eritrea, im Sudan. Ich höre kaum zu, und er bemerkt es.

»Du scheinst ein winziges bisschen abgelenkt, Casziel, mein Herr. Ist alles gut?«

Sie haben Fliegen auf sie gehetzt ...

Ich unterdrücke den Befehl, Deber und Keeb mit einem ganzen Bataillon zu verfolgen, um die Zwillinge in Stücke zu reißen und in ihren verfaulten Einzelteilen auf die Andere Seite zurückzubringen.

»Alles ist gut«, murmele ich in meinen Wein.

»Ich frage nur, weil du mir, deinem treuen Stellvertreter, nicht verraten hast, warum du dich auf Dieser Seite aufhältst und dein Kommando während dieser Tage abgegeben hast.« Er deutet mit dem Kinn auf die Tür zum Hinterzimmer. »Seine Durchlaucht Astaroth ist auch hier, wie ich riechen kann. Bist du dem alten Mann in die Quere gekommen?«

Blitzschnell schießt meine Hand nach vorn und schließt sich um Ambris Kehle. Ich reiße ihn zu mir, mein Blick bohrt sich in seine großen schwarzen Augen.

»Pass bloß auf, Ambri«, zische ich. »Hüte deine lose Zunge, oder ich schneide sie dir aus dem menschlichen Mund, und das wird eine große Enttäuschung für deine Bettgenossen.«

»Ver-vergib mir, Herr«, presst er hervor und ist klug genug, sich nicht zu wehren.

Fauchend lasse ich ihn los und kippe noch etwas von dem Wein hinunter. »Guy Baker. Morgen Nacht. Geh.«

Ambri rückt seinen Kragen zurecht. »Ja, Herr.«

Er geht durch die Kneipe in die Nacht hinaus.

Eistibus steht an einem Ende des Tresens und kommt mir nicht zu nah. Auch Ba-Maguje ist wieder da, liegt schlaff auf dem anderen Ende und tut seine Arbeit. Seine feuchten Lippen bewegen sich, als würde er im Schlaf reden, wenn er seine Menschen beschwatzt, noch etwas zu trinken. Es tut doch niemandem weh, nur noch ein Glas …

Angeekelt blicke ich zu den anderen Dämonen in der Kneipe. Eine bunte Mischung gemeiner Teufel mit missgebildeten Körpern – Krallen, verfilztes Haar, Schuppen –, die in abstoßenden Flüssigkeiten hocken, während sie sich ein oder zwei Drinks genehmigen, eine Pause davon machen, das Elend, die Apathie oder die Perversionen ihrer Menschen zu schüren.

Ich kippe den Rest des Weins runter und nickte Eistibus zum Abschied zu, bevor ich hinausstürme.

Nur noch ein bisschen, denke ich, als ich mich in Rabengestalt in die Luft erhebe. Ein paar Tage noch, dann ist alles vorbei.

Und Lucy?

Der Hass auf meine Mitdämonen ist ein Witz. Ich bin nicht besser als sie. Sogar schlimmer. Die Welt wird nicht um mich trauern und auch Lucy nicht. Wie könnte sie? Der Mann, den sie kannte, ist tot. Er ist vor fast viertausend Jahren im Inneren der Zikkurat gestorben, und alles, was sie an ihm liebte, ist auch tot. Unrettbar verdorben und kaputt.

Es ist keine Liebe mehr in mir.

Nur eine sture, bleibende Hoffnung, dass sie versorgt ist, wenn ich fort bin. Dass sie endlich die Liebe findet und das Glück, das ihr genommen wurde. Uns genommen wurde.

Weil sie noch eine Chance hat, auch wenn es für mich zu spät ist.

TEIL II

ELF

Als Casziel von dort zurückkam, wohin er nachts ging, hatte er schlechte Laune, die sich in der ganzen Wohnung wie ein Nebel ausbreitete und die den ganzen Rest des Sonntags blieb. Er weigerte sich, mir zu sagen, was los war, und fuhr mich an, wenn ich versuchte, mit ihm zu reden. Die warmen Worte und sehnsüchtigen Blicke im Pub musste ich mir nur eingebildet haben. Es war schwer zu glauben, dass er mir übers Haar gestreichelt oder mir gesagt hatte, dass mein Glück wichtig wäre. Dass er sogar seine Seele dafür riskieren würde …

Als ich mich halbwegs von meinem Kater erholt hatte, ging ich für die Woche einkaufen und besorgte einen Riesenhaufen Lebensmittel für die übrigen neun Tage von Cas' »Besuch«. Ich versuchte, nicht daran zu denken, wie die Tage vergingen, aber der Gedanke ließ mich nicht los. Ich fragte mich, wie man jemanden vermissen konnte – noch dazu jemanden, den man gerade erst kennengelernt hatte –, bevor er überhaupt weg war.

Das Gespräch mit Cole früher am Tag war nicht hilfreich gewesen. Aber selbst wenn er recht hatte – was nicht zutraf –, was konnte ich tun? Casziel würde gehen. Für immer.

Als ich vom Einkaufen zurückkam, hatte mein Dämon es sich auf der Couch gemütlich gemacht, angestrahlt vom späten Nachmittagslicht. Er sah fern, während er gefrorene Erbsen direkt aus der Tüte mampfte. Auf dem Couchtisch stand ein leeres Glas Mayonnaise mit einem Löffel darin.

Das Frühstück der Sieger.

»Also ... wir sollten über morgen reden, wenn ich zur Arbeit gehe.« Ich stellte die Einkaufstüten auf die Arbeitsfläche. »Wollen wir das wirklich machen mit der vorgetäuschten Beziehung, oder hab ich mir das im Suff ausgedacht?«

»Es ist der beste Plan«, sagte Cas, ohne den Blick von der Sendung zu lösen. Es klang nach *Dr. Phil.*

»Bist du sicher?«

»Ja.«

»Weil ...«

»Es ist der Plan, Lucy Dennings. Es gibt keinen anderen.«

Ich runzelte die Stirn und legte einen neuen Eisbergsalat in den Kühlschrank. »Es ist nur ... Ich mache mir Sorgen um dich. Es ist super nett, dass du mir in Sachen Guy helfen willst, aber es geht schließlich um deine ewige Seele.«

»Super nett«, sagte Cas eisig. »Ja, genau das bin ich.«

Ich biss die Zähne zusammen und wünschte, mein Vater wäre hier, damit ich ihn um Rat fragen könnte. Dann fiel mir ein, dass er es gewissermaßen war.

»Was hält Dad von unserem Plan?«

Lange hörte man nur das Knacken und Knirschen der gefrorenen Erbsen, dann Cas' tonlose Antwort: »Er ist einverstanden.«

Ich durchbohrte den Dämon mit einem strengen Blick. »Du lügst.«

Er zog eine Augenbraue hoch. »Ach ja? So gut kennst du mich also?«

Es war eine rhetorische Frage, aber etwas daran irritierte mich. Mit Casziel hatte ich ständig das Gefühl, etwas vergessen zu haben, was mir nicht mehr einfiel. Ich *kannte* ihn. Wenigstens kam es mir so vor. Seine Stimme, die Gesichtsausdrücke, wie er den Kopf neigte ... all das war mir so vertraut, wie es eigentlich nicht sein konnte. Nur deshalb hatte ich ihn nicht schon hundertmal aus meiner Wohnung geworfen.

Aber ich kenne ihn überhaupt nicht. Wir haben eine Verbindung, versuchte ich, das zu rationalisieren. *Ich habe seinen wahren Namen gesagt, und jetzt ist er mein.*

»Er ist mein.«

Mir wurde heiß im Gesicht, und fast hätte ich die Erdnussbutter fallen lassen. Sofern Casziel mich gehört hatte, zeigte er es nicht; er war zu versunken in die Talkshow.

Ein Dämon, der versucht, sich mithilfe von Dr. Phil weiterzuentwickeln.

Ich lächelte hinter den Haaren.

Als die Einkäufe verstaut waren, stellte ich den Schreibtischstuhl neben die Couch. »Dad findet die Idee wirklich gut?«

Casziel seufzte. »Ich wiederhole mich nur ungern.«

»Glaubt er, dass es *funktioniert?*«, beharrte ich. »Nicht, dass Guy und ich glücklich werden ... Ich meine, glaubt er, es wird *dir* helfen?«

Cas schien zu lauschen, aber seine Miene war neutral. »Ja«, sagte er schließlich. Als ich protestieren wollte, schoss er von der Couch hoch. »Ich muss noch mal weg.«

»Cas, warte«, sagte ich und stand auch auf. »Wegen morgen ... Was machen wir wegen unseres Plans? Willst du, ich weiß nicht ... einen Blumenstrauß schicken, damit die Leute im Büro aufmerksam werden? Ich hab das mal in einem Film gesehen.«

Gott, ist das lächerlich.

»Ich kümmere mich drum.«

Er nahm die schwarze Lederjacke von der Couch, und da sah ich den zweiten Schnitt an seinem Handgelenk, genau neben dem ersten. Zwei Linien aus zerschnittener, ausgebrannter Haut, absolut parallel. Morgen früh, begriff ich resigniert, würden es drei sein.

»Cas …«

»Gute Nacht, Lucy.«

Dann war ein Rabe in meiner Wohnung, dann niemand mehr.

Ich aß allein zu Abend und legte mich mit einem Liebesroman ins Bett. Aber ich konnte mich nicht auf die Worte konzentrieren und schweifte ab. Meine Gedanken drifteten, dann sah ich die Frau auf dem Feld mit den schwarzen Zöpfen, und sie …

Sie geht durch ein Tor in die Stadt und steht mitten im Chaos. Ein Aufmarsch der Soldaten, die aus dem Krieg zurück sind. Es sind vier Jahre; sie hat jeden Tag gezählt und sich nach der Rückkehr ihres Kriegers gesehnt. Ihre blauen Augen blicken suchend in die Menge. Sie hofft, ihn zu entdecken, fürchtet, es nicht zu tun. Männer und Frauen mit schwarzen Haaren winken mit bunt gefärbten Tüchern, jubeln und singen Hymnen auf Utu und Innana. Die Tempeldiener verbrennen Salbei, als sie zwischen den Soldaten hindurchgehen, die zur Zikkurat im Stadtzentrum marschieren.

Die Frau drängelt sich durch die Menge, die den Soldaten folgt, betrachtet die Gesichter. Aber ihr Geliebter ist kein Fußsoldat. Er ist ihr Anführer, und die Seele der Frau singt lauter als alle anderen, als sie ihn an der Spitze seines Regiments entdeckt. Er hat ihr den Rücken zugewandt – neue Narben verunstalten seine bronzene Haut –, aber sie würde ihn überall erkennen. Er ist die eine Hälfte ihres Herzens, und er lebt.

Wilder Stolz und noch wildere Begierde durchströmen sie, als sie der Parade zu den Stufen der Zikkurat folgt. Priester – darunter auch ihr Vater – führen das Šu-il-lá i durch, erheben die hoh-

len Hände, um die Götter zu bitten, singen Zauberformeln, während ein Tempeldiener ein Opfer darbringt. Der kastrierte Bulle brüllt in Panik, dann fließt sein Blut satt und rot auf den steinernen Altar.

Der König tritt vor, seine Kopfbedeckung aus Gold und Lapislazuli glitzert in der Sonne. Er hebt die Arme und erklärt den Tag zu einem Festtag, um die ruhmreiche Innana zu feiern, die ihnen den Sieg geschenkt hat. Die Rede zieht sich hin; die Frau wird ungeduldig. Männer in der Menge murmeln, dass der Feind nicht besiegt ist, nur aufgehalten wurde. Sie schnaubt. Niemand sollte an diesem Tag die Babylonier erwähnen – der König sollte den Mut ihres Geliebten feiern.

Später wird sie Buße tun für ihren Stolz. Jetzt will sie nur ihn. Bald werden sie vereint sein; sie haben durch die langen Jahre der Trennung und des Krieges den Preis bezahlt. Aber das ist jetzt vorbei.

Ki-áŋg ngu ... mein Geliebter.

Er muss ihren stummen Ruf gehört haben. Er dreht den Kopf, und irgendwie findet er sie in der jubelnden Menge. Der Helm verschattet sein Gesicht, aber ein süßes Verlangen erblüht zwischen ihren Beinen, weil sie spüren kann, wie er sie ansieht. Er hat auch gewartet. Auf sie. Darauf, sie zu heiraten und zur Frau zu nehmen für alle Zeit vor dem Gesetz der Götter und der Menschen.

Der König fordert ihren Geliebten auf, vor ihn zu treten. Bier wird wie flüssiges Gold über seine muskulösen Schultern gegossen. Der Gesang wird lauter, er wird gefeiert, weil er ihnen den Sieg und Wohlstand und Sicherheit gebracht hat.

Und als die Priester und der König ihn mit Lob überschütten, weiß sie, dass sein Blick zu ihr wandert, glühend und voller Sehnsucht. Voller Liebe, denn auch wenn er andere im Krieg mit in sein Bett genommen hat, kehrt er nur zu ihr nach Hause zurück ...

Ich wachte auf und spürte die Erwartung und das Verlangen der Frau unter der Haut und zwischen den Beinen.

»Gott, was war das?«

Der Traum war genau so klar und real wie die von Japan und Russland – ich hatte das Pulsieren der Stadt gefühlt, die Leute, hatte den grünen Duft des Flusses und die Aprikosen- und Pfirsichbäume, Mandeln und Feigen gerochen … Was Casziel mir im Pub über seine Vergangenheit erzählt hatte, kam mit Macht zurück.

»War das … Larsa?«, fragte ich meine leere Wohnung.

Und die Frau?

Cas hatte gesagt, durch unsere Verbindung könnte seine Existenz in mein Unterbewusstsein eindringen. Irgendwie hatte sich das gleich falsch angehört, und so war es auch an diesem Morgen noch. Aber er war nicht hier, und ich konnte ihn nicht fragen, und ein Blick auf die Uhr sagte mir, dass ich mich für die Arbeit fertig machen musste.

Ich duschte und zog meine übliche »Arbeitsuniform« an – einen Rock, einen locker sitzenden Pulli – und trug ein bisschen Mascara auf. Ich machte Kaffee, trank ihn langsam, aß dazu eine Scheibe Cantaloupe und einen Bagel mit Frischkäse – und immer noch keine Spur von Casziel.

»Dieses total abgedrehte Wochenende könnte damit offiziell vorbei sein«, murmelte ich und ignorierte den Stich im Herzen.

Lucy, das Dummerchen, ist sicher in ihrem dummen kleinen Leben zurück, spottete eine Stimme. Deber oder Keeb. Oder wahrscheinlich eher meine eigene ungezügelte Unsicherheit.

Ich wartete so lange, wie ich konnte, aber ich würde zu spät kommen, und Casziel tauchte offensichtlich nicht auf. Also nahm ich meine Tasche und ging los.

Die Bahn kam pünktlich, und ich stieg Lexington Av/53 St in Midtown aus und fuhr mit dem Fahrstuhl in den neunten

Stock des Conway Buildings. Ocean Alliance war unter der Leitung von Kimberly Paul gediehen, und wir hatten jetzt das ganze Stockwerk für uns.

»Hi, Dale«, sagte ich und brachte für unseren Rezeptionisten ein Lächeln zustande.

»Morgen, Luce.« Er lächelte zurück. »Wie war dein Wochenende?«

Ich hustete. »Alles wie immer.«

Ich eilte weiter und hechtete hinter die Trennwand, die meinen Arbeitsplatz abgrenzte. Es war ein Großraumbüro mit vielen Grünpflanzen und einem ungehinderten Blick über die Stadt. Die Schreibtische der etwa vierzig Personen, die hier arbeiteten, waren durch halbhohe Wände voneinander getrennt, und die Abteilungen saßen gemischt. Jana Gill – die Leiterin der Buchhaltung – saß neben mir, genau wie Abby Taylor, unsere Marketingchefin, die sämtliche Werbeanzeigen und Videos für die Öffentlichkeitsarbeit produzierte.

Ich war die Leiterin der Logistik; ich war nach drei Monaten hier schon befördert worden. Es war keine besondere Herausforderung nach dem Abschluss in Bioingenieurswissenschaft, aber ich musste mit niemandem reden. Nach den Gesprächen mit Casziel fiel mir auf, dass ich nur die großen Ideen der *anderen* nahm und recherchierte, wie man sie umsetzen konnte.

Vorher hatte mich das nicht gestört, aber an diesem Morgen schon. Es störte mich sehr.

Abby und Jana saßen schon an ihren Plätzen; sie hatten die Stühle zusammengeschoben und plauderten über ihr Wochenende. Jana lächelte mich warm und freundlich an. Sie hatte das blonde Haar zu einem Pferdeschwanz gebunden und dunkle Ringe unter den Augen – sie hatte vor Kurzem einen kleinen Jungen bekommen.

Abby sah mich kritisch an. Ihr dunkelbraunes Haar war frisch geföhnt, ihr Make-up makellos und ihre Kleidung der allerletzte Schrei. Sie erinnerte an die Models aus der Eröffnungssequenz von *Der Teufel trägt Prada*, ich dagegen war eher Anne Hathaway in ihrem schlichten blauen Pulli mit Bagelkrümeln drauf.

»Hi, Luce«, sagte Jana. »Du siehst gut aus heute.«

»Oh. Danke«, murmelte ich, setzte mich und verstaute meine Tasche unter dem Schreibtisch. »Wie geht's Wyatt?«

»Er hat Glück, dass er so niedlich ist«, sagte Jana und lächelte müde. »Ich kann mich nicht erinnern, wie es ist zu schlafen.«

»Was ist mit dir, Luce?«, fragte Abby. Irgendwie klang ihr »Luce« herablassend, während das von Jana liebenswürdig war. »Du siehst selbst ein bisschen müde aus. Lange Nacht? Jemand, den wir kennen?«

Ich errötete und beschäftigte mich damit, meinen sowieso schon absolut ordentlichen Schreibtisch aufzuräumen. »Nein, nein. Ich hab nur letzte Nacht nicht gut geschlafen.«

»*Natürlich*, Schätzchen. Das war *offensichtlich* nur ein Witz.«

Weil es nicht sein kann, dass ich mal mit jemandem die Nacht verbringe.

Der Duft von Sandelholz-Cologne wehte zu uns. »Guten Morgen, Ladys«, sagte eine tiefe Stimme.

Meine Wangen brannten sofort lichterloh, es war wie eine automatische Reaktion. Guy Baker hatte den Ellbogen auf Abbys Trennwand gestützt, ein selbstsicheres, lockeres Lächeln im braun gebrannten Gesicht. Der stellvertretende Geschäftsführer trug Jeans, ein kariertes Hemd mit hochgekrempelten Ärmeln und Wanderstiefel von Timberland. Sein blondes Haar war ein bisschen zerzaust, als hätte *er* die ganze lange Nacht mit einer Frau verbracht.

»Hallo, Guy«, sagte Abby, und ihr wissender Blick wanderte auf eine Weise von ihm zu mir, die mir nicht gefiel. »Du siehst *flott* aus heute Morgen. Was können wir für dich tun?«

»Kim bittet alle Abteilungsleiter:innen in zehn Minuten in den Konferenzraum.« Er grinste. »Unsere furchtlose Anführerin denkt nur an Arbeit, nicht an Vergnügen. Wie immer.«

»Diese Frau würde selbst in den Flitterwochen arbeiten, wenn wir sie lassen«, sagte Jana liebevoll.

»Stimmt«, grummelte Abby. »Ich hab immer noch nicht ganz verkraftet, dass es keinen Junggesellinnenabschied gibt. Das ist praktisch *kriminell*, wenn man bedenkt, dass es *zwei* Junggesellinnen gibt.«

»Wir haben noch vier Tage, um sie umzustimmen.« Guy drehte sein Megawatt-Lächeln in meine Richtung. »Wir sehen uns gleich, Ladys.«

Sein Cologne hing noch in der Luft, und mein Blick folgte ihm. Normalerweise würde ich mich in den Arsch beißen, dass ich kein Wort herausgebracht hatte. Aber abgesehen davon, dass ich unfreiwillig errötete, hatte Guys Gegenwart mich nicht wie sonst mit einem Bann belegt. Und irgendwie verglich ich unwillkürlich Guys robusten, blonden Naturburschenlook mit Casziels glatter, geheimnisvoller Raffinesse. Die beiden konnten nicht unterschiedlicher sein.

Casziel ist kein »guy«, er ist ein Mann.

»Da geht er hin.« Abby schüttelte den Kopf. »Meine Güte, Luce, wenn Anschmachten eine olympische Disziplin wäre …«

Meine Wangen brannten. »Nein, ich … vergiss es.«

»Jetzt lass sie, Abby«, sagte Jana. »Guy ist einfach superheiß. Wenn ich nicht glücklich verheiratet mit Baby wäre, könnte ich den Blick auch nicht von ihm losreißen.« Sie stand auf. »Apropos, ich brauche unbedingt mehr Kaffee. Noch jemand?«

Wir lehnten beide ab, und Jana ging zu dem Tischchen mit Kaffee, Gebäck und Obst, das Kimberly jeden Montag für uns bereitstellte, damit wir gut in die Woche starteten.

»Ich finde es beeindruckend«, sagte Abby und rollte ihren Stuhl mit einer einzigen Bewegung vor ihren Schreibtisch zurück. »Wie lange arbeitest du schon hier? Zwei Jahre? Du bist wie das traurige Mädchen in *Tatsächlich … Liebe*. Das ganze Büro weiß, dass du in ihn verknallt bist – einschließlich Guy.«

»Kümmer dich um deinen eigenen Scheiß, Abby«, murmelte ich. Aber so leise, dass sie es nicht hörte.

»Du solltest es ihm sagen«, sagte sie. »Geh einfach zu ihm und sag: ›Guy, es sind jetzt zwei Jahre. Mein Körper ist *bereit*.‹«

Ich sprang auf. »Wir sollten nicht zu spät kommen.«

Der Konferenzraum war ein verglaster Raum mit einem langen Tisch und zehn Stühlen. Es gab einen Beamer, um Statistiken und Dias von der Arbeit zu zeigen, die Ocean Alliance auf der ganzen Welt machte: Plastiktüten aus dem Wasser fischen, Ölbohrungen überwachen, Küstenschutz.

Kimberly Paul war schon da. Sie kleidete sich nicht so wie die Geschäftsführerin einer erfolgreichen gemeinnützigen Organisation, sondern eher wie eine stylishe Fabrikarbeiterin in einem kurzärmligen armeegrünen Overall und schweren Stiefeln. Ihr blondes Haar war unter einem Kopftuch im Stil von »Rosie the Riveter« versteckt. An ihrer linken Hand glitzerte ein Ring mit verschiedenen farbenfrohen Edelsteinen.

»Guten Morgen«, sagte sie mit ihrer rauen Demi-Moore-Stimme. »Kommt rein, und setzt euch. Wie ihr alle wisst, bin ich ab nächsten Montag eine Woche nicht da …«

Der Raum brach in Pfiffe und Jubelrufe aus, und Kimberly winkte lachend ab.

»Bist du sicher, dass du die Kinder unbeaufsichtigt allein lassen kannst?«, fragte Guy grinsend.

»Ich gehe davon aus, dass ihr das Gebäude nicht abfackelt, aber wenn ihr wollt, dass ich glückliche Flitterwochen habe, dann lasst die kreativen Ideen nicht abreißen.«

An jedem ersten Montag des Monats sollten Leute aus der Belegschaft innovative Ideen vorstellen: Kooperationen mit anderen Organisationen, Promis, die wir als Unterstützer:innen gewinnen könnten, und so weiter. Nächsten Montag war es wieder so weit.

Ich hatte immer noch meine Schuh-Idee. Die Logistik hatte ich schon ausgearbeitet, inklusive Kosten, Design und Umweltbelastung. Ich musste mich nur noch trauen und sie präsentieren. Während die anderen ein paar Vorschläge besprachen, atmete ich langsam ein. Es stand zu viel auf dem Spiel, um *nichts* zu sagen, aber …

Sie werden dich auslachen.

Du bist nicht vorbereitet.

Das hat es schon gegeben.

Ich schluckte die Nervosität runter und versuchte zu tun, was Casziel gesagt hatte – meine Dämonen nicht mehr zu füttern. Ich wusste, dass sie nicht wie von Zauberhand verschwinden würden, aber wenn ich lauter redete, konnte ich sie vielleicht übertönen.

»Ich habe eine Idee«, platzte ich auf meinem Platz am Ende des Tisches heraus und bereute es sofort. Der ganze Raum wurde still, neun Augenpaare richteten sich auf mich.

Abby schnaubte. »*Du* willst am Montag etwas vorstellen? Wirklich?«

»Ja, wirklich«, sagte ich mit fester Stimme.

»Wow, Lucy, das ist wunderbar«, sagte Kimberly. »Kannst du in etwa sagen, worum es geht?«

»Ich … ich habe meine Unterlagen nicht dabei«, sagte ich, und meine Wangen brannten unter Abbys zweifelndem Grinsen und Guys neugierigem Blick. »Aber ich stelle sie zusammen und präsentiere sie am Montag.«

»Dann bin ich sehr gespannt«, sagte Kimberly. »Und ein bisschen enttäuscht, dass ich nicht dabei sein werde.«

»Ich nehme es für dich auf«, sagte Abby, plötzlich die Freundlichkeit in Person. »Du wirst nichts verpassen.«

Oh Gott …

Es war sowieso schon schlimm, vor der ganzen Gruppe reden zu müssen. Wenn Abby ihre Kamera auf mich richtete, würde es hundertmal schlimmer werden. Aber ich schob das Kinn vor und weigerte mich, irgendeine Reaktion darauf preiszugeben. Meine Dämonen waren verstummt.

»Perfekt!« Kimberly klatschte in die Hände. »Nächster Punkt …«

»Dein Junggesellinnenabschied«, meldet sich Hannah vom Fundraising. »Den es bisher nicht gibt.«

Kimberly lachte, als der ganze Tisch buhte. »Ich weiß, ich weiß. Aber weder Nylah noch ich stehen auf so etwas.«

»Was ist mit Buzz Night?«, fragte Guy. »Wir können diese Woche einfach upgraden. Du lädst Nylah ein, und wir machen einfach eine Feier vor der Hochzeit daraus.«

Buzz Night war jeden letzten Freitag im Monat. Die ganze Belegschaft unternahm was zusammen, ging in eine Bar oder einen Club oder ein Restaurant, damit wir mehr waren als nur Leute, die zusammenarbeiteten. Abgesehen von dem einen peinlichen Mal kurz nach meiner Einstellung, ging ich nicht hin.

»Die Idee ist gar nicht so schlecht«, sagte Kimberly und legte sich den Finger ans Kinn. »Aber abgesehen von morgen Abend bin ich mit Hochzeitsplanung beschäftigt, und Nylahs Eltern kommen …«

»Dann eben morgen Abend«, sagte Guy. »Und wir versprechen, dass wir Mittwochmorgen alle pünktlich zur Arbeit torkeln, egal, wie viele Drinks, ich meine, Spaß wir hatten.«

Kimberly lachte. »Wie kann ich dazu Nein sagen? Ich danke euch. Ihr seid wirklich etwas Besonderes. Fast wie Familie.« Sie sah untypisch gerührt aus. Dann räusperte sie sich. »Aber jetzt wirklich zum nächsten Punkt, und der ist nicht sehr schön. Es hat erneut eine Katastrophe gegeben.«

Sie erklärte, dass es auf einem Frachtschiff gebrannt hatte und Tonnen von Plastikgranulat an den makellosen Stränden Sri Lankas gelandet waren. »Wie Plastikschnee«, beschrieben es die örtlichen Behörden. Eine Katastrophe epischen Ausmaßes.

»Ich kann nächste Woche mit einem Team hinfliegen«, sagte Guy.

Abgesehen davon, dass er unser stellvertretender Geschäftsführer war, begleitete Guy Freiwilligenteams zu Aufräumarbeiten auf der ganzen Welt und arbeitete wirklich hart. Diese Reisen waren das Futter für meine Fantasien, und ich wartete auf die angespannte Nervosität im Magen, ob er mich *diesmal* fragen würde, ob ich mitkäme. Sie war nicht da.

»Danke, Guy«, sagte Kimberly. »Ich weiß, es ist irgendwie geschmacklos, angesichts solcher Neuigkeiten in die Flitterwochen zu fahren, aber wenn ich bei jeder Katastrophe meine Pläne ändern würde, würde ich nie Urlaub machen. Also zum nächsten Punkt …«

Das Meeting dauerte noch eine Dreiviertelstunde. Als es vorbei war, wartete Dale von der Rezeption vor dem Konferenzraum.

»Hey, Luce, du hast Besuch.«

»Wirklich?«

Ich hatte in den ganzen zwei Jahren keinen Besuch gehabt, und alle wussten das. Alle blickten zur Rezeption, und da stand

Casziel. Er trug ein schwarzes Langarmshirt, schwarze Jeans, schwarze Stiefel und einen ziemlich schicken schwarzen Hoodie. Von ihm ging eine Aura, eine nicht greifbare Anziehungskraft aus, die in den ganzen Raum ausstrahlte – wie wenn ein Promi ein Restaurant betritt und alle Gäste plötzlich von dieser Energie erfasst werden. Gespräche verstummen. Augen werden aufgerissen. Herzen setzen einen Schlag aus.

Jedenfalls mein Herz. Sogar mehrere Schläge.

Die meisten gingen schon zu ihren Schreibtischen zurück, aber Abby und Jana klebten an meiner Seite.

Abby riss die Augen auf. »Wer. Ist. Das?«

Cas ertappte uns, wie wir ihn anstarrten, und war ganz offensichtlich zu ungeduldig, um zu warten. Er schlenderte in den Büroraum und hatte den grimmigen Blick auf Guy gerichtet, der noch ein paar Dinge mit Kimberly klärte. Alles verschwamm, bis ich nur noch Cas sah. Wie eine Fata Morgana oder einen Traum, der zum Leben erwacht. In den letzten drei Tagen hatte ich mich oft gefragt, ob ich ihn mir nur eingebildet hatte, aber jetzt war er *hier*. Vor allen meinen Kollegen. Sie konnten ihn sehen. Alles war real.

»Hi«, sagte ich sanft.

»Hi«, antwortete er und riss seinen dämonischen Todesblick von Guy los. Er sah mich unverwandt an, und alle Kälte war aus seinem Blick verschwunden. »Es tut mir leid, wenn ich störe …«

»Sie stören überhaupt nicht!«, sagte Abby und stellte sich neben ihn. »Lucy, Lucy, Lucy. Wer ist denn das?«

»Das ist Cas äh …«

»Abisare«, sagte Casziel.

»Genau. Cas Abisare.«

Sein sumerischer Name, dachte ich, und in mir meldete sich der Traum der letzten Nacht.

Jana lächelte ihn freundlich an. »Wo kommen Sie her, Cas?«

»Ja, wo um alles in der Welt haben Sie diese Augen her?«, fragte Abby weniger subtil.

»Sumer«, antwortete Cas.

Ich hustete. »Irak. Sumer war im südlichen Mesopotamien, dem heutigen Irak.«

»Vielen Dank für die Geografiestunde, Luce«, murmelte Abby und richtete dann ihre ganze Aufmerksamkeit auf Cas. »Wie interessant! Ich habe noch nie jemanden aus dem Irak getroffen. Sie müssen mir alles darüber erzählen. Ich habe *eine Million* Fragen.«

Ich verbarg ein schiefes Grinsen hinter meinen Haaren. *Stell dich hinten an.*

Guy und Kimberly waren näher gekommen, beide machten ziemlich große Augen. Guy streckte die Hand aus. »Guy Baker. Cas, oder? Freut mich, Sie kennenzulernen.«

Cas lächelte dünn und ließ Guys Hand unbeachtet. »Ah, der berüchtigte Guy Baker. Lucy hat mir so viel von Ihnen erzählt.«

»Wirklich?« Guy ließ seine Hand sinken. »Ich hoffe, nur Gutes …«

»Über Sie *alle*«, fügte Cas herablassend hinzu. »Nichts als Lob für ihre Kollegen, die danach streben, die Welt ein bisschen besser zu machen. Ein wirklich lobenswertes Unterfangen.«

Ich warf ihm einen Blick zu, damit er es nicht übertrieb, aber das Team war hingerissen. Keiner konnte den Blick von Cas wenden, als wären sie sich nicht ganz sicher, ob er echt war. *Stellt euch alle hinten an.*

»Es freut mich wirklich, Sie kennenzulernen, Cas«, sagte Kimberly und machte sich auf den Weg zu ihrem Büro. »Lucy, vielleicht willst du deinen Besuch herumführen?« Allen anderen warf sie einen Blick zu: *Hört auf zu glotzen und geht wieder an die Arbeit.*

Abby schlug mich auf den Arm. »Lucy, du bist mir vielleicht eine, deinen Freund ganz für dich zu behalten. Cas, Sie *müssen* zum Lunch bleiben und uns alles über sich erzählen.«

»Ich kann nicht bleiben«, sagte er. »Ich war nur zufällig in der Gegend.«

»Dann Abendessen«, sagte Abby. »Lasst uns heute Abend zusammen essen gehen!«

Jana winkte ab. »Ich nicht. Ich muss mich mit Ausgehterminen noch ein bisschen zurückhalten.«

»Dann wir vier«, sagte Abby. »Guy, du bist dabei, oder?«

Er zuckte grinsend die Achseln. »Warum nicht.«

Ich blickte zu Casziel. Ich hatte noch nie privat etwas mit Guy unternommen. Für unseren Plan war das gut. Sehr gut sogar. »Willst du?«

»Wie könnte ich da Nein sagen?«, murmelte er mit der Begeisterung eines Menschen, dem eine Zahnoperation bevorstand.

Abby strahlte. »Dann ist es abgemacht. Wir gehen zu viert. Lernen uns besser kennen. Und natürlich müssen Sie auch morgen zur Buzz Night kommen, Cas.«

Sie blickte ihn auf diese schamlose Art an, die ich nie besitzen würde, aber gemessen an der Aufmerksamkeit, die der Dämon ihr schenkte, hätte Abby auch eine Topfpflanze sein können.

»Gewiss«, sagte er. Dann holte er eine rote Rose hinter seinem Rücken hervor. »Ich habe die gesehen und an dich gedacht.«

»Oh.« Ich hatte Hunderte Male in meinen Liebesromanen von Schmetterlingen im Bauch gelesen, aber bis zu diesem Augenblick nie selbst welche gespürt. Ich nahm die Rose. »Danke, Cas. Sie ist wunderschön.«

»Beinahe wird sie deiner Schönheit gerecht«, sagte er. »Aber nur beinahe.«

Ich spürte, wie um mich herum Blicke getauscht wurden, aber ich versank in den honigfarbenen Tiefen von Casziels Blick und tat nichts, um mich zurückzuhalten. Wenn er nur so tat als ob, waren seine Schauspielkünste wirklich gut.

Er drückte meinen Handrücken an seine Lippen. »Auf Wiedersehen, Lucy.«

»Bye«, sagte ich schwach.

»Was für ein merkwürdiger Typ«, sagte Guy und sah ihm nach. »Seine Manieren sind irgendwie altmodisch.«

»Er ist ein Gentleman«, sagte Jana. »Daran herrscht ziemlicher Mangel.«

»Hm.« Guy schüttelte den Kopf. »Egal, ich muss dringend ein paar Anrufe machen. Ladys ... Bis heute Abend, Lucy.«

»Jepp. Bis heute Abend.«

Ein Körnchen Neugier war gesät; Guy hatte mich noch nie namentlich genannt, wenn er sich verabschiedet hatte. Ich konnte mich nicht einmal mehr daran erinnern, wann er überhaupt einmal meinen Namen gesagt hatte. Und wir würden *essen gehen*? Der Plan mit der vorgetäuschten Beziehung ließ sich gut an, und doch ...

Ich spürte noch, wo Cas' Lippen meine Hand berührt hatten.

»*Altmodisch* trifft es ziemlich gut«, sagte Abby, als wir zu unseren Schreibtischen zurückgingen. »Und Cas riecht wie das Innere einer Pyramide. Wie Weihrauch und Myrrhe oder so was.« Sie schob ihren Stuhl vor mich wie ein Detektiv, der einen Verdächtigen befragt. »Okay, raus mit der Sprache. Was steckt dahinter?«

»Eigentlich gar nichts«, sagte ich. »Wir haben uns Freitag kennengelernt und sind Samstag was trinken gegangen. Das ist alles.«

»Das ist *nicht* alles. Ich weigere mich zu akzeptieren, dass das alles ist.«

»Wusstest du, dass er hier auftauchen würde?«, fragte Jana und deutete auf die Rose, die ich immer noch in der Hand hielt.

Ich stellte sie in die halb volle Wasserflasche auf meinem Schreibtisch. »Ich hatte keine Ahnung.«

»Aber du magst ihn?«, beharrte Abby.

»Ich … ich weiß nicht«, sagte ich. »Ich meine, ja, ich mag ihn. Aber es ist nicht …«

»Wie du Guy magst«, beendete Abby meinen Satz. »Gut für dich, Schätzchen.«

»Gut für mich?«

»Ich habe Mr. Baker noch nie anders als cool und gefasst erlebt. Er hatte keine Ahnung, was er von Cas halten soll.«

»Er war sehr neugierig«, fügte Jana hinzu, als sie und Abby ihre Stühle wieder vor ihre Schreibtische rollten.

Abby schüttelte den Kopf. »Ich hatte *nicht* erwartet, dass dieser Morgen so laufen würde.«

Ich blickte auf die einzelne rote Rose. »Ich auch nicht.«

ZWÖLF

An diesem Abend auf dem Weg nach Hause holte Casziel mich von der Bahn ab. Er sah geheimnisvoll gut aus und lehnte an einem Betonpfeiler. Mein dummes Herz flatterte – er zog die Blicke vieler Frauen an, aber hatte nur Augen für mich.

»Du bist von unserem Plan abgewichen«, sagte ich, als ich bei ihm ankam und wir die Treppe zur Straße hinaufgingen. »Ich hatte keine Ahnung, dass du bei mir auf der Arbeit auftauchen würdest.«

»Das Überraschungselement war notwendig, sonst hätten wir einstudiert geklungen. Und Zeit ist von großer Bedeutung. Ich habe nur noch acht Tage.«

»Und falls wir das mal vergessen, müssen wir nur einen Blick auf dein Handgelenk werfen und können die Tage zählen, die du schon hier bist«, sagte ich leise.

Er sah weg, als würde meine Sorge ihn verletzen und zugleich berühren.

Wir kamen ins Freie. Die Sonne sank, und die Gehwege waren voll mit Leuten, die von der Arbeit nach Hause wollten. Erneut teilte Cas die Menge wie Moses das Rote Meer. Ohne es zu bemerken, gingen ihm die New Yorker aus dem Weg. Ein paar erschauderten, als würden sie durch kalte Luft gehen.

»Wie war unser Auftritt?«, fragte er. »War Guy ausreichend *neugierig?*«

»Total. Sogar Jana und Abby ist es aufgefallen.« Ich sah ihn an. »Mir hat noch nie jemand eine einzelne Rose geschenkt. Es ist fast romantischer als ein ganzer Strauß. Irgendwie … intimer.«

Da war wieder dieser widersprüchliche Ausdruck in seinem Gesicht, dann zuckte er die Achseln. »Es ist nur eine Blume, Lucy Dennings. Ein Requisit in unserem Plan.«

»Schon klar«, sagte ich. Wir waren bei meiner Wohnung angekommen, und ich schloss die Tür auf. »Natürlich.«

Es war alles nur Show. Die Rose war ein Requisit, und der Handkuss bedeutete gar nichts. Anscheinend fiel es meinem Herzen schwer, sich das in Erinnerung zu rufen.

Wir gingen hinein. Cas streckte sich auf der Couch aus und machte den Fernseher an, als wollte er einem Gespräch aus dem Weg gehen. Eine merkwürdige Spannung lag in der Luft, wie wenn sich zwei Fremde in einem kleinen Raum nichts mehr zu sagen haben. Aber das stimmte eigentlich nicht. Eher wie zwei Menschen, die definitiv *keine* Fremden sind und sich *viel* zu sagen haben, es aber nicht tun.

Oder nicht können.

Ich setzte mich auf den Stuhl neben der Couch. »Ich habe heute etwas ziemlich Bedeutendes getan. Ich habe mich bereit erklärt, dem Team am Montag meine Schuh-Idee vorzustellen.«

Seine Augen weiteten sich, und er sah aus, als würde er beinahe lächeln. »Wirklich?«

Ich nickte. »Deb hat versucht, es mir auszureden, aber ich habe gemacht, was du gesagt hast. Statt ihr zuzuhören, habe ich lauter geredet. Es hat sich gut angefühlt. Beängstigend, aber gut.«

»Ich bin nicht überrascht. Du bist eine der stärksten Frauen, die ich je gekannt habe.«

Ich starrte ihn an. »Ja?«

Er sah weg. »Ich meinte nur, dass alle Menschen viel mächtiger sind, als sie glauben.«

»Ich fühle mich nicht mächtig. Ich hab eine Scheißangst, als hätte ich einen schrecklichen Fehler gemacht.«

»Das ist K. Von jetzt an werden sie und Deb versuchen, dich mit allen Mitteln zu stoppen.«

»Gott, Dämonen machen es den Menschen wirklich schwer, etwas hinzukriegen. Es grenzt an ein Wunder, dass deine Seite nicht gewonnen und die Welt in eine Hölle verwandelt hat.«

Cas zog eine Augenbraue hoch. »Du denkst, das ist sie nicht? Bei all den Morden und Vergewaltigungen und Folter und Krieg und Frauenhandel und Kinderpornografie und Massenerschießungen und ...«

»Ja, das gibt es alles, und es ist schrecklich. Aber es gibt mehr Schönes als Hässliches. Manchmal ist es nur schwerer zu sehen.« Ich betrachtete ihn mit gerunzelter Stirn. »Das ist wahrscheinlich eure Aufgabe. Dafür zu sorgen, dass man es nicht so leicht sieht.«

»Ich hätte es nicht besser ausdrücken können.«

»Trotzdem. Ich glaube immer noch an das Gute im Menschen.«

»Und deshalb, Lucy Dennings, habe ich dich ausgesucht.«

Ist das der einzige Grund?

Ich beschloss auszuprobieren, wie *mächtig* – und mutig – ich wirklich war. »Wie genau hast du mich gefunden, Cas?«

»Das habe ich dir doch gesagt. Dein Licht scheint sehr hell durch den Schleier.«

»Aber es gibt viele Menschen, die genau so hell strahlen,

wenn nicht heller. Jana zum Beispiel. Sie ist einer der besten Menschen, die ich kenne …«

»Ich brauchte jemanden, der allein ist. Ich kann schließlich nicht jedem mein wahres Ich offenbaren.«

»Okay, aber … manchmal habe ich das Gefühl, dass du und ich …« Ich schluckte. »Ich habe das Gefühl, dass wir keine Fremden sind.«

Ich hielt den Atem an und wartete auf seine Antwort.

»Das ist unsere Verbindung … die entstanden ist, als du meinen wahren Namen ausgesprochen hast. Er erzeugt ein falsches Gefühl von Vertrautheit. Das ist alles.«

»Aber …«

Er stand von der Couch auf. »Müssen wir nicht bald zu dem Essen mit deinen Kollegen?«

»Ja, schon. Aber Cas …«

Casziel sah mich an. Die Sehnsucht in seinen Augen ließ mich verstummen, erinnerte mich an den Traum von der Frau und dem Krieger.

»Wir haben einen Plan, Lucy Dennings.« Er hob die Hand, wie um meine Wange zu berühren, dann ließ er sie sinken und wandte sich ab. »Guy wartet auf dich.«

Wir trafen uns mit Abby und Guy in der White Horse Tavern im West Village. Abby sah atemberaubend aus in einem engen schwarzen Kleid, das für den Anlass fast zu schick war. Guy hatte sich nicht umgezogen und war so attraktiv wie eh und je. Er zog mir einen Stuhl heraus, schüttelte Cas die Hand, und sie einigten sich aufs Du, wobei ich ehrlich Angst hatte, der Dämon würde Guy die Kehle herausreißen, so wie er ihn ansah.

»Ich glaube, wir waren noch nie zusammen aus«, sagte Guy mit einem warmen Lächeln zu mir. »Außer bei Veranstaltungen von der Arbeit.«

»Einmal ist immer das erste Mal«, sagte Abby und warf mir einen wissenden Blick zu.

Ein Mann am Nebentisch stand auf. Er hatte schon gezahlt und wollte seine Brieftasche in die Gesäßtasche seiner Hose stecken. Er steckte sie daneben, und die Brieftasche fiel zu Boden, ohne dass er es merkte.

Ich bückte mich und hob sie auf. »Sir? Die haben Sie gerade verloren.«

Er nahm sie mit einem freundlichen Lächeln. »Vielen Dank, junge Dame.«

Abby verdrehte die Augen und lachte. »Das ist unsere Lucy. Ein echter Gutmensch.«

Ich zog die Schultern hoch. »Die meisten würden dasselbe tun.«

»Klar … *nachdem* sie geprüft hätten, wie viel Bargeld drin ist«, sagte Abby und kicherte.

»Das erinnert mich an einen Artikel, den ich letzte Woche gelesen habe«, sagte Guy. »Ein Psychologe hat ein Experiment gemacht, um zu sehen, ob Menschen grundsätzlich gut sind oder nicht. In fünfzehn verschiedenen Ländern wurden Brieftaschen mit unterschiedlich viel Bargeld darin ausgelegt. Zweiundsiebzig Prozent der Finder brachten die Brieftaschen mit dem gesamten Geld zurück. Das ist doch was.«

»Überrascht mich kein bisschen«, sagte ich und warf Casziel einen Blick zu. »Ich glaube daran, dass die Menschen von Natur aus gut sind. Manche geben ihren inneren Dämonen nur mehr nach als andere.«

»Schuldig«, sagte Abby und stieß Cas an. »Sonst wäre das Leben viel zu langweilig, oder?«

Er ignorierte sie. Sein Blick war auf Guy gerichtet. »Du glaubst, ein paar zurückgegebene Brieftaschen beweisen die angeborene Güte der Menschheit?«

Guy lächelte freundlich. »Ich bin Buddhist. Wir versuchen, nicht zu sehr bei Gegensätzen hängen zu bleiben. Meistens ist nicht alles nur schwarz oder weiß.«

Ich konnte geradezu spüren, wie Cas die Augen verdrehte, obwohl er mir an dem Abend, als wir uns kennengelernt hatten, quasi dasselbe erzählt hatte.

»Du bist anderer Meinung?«, fragte Guy den Dämon.

»Ich glaube, es gibt unendlich viele Geheimnisse, die die meisten Menschen nicht einmal ansatzweise verstehen«, sagte Cas gebieterisch.

»Das stimmt wahrscheinlich.« Guy deutete auf den Innenraum des Lokals. »Es heißt zum Beispiel, dass es an diesem Ort spukt.«

»Und wer oder was spukt hier?«

»Der Dichter Dylan Thomas.«

Cas schnaubte. »Dylan Thomas? Den habe ich gerade …«

Ich trat ihn unter dem Tisch und platzte heraus: »Ich liebe Dylan Thomas. Ich liebe überhaupt Lyrik.«

»Wirklich?« Guy wandte sich mir zu. »Ich auch. Keats, Dickinson … aber Thomas ist einer meiner Lieblingsdichter. Alle zitieren immer *Geh nicht gelassen in die gute Nacht*, aber ich finde *Und dem Tod soll kein Reich mehr bleiben* so viel faszinierender.«

Cas' Spott war wie ein kalter Wind. »Ich bin eher ein Freund von *Unsere Eunuchenträume*.«

»Ich mag auch *Und dem Tod*«, sagte ich und warf dem Dämon einen wütenden Blick zu. »Es ist ein wunderschönes Gedicht. Und voller Hoffnung. Ich liebe den Vers mit den Liebenden, die vergehen, und der Liebe, die immer bleibt.«

Ich hielt inne. Die Worte bekamen plötzlich eine neue Bedeutung. Der Traum von der Frau und ihrem Krieger drang wieder an die Oberfläche meines Bewusstseins, und ich sah an der Kerze auf unserem Tisch vorbei zu Cas. Er erwiderte meinen Blick, seine Miene eigenartig und sanft.

»Oh wie langweilig«, murrte Abby und brach den Bann. Sie legte ihre Hand auf Cas' Hand. »Schläfst du auch ein bei diesem ganzen Gerede über Poesie?«

Er antwortete nicht, aber mir fiel auf, dass er seine Hand nicht wegzog.

»Apropos Geister«, sagte Guy. »Ich bin mir ziemlich sicher, dass es auch in meiner Wohnung spukt.«

»Wie kommst du darauf?«, fragte Cas und kniff die Augen zusammen.

»So kleine Sachen«, sagte Guy. »Das Licht geht zu merkwürdigen Zeiten an und aus. Ich höre Schritte im Flur. Einmal, als ich in der Küche war, ist der Fernseher zu einem Baseballspiel angegangen.« Er lachte leise. »Ich hasse Baseball.«

»Wie unheimlich«, sagte Abby.

»Das Gebäude ist alt«, fuhr Guy fort. »Aber ich spüre auch eine andere Art Energie darin.«

»Ich würde das gern untersuchen«, sagte Cas, und ich verschluckte mich fast an meinem Wasser. »Ich habe selbst ein Talent dafür, andere Energien zu erspüren.«

»Ach ja?« Guys Lächeln war angespannt, als könnte er nicht sagen, ob Cas ihn verarsche. Was der Dämon mit Sicherheit tat.

»Oh ja«, sagte Cas gedehnt. »Ich besitze gewisse Fähigkeiten, mit denen zu kommunizieren, die nicht länger unter uns weilen.«

»Sag nicht so was!« Abby schlug ihn auf den Arm. »Du bist ein Medium?« Sie sah Guy an. »Wir *müssen* zu dir.«

»Nein, müssen wir nicht«, widersprach ich und warf Cas einen hilflosen Blick zu.

»Ich habe noch eine Flasche 94er Terreno, den ich seit

Ewigkeiten mal aufmachen will«, sagte Guy grinsend. »Nach dem Essen gehen wir zu mir und unterhalten uns mit den Gespenstern.«

»Yay!« Abby klatschte in die Hände.

»Yay«, stimmte Cas zu.

Eine Stunde später zog ich ihn zur Seite, während Guy und Abby ein Uber riefen. »Was hast du vor?«

»Ich finde *Und dem Tod soll kein Reich mehr bleiben* so viel faszinierender«, äffte Cas Guy nach und verdrehte die Augen. »Ist er immer so hochtrabend?«

Ich blickte zu Boden. »Du klingst eifersüchtig. Aber das ist wahrscheinlich Teil des Plans, oder?«

Cas hörte gar nicht zu, sondern schimpfte weiter. »Und wenn es in der Wohnung dieses Mannes spukt, bin ich ein Sumpfkobold.«

»Und deshalb musst du ihm das Gegenteil beweisen?«

»Ich würde ihm lieber beweisen, dass er *recht* hat, damit er eine Woche lang keinen Schlaf findet.«

»Cas«, sagte ich warnend.

Er blinzelte, ein Inbild der Unschuld. »Sind wir nicht Rivalen um deine Hand?«

»Wenn du Guy lächerlich machst, wird er nicht sehr scharf darauf sein, in Zukunft noch mal mit mir auszugehen. Er wird auch mir die Schuld geben, schließlich habe ich dich mitgebracht.«

Guy winkte uns zum Uber.

»Mach einfach nichts Unheimliches«, murmelte ich, als wir rübergingen.

»Wer, ich?« Das Grinsen des Dämons war nervtötend fröhlich.

Guy hatte eine schnuckelige Wohnung im Meatpacking District mit unverputzten Mauern und Blick auf den Hudson.

»Fühlt euch wie zu Hause«, sagte er und lächelte mich warm an, als wir eintraten. »Ich hole den Wein.«

Abby stupste mich an. »Warum siehst du nicht nach, ob du ihm helfen kannst?«

Bevor ich antworten konnte, hatte sie sich zu Cas auf die Couch gesetzt und ließ keinen Platz für jemanden dazwischen. Ich ging in die Küche, lauschte seiner leisen Stimme und ihrem Lachen.

Guys Küche bestand aus Holz und Glas; ein halbes Dutzend Zimmerpflanzen machten den Raum noch wärmer. Für eine Junggesellenbude war es gemütlich und einladend, wie Guy selbst.

»Hey«, sagte ich und kämpfte dagegen an, mir die Haare vors Gesicht fallen zu lassen. »Kann ich helfen?«

»Hey, Luce.« Guy entkorkte eine Flasche Chianti. »Du kannst die Gläser nehmen, danke. Der erste Schrank über dem Geschirrspüler.«

Ich folgte seinen Anweisungen und nahm vier Rotweingläser heraus.

»Dein Freund Cas ist wirklich interessant. Aber ich weiß nicht wirklich, was ich von ihm halten soll.«

Er sagte es ohne eine Spur von Boshaftigkeit, nur ehrlich neugierig. Ich brachte ein Lächeln zustande.

»Er ist … exzentrisch.«

»Das Wort hab ich gesucht.« Guy lehnte sich an die Kücheninsel und verschränkte die Arme. Er hatte schöne, braun gebrannte Unterarme und trug eine silberne Uhr am linken Handgelenk. »Wo, sagtest du noch gleich, habt ihr euch getroffen?«

»Oh, äh, wir sind uns zufällig vor meiner Wohnung begegnet.« Ich hörte selbst, wie beliebig das klang, und hustete.

»Aber er ist der Freund von einem Freund. Von der Kunsthochschule. Ich meine, mein Freund studiert Kunst, und Cas ist sein Freund, und daher … kennen wir uns.«

Das lief ja superglatt, Luce. Goldmedaille im Blödsinnreden bei der Peinlichkeitsolympiade.

»Cool. Ist er lange in der Stadt?«

Für den Bruchteil einer Sekunde erwog ich, dass Guy auf eine negative Antwort hoffen könnte.

»Nicht lange«, sagte ich. »Nur ein paar Tage.«

Guys Megawatt-Lächeln war wieder da und entblößte perfekte weiße Zähne. »Cool. Ich denke, der Wein hat lange genug geatmet. Nach Ihnen, Madame.«

Ich lächelte und ging vor, stolz, dass ich überlebt hatte, ohne mich total zum Narren zu machen.

Bist du dir sicher?

»Halt die Klappe, Deb.«

Guy setzte sich in einen Sessel am Kopfende des Couchtisches. Da Abby die Couch und Cas mit Beschlag belegt hatte, war der einzige freie Platz der Sessel gegenüber von den beiden.

Guy schenkte den Wein ein und lehnte sich zurück. »Also, Cas? Wie lautet das Urteil? Hat dein Spinnensinn schon angeschlagen?«

Der Dämon runzelte die Stirn. »*Spinnen*sinn?«

Abby brach in Lachen aus. »Oh mein Gott, wie köstlich. Im Irak haben die *natürlich* keinen Spiderman. Guy meint nur, ob du Geister spürst.«

Ich starb gerade vor Fremdscham, achtete aber mehr auf Abbys Arm, der sich bei Casziel untergehakt hatte.

Cas, der ein ganzes Arsenal von Arten zu grinsen zur Verfügung hatte, setzte jetzt ein selbstgefälliges Grinsen auf. »Das tue ich in der Tat. Einen Hauch. Eine gewisse Dichte in der Luft.«

Guy nickte. »Ja, oder? Genau das ist es.«

»Natürlich gibt es nur eine Möglichkeit, um sicherzugehen. Besitzt du zufällig ein Ouija-Brett?«

Abby schürzte die Lippen. »Och nö. Von so was krieg ich Gänsehaut.«

»Ich auch«, sagte ich und sah Casziel wütend an. Er ignorierte mich. Sein harter Blick war auf unseren Gastgeber gerichtet.

»Ich habe keins«, sagte Guy. »Zu schade …«

»Noch ist nicht alles verloren«, sagte Cas. »Wir brauchen nur ein ausreichend großes Blatt Papier und etwas, was als Planchette dienen kann. Letztlich ist das Brett nur ein Werkzeug, um zwischen dieser und der nächsten Welt zu kommunizieren.«

»Also, so ausgedrückt …« Abby wandte sich mir zu und fächelte sich Luft zu. *So heiß*, formte sie mit dem Mund.

Guy, liebenswürdig wie immer, stellte sein Weinglas ab. »Das kriegen wir hin.« Er kam mit einem Blatt Entwurfspapier und einem schwarzen Edding zurück. »Aber ich weiß nicht, was wir als Planchette nehmen können.«

»Das Shotglas da auf dem Kaminsims geht«, sagte Cas. In die oberen Ecken des Blatts schrieb er JA und NEIN, darunter in einem Bogen das Alphabet und die Ziffern von 0 bis 9. Darunter schrieb er AUF WIEDERSEHEN. Dann kniete er sich gegenüber von Guy vor den Couchtisch, sodass jeder von uns auf einer Seite des »Bretts« saß.

Guy stellte das Glas auf das Papier. »Das ist verrückt. Was tun wir als Nächstes?«

Cas' Grinsen sagte jetzt: Sei kein Idiot. »Wir legen alle die Fingerspitzen auf das Glas und bitten die Geister, sich zu erkennen zu geben.«

»Oh mein Gott, hast du das schon mal gemacht?«, fragte Abby. »Ich krieg echt Gänsehaut. Nicht, dass ich mich beschweren will …«

Ich musste Abby recht geben. Casziels leiser Tonfall und seine dunkle, überirdische Ausstrahlung verdeutlichten, dass wir bereits jetzt in Gegenwart von etwas Übernatürlichem waren. Ich machte mir Sorgen, dass die anderen Verdacht schöpfen würden.

»Berührt bitte das Glas«, befahl er.

Wir legten die Finger auf das Shotglas, und die Lichter in der Wohnung flackerten dreimal. Bis auf Cas rissen wir alle die Hände weg.

»Heilige Scheiße.« Guy lachte nervös.

»Aber so was von«, sagte Abby und sah sich um.

Cas lächelte. »Ein vielversprechender Beginn.«

Ich wand mich und bat ihn stumm, es nicht zu übertreiben. Vorsichtig legten wir alle wieder die Finger auf das Glas, wie Vögel, die erschrocken aufgeflogen waren und wieder landeten.

»Beginnen wir«, intonierte Cas. »Geister in diesem Raum, seid ihr bei uns?«

Nichts passierte, dann rutschte das Glas zu JA.

»Uuh«, kreischte Abby. »Das ist soo creepy.«

»Wie heißt du?«, fragte Guy.

Das Glas rutschte von Z zu U.

Abby zog die Nase kraus. »Du heißt Zu?«

Das Glas sauste zu JA.

»Wohnst du schon lange hier?«, fragte Guy.

Das Glas wanderte auf die Drei.

»Komisch. Ich bin hier vor drei Jahren eingezogen.«

»Bist du Guy in dieses Haus gefolgt?«, fragte Cas, und das Glas raste zu JA.

Guy lachte leise. »Okay, gar nicht verstörend. Los, Luce. Stell auch eine Frage.«

Ich beschloss, das Gespräch auf leichteres Gelände zu führen. »Okay, äh … Was ist deine Lieblingsfarbe?«

»Echt, Luce, das ist soo langweilig«, sagte Abby gedehnt.

Aber die Planchette sauste über das Brett und buchstabierte ROT WIE BLUT.

Das ließ das Lächeln aus Abbys Gesicht verschwinden. »Ich glaub, ich will das nicht mehr spielen.«

»Ich auch nicht«, sagte ich und bat Cas stumm, sich zu benehmen.

Er nickte kurz, um zu zeigen, dass er verstanden hatte. »Bist du ein wohlwollendes Wesen?«

Die Planchette raste zu JA.

»Sie sind oft verspielt und durchtrieben, wollen aber nichts Böses«, erklärte er und warf mir einen *Bist du zufrieden?*-Blick zu.

Guy entspannte sich. »Hey, Zu, hast du dieses eine Mal meinen Fernseher angestellt?«

Das Glas bewegte sich vom JA herunter und wieder zurück und buchstabierte dann ICH MAG BASEBALL.

Die Stimmung veränderte sich, als die Fragen und Antworten albern und banal wurden, eher wie bei einem Partyspiel als wie bei einem Gespräch mit einer »Wesenheit«. Abby und Guy waren jetzt entspannt und hatten Spaß.

»Zu, bitte schlichte einen Streit zwischen uns«, sagte Guy nach einer Weile. Er zwinkerte Cas zu. »Ist die Natur des Menschen grundsätzlich gut oder böse?«

Stumm warnte ich Cas, Guy nicht zu demütigen und unsere Pläne im Blick zu behalten.

Cas verstand meine Botschaft offenbar, denn das Glas buchstabierte BEIDES NICHT. NICHT SCHWARZ ODER WEISS.

»Danke.« Guy lachte. »Da hast du's. Gegen einen Experten kann man nichts sagen, oder Cas?«

Das Lächeln des Dämons war reine Säure. »In der Tat.«

Wir nahmen die Hände vom Glas, es war vorbei. Guy wandte sich mir zu, lächelte warm und berührte meine Schulter. »Hey, Poesieliebhaberin, willst du noch Wein?«

»Das wäre nett, dan–«

Ich wurde von Abbys Schrei unterbrochen, als das Shotglas plötzlich durch den Raum flog und an der Wand zerschellte.

»Oh *shit*«, stieß Guy hervor, nahm meine Hand und stellte sich vor mich.

Stille legte sich über den Raum, und wir starrten uns mit großen Augen an.

»Anscheinend spukt es wirklich in deiner Wohnung«, sagte Cas zu Guy, und bei seinem Lächeln sah man alle seine Zähne. »Aber ich bin natürlich kein *Experte*.«

Cas und ich warteten draußen auf der Straße auf ein Uber. Der Dämon sah extrem selbstzufrieden aus. Ich verschränkte die Arme.

»War das wirklich nötig?«

»Ein wenig Demut schadet ihm nicht.«

»Sagt einer, der im Glashaus sitzt. Und außerdem ist er gar nicht arrogant. Er ist freundlich und nett. Hast du gesehen, wie er meine Hand genommen hat? Als wollte er mich beschützen.«

»Habe ich«, sagte Cas eisig.

»Unser Plan funktioniert. Er hat mich nie zuvor berührt.«

»Und das freut dich?«

»Na ja … Muss das nicht passieren? Um deinetwillen?«

»Ja. Es muss passieren«, sagte Cas in einem Tonfall, den ich nicht zu deuten vermochte. »Um meinetwillen.«

Eine Anspannung breitete sich zwischen uns aus, blieb die ganze Autofahrt nach Hause und folgte uns in meine Wohnung. Sie durchdrang jeden Winkel, und mir war Casziels Gegenwart extrem bewusst, sein Körper in meinem Raum, und wie *allein* wir zusammen waren. Seine Feindseligkeit Guy gegenüber hatte sich nicht nur wie gespielt angefühlt. Und das war irgendwie viel aufregender als Guys Berührung …

Nein, nein, nein. Das ist ganz falsch. Unser Plan …

»Ich bin müde«, sagte ich. »Ich glaube, ich will gleich ins Bett. Schlafen«, fügte ich schnell hinzu. »Was ist mit dir? Es ist noch früh.«

»Und?«

»Du und Abby habt euch anscheinend gut verstanden. Sie steht ziemlich auf dich.« Ich räusperte mich. »Ich dachte, du willst vielleicht …«

Er neigte den Kopf. »Was?«

Ich ließ mir die Haare vors Gesicht fallen. »Ich weiß nicht. Du hast gesagt, Dämonen lechzen nach Sex …«

Er sah weg und zog eine Grimasse. »Ah, verstehe. Ja, das stimmt.« Seine Stimme war leise. »Gute Nacht, Lucy.«

Plötzlich hasste ich jedes Wort, das aus meinem Mund gekommen war, seit wir zu Hause waren. Ich wollte sie mit tausend anderen tauschen. Ihn nach meinem Traum fragen, ihn bitten, nicht zu gehen. Bei mir zu bleiben …

Aber er würde gehen. Er hatte nur wenige Tage auf Dieser Seite, und nichts würde das ändern. Unser Plan war seine einzige Chance auf Erlösung.

Also ging er – vielleicht, um mit einer anderen Frau zusammen zu sein –, und ich blieb allein.

DREIZEHN

»Du hättest unser Mädchen hier sehen sollen«, sagte Abby am nächsten Morgen bei der Arbeit und grinste wissend, als sie Jana von unserem Abendessen erzählte. »Das Glas ist durch die Gegend flogen, und wir waren alle zu Tode erschrocken. Außer Lucy. Sie hat nicht mal mit der Wimper gezuckt.«

Jana schüttelte den Kopf. »Das klingt unheimlich und gefährlich. Ihr solltet euch auf so etwas nicht einlassen. Schlechtes Juju.«

Abby winkte ab. »Es gibt bestimmt eine absolut logische Erklärung. Zum Beispiel zu viel Wein. Aber ich habe Guy nie so verstört gesehen. Und hast du gemerkt, wie er sich vor dich geworfen hat, Luce? Um dich zu beschützen? Schöner Schachzug.«

Ich erstarrte, hatte das Gefühl, als stünde mir unser toller Plan mitten auf die Stirn geschrieben.

»Schachzug? Nein, ich …«

»Er war so süß zu ihr«, sagte Abby und versteckte ein Gähnen hinter dem Handrücken.

Ich räusperte mich. »Warst du noch unterwegs? Nachdem wir gegangen sind?«

»*Das* willst du wohl gerne wissen?«, sagte sie und zwinkerte mir zu, und es fühlte sich an wie eine Ohrfeige.

Oh mein Gott, beruhige dich. Es geht dich nichts an, was sie mit … mit egal wem macht.

Abby packte plötzlich meinen Arm und riss mich aus meinen Gedanken. »Wir müssen uns unbedingt treffen. Heute nach der Arbeit. Vor der Buzz Night.«

»Warum?«

»Wir müssen dich komplett umstylen. Seit du hier angefangen hast, wollte ich dich schon in die Finger kriegen, und jetzt hast du all diese männliche Aufmerksamkeit. Diese Gelegenheit dürfen wir nicht verstreichen lassen.«

»Abby«, sagte Jana leise. »Lucy braucht kein Umstyling.«

»Ach, nichts Großes. Aber diese Haare müssen aus deinem Gesicht, und du musst deine süße Figur zeigen. Bitte! Wir gehen nie aus, nur wir Mädels.«

Ich schob mir die Haare hinters Ohr. »Also … wenn du denkst, dass es eine gute Idee ist.«

»Es ist eine *fantastische* Idee! Wir haben richtig viel Spaß, und zur Buzz Night bist du nicht wiederzuerkennen.«

Jana lächelte freundlich. »Du darfst Nein sagen.«

Das tat ich immer. Ich sagte Nein, und mein kleines Leben wurde nicht größer. Aber ich hatte mit Guy zu Abend gegessen und mich gemeldet, um meine Idee zu präsentieren. Ich hatte einen Lauf. Nichts konnte mich aufhalten.

»Klar. Warum nicht.«

Nach der Arbeit ging Abby mit mir noch einmal zu Macy's am Herald Square. Jana kam zur moralischen Unterstützung mit. »Und ich pass auf, dass Abby nicht übertreibt.«

Die schnaubte. »Oh bitte. Das wird lustig.«

»Lustig« war nicht meine erste Wortwahl, als Abby mir ein hautenges Kleid nach dem anderen in die Umkleidekabine brachte, zusammen mit Shapewear, um das darunter zu formen.

»Oh mein Gott, *Wahnsinn*«, rief Abby, als ich in einem feuerwehrroten Kleid aus der Umkleide kam, das jede Kurve meines Körpers betonte und tiefer ausgeschnitten war als alles, was ich besaß. »Siehst du? Du hast eine so *sinnliche* Figur.«

Ich musste zugeben, dass ich dank der Shapewear eine Sanduhrfigur hatte und das Kleid mir schmeichelte.

Selbst Jana nickte anerkennend. »Cas wird ausflippen.«

»Neeeiin, wir wollen *Guy*, stimmt's Luce?«, sagte Abby. »Und du hörst jetzt auf, dich hinter deinem Haar zu verstecken. Gehen wir zum Make-up. Guy werden Hören und Sehen vergehen.«

Innerhalb von Minuten verschwand Jana in die Parfümabteilung, ich saß auf einem Stuhl beim Make-up, und eine Kosmetikerin betupfte, konturierte und schattierte mein Gesicht.

»Das war wirklich schlau von dir«, sagte Abby und strich mit einem Lippenstifttester über ihren Handrücken. »Du bist seit Anbeginn der Zeit in Guy verknallt. Und jetzt taucht plötzlich dieser Cas auf.«

»Ich weiß nicht, was du meinst.«

»Ich meine, der Zeitpunkt ist perfekt! So viele gesellschaftliche Anlässe, bei denen du Guy auch außerhalb der Arbeit begegnest. Allein die Hochzeit …« Ihre Augen weiteten sich bei einem plötzlichen Gedanken. »Bitte sag, dass du nicht irgendeinen trutschigen Schlabberfetzen für Kims Hochzeit gekauft hast.«

»Äh, nein …«

»Oh no, hast du wohl, oder? Wenn es nicht dieselbe Liga ist wie das kleine Rote, das wir heute besorgt haben, dann tausch es um. Jetzt ist nicht der Moment, um einen Rückzieher zu machen.«

Zum Glück hatte ich schon etwa ein Kilo Rouge auf den Wangen. Mein Gesicht brannte; unser »großer Plan« war so offensichtlich. Jemand wie Cas würde niemals mit mir zusammen sein, wenn er nicht den Lockvogel spielen müsste.

Und das ist die Wahrheit, meldete sich Deb. *Du bist ein Klischee. Die schüchterne kleine Vogelscheuche, die es niemals allein schaffen würde, einen Mann wie Guy zu kriegen …*

»Mir gefällt das Kleid, das ich gekauft habe«, sagte ich, und meine Stimme klang selbst in meinen eigenen Ohren kleinlaut.

»Pfft. Schon klar. Aber vertrau mir, es ist …«

Abby verstummte, als Jana mit einer kleinen Tüte zurückkehrte.

»Damit ich heute Abend nicht nach Eau de Bébé rieche.« Sie entdeckte mein Gesicht und runzelte die Stirn. »Also, das ist … anders.«

Ich nahm der Kosmetikerin den Spiegel ab. Sie hatte mir Smokey Eyes geschminkt, Rouge aufgelegt, und in der Tüte zu meinen Füßen lag ein leuchtend roter Lippenstift von derselben Farbe wie das Kleid. Die Haare hatte sie mir aus dem Gesicht gekämmt und zu einem lockeren Knoten hochgesteckt, aus dem sich ein paar Strähnen lösten. Ich sah mir kaum noch ähnlich.

»Umwerfend, oder?«, rief Abby.

Jana nickte. »Aber schon ein bisschen übertrieben, denkst du nicht?«

»Unsinn. Es wird dunkel sein in der Bar.«

»Was meinst du, Luce?«

»Hm …«

»Sie liebt es, weil es *perfekt* zu dem Kleid passt«, sagte Abby. »Stimmt doch, Luce.«

Ich muss zugestimmt haben, denn am Ende bezahlte ich fünfundsiebzig Dollar für Lidschatten, Rouge und den Lippenstift, der allen Ernstes *Underage Red* hieß. Minderjährigenrot!

»Und ändere nichts«, sagte Abby in der Subway Station. »Ich will dich genau so in ein paar Stunden in der Bar sehen.«

»Abby …« Jana schüttelte den Kopf.

»Was? Sie sieht unglaublich aus.« Abby gab mir Luftküsse auf die Wangen und flüsterte: »Ich steh hinter dir, Mädchen.«

Jana winkte zum Abschied, und wir trennten uns. Ich nahm die Bahn nach Hause, und ein paar Männern im Abteil guckten mich an … was mir vorher nie passiert war. Zu Hause schloss ich die Tür auf und wappnete mich für Cas' Reaktion. Es war Jahre her, dass ich auf ein Date gegangen war.

Das ist kein Date. Das ist ein Teil des superoffensichtlichen und peinlichen Plans, um Guys Aufmerksamkeit zu wecken.

»Halt den Mund, Deb«, murmelte ich, obwohl sie recht hatte. Sogar Abby hatte es gemerkt.

Casziel war nicht da, und als immer mehr Zeit verging, fragte ich mich langsam, ob er überhaupt auftauchen würde. Ich aß meine Hälfte von dem Auflauf, den ich zum Abendessen gemacht hatte, und ging dann ins Bad, um das rote Kleid anzuziehen, das plötzlich extrem und unangemessen *rot* aussah. Ich trug den Lippenstift auf, strich mir übers Haar und ging hinaus.

Cas stand im Wohnzimmer und sah umwerfend aus in Schwarz. Mein Magen flatterte bei seinem Anblick, so männlich und stark und schön.

»Oh, du bist da«, stammelte ich. »Wir müssen langsam los …«

Ich verstummte in Anbetracht des Gesichtsausdrucks des Dämons, als er mich ansah. Seine Augen wurden groß, er machte den Mund auf. Das Zimmer wurde ganz still in den wenigen Sekunden seines überraschten Schweigens, dann runzelte er wütend die Stirn.

»Was ist mit dir passiert?«, fragte er. »Warum bist du so angezogen?«

Seine Reaktion verletzte mich mehr, als ich gedacht hatte,

vor allem, weil es im ersten Moment so ausgesehen hatte, als wäre er wirklich überwältigt.

»Abby und Jana sind nach der Arbeit mit mir shoppen gegangen.« Ich strich das Kleid glatt, das sich noch enger anfühlte als vorhin im Geschäft. »Es gefällt dir nicht?«

Er wollte etwas sagen, und ich schockierte mich selbst damit, dass ich ihn unterbrach.

»Weißt du was, es ist egal«, sagte ich. »Ich kann anziehen, was ich will, und ich brauche und verdiene es nicht, dass du darüber urteilst. Und übrigens gilt das auch für jede andere Frau.«

»Ich wollte nicht …«

»Ich mache das nicht, damit es *dir* gefällt. Ich mache es für Guy. Für unseren großen Plan, um deine Seele zu retten, schon vergessen?« Ich hob das Kinn, meine Lippen zitterten. »Tun wir nicht alles nur dafür?«

Caziels Kiefermuskeln spannten sich an. »Doch.«

»Dann können wir ja los.«

Ich nahm meine Handtasche und ging zur Tür, das Gesicht von ihm abgewandt. Wenn ich weinte, würde ich das Make-up ruinieren.

VIERZEHN

𒌋𒐊𒑂𒐊𒌋𒑏𒐊

Wir kamen bei der Bar auf der 32nd Street West an. Die Karaoke-Lounge war ziemlich voll für einen Dienstagabend, aber die meisten Gäste arbeiteten bei Ocean Alliance. Abby, die ein atemberaubendes grünes Kleid trug, winkte hektisch, und stieß Jana an, wobei sie fast deren Drink verschüttete.

»Du bist hier und siehst *wow* aus«, rief Abby. »Stimmt doch!«

»Es stimmt«, sagte Jana. »Aber das hast du schon immer.«

»Jetzt ist sie eben *extra-wow*«, sagte Abby. Sie drängte sich zwischen Casziel und mich. »Ich glaube, ich weiß, was deine Lieblingsfarbe ist«, sagte sie zu ihm. »Nicht, dass ich mich beschwere. Schwarz passt *so* gut zu dir.«

Ich hatte das auch gedacht, aber es nie ausgesprochen. Es von Abby zu hören war, als würde sie einen Teil von ihm für sich haben wollen.

»Kommt, holen wir uns was zu trinken.« Abby hakte sich bei uns beiden ein, dann beugte sie sich zu mir. »Guy ist schon da und hat zur Abwechslung mal kein Date mitgebracht. Ich denke nicht, dass das Zufall ist!«

An der Bar standen Kimberly und ihre Verlobte Nylah, redeten und lachten leise miteinander. Sie verstummten, als sie uns herankommen sahen, und die Augen meiner Chefin weiteten sich. »Lucy? Bist du das?«

Ich neigte den Kopf, um mir das Haar vors Gesicht fallen zu lassen, aber es war auf meinem Kopf festgesteckt. Ich fühlte mich völlig nackt, als könnte ich mich nirgendwo verstecken.

»Das war Abby. Nur so zum Spaß.«

»Du siehst jedenfalls großartig aus«, sagte Kimberly. »Cas war der Name, oder? Das ist meine Verlobte, Nylah.«

»Es ist mir ein Vergnügen«, sagte Casziel und nahm die Hand der Frau. »Meine Glückwünsche an Sie beide.«

»Danke«, sagte Nylah. Wie alle anderen starrte sie ihn ein bisschen länger an als nötig, als könnte sie nicht glauben, dass er echt war.

»Ich komme einfach nicht über deinen Akzent hinweg«, sagte Abby begeistert zu Casziel. »Du musst uns wirklich alles über dich erzählen. Angefangen mit dem Irak bis da, wo du unsere kleine Lucy kennengelernt hast.«

»Sicher will Cas uns seine Lebensgeschichte nicht in einer Karaokebar erzählen«, sagte Kimberly und warf mir ein sanftes Lächeln zu. »Wir sind hier, um zu singen. Und zwar schlecht. Sind Sie bereit für ein bisschen Karaoke, Cas?«

»Gewiss«, murmelte er, und sein Blick verhärtete sich, als er etwas über meiner Schulter sah. »Ich hätte ein gar nicht so übles ›Sympathy for the Devil‹ auf Lager.«

Ich folgte seinem finsteren Blick. Guy Baker näherte sich, sah gesund und gut aus in Jeans und einem Hemd mit hochgekrempelten Ärmeln, ein Bier in der Hand.

»Guten Abend, Ladys«, sagte er mit seinem üblichen Grinsen. Er nickte dem Dämon zu. »Cas.«

Casziel lächelte so schneidend, dass einem kalt wurde. »*Guy.*«

Ich stieß ihn mit dem Ellbogen an, aber Guy beachtete ihn gar nicht. Er starrte mich an, als hätte er noch nie eine Frau aus der Nähe gesehen.

»Lucy …« Er pfiff leise. »Wow, du siehst …«

»Ja, *oder?*«, kreischte Abby und ruinierte den Moment.

Nicht, dass es einen Moment zum Ruinieren gegeben hätte. Seit zwei Jahren wünschte ich mir, dass Guy mehr in mir sah als ein Büromöbel. Jetzt, da er es tat, spürte ich nur die Hitze von Casziels Wut, die von ihm abstrahlte wie von einem Ofen, und die Hitze meines Körpers, der darauf reagierte. Ein glühendes Begehren, das aufregend und neu war und doch schon seit Ewigkeiten schwelte und endlich in Flammen aufgehen wollte. Eine Berührung, ein heißer Blick …

Du spinnst. Das Kleid ist so eng, dass es dir die Sauerstoffzufuhr zum Gehirn abschneidet.

»Das Kleid rechne ich ein bisschen mir an, aber sonst ist es nur Lucy«, sagte Abby. »Sieht sie nicht *großartig* aus?«

»Tut sie«, sagte Guy. »Wirklich, Luce.«

»Äh, danke«, brachte ich heraus und wagte nicht, Cas anzusehen. Aber das musste ich auch nicht. Er sendete seine Gefühle mit atemberaubender Klarheit. Beschützend. Besitzergreifend. Eifersüchtig …

Er spielt nur eine Rolle. So wie geplant.

Endlich blinzelte Guy, als würde er aus einem Bann erwachen – mit dem *ich* ihn belegt hatte –, und drehte sich strahlend zu den anderen um.

»Shots! Wir müssen die bevorstehende Hochzeit unserer furchtlosen Anführerin feiern.«

»Für mich nicht, danke«, sagte Jana. »Mein Kind braucht keine Milch mit Cuervo-Geschmack.«

Kimberly lachte, dann warf sie Guy einen gespielt strengen Blick zu. »Für mich nur einen. Und ich verlasse mich auf dein Versprechen, dass alle morgen ins Büro kommen.«

»Oh, das werden wir.« Guy grinste, als der Barmann sechs Gläser aufreihte und mit Tequila füllte. »Ich kann nur nicht versprechen, dass wir auch arbeiten können.«

»Bringst du Cas zur Hochzeit mit, Lucy?«, fragte Kimberly. Sie drehte sich zu ihm um. »Sie sind mehr als willkommen.«

»Machst du das?«, fragte Abby. »Du musst. Ich bestehe darauf.«

Ich hustete und fing Cas' Blick auf. »Äh, sicher. Wenn er möchte …«

Glatt wie schwarze Seide legte Cas sich eine Hand aufs Herz. »Es wäre mir eine Ehre, kommen zu dürfen. Ich bedanke mich sehr für die freundliche Einladung.«

»Heilige Ritterlichkeit, Batman.« Nylah schüttelte den Kopf, ihre dunklen Locken streiften ihre Schultern.

Kim nickte. »Da ist jemand gut erzogen.«

Alle lachten und griffen nach den Gläsern.

»Auf Nylah und Kimberly«, sagte Guy und erhob sein Glas. Dann sah er mich an. »Und auf neue Anfänge.«

Niemand übersah das Lächeln, das er mir schenkte. Vor allem Cas nicht. Die Blicke, die er Guy zuwarf, waren glühende Dolche, dann kippte der Dämon seinen Tequila, als wäre es Wasser. Ich hob mein Glas, wagte jedoch nicht zu trinken. Ich würde mich auf keinen Fall noch einmal betrinken. Nicht, nachdem ich in einer Pfütze zwischen zerbrochenem Glas auf meinem Küchenfußboden aufgewacht war.

Ich bestellte eine Flasche Wasser. Als ich mich umdrehte, hatte Abby sich wieder bei Cas untergehakt, und sie waren in ein Gespräch vertieft. Er stand mit dem Rücken zu mir. Ich konnte sein Gesicht nicht sehen, aber Abby sah hingerissen und so angeboren sexy aus, wie ich nie aussehen würde – und wenn ich tausend rote Kleider anzog und mir genauso viele Tonnen Make-up ins Gesicht schmierte. Ich betrachtete sie, als könnte ich ihr ansehen, ob sie miteinander geschlafen hatten.

Was total okay wäre und mich absolut nichts angeht.

Eine Stunde verging, dann noch eine. Die Leute von Ocean

Alliance schmetterten der Reihe nach schiefe Lieder auf einer kleinen Bühne hinter der Bar. Ich landete mit Jana, Abby und Cas an einem Tisch. Guy saß am Nebentisch, aber er hatte seinen Stuhl so hingestellt, dass er neben mir saß. Er schien schon vor unserer Ankunft mit dem Feiern angefangen zu haben und wurde immer betrunkener im Lauf des Abends. Wir tauschten uns ab und zu über die Sangeskünste (oder das Fehlen derselben) unserer Kolleginnen und Kollegen aus. Jedes Mal, wenn ich einen Blick zu ihm riskierte, sah er mich an.

Und Casziel sah uns an.

Obwohl Abby praktisch auf seinem Schoß saß und ihn mit Fragen löcherte, wanderte sein Blick zwischen mir und Guy hin und her, und ihm gefiel nicht, was er sah.

Der Abend schleppte sich dahin, und ich war absolut bereit zu gehen, als Dale sich zu uns setzte, um mit Jana zu plaudern, und Abby kurz auf die Toilette ging. Cas und ich waren allein.

»Du musst nicht mit auf die Hochzeit«, sagte ich zu ihm. »Abby hat so eine Art, Leute in Verlegenheit zu bringen. Aber wenn du nicht hingehen willst …«

»Ich bin nur noch wenige Tage hier. Die Hochzeit wird unsere letzte Gelegenheit sein, unseren Plan durchzuführen. Der zu funktionieren scheint.«

»Ja, sieht so aus. Aber du scheinst nicht glücklich darüber zu sein.«

Er nippte an seinem Wein. »Ich bin begeistert.«

»Was ist los? Du warst einverstanden …«

»Ich weiß, womit ich einverstanden war«, sagte Cas wütend. Seine Augen wirkten hart. »Aber ich …« Er schüttelte den Kopf und wandte den Blick ab, der auf meinem leeren Glas landete. »Möchtest du noch ein Wasser?«, fragte er, jetzt sanfter.

»Nur noch eins. Ich muss fahren«, sagte ich mit einem kleinen Lächeln.

Die harten Kanten seines Gesichts wurden weich, fast schmerzlich. Er beugte sich vor, sein Blick war erfüllt von dieser Sehnsucht, die etwas so tief in mir berührte … Ich konnte es nicht sehen, aber ich spürte, dass es da war. Und wartete.

»Lucy …«

Ich hielt den Atem an, dann kam Abby zurück an den Tisch. Cas stand abrupt auf, und sie nahm seine Hand. »Holst du noch eine Runde? Sei ein Schatz und bring mir noch einen Appletini mit. Danke, Baby.«

Baby …

Cas ging zur Bar. Abby sah ihm nach. Sie beugte sich zu mir und schrie, um das falsch gesungene »Love Shack« zu übertönen, das gerade jemand zum Besten gab.

»Dieser Mann ist unglaublich.«

»Das kannst du laut sagen«, murmelte ich.

»Da ist irgendwas an ihm, was ich nicht fassen kann. Er ist so sexy, aber …« Sie wedelte mit der Hand. »Was ist das Wort, das ich suche?«

Schön.

Frustrierend.

Vertraut.

Ich hustete. »Höflich.«

»Ja, klar.« Abby verdrehte die Augen. »Er ist höflich. War das Teil des Vertrags?«

Ich ballte die Faust unter dem Tisch. »Wenn du mir etwas zu sagen hast, sag es einfach, Abby.«

Sie lachte. »Kein Grund, schnippisch zu werden, Süße! Ich finde es super, wie du die Initiative übernimmst. Zuerst erklärst du dich bereit, nächsten Montag deine Idee zu präsentieren, und jetzt gehst du bei Guy ran. Du bist eine ganz neue Lucy.«

Ich wollte ihr sagen, dass es keine neue Lucy gab. Dass ich immer noch dieselbe war, Casziel mich jedoch aus der Reserve lockte. In seiner Gegenwart entdeckte ich etwas, was lange Zeit begraben gewesen war. Ganze Jahre.

»Ich hab eigentlich nur eine Frage«, sagte Abby und sah mich aufmerksam an. »Welchen *Escortservice* hast du beauftragt?«

Ich lehnte mich zurück und fühlte mich, als hätte mich jemand in den Magen geboxt.

Auf ihrem Gesicht breitete sich ein unschuldiges, ungläubiges Lächeln aus. »Oh Schätzchen, wir haben doch darüber geredet! Ich finde es eine großartige Idee. Guy hat dich den ganzen Abend nicht aus den Augen gelassen. Er steht auf Herausforderungen.«

Mein Magen rumorte, und ich wollte mich einfach nur auflösen und in meiner Wohnung wieder auftauchen.

Mich in einen Raben verwandeln und wegfliegen …

Der MC ging auf die Bühne und warf einen Blick auf die Liste, in die die Leute sich eingetragen hatten. »Als Nächstes haben wir Guy Baker. Komm auf die Bühne, Guy!«

Unsere Gruppe jubelte und schrie, als Guy leicht taumelnd die Bühne betrat. Abby sah zu ihm und ließ mich in ihren Andeutungen schmoren.

Sie hat nicht unrecht, oder?, spottete Deber.

Ich versuchte, sie zu ignorieren, und sah, wie Guy das Mikro in die Hand nahm. In der anderen hatte er ein Bier. Die ersten Klänge eines langsamen Stücks ertönten. Ich brauchte eine Sekunde, um es zu erkennen. »Lady in Red«. Köpfe drehten sich zu mir um, als allen im Raum klar wurde, für wen Guy sang.

Oh mein Gott …

Jana wirbelte herum und sah mich mit großen Augen an. »Lucy …«

»*I have never seen that dress you're wearing*«, schmachtete Guy ins Mikro. »*I have been blind …*«

Abby fing an zu lachen und schnappte sich ihr Handy, um die Szene aufzunehmen. »Oh mein Gott, Guy ist in Wirklichkeit ein sentimentaler Trottel. Wer hätte das gedacht?« Sie richtete die Kamera auf mich. »Zieh dir das rein, Luce. Der Augenblick, auf den du gewartet hast.«

Ich machte den Mund zu und wich Abbys Kamera aus, mein Gesicht so rot wie das Kleid. Ich spürte Casziel an der Bar, konnte ihn aber nicht ansehen. Jedes Wort von Guys schwülstiger Ballade fühlte sich an wie Betrug. Als hätte ich ein Versprechen an Cas gebrochen, obwohl ich nicht wusste, warum.

Gnädigerweise endete der Song, und Guy kam von der Bühne und stolperte direkt auf mich zu. Er ließ sich in einer Wolke aus Alkohol und Pfefferminzbonbon auf seinen Stuhl fallen.

»Ich lass euch mal allein«, sagte Abby kichernd und steckte ihr Handy ein. Sie eilte zu Cas an die Bar.

»Das war für dich«, sagte Guy.

»Ja, das hab ich mir gedacht«, sagte ich und lächelte schwach. »Danke. Es war sehr … nett.«

Sein Lächeln war verlegen, seine blauen Augen glasig. »Ich mach so was normalerweise nicht. Irgendetwas hat mich dazu getrieben. Vielleicht einfach nur, dass du so wunderschön aussiehst.«

Niemand achtete auf Jana und Dale, die »Islands in the Stream« sangen – die ganze Belegschaft hatte nur Augen für uns, tuschelte und stieß sich in die Rippen. Guy schien es nicht zu bemerken. Vielleicht war es ihm auch egal. Sein Blick war auf mich geheftet, und er sah mich an, wie ich es mir hundertmal in meinen lächerlichen Fantasien vorgestellt hatte.

»Du bist mit Cas hier, oder?« Er deutete mit dem Kinn auf die Bar. »Ich glaube, ich hab die Geschichte nicht ganz verstanden neulich Abend. Was läuft zwischen euch beiden?«

Die viertausend Jahre alte Frage …

Ich räusperte mich und ermahnte mich, mich an den Plan zu halten. »Wir haben uns gerade kennengelernt. Ich weiß nicht, wo es hinführt oder ob überhaupt irgendwohin.«

Guy lachte leise. »Bist du dir sicher? Er sieht mich an, als wollte er mich in Stücke reißen.«

»Nein, das würde er niemals ...« Ich bemerkte Casziels harten Blick, der sich in uns bohrte. »Okay, vielleicht doch.«

»Er ist dein Date am Samstag oder? Mist.« Guy schnippte mit den Fingern. »Hab meine Chance verpasst.«

Ich starrte ihn an. Guy Baker hatte mich fragen wollen, ob ich mit ihm auf die Hochzeit ging?

»Ich fürchte, ja. Aber wie gesagt, es ist nichts Ernstes.«

»Freut mich zu hören, Lucy«, sagte Guy. »Wirst du mir einen Tanz reservieren? Vielleicht mehr als einen?«

Ich riskierte noch einen Blick Richtung Bar. Casziels Augen waren fast schwarz im Halbdunkel. Er beobachtete mich und Guy, während Abby sich zu ihm beugte, um ihm etwas ins Ohr zu flüstern.

Das ist nicht fair.

Ich sollte nicht eifersüchtig darauf sein, wie nah ihre Lippen seiner Haut waren. Ich sollte überglücklich sein, dass Guy Baker mit mir redete, mit mir flirtete. Ich sollte im siebten Himmel schweben, nachdem er gerade vor der gesamten Firma ein Lied für mich gesungen hatte.

Halt dich an den Plan, schalt ich mich. *Casziels ewige Seele steht auf dem Spiel.*

Ich hob den Kopf und lächelte Guy, wie ich hoffte, verführerisch an. »Das mache ich.«

»Cool«, sagte Guy und schüttelte den Kopf. Er roch ziemlich heftig nach Alkohol. »Ich bin einfach überwältigt von dir heute. Der Song hat recht. Ich hab dich noch nie so gesehen.« Er streichelte mir mit den Fingerrücken über die Wange. »Oder vielleicht sahst du schon immer so aus, und ich bin ein Idiot, weil es mir nicht aufgefallen ist.«

Mein Herz pochte. Würde er mich vor allen küssen? Vor Cas? Guy sah aus, als ob er es wollte; ich würde es nur zulassen müssen …

Plötzlich geriet mein Magen in Aufruhr, und mir wurde schlecht.

»Entschuldige.« Ich lehnte mich zurück. »Sorry, ich … ich bin gleich zurück.«

Ich eilte in die kleine Toilette der Bar. Die Wände waren mit Stickern und Graffiti bedeckt, beide Kabinen waren frei. Ich stützte mich auf das Waschbecken und atmete tief durch. Ich erkannte die Frau im Spiegel nicht wieder, und das hatte nichts mit dem Make-up zu tun.

»Was zur Hölle stimmt nicht mit mir?«

Ein Kichern erklang in der Kabine hinter mir. »Armes, süßes Lucy-Dummerchen.«

Ich erstarrte, die Worte krochen mir den Rücken hinauf wie Insekten. Die Kabine war leer gewesen, aber jetzt schlurften zwei Frauen heraus – oder etwas, was mein Gehirn als zwei Kreaturen registrierte, die sich die Haut von Frauen übergestreift hatten. Eine sah aus wie ein Relikt aus den großen Zeiten des CBGB in zerrissenen Netzstrümpfen und einer engen schwarzen Lederjacke über einem abgeschnittenen Top, das einen blassen Bauch zeigte. Ihr zerzaustes Haar war schwarz gefärbt, mit stumpfen grauen Ansätzen. Gelbe Augen unter dick und schlampig aufgetragenem Kajal sahen mich durch den Spiegel an.

Die zweite Frau schlurfte ihr hinterher, drückte ihr das Gesicht gegen den Arm. Sie trug ein unförmiges Kleid, und ihr ungekämmtes graues Haar fiel ihr über eine Wange. Sie stierte mich aus einem gelben Auge an.

Deber und Keeb.

Das Blut gefror mir in den Adern, und ich blieb wie erstarrt stehen und sah sie im Spiegel näher kommen.

»Du wirkst verwirrt.« Deber legte den Kopf schief, und ich betrachtete voller Grauen, wie eine Fliege über ihr gelbes Auge kroch. »Verloren. Lucy, das Dummerchen, ist vom Weg abgekommen.«

»Verloren, verloren, verloren«, kicherte Keeb.

Mehr Fliegen krochen jetzt über den Spiegel. Etwas zerrte an meiner Erinnerung. Fliegen auf meinem Fenster ...

»Du solltest Casziel fragen. Unser dunkler Prinz wird dir alles erzählen, oder, Schwester?«

Keeb kicherte an Debers Schulter. »Frag, frag, frag, wer du bist ...«

»W-wer ich bin?«

»Lucy, du Dummerchen«, höhnte Deber, eine wandelnde Verkörperung der Stimme, die ich seit Jahren in meinem Kopf hörte. »Sie weiß es nicht. Die ganze Zeit. So viele Jahre allein.«

»Allein, allein, allein ...«

Sie strich mir mit dem Finger über den Arm, und Fliegen krabbelten daran hoch. »Frag Casziel, Dummerchen. Sag ihm, er soll dir die Wahrheit sagen.«

»*Wahrheit*«, zischte Keeb. Fliegen krochen ihr über die fauligen Zähne.

»Hört auf«, flüsterte ich und wich zurück. »Lasst mich in Ruhe.«

Ich rannte nach draußen und stolperte fast. Mir folgte obszönes Gekicher.

Cas und Abby saßen wieder am Tisch, auch Jana. Abby hatte ihre manikürten Finger um Cas' linken Arm gelegt. Obwohl mein Puls noch raste, wollte ich sie anschreien, dass sie vorsichtig sein sollte, dass er dort verletzt war. Jetzt vier Schnitte hatte.

Und morgen werden es fünf sein. Ein anderer Dämon fügt sie ihm zu. Gott …

»Ich möchte nach Hause«, stieß ich hervor.

»Jetzt schon?« Abby runzelte die Stirn und packte Cas' Arm fester, als wäre ich gekommen, um ihn ihr wegzunehmen. »Es ist *total* früh. Aber wenn du unbedingt gehen musst, nimmt Guy sicher ein Taxi mit dir.«

Sie deutete mit dem Kinn auf Guy, der sich gerade mit Kimberly und Nylah unterhielt. Er sah zu mir und hob die Bierflasche mit einem unsicheren Lächeln.

Jana runzelte die Stirn. »Geht es dir gut, Luce?«

»Nein. Ich … ich fühle mich nicht gut. Ich will nach Hause.« Ich konnte Cas kaum ansehen. »Bleib ruhig … wenn du willst.«

»Ich bringe dich nach Hause«, sagte er und stand auf.

Abby sah ihn verstört an. »Bist du sicher? Es geht ihr gut …«

Ich wartete nicht ab, um noch mehr zu hören. Ich eilte aus der Bar und auf die Straße, sog gierig die frische kühle Luft ein. Ich war schon zwanzig Meter gegangen, als ich hinter mir Schritte hörte.

»Lucy, warte …«

Cas holte mich ein, nahm fest meinen Arm und drehte mich zu sich um. »Was ist los?«

»Was *los* ist?«, rief ich ungläubig. »Abgesehen davon, dass ich auf der Damentoilette von Dämoninnen belästigt wurde?«

Er wich zurück. »Was?«

»Deb und K.«

»Du hast sie gesehen? Leibhaftig?«

Ich nickte. »Sie haben gesagt, ich soll dich fragen, wer ich bin.«

Cas stieß einen Fluch in seiner Muttersprache aus. »Sie dürften nicht hier sein. Nicht auf Dieser Seite.«

»Aber was haben sie gemeint? Wer bin ich?«

Er schüttelte den Kopf und nahm meinen Arm, führte mich weiter von der Bar weg. »Nichts. Sie säen Zwietracht, das ist alles. Sie wollen dich verunsichern.«

»Nun, das hat funktioniert«, rief ich. »Bin ich in Gefahr?«

Cas wirbelte zu mir herum. »*Nein*. Ich lasse nicht zu, dass dir etwas passiert. Ich schwöre es.« Er ließ den Blick suchend über die verlassenen Straßen schweifen. »Aber sie sollten nicht hier sein.«

»Tja, sie sind es, und du benimmst dich, als würdest du unseren Plan sabotieren wollen.«

»Wovon redest du? Sabotieren …?«

»Du hast den ganzen Abend nur Abby beachtet«, sagte ich und hörte die Eifersucht in meiner Stimme. »Ich meine, das ist … okay. Was auch immer. Du kannst machen, was du willst, aber dann verhältst du dich wieder, als würdest du Guy umbringen wollen. Als würdest du ihn hassen.«

Casziel fuhr sich mit der Hand durch das dunkle Haar, eine sehr menschliche Geste. »Ich … hasse ihn nicht. Ich spiele nur die Rolle. Den eifersüchtigen Rivalen, der deine Hand begehrt.«

»Es fühlt sich aber nicht so an. Nichts fühlt sich so an, wie es sollte. Es ist alles total falsch.«

»Nichts ist *falsch*«, gab er zurück. »Es läuft alles nach Plan. Hast du Guys Lied nicht gehört?« Seine Stimme triefte vor Verachtung. »Hast du nicht gesehen, wie er dir in die Augen geblickt hat, Lucy Dennings?«

»Er war betrunken …«

»Er bemerkt dich. Er wird sich in dich verlieben«, sagte Cas, und seine Stimme wankte. »Ist es nicht das, was du wolltest? Ist es nicht das, was dich glücklich macht?«

Was mich glücklich machen würde, begriff ich mit einem

Stich im Herzen, hatte nichts mit Guy zu tun. Aber wenn wir nicht wenigstens versuchten, diesen Plan durchzuziehen, würde Casziel zu einer Ewigkeit derselben Schmerzen verdammt werden, die er schon seit Jahrhunderten ertrug.

»Ja«, sagte ich. »Das würde mich glücklich machen. Guy und ich. Glücklich bis ans Ende unserer Tage. Das will ich.«

»Dann gibt es kein Problem«, stieß Cas hervor und ging an mir vorbei.

»*Das*«, sagte ich und zog ihn am Arm, um ihn aufzuhalten. »Das verstehe ich nicht. Warum siehst du jetzt traurig aus, statt dich zu freuen. Ich habe das Gefühl, als gäbe es noch eine ganz andere Geschichte, die du mir nicht erzählst. An die ich mich eigentlich erinnern müsste, was ich aber nicht kann. Wie ein Traum, der einem beim Aufwachen entgleitet.«

»Das bildest du dir nur ein.«

»Wirklich? Denn der Traum, den ich vorgestern Nacht hatte …«

»… war nur ein Traum.«

»Aber …«

Eine Gruppe von Leuten kam lärmend aus einem Restaurant und ging in unsere Richtung.

»Komm«, sagte Cas.

Wir überquerten die Straße und gingen die 6th hoch. Tausend ungesagte Worte hingen zwischen uns. Die Dunkelheit fühlte sich lebendig an, wie in der Nacht, als wir aus dem Pub nach Hause gegangen waren. Nur war ich diesmal stocknüchtern. Wir gingen an einer zugemüllten Gasse vorbei, in der Fliegen surrten, und eine zischende Stimme kroch mir die Wirbelsäule hinauf.

»Casziel …«

Deber und Keeb kamen aus der Gasse herausgeschlurft, genau wie eben aus der Klokabine. Fliegen surrten. Sofort stellte

Cas sich zwischen mich und die Dämoninnen. Deber grinste boshaft, während Keeb an ihrer Schulter kicherte, dass einem schlecht wurde.

»Oh wie süß«, sinnierte Deber, die zusammen mit Keeb auf uns zu schlenderte. »Casziel, der Nachtbringer, der Prinz der Dämonen, spielt den heldenhaften ...«

»*Still*«, zischte Casziel, und die Fliegen stoben in einer Wolke auf, setzten sich dann wieder auf die Zwillinge und krabbelten ihnen über die verfilzten Haare, die Gesichter, die gelben Augen.

Deber wandte sich an mich. »Hast du ihm deine Fragen gestellt? Hat er dir mit Lügen geantwortet?« Sie schnalzte mit der Zunge. »Die süße, unschuldige Lucy hat keine Ahnung, mit wem sie verkehrt.«

Keeb kicherte – ein Geräusch, bei dem einem übel wurde – und schielte zwischen verfilzten grauen Haarsträhnen zu uns.

»Wer hat euch gerufen?«, fragte Casziel.

»Kannst du das nicht erraten?«

»Astaroth«, murmelte er mit hartem Blick.

Die Dämoninnen waren auf der Hut vor Casziel und näherten sich vorsichtig. Sie waren einen Meter von ihm entfernt. Ich spürte, wie die Spannung in ihm summte und die Muskeln sich unter meiner Hand strafften. Die Fliegenwolke verdichtete sich, ihr Surren war wie das Hintergrundrauschen eines alten Fernsehers, und ich sah verschwommen vor mir, wie ich auf dem Küchenfußboden zwischen Glasscherben saß.

»Du bist ein Narr, Casziel«, sagte Deber. »Er wird dich nie gehen lassen. Und sie ...« Sie grinste mich mit fauligen Zähnen an. »Sie wird die Wahrheit erfahren und dich dafür verachten.«

Mit einem wütenden Knurren stieß Casziel mich weg. Im nächsten Augenblick hatte er seine Dämonengestalt angenommen – blutleere Haut und Augen wie schwarze Löcher, die alles Licht einsaugten. Irgendwie zerriss die schwarze Lederjacke *nicht*, als die Flügel lang und mächtig und schrecklich schön durch sie hindurchwuchsen. Zwischen den Flügeln erschien auf seinem Rücken ein riesiges Schwert.

Die Dämoninnen kreischten und wichen zurück, als Casziel das Schwert zog und auf Debers Kehle richtete. Seine Stimme klang warnend.

»Lasst sie in Ruhe, sonst jage ich euch auf Dieser und der Anderen Seite, bis eure Existenz euch so lästig wird, dass ihr um Auslöschung bettelt.«

Keeb stieß einen Schrei aus. Die Angst in Debers Augen war lebendig, als stünde sie unter Strom, aber sie lächelte triumphierend. Sie wich zurück und nahm Keeb mit in die Wolke aus Fliegen.

»Das sind schöne Drohungen, Casziel. Aber sie sind leer.« Sie zeigte mit einem mageren Finger auf mich. »Sie gehört jetzt uns. Nicht mehr dir. Nie wieder.«

Die Körper der Dämoninnen lösten sich auf und verwandelten sich in noch mehr Fliegen, die in der Nacht verschwanden und die Gasse still und dunkel zurückließen. Casziel drehte sich zu mir um, seine schwarzen Augen waren endlose dunkle Gruben in seinem blassen Gesicht. Ich wich zurück, und er nahm wieder Menschengestalt an.

Meine Kehle war knochentrocken, mir schwirrte der Kopf. »Ich … ich kann nicht …«

Casziel kam langsam auf mich zu, mit ausgestreckten Händen, als hätte er Angst, ich könnte weglaufen. Aber wo sollte ich hin? Dämonen lauerten in jedem Schatten.

»Was ist gerade passiert?«, fragte ich mit zitternden Lippen. »Wie hat sie das gemeint, dass ich dich verachten würde?«

»Nichts. Alles Lügen. Das Wort eines Dämons ist nichts wert, schon vergessen?« Er verzog den Mund, dann sah er mich an, und sein Blick war schwer vor Reue. »Komm. Bringen wir dich nach Hause.«

Ich fühlte mich verloren und überwältigt, ertrank in hundert verschiedenen Gefühlen, ließ mich jedoch von ihm zur Subway Station führen. Das Abteil war nicht einmal zur Hälfte gefüllt – eine Gruppe von Freunden, die nach einem gemeinsamen Abend nach Hause wollten, vereinzelte Leute allein, die auf ihre Handys starrten. Das grelle Licht war wie eine Ohrfeige, und ich beruhigte meine Atmung, obwohl mein Herz nicht aufhörte zu rasen, auch nicht in der Wohnung.

Casziel hob seine Handfläche. »*Zisurrû.*«

Grünes Licht umrahmte meine Tür und verblasste, und ich hatte ein heftiges Gefühl von Déjà-vu.

»Was du gerade mit der Tür gemacht hast ... Ich habe das schon mal gesehen. Nachdem wir im Pub waren.«

»Ein Schutzzauber«, sagte er. »Ich werde dasselbe mit dem Fenster machen, wenn ich heute gehe.«

»Und die Fliegen. Die habe ich auch gesehen. Ich weiß noch, dass ich in der Küche war ...« Ich schüttelte den Kopf, meine Gedanken wateten durch einen traumartigen Sumpf. »Du warst auch da ... Hast du ein anderes Wort benutzt? Damit ich es vergesse?«

Er kam noch einen Schritt auf mich zu. »Lucy ...«

Ich wich zurück. »Nein. Sag mir die Wahrheit. Was passiert hier?«

»Ich wollte nie, dass dir Derartiges passiert. Bitte. Setz dich. Ich erkläre alles.«

»Wirklich?«

»Wirklich. Aber es wird nicht leicht sein, die Wahrheit zu hören.«

Ich ging den ganzen Weg zu meinem Bett rückwärts und setzte mich hin. »Okay«, sagte ich misstrauisch. »Erklär es mir.«

Der Dämon kniete sich vor mir auf den Boden, und die Sehnsucht in seinen Augen zog mich in sie hinein, bis ich nur noch zu ihm wollte, ihn umarmen und festhalten und von ihm festgehalten werden.

»Götter, Lucy ...«

»Was ist los?«, fragte ich und war plötzlich den Tränen nah. »Warum fühle ich mich so? Alles ist so merkwürdig und furchterregend und doch ...«

Er nahm mein Gesicht in beide Hände. Ganz sanft. Ehrerbietig. Als wäre ich ihm teuer. »Und doch?«

»Ich kenne dich ... oder?«

Er senkte den Kopf, schloss die Augen. Als er sie wieder öffnete, waren sie voller Schmerz. Trauer. Die rief nach mir, und etwas in mir antwortete. Ich riss die Augen auf, und mein Herz pochte so heftig, dass ich dachte, es würde brechen. Wegen all dessen, was ich nie gehabt hatte.

Nein. Wegen dessen, was ich gehabt und verloren hatte.

»Sag es mir«, flüsterte ich. »Wer bin ich? Was sind wir füreinander?«

Casziel öffnete die Lippen und drückte einen sanften Kuss auf meine Stirn. »Vergib mir, Lucy. Ich hoffe, irgendwo in deinen Träumen kannst du mir vergeben.«

»Was? Warte ...«

Er legte den Daumen auf die Haut, wo ich noch die Wärme seiner Lippen spürte.

»*Ñeštug u-lu.*«

Der Fernseher lief leise, das Licht flackerte in meiner kleinen Wohnung. Der Wecker zeigte nach drei Uhr früh. Ich trug immer noch das alberne Kleid, aber ich war zugedeckt. Auf dem Kissen waren Make-up-Flecken. Langsam setzte ich mich hin. Mein Kopf war schwer, als hätte ich doch zu viel getrunken.

»Cas?«

Keine Antwort. Ich stand auf. Die Couch war leer, und das Fenster, das Casziel immer offen ließ, war geschlossen. Irgendetwas war da in meinem Kopf, aber ich konnte es nicht fassen. Ich konnte mich nicht entsinnen, die Bar verlassen zu haben oder wie ich nach Hause gekommen war. Das Letzte, woran ich mich noch erinnerte, war Guy, wie er für mich gesungen und mir gesagt hatte, dass ich schön sei …

»Der Plan funktioniert.«

Die Worte klangen hohl. Leer. Aber für Casziel war wichtig, dass der Plan funktionierte. Um seine Seele zu retten.

Und was ist mit meiner?

Ich wusch mir das Make-up vom Gesicht, putzte mir die Zähne und zog ein Schlaf-T-Shirt und eine Jogginghose an. Ich wollte, dass Casziel zurückkam. Ich wollte mehr, dass Casziel zu mir zurückkam, als von Guy schön gefunden zu werden. Das war die einzige Wahrheit, die ich kannte.

Ich machte das Fenster auf.

FÜNFZEHN

Ich stoße die Tür zum Hinterzimmer des Idle Hands auf. Der Windstoß meiner Flügel lässt die schwarze Kerze flackern, aber er kann nichts gegen Astaroths Gestank ausrichten.

»*Wir hatten eine Abmachung*«, knurre ich.

»Reiß dich zusammen, Junge«, faucht der Dämonenfürst wütend und legt die Hand auf das Schwert an seiner Hüfte. Die Schlange, die sich um das Sofa geringelt hat, kneift warnend die schwarzen Augen zusammen. »Knie vor deinem Herrn nieder.«

Ich ignoriere den Befehl. »Jede Nacht bezahle ich dich mit Blut und Schmerz. Jede Nacht. Und im Gegenzug …«

»Du wagst es, dich zu widersetzen?«

Astaroths Zorn lässt die Luft erzittern. Er steht auf. Seine Flügel treiben seinen faulen Gestank zu mir, und er zieht sein Schwert. Teufelchen kichern und ducken sich zu seinen Füßen. Sie hungern nach meiner Angst.

»Auf die Knie, Casziel, oder ich schicke eine ganze Horde meiner Diener zu deiner hübschen kleinen Lucy. Dann kannst du die restlichen Tage auf Dieser Seite dabei zusehen, wie sie dem Wahnsinn anheimfällt.«

Obwohl er abgemagert und verrottet aussieht, ist Astaroth mächtiger als ich. Eine Tatsache, die ich mir in ein paar Tagen zunutze machen werde, aber jetzt muss ich mich hüten.

Ich beiße die Zähne zusammen und zwinge mich, das Knie zu beugen.

»Schon besser.« Astaroth lässt das Schwert sinken. »Deine fortwährende Wertschätzung dieser Menschenfrau ist ein Unglück für unsere dunklen Ziele.«

Ich hebe den Kopf. »Deber und Keeb.«

Astaroth grinst höhnisch. »Was ist mit ihnen?«

»Wir haben einen Pakt geschlossen. Lucy wird nicht angerührt.«

»Was die Zwillinge tun, geht mich nichts an.«

»Du hast sie auf Diese Seite geholt.«

»Brauchen sie meine Hilfe beim Übergang? Außerdem sind sie die Dämonen des Mädchens. Unsere Abmachung betrifft nur dich und mich, Casziel. Aber wir können die Bedingungen auch ändern, wenn du das wünschst.«

Ich beiße die Zähne zusammen. »Was willst du?«

»Du kennst mich gut genug, mein süßer Prinz.« Astaroths Worte werden von seinem fauligen Atem getragen. Er klopft gegen das Heft seines Schwerts. »Ich will immer nur eins.«

Ich nehme meine menschliche Gestalt an, dann krempele ich den Ärmel hoch, um die vier ausgebrannten Schnitte an der Innenseite meines Handgelenks zu entblößen, die die Tage auf Dieser Seite zählen. Astaroth fügt einen fünften hinzu.

»Ganz offensichtlich genügt diese Bezahlung nicht mehr«, sagt er, während er sich noch über mich beugt. »Du hast vergessen, wem du dienst. Wenn du willst, dass deine Lucy in Sicherheit ist, wirst du mir erlauben müssen, dich daran zu erinnern.«

Meine schwache menschliche Gestalt zittert gegen meinen Willen. »Dann werden die Zwillinge sie nicht mehr anrühren?«

»Das kann ich arrangieren.«

Das Versprechen eines Dämons … wertlos. Aber ich habe

keine Wahl. Mein Herzschlag stockt, als ich Jacke und Hemd ausziehe und den Kopf beuge. Halb erwarte ich, dass Astaroth ihn mir mit dem Schwert abhackt und mich ins Nichts der Auslöschung schickt.

Noch nicht. Noch nicht …

Er tauscht sein Schwert gegen einen gekrümmten Dolch. Der Raum ist feucht, die Luft legt sich kalt und widerlich auf meine vernarbte Haut, während Astaroth um mich herumgeht. Er nimmt sich Zeit. Kostet meine Angst aus. Die Teufelchen geifern und winseln in den zuckenden Schatten der einen Kerze. Der Dolch beginnt hellgelb zu glühen. Ich spüre die Hitze der Klinge, bevor Astaroth sich für ein Zeichen entscheidet.

Dann ist da nur noch brennender Schmerz.

Wieder und wieder drückt er den Dolch in meinen Rücken, schneidet und brennt. Zerstört die Haut zwischen meinen Schulterblättern, auf der bisher keine Narbe gewesen war.

Ich muss nicht sehen, was Astaroth tut, um zu wissen, dass er mich mit seinem Zeichen brandmarkt. Ein Pentagramm, eingefasst in senkrechte Linien mit Kreisen an den Enden. Weitere Linien gehen waagerecht davon aus, spalten sich und drehen sich beidseitig ein. Ich halte die Schreie, nach denen er giert, hinter den zusammengebissenen Zähnen zurück, bis es nicht mehr geht.

Dann gebe ich auf.

Ich gebe ihm meinen Schmerz, werfe den Kopf zurück und lasse ihn raus, damit Astaroth ihn trinken und verschlingen kann. Die Minuten dehnen sich aus, und die entsetzlichen Qualen bringen mich in die Nacht in der Zikkurat zurück, wo ich verprügelt und gefoltert wurde bis an den Rand des Todes. Diesen Schmerz konnte ich ertragen, aber er ist verbunden mit dem Anblick meiner Familie, die nacheinander stirbt.

Bis *sie* an der Reihe ist.

Erst als sie stirbt, schreie ich. Weil ich alles verloren habe und nie zurückbekommen werde.

Als Astaroth mit mir fertig ist, dringt der Schmerz langsam durch die Haut bis in mein Herz. In dessen schwarzer Hülle ist auch nach all diesen Jahren noch zartes Fleisch. Der Teil von mir, der sich an das Leben klammert, das sie und ich einmal hatten.

Die Liebe …

Ambri wartet auf mich, als ich aus dem Hinterzimmer komme. Ich habe wieder meine Dämonengestalt angenommen und lasse den Schmerz der Brandmarkung für den Augenblick schlafen. Sobald ich mich wieder in meine menschliche Gestalt verwandle, wird er um ein Vielfaches schlimmer erwachen. Der neue Schnitt an meinem Arm wird sich anfühlen wie ein Kuss.

Mein Stellvertreter ist klug genug, so zu tun, als hätte er meine Schreie nicht gehört. In der Tat wenden alle Dämonen in der Taverne den Blick ab.

Bis auf einen.

Ein rangniederer Fürst spielt mit einem anderen Dämon Karten. Er sieht weg, aber für meinen Geschmack zu langsam. Die Karten fallen ihm aus den zitternden Händen, als er meine Aufmerksamkeit bemerkt.

»Guten Abend, Druj«, sage ich. »Kann ich mir deinen Dolch leihen?«

»Casziel, Herr. Ich wollte nicht …«

»Deinen Dolch, Druj.«

Er zieht ihn aus der Schärpe um seine Hüfte und gibt ihn mir. Sein Freund lehnt sich auf dem Stuhl zurück und hebt seine Karten hoch wie einen Schild. Ohne ein Wort fasse ich den Dolch an der Spitze, drehte ihn behände um und ramme ihn in

Drujs einziges Auge. Bräunlich grünes Ichor spritzt über den Tisch. Sein Kumpan wirft die Karten mit einem Seufzen hin. »Schade. Wär ein gutes Spiel geworden.«

Ich beuge mich zu Druj vor. »Hab ich mich verständlich ausgedrückt?«

Der Dämon nickt, der Dolch nickt mit ihm, dann sinkt Druj tot auf den Tisch und treibt die Klinge noch weiter in seinen Kopf. Eine Blutlache bildet sich.

»Gut.«

Während hinter mir stinkende Rauchschwaden aufsteigen, gehe ich zur Bar. In wenigen Momenten wird Drujs Stuhl leer sein, und er wird sich auf der Anderen Seite wiederfinden, wo er über sein Handeln nachdenken kann.

Ich verziehe höhnisch das Gesicht, um die Anwesenden – eingeschlossen Ambri, der alles aufmerksam beobachtet – daran zu erinnern, wer ich bin. Aber in mir regt sich Abscheu.

»Guten Abend, Herr«, sagte Eistibus, stellt mir ein Glas Wein hin und tauscht auch Ambris gegen ein neues. Der Dschinn entfernt sich weise und überlässt uns unseren Angelegenheiten.

»Du warst gnädig«, bemerkt Ambri. »Der Nachtbringer hätte diese Taverne und jeden Dämon darin bis auf die Grundmauern verbrannt.«

»Ich bin nicht in der Stimmung für deine Bemerkungen, Ambri. Dein Bericht.«

»Wie du wünschst. Guy Baker. Siebenundzwanzig Jahre alt. Abschluss an der Columbia University in Umweltwissenschaften. Ausgezeichnete Leistungen im Studium, spendet für gemeinnützige Zwecke, recycelt …« Ambri grinst schief in seinen Wein. »Reinigt täglich die Zahnzwischenräume, gibt immer zwanzig Prozent Trinkgeld, ruft einmal die Woche seine Mutter an …«

»Ambri.«

»Er ist ekelhaft anständig, will ich damit sagen. Hat ein paar geringere Dämonen. Niemand besonderes.«

»Wen?«

»Diener von Belphegor und Rishk.«

Ich nicke nachdenklich. »Er ist also ein bisschen eitel und tendenziell eifersüchtig. Aber er ist ein guter Mensch?«

»Sieht so aus.« Ambri seufzt. »Eine Schande.«

Guys Licht scheint hell. Und das muss es auch für sie.

»Noch etwas, Herr?«

Ich trinke einen Schluck Wein und hadere mit mir. Einem Dämon zu vertrauen ist nie klug, aber der Aufruhr in meinem Kopf und meinem Herzen ist deutlich menschlich, und Ambri verbringt unverhältnismäßig viel Zeit auf Dieser Seite. Menschen sind sein Spielzeug, auf dem Schlachtfeld und im Bett. Ich würde ihn niemals weich nennen, aber er ist nicht annähernd so blutrünstig wie der Rest der Bruderschaft. Ein Romantiker … wenn man unersättliche sexuelle Lust als romantisch bezeichnen kann.

Ich werde Lucy fragen müssen.

Ein kleines sanftes Lächeln huscht über meine Lippen, und Ambri seufzt.

»Es ist also das Mädchen.«

Es wäre sinnlos, es zu leugnen. »Ja.«

»Wer ist sie? Wer ist diese Menschin, der du während der letzten vier Jahrtausende in jedem ihrer Leben gefolgt bist?«

Wut über seine unverschämte Frage flammt in mir auf und erlischt. Die Lüge verstummt auf meinen Lippen. Ich habe für beides nicht mehr die Kraft.

»Sie ist meine Frau.«

Es laut auszusprechen ist, als würde ich eine Last abwerfen und zugleich einen Fluch auf mich ziehen. Es ist süß auf der Zunge und brennt wie Astaroths Klinge.

Dam-gá. Ttsuma. Shena.

In jeder Sprache das allerschönste Wort, weil es sie beschreibt. Sie hat für ein paar wenige Momente im kurzen Aufflackern meines Menschenlebens mir gehört. Meine Augen schließen sich unwillkürlich, als eine Erinnerung mit Macht in mir aufsteigt. Ihr flehender Blick, ihr geknebelter Mund, die Klinge an ihrer Kehle …

Meine Hand zuckt, das Glas kippt um, und der Wein ergießt sich über die Theke wie Blut.

Eistibus eilt herbei, um die Sauerei aufzuwischen und mir nachzuschenken.

Ambri ist verstummt. Als der Dschinn fort ist, beugt er sich vor. »Und dieser Guy ist dein Geschenk an sie?«

»Ich bezahle eine Schuld, das ist alles.« Ich stütze mich auf die Theke, drehe den Stiel des Weinglases zwischen den Fingern. »Ich beobachte sie, Ambri. Leben für Leben, sie ist immer allein. Sie hat nie einen anderen geliebt. Nicht einen einzigen seit Larsa.«

»Weil sie *dich* liebt.«

Die Brust wird mir eng, meine Flügel spannen sich an und falten sich fest zusammen. »Es ist nichts übrig, was man lieben könnte. Ich bin eine Motte, die gegen eine Lampe fliegt, um an ihr Licht zu kommen. Aber es ist zu spät für mich. Wenn ich sie verlasse, will ich ihr die Chance geben, jemand anderen zu lieben.«

Ambri zieht die perfekten Augenbrauen hoch. »Verlassen? Wie in … *verlassen*?«

Ich nicke.

»Wie? Wer …?« Seine Augen weiten sich. Er weiß, wer. Der einzige Dämon in unserer Sphäre, der mächtig genug ist. Er senkt die Stimme zu einem zischenden Flüstern. »Du willst Astaroth dazu bringen, dich auszulöschen?«

Ich nicke wieder.

Ambri räuspert sich und sagt mit einem falschen Lächeln: »Bist du sicher, Herr, dass dieses Vorgehen weise ist?«

»Ich bin sicher.«

Er schüttelt den Kopf. »Ich habe davon gehört, dass solche unserer Art die Unsterblichkeit für den ewigen Schlaf aufgegeben haben. Ich habe nur nie jemanden getroffen, der dazu bereit war.«

»Ich bin nicht *bereit*«, sage ich. »Es ist die einzige Strategie, die meinen Absichten dient.«

»Absichten, die mich erstaunen. Was ist mit deinen Pflichten auf der Anderen Seite? Hast du den Gefallen daran verloren?«

Ich habe schon vor Jahren den Gefallen daran verloren. Das Feuer meiner Wut und meines Schmerzes ist am Ende und hat nur Asche und verschwendete Jahre hinterlassen. Jahrhunderte menschlichen Elends, die für meine Trauer bezahlt haben. Das sage ich Ambri nicht. Ich kann ihm nicht alle meine Schwächen in einer einzigen Nacht anvertrauen, sonst würde er mich schon aus Prinzip verraten.

»Ich bin müde, Ambri«, sage ich. Das ist wenigstens eine Facette der Wahrheit. »Wenn du so alt bist wie ich, empfindest du vielleicht dasselbe.«

Er schnaubt. »Solange es Schwänze und Mösen gibt, werde ich meine Freude an ihnen haben. Denn das ist alles, was die Menschen für mich sind. Spielzeuge. Gefäße.« Er hebt eine Augenbraue. »Ich frage mich, Herr, ob du das vielleicht vergessen hast.«

»*Du* vergisst, Ambri, dass mein Zorn über die Ermordung eines konkreten *Gefäßes* der Grund dafür ist, dass ich seit Jahrhunderten die Menschheit vernichte.«

»Ja, und es waren ruhmreiche Zeiten.« Ambri stößt mit mir

an. »Aber ich verstehe immer noch nicht den Reiz der Auslöschung. Hält dich hier denn nichts?«

»Nein.«

Er zieht die Schultern hoch, dann sieht er fast wütend aus. »Ich glaube dir kein Wort. Das völlige Fehlen eines Gewissens und jeglicher Konsequenzen macht es herrlich. Was kann es Schöneres geben als ewige Verantwortungslosigkeit? Das aufzugeben für eine Frau …«

Ich werfe ihm einen drohenden Blick zu, und er hebt eine Hand.

»Wenn du fest entschlossen bist, werde ich nicht versuchen, dich umzustimmen«, sagt er ernüchtert. »Dein Geheimnis ist sicher bei mir.«

Ich glaube ihm. Nicht, dass ich eine Wahl hätte. Die Zeit wird zeigen, wie dumm es ist, einem Dämon meine Seele zu offenbaren.

Ich leere das Glas in einem Zug und stelle es hart ab. »Gib mir Geld.«

Ambri runzelt die Stirn. »Wofür?«

Meine Augen weiten sich.

»Ich meine, wie viel brauchst du, Herr?«

»Alles.«

Er wühlt in seiner Jacke und holt ein Bündel amerikanischer Banknoten heraus. Ich nehme alles – nach meiner ersten Einschätzung mehrere Tausend Dollar in Hundertern – und stopfe es mir in die Hosentasche.

Er seufzt dramatisch. »Ich hatte Pläne mit einem hübschen kleinen Flittchen heute Abend …«

Ich schüttele den Kopf; er ist selbst ein dramatisches kleines Flittchen. Ambri hat im Verlauf seiner dreihundert Jahre genügend Wohlstand auf Dieser Seite angehäuft und wird das bisschen, das jetzt in meiner Tasche steckt, nicht vermissen.

Sein freches Grinsen ist bereits zurück. »Ich kann immer noch behaupten, dass ich ausgeraubt wurde. Mitgefühl verschafft einem sicheren Eintritt ins menschliche Herz. Und Bett. Sie lieben es, sich um die Unterjochten zu kümmern … Natürlich nur, wenn sie sich nicht gerade gegenseitig umbringen.«

Ich nicke. Lucy kümmert sich um andere. Selbst in den wenigen Leben, in denen sie aus Verzweiflung mit einem nach dem anderen schlief oder die Leere mit Drogen oder Alkohol füllte, hatte ihr Licht sich nie verdunkelt.

Aber sie leidet so sehr …

Ich hätte mir nie träumen lassen, dass ihre Liebe zu mir so bodenlos ist wie meine zu ihr. Ich hätte nie gedacht, dass meine Schlechtigkeit *sie* zu endlosen Leben in Einsamkeit verdammen würde, in denen sie mich sucht, ohne dass es ihr wirklich bewusst wird. Ich bin vergessen, bis sie stirbt und den Übergang vollzieht. Dann kommen ihre Erinnerungen zurück, und sie ruft meinen Namen. Aber ich befinde mich nicht unter den Gästen des Himmels; ich bin in der Hölle. Dann vergisst sie erneut und beginnt ein neues Leben mit demselben namenlosen Hunger.

Einer Leerstelle in ihrem Herzen, wo ich einst wohnte.

Als ich endlich begriff, dass sie mich nicht aufgeben würde, war es zu spät. Meine Sünden stellen sicher, dass es für mich keine Rettung gibt. Keine zweite Chance. *Ihre* beste Chance, aus diesem entsetzlichen Zyklus befreit zu werden, ist meine Auslöschung. Vielleicht wird ihre Seele dann verstehen, was sie selbst nicht kann: dass unsere Liebe in der Zikkurat gestorben ist.

Und niemals zurückkommt.

SECHZEHN

Casziel kam nicht zurück.

Er war am Mittwochmorgen nicht da, nicht, als ich abends von der Arbeit kam, und er tauchte auch am Donnerstagmorgen nicht auf. Ich ging zur Arbeit, wo wegen Kimberlys anstehenden Flitterwochen und der Katastrophe in Sri Lanka viel zu tun war. Guy war damit beschäftigt, seine Reise zu planen, und Abby machte ständig Andeutungen, dass er mich bitten könnte, ihn zu begleiten.

»Und du wirst natürlich Ja sagen. Du und Guy ... auf engstem Raum zusammen in einem fremden Land. Perfekt, oder?«

Vor einer Woche *wäre* es noch perfekt gewesen. Als wäre meine liebste romantische Fantasie zum Leben erwacht. Stattdessen konnte ich jetzt nur an Casziel denken. Etwas war geschehen, nachdem wir die Karaokebar verlassen hatten, aber ich konnte mich nicht daran erinnern. Wie alles andere, was mit ihm zu tun hatte, schwebte es an den Rändern meines Bewusstseins. *Er* schwebte an den Rändern meines Bewusstseins wie ein stillschweigendes Versprechen. Aber jedes Mal, wenn ich versuchte, die Wahrheit zu verstehen, schien sie mir zu entgleiten.

Ich schleppte mich durch den Arbeitstag, dann beeilte ich mich, nach Hause zu kommen. Meine Wohnung war leer. Ich fragte mich, ob Cas Probleme mit diesem schrecklichen Astaroth hatte. Gott, selbst der Name klang böse und monströs. Oder vielleicht war er auf die Andere Seite zurückgekehrt. Wobei er elf Tage hier hatte, was irgendwie nicht sehr konkret war, wenn ich recht darüber nachdachte.

Er kommt nicht zurück, sagte Deber. *Du langweilst ihn – das Dummerchen Lucy und ihr dummes, ereignisloses kleines Leben.*

Die Stille in meiner Wohnung war ohrenbetäubend. Die Dämmerung wurde zu einer Dunkelheit ohne Sterne, und Cas kam immer noch nicht zurück. Ich machte mir die Reste des Auflaufs warm und zog Schlafshorts und ein T-Shirt an. Mehrmals prüfte ich, ob das Fenster auch offen war, dann legte ich mich ins Bett, um zu lesen. Aber zum ersten Mal fesselte mich die Liebesgeschichte nicht, ich kam irgendwie nicht rein.

Ich machte das Licht aus und lag im Dunkeln, versuchte mich zu erinnern, was nach dem Karaoke-Abend passiert war. Meine Gedanken trieben ab, wurden ungreifbar und verschwommen … bis auf die Frau bei der Rückkehr ihres Kriegers. Sie erschien, und ich taumelte am Rand des Schlafs entlang und sah zu, wie sie …

… im oberen Stockwerk auf ihn wartet. Sie hat ihn bereits zusammen mit der Familie begrüßt, wie es sich gehört, und jetzt trommelt ihr Herz, als er mit schweren Schritten das Zimmer betritt. Sie kann kaum sein Gesicht sehen. Das Licht der einzelnen Kerze ist schwach und die Nacht dunkel, aber sie kann spüren, wie seine Augen vor Verlangen brennen. Sie eilt in seine Arme. Er ist echt und wirklich, nachdem er jahrelang nur in ihren Träumen gewohnt hat. Er riecht nach Bier und Schweiß, nach Nelken und Honig. Sein Mund nimmt den ihren in einem rauen Kuss gefangen.

»Es war zu lang«, stöhnt er, seine Hände wandern über ihren

Rücken, seine Finger greifen in ihr volles schwarzes Haar. »Es ist zu lange her. Du bist eine Frau geworden. Götter, ein Schatz …«

Bei seinen Worten singt ihr Herz, ihr Körper sehnt sich nach ihm. Vier Jahre Krieg haben ihm neue Narben, neue Kraft verliehen. Er ist ein steinernes Monument, hart und kräftig, und das war er vorher schon. Sie küsst ihn wild, beißt in seine Lippen, presst sich an ihn.

»Li'ili«, stößt er hervor, und sie fühlt, wie er steif wird zwischen ihren Körpern.

»Vater sagt, wir werden vor Ende des Mondumlaufs verheiratet«, sagte sie, und ihre Hand gleitet hinunter zu der harten Länge unter dem Stoff. Sie reibt darüber und küsst ihn mit wachsender Dringlichkeit. »Aber ich sehne mich jetzt nach dir …«

Er stöhnt und nimmt eine ihrer schweren Brüste in die große Hand, hebt sie an und drückt sie. »Hast du auf mich gewartet, Li'ili?«

»Ich würde auf dich warten, bis die Sonne schwarz wird und die Sterne vom Himmel fallen, Geliebter.«

Der Laut, den er von sich gibt, ist teils Gefühl, teils nacktes Verlangen. Sie keucht, als seine Hand unter ihr Kleid schlüpft. Seine Finger streicheln ihre Öffnung, die feucht und bereit für ihn ist.

»Bist du noch mein?«, flüstert er heiß an ihrem Hals.

»Immer … ki-áng ngu.« Sie drückt sich an ihn, wünscht sich, er würde mit den Fingern in sie eindringen und sie nehmen. »Mein Geliebter.«

»Wir müssen warten«, sagte er und liest wie immer ihre Gedanken. Er nutzt ihre feuchte Erregung, und seine schwielige Hand gleitet über ihre Lustknospe, rau, aber glatt. »Ich werde dich zu meiner Frau machen und mir dann nehmen, was mir gehört.«

»Ja«, stöhnt sie, nimmt seine Unterlippe zwischen die Zähne und saugt. Sie umfasst seinen Schwanz fester. »Und das.« Sie sieht ihn voller Hitze an. »Wird mir gehören.«

Er lässt ein leises Lachen hören, das schnell im Feuer der Lust verbrennt. »Du wilde Frau. Ja, er gehört dir.« Er packt ihre Hüften und zieht sie an sich. »Ich habe von dir geträumt im Krieg. Jede Nacht.«

»Weil du mich liebst«, sagt sie, drückt ihn auf einen Holzstuhl, der mit geschnitzten Raben verziert ist, und setzt sich rittlings auf ihn. »Weil ich dich liebe«, antwortet er mit sanfter Stimme.

Er küsst sie zärtlich. Tief. Dann leidenschaftlicher. Seine Hand ist wieder zwischen ihren Beinen, er streichelt sie. Sie schreit auf und reibt sich an seiner Hand, während sie ihre Hand auf die harte Länge unter seinem Gewand legt.

Sie versuchen, sich gegenseitig zum Höhepunkt zu bringen – so viele Kleider trennen sie. Aber die Augen der Götter sehen zu und halten ihre Segnungen bis zur Hochzeit zurück. Erst in der Nacht werden sie zusammen sein. Verbunden. Komplett.

Endlich ganz ...

Am Freitagmorgen wachte ich blinzelnd auf, mit einer alten – uralten? – Sehnsucht im Herzen und einem heftigen Orgasmus, der noch zwischen meinen Beinen pochte.

»Oh mein Gott.« Ich drückte die Schenkel zusammen, als könnte ich ihn einfangen und festhalten. Nicht nur die körperliche Lust, sondern auch die Liebe, derer ich Zeugin geworden war. Unverhüllt und alles verzehrend. Der Traum war wie die anderen, von denen ich Cas erzählt hatte, aber hundertmal mächtiger und spielte sogar noch früher als der in Japan.

So früh wie ... Sumer?

Ich setzte mich auf. Der Traum und die Lust verblassten. In meinen Gedanken drehten sich die Möglichkeiten, eine jede überwältigender und unvorstellbarer als die davor.

»Es ist, wie er gesagt hat. Seine Existenz dringt in meine ein. Das ist alles.«

Mit einem wahnsinnigen Orgasmus, so ganz nebenbei?

Ich rieb mir die Augen und fühlte mich, als wäre ich am Ende meiner Bereitschaft zu glauben angelangt. Es musste eine plausible wissenschaftliche Erklärung für all das geben, und wenn ich nicht bald mit jemandem redete und aufhörte, um mich selbst zu kreisen, würde ich noch verrückt werden.

»Und das ist die plausibelste Erklärung für alles.«

Es war kurz nach sieben, in London war es ungefähr Mittag. Cole war wahrscheinlich in einem Kurs oder arbeitete an einem seiner Meisterwerke. Ich hasste es, ihn mit meinem Scheiß zu nerven, aber als er nach England gezogen war, hatte er immer wieder gesagt, dass ich ihn jederzeit anrufen könne.

Ich nahm mein Telefon.

»Drei Mal in einer Woche«, sagte Cole mit einem müden Grinsen. »Leider hab ich meinen Zeichenblock nicht in Reichweite. Was ist los, Luce? Alles in Ordnung?«

»Das wollte ich dich gerade fragen. Wilde Nacht?«

Mein Freund war eine Nachteule, aber vor allem, weil er nicht gut schlief. Manchmal überhaupt nicht.

Cole fuhr sich mit der Hand durch das zerzauste hellbraune Haar. »Schlafen kann ich, wenn ich tot bin. Sagt man doch, oder?«

Dann wirst du auch nicht viel Schlaf kriegen.

»Ich wünschte, deine Schlaflosigkeit würde dir 'ne Pause gönnen.«

»Das wünschte ich auch, aber im Moment ist sie ehrlich gesagt nützlich. Die Deadline für die Juni-Ausgabe von *Art for Life* rast auf mich zu wie ein entgleister Zug.«

Cole war Chefredakteur der Studizeitung für bildende Kunst an seiner Uni – eine große Ehre für jemanden im zweiten Jahr des Masterstudiengangs.

»Ich kann ein andermal wieder anrufen, wenn du gerade beschäftigt bist.«

»Nichts da, ich brauch eh 'ne Pause. Und ich will *immer* mit dir reden, Luce.«

Liebe zu meinem Freund erfüllte mich. Er beklagte sich nie, war immer freundlich.

Wenn jemand alles verzehrende Liebe verdient, dann dieser Mann.

»Also, du bist der klügste Mensch, den ich kenne, und ich habe eine Frage. Sie ist ziemlich dumm.«

Dumm. Gott, ich hatte dieses Wort wirklich satt.

»Erzähl«, sagte Cole.

»Glaubst du an Wiedergeburt?«

»Hab nie drüber nachgedacht.«

»Du warst nie neugierig?«

Er zuckte die Achseln. »Ich würd sagen, man kann unmöglich herausfinden, was passiert, wenn wir das Zeitliche segnen. Es ist also sinnlos, sich ernsthaft Gedanken darüber zu machen.«

»Aber viele Leute glauben daran, oder? Es gibt Geschichten von Kindern, die Sprachen sprechen, die sie gar nicht können dürften. Oder von Leuten, die lebendige, detaillierte Erinnerungen an vergangene Leben in verschiedenen Zeitaltern haben, die … als Träume zu ihnen kommen?«

»Kann sein. Aber es gibt auch Geschichten von weißem Licht und von Ahnen, die sich versammeln, um dich im … keine Ahnung wo zu begrüßen. Wie gesagt, niemand weiß es mit Sicherheit. Ist ja nicht so, dass man jemanden fragen könnte.«

Ja und nein …

»Stimmt. Okay, noch eine Frage. Ist an der Zahl Elf etwas besonders? Ich meine … in okkulter Hinsicht?«

»*In okkulter Hinsicht?* Was soll das denn heißen?«

Ich zuckte mit einer Schulter. »Ich meinte nur, ob du von einer speziellen Bedeutung der Elf weißt. Die Sieben bringt Glück, die Dreizehn bringt Unglück, und die Elf ...?«

»*Eleven* ist eine Figur in *Stranger Things*. Süß. Furchtbarer Haarschnitt.«

Ich lachte schnaubend. »Ich meine es ernst.«

»Ich auch«, sagte Cole, und in seiner schwarzen quadratischen Brille spiegelte sich das silbrige Blau seines Laptops. »Aber während wir hier plaudern, sagt mir ein Artikel über Numerologie, dass die Zahl Elf Intuition repräsentiert.« Er las vom Bildschirm ab. »*Sie bittet uns, unsere Sinne zu hinterfragen und empfänglich für versteckte Bedeutungen zu sein.* Ergibt das einen Sinn?«

»Ja, sogar ziemlich viel.«

Er las weiter. »*Die Elf kann auch auf Übertretungen, Indiskretion und Sünden hinweisen.*«

»Sünden? Das steht da?«

»Ja, und da steht auch was davon, von etwas Unbekanntem angezogen zu werden. Etwas Ungeklärtem.«

Das beschrieb perfekt dieses merkwürdige Gefühl von Déjàvu, das ich ständig in Casziels Nähe hatte: etwas Ungeklärtes.

»Was machst du da drüben, Luce?«, fragte Cole und klappte den Laptop zu. »Hältst du Seancen ab? Spielst mit einem Ouija-Brett herum?«

»Nicht ... in den letzten drei Tagen.«

»Lass es. Es ist gefährlich.«

»Ich wusste nicht, dass du an so was glaubst.«

»Tu ich auch nicht. Nicht wirklich. Aber es gibt Energien da draußen, und es ist nicht klug, Dinge aufzurühren, die wir nicht verstehen. Wer weiß, was man dabei weckt?«

»Das ist ein sehr guter Rat«, sagte ich. *Den ich vor einer Woche hätte gebrauchen können.*

»Aber, Luce, du weißt, wie man recherchiert. Du hättest das selbst nachgucken können.«

»Du meinst, du bist nicht gern meine persönliche Suchmaschine?«

»Ich kenne diesen Gesichtsausdruck, und du hast etwas im Sinn. Wie läuft es mit dir und Cas? Oder dir und Guy?«

»Ich bin mir noch nicht sicher«, sagte ich. »Samstag ist die Hochzeit meiner Chefin, und ich habe so ein Gefühl, als würden sich eine Menge *ungeklärter Dinge* da klären.«

»Ist Cas dein Plus-Eins?«

»Ich denk schon. Vielleicht. Aber als Freunde.«

Eine Lüge. Cas würde als Lockvogel mitkommen. Als der Escort, für den Abby ihn hielt. Aber nicht als Freund. Casziel Abisare war nicht mein *Freund*.

Er ist so viel mehr als all diese Dinge. Wenn ich nur wüsste, was.

»Ich gehe davon aus, dass die Angel-dir-Guy-Mission noch läuft?«

Ich zwang mich zu lachen. »Guy hat mich gebeten, einen Tanz für ihn zu reservieren. Ich denke, irgendwas wird passieren.« Cole runzelte die Stirn, aber ich unterbrach ihn, bevor er etwas sagen konnte. »Was ist mit dir? Wie läuft dein Liebesleben?«

»Meins? Mein Liebesleben wird durch die Zahl Null repräsentiert, die darauf hinweist, dass es in nächster Zeit weder Indiskretionen noch Sünden geben wird. Aber das ist meine Entscheidung. Ich habe den Männern abgeschworen.«

»Neeeiin, das geht nicht. Du musst deine Großartigkeit mit *mindestens* einer anderen Person teilen.«

Er lachte. »Ich weiß, was du da gerade gemacht hast. Nee, Typen sind viel zu viel Drama.« Er sah auf die Uhr. »Mist, die Pause ist um. Aber bevor wir auflegen, muss ich *dir* noch eine

Frage stellen. Du bist auf der Hochzeit deiner Chefin. Cas und Guy stehen beide auf der anderen Seite des Raums …«

»Keine Räume. Es ist im Loeb Boathouse im Central Park.«

»Okay, im Boat … – was, ehrlich? *Nice!* Also, Cas und Guy stehen auf der anderen Seite der Bow Bridge. Einer von ihnen kommt zu dir rüber, nimmt dich in die Arme und tanzt mit dir, bis die Sonne aufgeht. Welcher von beiden ist es?«

Meine Wangen wurden warm. »Ehrlich, Cole. Für jemanden, der den Männern abgeschworen hat, bist du ein ziemlicher Romantiker.«

»Du weichst der Frage aus.«

»Es ist komplizierter, als mir lieb ist.« Ich zupfte an meinem zerschlissenen Sofakissen. »Eines Tages werde ich dir alles erklären. Wenn es weniger durchgeknallt wirkt.«

»Okay, ich lass dich in Ruhe, denn diese Zeitschrift, die niemand liest, gibt sich nicht selbst heraus. Hab dich lieb.«

»Ich dich auch.«

Ich warf ihm eine Kusshand zu, beendete FaceTime und machte mich für die Arbeit fertig. Ich fühlte mich besser, nachdem Cole mir in unserem Gespräch eine gesunde Dosis Realität eingeimpft hatte. Ich nahm die Tüte von Macy's mit dem Kleid, das ich für Kimberlys Hochzeit gekauft hatte. Abby meinte, es wäre für Guy nicht verführerisch genug, also würde ich es in der Mittagspause gegen etwas Besseres umtauschen.

Ist mir so wichtig, ob Guy mein Kleid gefällt?

Das musste es. Für Casziel. Der Erfolg unseres großen Plans war notwendig für seine Erlösung. Aber …

»Wenn ein Guy im Wald umkippt, und niemand hört es …?«

Ich schnaubte. In blöden Nerd-Witzen war ich gut, aber der Traum hing mir noch nach und flüsterte mir Möglichkeiten ins Ohr.

Unmöglichkeiten, beharrte ich. *Er ist ein Dämon, und ich …*

Ich wusste nicht, was ich war. Jemand mit einer kleinen flackernden Kerze in einer großen dunklen Höhle – ich sah immer nur einzelne Bereiche, und in der Dunkelheit schien etwas so viel Größeres verborgen zu sein. Das schmerzliche Gefühl von Verlust, das ich mit mir herumtrug. Meine endlose Suche nach Liebe in den Büchern.

Wissenschaftlerinnen suchen nach Wahrheit, aber was, wenn die Wahrheit zu verrückt ist, um sie zu glauben?

Im Büro ging es zu wie in einem Bienenstock. Schon vor neun Uhr hatte ich einen Stapel Unterlagen auf meinem Schreibtisch, Logistik, die ausgearbeitet werden musste. Guy Baker kam mit einem Ladeverzeichnis für seine Fahrt nach Sri Lanka. Sein Lächeln war so warm wie immer, aber er blieb nicht zum Plaudern. Es war, als hätte er niemals betrunken für mich gesungen.

Wahrscheinlich wünscht er sich, er hätte es gelassen.

Jana beugte sich über die Trennwand ihres Schreibtischs, nachdem er weg war. »Was machst du in der Mittagspause?«

Ich tippte mit dem Fuß gegen die Macy's-Tüte. »Das Kleid zurückgeben und ein neues kaufen. Befehl von Ms Taylor.«

Jana schürzte die Lippen. »Soll ich dich begleiten?«

»Äh … warum nicht. Wenn du willst.«

»Ich will.«

Mittags gingen wir los zum Kaufhaus, aber Jana führte mich zuerst in ein griechisches Deli, das auf dem Weg lag.

»Lass uns was essen«, sagte Jana. »Ich hab Hunger, wie üblich. Und glaub niemandem, der dir sagt, solange du stillst, kannst du essen, was du willst, ohne zuzunehmen. Alles Lügen.«

Ich brachte ein Lächeln zustande und wartete, dass die Angst sich in meinem Magen breitmachte. Was sie sonst immer tat bei der Aussicht, jemandem – auch noch beim *Essen* –

gegenüberzusitzen und mich, möglichst ohne mich zum Narren zu machen, durch ein Gespräch kämpfen zu müssen.

Aber statt mir wie sonst den Magen zusammenzuziehen, war die Angst nur ein leichtes Kneifen. Ich hatte ein Abendessen mit Guy und Abby überlebt, und die Tatsache, einen Dämon als zeitweiligen Mitbewohner zu haben, machte ein Mittagessen mit einer Kollegin wahrscheinlich zu einem Kinderspiel.

Wir bestellten am Tresen – das Deli roch nach frisch gebackenem Blätterteig, den der Besitzer selbst machte – und nahmen unsere Nummer zu einem Tisch am Fenster mit.

»Also«, sagte Jana, und der Blick aus ihren blauen Augen war direkt, aber warm. »Wir arbeiten seit zwei Jahren zusammen, und das ist das erste Mal, dass wir uns außerhalb der Arbeit sehen. Abgesehen von Abbys Umstylingaktion.«

»Ja, stimmt wohl.«

»Ich will dich nicht in Verlegenheit bringen. Ich bin genauso schuld …«

»Nein, bist du nicht«, sagte ich. »Du hast mich ein paarmal gefragt, ob ich mitkomme zum Mittagessen oder mit dir einen Kaffee trinke, aber ich war immer zu schüchtern, um Ja zu sagen.«

Sie lächelte. »Ich freue mich, dass du jetzt Ja gesagt hast. Aber ich will nicht, dass du dich wegen deiner Schüchternheit unbehaglich fühlst. Oder bist du einfach introvertiert? Oder beides? Gibt es überhaupt einen Unterschied?«

»Den gibt's«, sagte ich. »Introvertierte Menschen hassen es nicht, unter Leute zu gehen, aber sie ziehen mehr Energie daraus, allein zu sein. Früher konnte ich auf Partys gehen und mich unterhalten und Spaß haben, aber es hat mich mental angestrengt.«

Ein Kellner brachte unser Essen und ging wieder.

»Und Schüchterne?«, fragte Jana und biss von einem der gefüllten Weinblätter ab, die wir uns teilten.

»Schüchternheit ist eher wie Angst. Oder Unsicherheit. Sie kommt von …« *Dämonen.* »Wahrscheinlich grübelt man zu viel. Ich habe meinen Frieden damit gemacht, introvertiert zu sein, aber die Schüchternheit hat mich isoliert.«

Ich stocherte in meinem Salat herum. Die Jahre dieser Isolation standen mir plötzlich vor Augen, und ich konnte jede Sekunde derselben spüren.

»Manchmal fühle ich mich so einsam, und die Stille ist so laut, dass ich Liebesromane lese, bis ich Kopfweh davon kriege, und ich *grüble*, bis es sich anfühlt, als würde ich in mir bohren. Wie bei einer Ausgrabung. Als würde ich nach Erinnerungen graben, die ich nicht habe, so sicher bin ich, mehr zu sein als das hier. Ich weiß es einfach. Aber ich finde nichts. Was auch immer da ist, es bleibt immer außer Reichweite. Ich werfe einen Stein in den Brunnen meines Herzens und lausche, ob er auf irgendetwas Wirkliches trifft. Aber das tut er nie.«

Blinzelnd tauchte ich aus diesen Gedanken auf und sah, wie Jana mich mit offenem Mund ansah.

»Oh Gott, sorry«, sagte ich, und meine Wangen fingen an zu glühen. »Keine Ahnung, wo das herkam. Ich … hab dich einfach vollgelabert.«

»Das ist okay«, sagte sie. »Es ist *wirklich* okay. Weil das kein dummes Rumgelaber war, was ich hasse, sondern ein richtiges Gespräch. Ich fühle mich irgendwie geehrt, dass du mir das erzählt hast. Es hat sich ein bisschen angehört, als wenn es mal rausmusste.«

Ich nickte. Sie hatte recht; und noch vor einer Woche wäre ich glatt aus dem Restaurant gerannt, wenn ich so viel von mir preisgegeben hätte.

»Danke, dass du mich nicht aufgegeben hast.«

»Würd ich doch nie.« Jana lächelte freundlich. »Darf ich dich was fragen? Du hast gesagt, dass du *früher* auf Partys gehen konntest. Wann hat sich das geändert? Ich weiß, dass dein Vater gestorben ist, und das tut mir so leid, Luce. Ich weiß nicht, ob ich das je gesagt habe.«

»Hast du.« Ich erwiderte ihr Lächeln. »Aber es war schon davor. Es war …«

Ich suchte in meiner Erinnerung, versuchte einen Augenblick oder ein Ereignis zu finden, das mich dazu gebracht haben könnte, mich wie die sprichwörtliche Schnecke in ihr Haus zurückzuziehen. Es war, bevor Dad gestorben war. Vor vielen Jahren. Vor Jahrhunderten sogar …

»Es ist nach und nach passiert«, sagte ich. »Die negativen Stimmen in meinem Kopf wurden lauter, und ich war es irgendwie immer mehr leid.«

»Was warst du leid?«

Dass ich ihn nicht hatte.

Der Gedanke war aus einem tiefen Winkel meines Bewusstseins aufgestiegen wie eine Flamme, um die Leere in mir auszuleuchten. Gleich danach kam der Traum von der Frau und ihrem Krieger wieder hoch, und ich fragte mich, ob der wirklich nur ein Relikt von Casziels Erfahrungen sein konnte.

»Der Grund, weshalb ich frage …« Jana runzelte die Stirn. »Bist du okay?«

»Oh, äh … ja.«

»Du siehst ein bisschen blass aus.«

»Alles gut. Wirklich.« Ich trank einen Schluck Wasser. »Was wolltest du sagen?«

»Okay, also … das klingt jetzt vielleicht von oben herab, also sag mir ruhig, dass ich den Mund halten soll – aber ich hab irgendwie Muttergefühle dir gegenüber.« Jana lachte und sah ein bisschen verlegen aus. »Bestimmt wegen der Babyhormone, aber als du gesagt hast, dass du am Montag eine Idee vorstellen willst, bin ich fast geplatzt vor Stolz. Und ich will wirklich unbedingt sehen, was du machst, weil ich darauf wetten würde, dass es großartig ist.«

Die Präsentation. Montag. Die Arbeit. Das war das echte Leben.

»Danke«, sagte ich zu Jana. »Ich weiß nicht, ob meine Idee so gut ist. Es kommt mir vor, als würde etwas fehlen, aber ich werd's trotzdem versuchen.«

»Dann lass hören«, sagte sie und pickte mit der Gabel ein Stück Gyros auf. »Wir machen eine Generalprobe.«

»Okay. Wenn du willst ...«

»Ich will.«

Ich erzählte Jana von meiner Idee mit den Schuhen, während sie aß und ihre Augen immer größer wurden.

»Wow, Luce ...«

»Es ist nicht unbedingt neu«, sagte ich. »Andere Firmen machen auch nachhaltige Kleidung, aber ...«

Jana nickte, während sie einen Schluck Wasser trank. »Armbänder und so was, ja, aber nicht Schuhe. Funktioniert das? Ich meine, geht der Schuh nicht auseinander?«

Ich nickte. »Das habe ich recherchiert. Statt echtes Gummi zu verwenden, kann man aus Plastik synthetische Gummipolymere herstellen. Es wär ja Quatsch, die Wälder auszubeuten, um die Meere zu retten.«

»Ich finde es genial. Aber du hast recht. Es fehlt etwas.«

»Und zwar?«

»Prominente Unterstützung.« Sie beugte sich vertraulich vor. »Mein Mann spielt Golf in Douglaston. Seit Wyatts Geburt darf er nur noch einmal pro Monat. Aber weißt du, wer sein liebster Golfkumpel ist?«

»Keine Ahnung.«

»Jason Lemieux. Der ist Agent für Spitzensportler. Hat einen Haufen wichtiger Klienten unter Vertrag. Wie zum Beispiel Kai Solomon.«

»Äh …«

»Der Tennisstar! Hat die Australian Open und danach noch ein paar andere Turniere gewonnen.« Sie hob eine Augenbraue. »Verstehst du, worauf ich hinauswill? Ich überrede meinen Mann, Jason zu überreden, seinen Klienten zu überreden, deinen Schuh zu bewerben.«

»Da ist ziemlich viel Überredung nötig«, sagte ich und lachte.

»Denk an die Möglichkeiten. Die Strahlkraft. Je mehr Schuhe wir verkaufen …«

»… desto mehr von dem verdammten Plastik wird neu verwertet. Und jeder Penny Gewinn fließt direkt wieder in die Säuberung der Meere.« Ich schockierte mich selbst damit, dass ich die Hand für ein High Five hochhielt und Jana mich abklatschte. »Du musst es mit mir zusammen präsentieren.«

Sie schüttelte den Kopf. »Nein, nein. Das ist dein Baby. Bis Montag kriegen wir Jason ohnehin nicht an Bord. Das ist allein deine Idee.«

Bei dem Gedanken hätte ich eigentlich das große Kribbeln kriegen müssen, aber die Furcht in meinem Magen war völlig verschwunden.

Nehmt das, Deber und Keeb.

»Können wir jetzt über das hier reden?« Jana stieß die Macy's-Tüte unter dem Tisch an. »Ist das Kleid wirklich so altbacken?«

»Na ja …«

»Zeig doch mal.«

Ich wischte mir das Olivenöl von den Fingern ab, holte das Kleid aus der Tüte und hielt es hoch.

Jana schürzte die Lippen und legte leicht tadelnd den Kopf schief. »Luce, es ist wundervoll. Und vor allem gefällt es dir wirklich, oder?«

»Ich finde es irgendwie perfekt.«

Jana klopfte sich die Hände ab. »Tja, da wir uns jetzt nicht in die Schlange vorm Rückgabeschalter stellen müssen, haben wir noch Zeit für Nachtisch.«

Ich grinste. »Da hast du wohl recht.«

Nach einem starken griechischen Kaffee und einem geteilten Stück Baklava umarmte mich Jana. »Lass uns das mal wiederholen. Bitte!«

»Das wäre schön.« Ich hielt die Tüte hoch. »Ich wohne ganz in der Nähe. Ich bring das kurz zurück und hänge es auf, damit es morgen nicht knitterig ist.«

»Sehr gute Idee. Wir sehen uns im Büro.«

Wir trennten uns, und ich machte mich auf den Weg nach Hause. Als ich bei mir auf dem Hof anlangte, blieb ich abrupt stehen. Casziel saß auf der untersten Stufe der Treppe zu meiner Wohnung, den Kopf gesenkt, die Arme auf die Knie gestützt.

Das erste Gefühl, das mich durchfuhr, war Unruhe, weil er aussah, als hätte er schreckliche Schmerzen.

Das zweite war eine überwältigende, ungerechtfertigte Freude, dass er noch hier war.

Bei mir.

SIEBZEHN

Ich setzte mich neben Casziel und stellte die Tüte ab. »Was ist passiert?«

Als er nicht antwortete, nahm ich seinen linken Arm und rollte vorsichtig den Ärmel des schwarzen Henleyshirts hoch, in dem er genauso umwerfend aussah, wie ich angenommen hatte. Sieben ausgebrannte Schnittwunden zogen sich jetzt über seinen Arm. Eine davon war neu, die Haut krebsrot.

»Das ist nicht richtig. Es ist schrecklich. Cas, ich …« Ich legte die Hand auf seine Schulter, und er zuckte unter der Berührung zusammen. »Da ist noch mehr?«

Er lächelte grimmig. »Ein kleines Souvenir.«

Ich zog den Ausschnitt des Shirts runter und unterdrückte einen Schrei. Etwas war in seine Haut gebrannt. Ein Brandzeichen.

Zorn brannte jetzt auch in mir, heiß und schnell. »Komm. Wir werden das versorgen.«

»Lass es, Lucy.«

»Sicher nicht. Es ist falsch. Einfach nur falsch.«

Ich bot ihm die Hand, und er ließ sich von mir auf die Füße ziehen. Drinnen warf ich die Tüte auf den Boden und führte ihn zur Couch.

»Zeig es mir.«

»Du willst das nicht sehen.«

Wenn ich von dem Wenigen ausging, was ich bis jetzt zu Gesicht bekommen hatte, stimmte das wahrscheinlich, aber ich sah ihn fest an. Er gab mit einem kleinen Lächeln nach, schüttelte den Kopf bei einem Gedanken, den er mir nicht mitteilte, und fing an, sich das langärmlige T-Shirt auszuziehen. Er zuckte zusammen und zischte einen Fluch.

»Ich helfe dir.« Ich stellte mich vor ihn. »Arme hoch.«

Er gehorchte, und ich fasste um seine Taille herum und zog vorsichtig, um den Stoff vom Rücken wegzuhalten, das Shirt hoch. Einen Momentlang verdeckte es sein Gesicht, dann war es weg und hatte seine dunklen Locken durcheinandergebracht. Wir sahen uns an, mein Mund war nur Zentimeter von seinem entfernt, seine nackte Brust berührte meine Brüste.

Hitze durchfuhr mich, die Art Hitze, von der ich jahrelang in Liebesromanen gelesen, die ich aber nie selbst gespürt hatte. Vor allem nicht mit Jeff Hastings im College. Unser peinliches Gefummel war eine Kerze gewesen im Vergleich zu der feurigen, instinktiven Reaktion meines Körpers auf Casziel. Ihm so nah zu sein, so dicht an seiner nackten, vernarbten Haut, entfachte so schnell meine Lust, dass mir der Atem stockte. Wie die Frau im Traum zitterte ich vor Vorfreude und schmerzlichem Verlangen und sehnte mich nach einem Höhepunkt, der sich seit Jahren aufbaute …

Einen Herzschlag lang atmeten wir dieselbe Luft, dann trat ich zurück. Aber ich konnte nicht aufhören, ihn anzustarren. Ich weidete mich an seinem Anblick, den festen Muskeln seines Bauchs, den gewölbten Schultern, den Armen, die schmaler wurden bis zu den klar definierten, mit Adern überzogenen Unterarmen.

Ich legte die Hände auf seine Schultern, um ihn umzudrehen – eine lächerliche Ausrede, um ihn anfassen zu dürfen –, und ein Schrei blieb mir in der Kehle stecken. All mein Verlangen war durch dieses Grauen ausgelöscht. Ein Pentagramm von der Größe eines flachen Tellers war ihm in den Rücken gebrannt worden, zerteilt von merkwürdigen Linien und anderen Formen. Seine Haut war gerötet und wund und schwarz an den Rändern.

»Mein Gott. Was ist das?«

»Astaroths Zeichen. Eine Erinnerung, wem ich diene.«

Ich schluckte schwer und blinzelte die Tränen weg. »Das muss versorgt werden. Und der Arm auch. Das ist ein menschlicher Körper, der verwundet werden kann. Er *wurde* verwundet, und du musst dich darum kümmern.«

»Wenn du darauf bestehst, Lucy Dennings.«

Er klang besiegt, aber vielleicht war es nur der Schmerz. Ich eilte ins Bad und kam mit einer Tube antibiotischer Salbe zurück. Ich setzte mich auf die Couch, und Casziel kniete sich mit dem Rücken zu mir auf den Boden. So sanft, wie ich konnte, trug ich die durchsichtige Salbe auf die merkwürdigen Linien auf. Er hielt still, aber ab und zu zuckten die Muskeln in seinem Rücken und zogen sich zusammen – sein männlicher Körper war so elegant und wohlgeformt.

Und so vertraut.

Ich verteilte die Salbe auf seiner Haut, und ihn zu berühren schürte das Verlangen, das tief in meiner Mitte brannte. Meine Finger wollten sich verirren, seine Narben berühren. Ich sehnte mich danach, sie zu küssen, mich wieder mit den Flächen und Konturen seines Körpers vertraut zu machen, so lebendig war das Gefühl, dass ich ihn schon gekannt hatte – und sehr viel näher. Der Traum der Frau, die sich mit ihrem Krieger vereinte, schwebte in der aufgeladenen Luft zwischen uns wie ein

Geheimnis, das darauf wartete, gelüftet zu werden. Oder die sprichwörtliche Tür nach Narnia, durch die ich hindurchgehen musste …

Du traust dich ja doch nicht, Lucy, Dummerchen. Bleib bei deinen Büchern.

Ich blinzelte, vertrieb die Gedanken und Debers Unterstellungen und versorgte weiter Casziels Rücken.

»Du musst eigentlich ins Krankenhaus, aber das kommt wahrscheinlich nicht infrage.« Ich nahm seinen Arm und trug auch Salbe auf die neuen Schnitte dort auf. »Warum tut er dir das an?«

»Er nährt sich von dem Schmerz, der entsteht, wenn er diesen menschlichen Körper verletzt«, sagte Casziel. »Und er will mich daran erinnern, dass ich in menschlicher Gestalt verwundbar bin.«

»Kann er … dich umbringen? Ich meine … schlimmer, als dich auf die Andere Seite zu schicken?«

Cas antwortete nicht, und der Berg des Ungesagten zwischen uns türmte sich bis in wacklige Höhen. Ich legte die Salbe auf den Tisch.

»Willst du etwas essen? Oder vielleicht fernsehen, um dich vom Schmerz abzulenken?«

»Solltest du nicht bei der Arbeit sein?«

»Ich nehme mir den Rest des Tages frei.« Ich holte das Handy aus meiner Tasche, um im Büro anzurufen. »Seit Dad gestorben ist, war ich nicht ein Mal krank oder hab mir einen freien Tag genommen. Sie werden schon einen Nachmittag ohne mich auskommen.«

Und du hast nur noch ein paar Tage auf dieser Seite.

Der Stich in meinem Herzen war mir auch vertraut. Die Frau in Japan. Das Mädchen in Russland. Beide hatten das Gefühl gehabt, etwas Realem sehr nahegekommen zu sein, nur hatte es – er – sich dann in Luft aufgelöst. Wie ein Traum …

Ich rief auf der Arbeit an, dann hängte ich das Kleid für die Hochzeit auf. Ich ging zur Couch zurück, loggte mich bei Netflix ein und scrollte durch die Serien.

»Siehst du irgendwas, worauf du Lust hast?«

Cas neigte den Kopf. »*Schitt's Creek*?«

»Es ist die beste Serie aller Zeiten. Ich hab alle Staffeln dreimal gesehen.«

»Warum?«

»Weil sie etwas Besonderes ist. Und das finden viele. Urkomisch, aber auch total süß.« Ich klickte mich durch die Folgen. »Es geht um eine wohlhabende Familie, die alles verliert und dann zu lieben und zu schätzen lernt, was sie aneinander hat, und dass sie auf all die Arten reich ist, die wirklich zählen. In der dritten Staffel lernt David Patrick kennen und, oh mein Gott … Ihre Liebesgeschichte ist so wunderschön.«

Ich sah zu Casziel, der mich anblickte, und lachte verlegen. »Ich weiß, ich weiß. Ich und meine Liebesgeschichten. Aber ich liebe diese Serie wirklich. Hast du Lust?«

Er zuckte die Achseln, und ich machte irgendeine Folge an, vor allem, um die Stille zwischen uns zu füllen. Es war die, in der Johnny davon träumt, wie das Leben der Roses war, bevor sie all ihr Geld verloren hatten.

Natürlich musste ich die Traumfolge aussuchen.

Dann plötzlich schien es mir, als würde ich Pfeifenrauch riechen, und ich wappnete mich.

»Leben wir mehr als ein Leben?«, platzte ich heraus.

Cas zögerte den Bruchteil einer Sekunde. Niemand außer mir hätte es bemerkt. Eine leichte Anspannung des Mundes. Ein Wimpernschlag, dann war es wieder weg.

»Nein. Wie diese Dichterin sagt, hat man nur ein wildes

und kostbares Leben.« Er lächelte, aber es sah gezwungen aus. Schmerzlich. »Und das ist die Frage, Lucy Dennings. Was wirst du mit dem Rest deines einen Lebens anstellen, wenn ich weg bin?«

»Ich … Ich weiß es nicht«, sagte ich. Seine letzten Worte wehten wie ein kühler Wind durch mich hindurch. »Zuerst die Präsentation am Montag. Hoffentlich greift das Team meinen Vorschlag auf, und wir befreien die Meere von noch mehr Plastik. Auch wenn es irgendwie ist, als würde man die Titanic mit einem Teelöffel ausschöpfen wollen. In dreißig Jahren wird es mehr Plastik im Wasser geben als Fische. Neunzig Prozent der Seevögel haben in irgendeiner Form Plastikmüll verzehrt. *Neunzig* Prozent. Es zerreißt einem das Herz.«

»Eine Tragödie.«

Ich stieß ihn gegen die Schulter. »Es ist wirklich eine Tragödie. Und die meisten Menschen würden zustimmen, aber das Problem ist so riesig. Es ist schwer, das ganze Ausmaß zu begreifen.«

»Und du wirst es dir zur Lebensaufgabe machen, ihnen zu zeigen, wie das geht«, sagte Cas mit dem Blick auf den Fernseher. »Du wirst Guy heiraten, und ihr werdet Kinder hervorbringen und zusammen die Welt retten.«

»Das ist ein bisschen anmaßend«, sagte ich und schob mir die Haare hinters Ohr. »Ich meine … ich weiß nicht, was morgen auf der Hochzeit oder danach passieren wird. Ehrlich gesagt, mache ich nur deinetwegen bei unserem Plan mit.«

Sein Kopf fuhr zu mir herum. »Meinetwegen? Was ist mit dir? Was ist mit deinen romantischen Fantasien? Du hast Guy jahrelang aus der Ferne geliebt …«

»Ich habe ihn nicht *geliebt*. Ich war irgendwie in ihn verknallt, aber ich kenne ihn gar nicht. Es ist eher die *Vorstellung* von ihm als die Realität.«

»Aber wir haben das Eis gebrochen, wie man sagt. Er hat in dieser Bar für dich gesungen. Er freut sich darauf, dich morgen zu sehen. Du wirst ihn kennenlernen und sehen, dass er ein guter Mann ist.«

Ich runzelte die Stirn. »Woher weißt du das?«

»Seine Dämonen sind schwach. Sein Licht ist hell. Er ist deiner würdig, Lucy Dennings.«

Ich wusste nicht, was ich sagen sollte. Bloß, dass Guy so weit weg war und ich nur an die tickende Uhr dachte, die mir Casziel wegnehmen würde.

»Und wenn ich Guy gar nicht will? Wenn ich … etwas anderes will?«

Cas versteifte sich. »Und was wäre das?«

Ich holte tief Luft. »Ich hatte noch einen Klartraum, wie die Träume von Japan und Russland, von denen ich dir erzählt habe.«

»Okay.«

Sei mutig. Sei mutig.

Ich erzählte ihm den Traum von der Frau und ihrem Krieger. Wie ich die Liebe und das Verlangen zwischen ihnen gespürt hatte.

Als ich geendet hatte, sah Cas mich lange im Schein des Fernsehers an, seine Miene ungerührt.

»Und?«, fragte er schließlich, sein Tonfall eine verschlossene Tür.

Ich wich zurück, als hätte er mir eine Ohrfeige gegeben. Tränen der Enttäuschung brannten in meinen Augen. »Und? Du hast vergessen, dass ich Mesopotamien an der Uni studiert habe.« Ich atmete ein und ließ alles auf einmal raus. »Ich glaube, die Stadt war Larsa, du warst der Krieger, und die Frau war … deine Frau.«

»Wahrscheinlich.«

Ich starrte ihn an. »Mehr hast du nicht zu sagen? Wahrscheinlich?«

»Was soll ich denn sagen?«

Seine herzlose Geringschätzigkeit tat mehr weh, als ich erwartet hatte. Es gab tausend Dinge, die ich ihn gern hätte sagen hören. Um seine Sehnsucht zu stillen und mir zu verstehen zu geben, dass ich nicht verrückt war. Dass da etwas Reales zwischen uns war, was ich mir nicht nur einbildete.

Ich verschränkte die Arme, bemühte mich, dass meine Lippe nicht zitterte. »Warum habe ich diese Träume?«

»Darüber haben wir schon geredet. Wir sind miteinander verbunden«, sagte er, seine Stimme leise und schwer. »Meine Energie fließt in deine Träume …«

»Nein! Was ist mit Japan und Russland? Die hatte ich schon, bevor ich dich kannte.«

»Woher soll ich wissen, wie dein Unterbewusstsein funktioniert, Lucy Dennings?«, sagte er bitter und verächtlich. »Aber wenn ich raten dürfte, würde ich sagen, diese Träume sind Manifestationen deiner Liebesromane. Romantische Begegnungen deiner Heldinnen und Helden.«

Ich schüttelte den Kopf. »Du lügst. Oder zumindest verschweigst du mir was. Du gibst mir das Gefühl, dumm zu sein. Das ist wie … Gaslighting. Ich halte die Wahrheit in Händen, und du bestehst weiter darauf, dass da nichts ist.«

»*Weil da nichts ist*«, zischte Cas mit einem plötzlich aufflackernden Feuer, das gleich darauf wieder erlosch. »Da ist nichts«, sagte er und schüttelte den Kopf. »Nicht mehr.«

Meine Stimme schwankte. »Ich glaube nicht, dass das stimmt.«

Er neigte den Kopf für einen Augenblick, ließ die Schultern hängen. Er stand auf und griff nach dem Langarmshirt. Ich sprang auf die Füße. »Wo willst du hin?«

»Weg. Wo ich immer hingehe.«

»Nein!« Ich riss ihm das Shirt aus der Hand und erschreckte ihn. Erschreckte *mich*. »Nein«, sagte ich sanfter. »Ich will nicht, dass du gehst.«

Eine schwere und undurchdringliche Stille trat ein. Die Serie lief weiter, aber ich hatte nur Augen für Cas, betrachtete jedes Detail an ihm. Seine Wimpern, die so lang und dicht waren. Das scharf konturierte Kinn und die weichen und vollen Lippen. Und die Narben auf seinem Körper, weil er für seine Stadt gekämpft hatte. Für seine Frau. Ich würde alles an ihm vermissen, wenn er fortginge – alles, was ich sehen und berühren konnte, und das andere, bei dem das nicht ging. Die unsichtbaren Teile, die ich so gut zu kennen glaubte.

Ich ließ das Shirt fallen und trat näher.

»So viele Narben.«

Er nickte, sah mich an. »Im Kampf verdient. Bis auf eine.«

»Diese«, sagte ich und berührte den Silberdollar über seinem Herzen.

»Der Todesstoß«, sagte er mit rauer Stimme. »In jener Nacht. Der letzten Nacht.«

Ohne darüber nachzudenken, beugte ich mich vor und drückte einen Kuss darauf. Seine Haut war warm, sein Herzschlag hämmerte an meinen Lippen, ein Echo meines eigenen. Ich bewegte den Mund aufwärts zu der gezackten Narbe in der Nähe seiner Kehle, ich schmeckte seine salzige Haut und seine Würze. Dann wanderte ich noch höher zu seinem Kinn, zu seinem Mund …

»Lucy …«

Seine Stimme war ein Knurren, und er griff in mein Haar, zog meinen Mund von sich weg. Seine Augen funkelten im Halbdunkel, und für den Bruchteil einer Sekunde verharrten wir reglos in diesem köstlichen, herzzerreißenden Verlangen, dann wurde etwas in ihm weich. Gab nach. Und er küsste mich. Wild. Ein kleiner Schrei entfuhr mir angesichts der reinen Ekstase, die meine Sinne überflutete.

Endlich. Nach all dieser Zeit …

Ich öffnete die Lippen, ließ ihn meinen Mund in Besitz nehmen. Mein Krieger, der in mich eindrang und mich nahm. Sein beißender, saugender Kuss, der mich anzog, mich in ihn hineinzog.

Ich legte ihm die Arme um den Hals, küsste ihn leidenschaftlicher, und meine Zunge glitt über die seine mit einer Kühnheit, die ich mir niemals zugetraut hätte. Sein Geschmack … Ich hätte weinen können, ihn wieder zu schmecken. Der Duft seiner Haut in meiner Nase, wie er sich anfühlte unter meinen Händen; es war wie heimzukommen.

Mit einem Knurren trat er meinen klapprigen alten Couchtisch zur Seite, umfasste meine Taille und legte mich auf den Boden. Unsere Körper waren wie Puzzleteile, die endlich ihren richtigen Platz fanden. Er passte perfekt zwischen meine gespreizten Beine, meine Finger gruben sich in sein Haar, als hätten sie es Hunderte Male gemacht. Sein Gewicht auf mir … gleichzeitig neu und vertraut. Neue Lust durchströmte mich, aus all den vielen Leben, jetzt endlich entfesselt.

Ich schlang die Beine um seine Taille, meine Hüften drängten gegen seine, und ich stöhnte, als er sich immer wieder an mir rieb und die harte Länge seiner Erektion durch unsere Kleidung Eingang in mich suchte. Er stützte sich auf einem Arm ab, während er mit der anderen Hand grob mein Kleid hochzog, um an nackte Haut zu kommen. Seine Hand rutschte unter dem Kleid an meinem Oberschenkel hoch bis zu meiner Brust. Er umfasste sie, kniff in den erregten Nippel. Zugleich küsste er mich so brutal und zart, dass seine Kraft – überirdisch und kaum zurückgehalten – mir den Atem nahm.

Vorsichtig wegen der Verbrennungen auf seinem Rücken strich ich über seinen nackten Oberkörper, spürte die Muskeln, die sich bei der Berührung zusammenzogen. Wie eine Verhungernde verschlang ich ihn mit den Händen, ohne jede Angst vor dem mächtigen Verlangen, das meine Berührungen in ihm weckten. Ich wollte es. Ich würde verrückt werden, wenn ich ihn nicht endlich in mir spürte. Mein eigenes Verlangen, das jahrhundertelang geschlafen hatte, erwachte zusammen mit dem reinen Glücksgefühl, dass die einsame Suche nach ihm endlich vorüber war.

Mein Casziel.

Mein Geliebter.

»*Ki-áñg ngu*«, flüsterte ich, und die Worte kamen mir so leicht über die Lippen, als hätte ich sie Hunderte Male gesagt.

Cas erstarrte, dann riss er den Kopf zurück. Seine Augen weiteten sich, sein Blick durchbohrte mich im Halbdunkel.

»Was hast du gesagt?«

»Ich … ich weiß es nicht. Es ist mir so rausgerutscht. Aber ich glaube …«

Ruckartig löste er sich von mir und stand auf, und ich fühlte eine so große Leere ohne sein Gewicht auf mir. Er stand mitten in meiner kleinen Wohnung und starrte mich an, fuhr sich mit der Hand durch die dunklen Locken – eine so unglaublich menschliche Geste, dass mir das Herz wehtat.

Ich stand auch auf. »Cas, das waren wir, oder? In Larsa …«

»Nein. Nein, du kannst nicht … Götter, ich bin so ein Arschloch. Ein leichtsinniges, egoistisches Arschloch.«

»Bist du nicht. Endlich weiß ich, wer ich bin. Warum ich mich gefühlt habe, als würde mir etwas fehlen.« Ich schluckte schwer. »Du warst es. Du hast mir gefehlt.«

»Nein! Nein, Lucy«, sagte er flehentlich. Erschüttert. »Es gibt kein *wir*, weil ich verloren bin. Du musst mich vergessen.«

Er verzog den Mund in grimmiger Entschlossenheit. »Ich sorge dafür, dass du vergisst.«

Er ging einen Schritt auf mich zu, und ich wich zurück.

»Was tust du?«

»Das Richtige. Weil es für mich keine Hoffnung gibt.«

Ich hielt eine Hand vor mich, um ihn abzuwehren, achtete darauf, dass die Couch zwischen uns war. »*Nein*«, sagte ich mit zitternden Lippen. »Du hast mich vorher schon vergessen lassen, oder? Ich erinnere mich ... die Fliegen. Und du, wie du mein Gesicht hältst ...«

Er machte noch einen Schritt auf mich zu, und ich rannte hinter die Kücheninsel. Ich konnte nirgends hin in der kleinen Wohnung.

»Lucy.« Seine Stimme war gequält. »Du verstehst nicht.«

»Ich verstehe sehr gut«, schrie ich. »Jahrelange Einsamkeit. Jahrelang – nein, ganze Leben lang. In denen ich dich wollte. Auf dich gewartet habe. Man hat dich mir weggenommen, und ich werde dich nicht wieder aufgeben. Ich will nichts mehr vergessen ...«

Ich kreischte, als Casziel plötzlich verschwand und in seiner Dämonengestalt wieder vor mir auftauchte. Mit einer Hand packte er meine Handgelenke. Sein großer Körper drückte mich an die Spüle, gefiederte Flügel füllten die kleine Wohnung, während seine schwarzen Augen in meine blickten. Eine kalte, furchtbare Anziehung lag in diesem onyxfarbenen Blick, aber ich drückte mich an ihn, ließ seine Hüften näher kommen.

Seine Augen weiteten sich, und mein Herz pochte, Angst und Verlangen kämpften in mir. Jedes Nervenende sang vor Furcht, selbst als ich mich ihm so anbot. Ich wollte die Berührung, wollte *ihn*. Diesen Dämon, in dem mein Geliebter gefangen war.

Ich war hilflos gegen seine immense Macht, aber in einer tiefen Quelle in mir, die ich bisher nicht gekannt hatte, fand ich Mut.

»Tu das nicht«, sagte ich und begegnete unverwandt seinem schwarzen Blick. »Tu es nicht. Verlass mich nicht. Nicht noch einmal.«

Er schüttelte den Kopf, und in jede Linie seiner zwiespältigen Miene waren Angst und Lust eingebrannt.

»Es gibt keine Hoffnung für mich, Lucy.« Seine Stimme war hart, verriet jedoch auch seinen Schmerz. »Du *wirst* mich gehen lassen. Ich zwinge dich dazu ...«

»*Nein!*«

Ich wand mich, um mich zu befreien, aber er war zu stark. Er legte den Daumen auf einen Punkt zwischen meinen Augen. In seiner Stimme lagen Schmerz und Bedauern, als er die Worte sagte, die ihn mir wieder wegnahmen.

»*Ñeštug u-lu ...*«

ACHTZEHN

Der Schmerz in Lucys dunkelblauen Augen verblasst. Ihr Blick wird aufmerksamer, dann weiten ihre Augen sich vor Angst. Ich bin noch in meiner Dämonengestalt, halte sie im Arm und mit einer Hand noch ihre Handgelenke fest.

»Cas …?«

»*Usa nganu*«, murmle ich. »*Usa nganu.* Schlaf, Geliebte.«

Ihr fallen die Augen zu, und sie sackt in meinen Armen zusammen. Ich ziehe sie an mich und drücke die Nase an ihren Hals, atme ihren süßen Duft. Lange bleibe ich so, spüre ihren Herzschlag, ihren weichen Körper.

Du musst sie gehen lassen.

Sanft lege ich sie aufs Bett und streiche ihr das dunkle Haar aus dem Gesicht. Sie sieht in diesem Leben anders aus, ist in meinen Augen jedoch nicht weniger schön. Und ich kenne sie. Ich würde meine Li'ili in jeder Gestalt erkennen; sie ist ein Teil von mir. Ich sollte aufhören, mich ihr aufzudrängen, aber ich kann nicht. Sie ist meine Schwäche. Das süßeste Laster. Leben um Leben finde und beschütze ich sie.

Ich war dein Rōnin, Lucy. Und dein Shura.

Ich verfluche mich dafür, ihr so viel von uns gezeigt zu haben. Es war keine Lüge, dass meine Existenz in ihre fließt – unsere Seelen sind miteinander verflochten. Aber Hammurapi hat mich vernichtet, als er sie getötet hat, und ich habe mich der Verdammnis ergeben, weil ich sie nicht retten konnte. Sie hat mich flehentlich angesehen, dann haben sie ihr die Kehle aufgeschlitzt …

Jetzt bin ich ein Teufel. Sie ein Engel. Sie wird keine Liebe finden, bis sie von mir befreit ist.

Aber Götter, sie zu küssen …

Selbst nach so vielen Jahrtausenden spüre ich noch ihren Mund auf meinem – weich und süß, warm und feucht. Ich schmecke sie auf der Zunge, spüre ihren Körper, der sich begierig an mich presst und mich in sich aufnehmen *will*. Ich kämpfe gegen den überwältigenden Drang, mich zu ihr ins Bett zu legen, sie zu wecken und zu vollenden, was wir angefangen haben …

Aber ich kann nicht. Ich sollte nicht.

Und Astaroth wartet.

Ich verwandle mich in einen Raben und fliege durch das offene Fenster. Kaum bin ich ein paar Meter von ihrer Wohnung entfernt, als der Schmerz in mir aufwallt und mich zu Boden drückt. Die Wut und die Qualen. Lucy zu küssen und zu berühren hat all das geweckt wie eine schlafende Bestie.

Ich will meine Frau.

Ich ändere die Flugbahn, neige die Flügel und kehre zu dem leeren Hof hinter Lucys Wohnung zurück. Ich nehme meine Dämonengestalt an, lande mit meinen großen Flügeln auf dem Erdboden und krümme und winde mich vor Hass – ich bin befallen von schändlichem Verderben. Ich stoße einen unmenschlichen Wutschrei aus, den lebende Ohren nicht hören können, greife in den Erdboden und packe ganze Handvoll davon. Der Dreck rieselt mir durch die Finger.

»Ihr Leben. Ich habe es mir entgleiten lassen …«

»Meine Güte, sei nicht so dramatisch.«

Ich stehe auf und wirble herum, habe das Schwert schon gezogen … dann unterdrücke ich einen Fluch und stecke es wieder in die Scheide zwischen meinen Flügeln.

»Du schon wieder«, knurre ich.

»Ich schon wieder. Du wirst mich anscheinend nicht los.«

Er lehnt an der Mauer, eine blauweiße Aura leuchtet um ihn herum. Die Hände hat er in seinen Ham-fri Bo-gaad gesteckt, und er trägt einen Hut, den er tief in die Stirn gezogen hat. Zwischen den Zähnen hat er eine Pfeife, und seine klugen, gütigen Augen betrachten mich durch die Rauchkringel.

»Was denkst du?« Er tippt sich an die Hutkrempe. »Ich fand immer, ein Fedora würde den Look gut ergänzen, aber Lucy hat sich stets geweigert, sich mit mir in der Öffentlichkeit zu zeigen, wenn ich ihn aufhatte.« Er lacht leise. »Kinder.«

»Was willst du? Ich bin spät dran für eine Verabredung.«

Sein heiteres Lächeln wird starr. »Um deinen Tribut zu zahlen? Die *Verabredung* kann warten. Ich habe etwas zu sagen, und du wirst zuhören.«

Ich will schon protestieren, aber ich nicke widerstrebend, wie der gehorsame Schwiegersohn, der ich immer war.

»Schon besser. Ich habe nur eine Frage: *Was zur Hölle tust du?*«

Ich hocke mich hin und falte die Flügel zusammen. »Ich tue mein Bestes. Aber ich hätte sie nicht küssen dürfen. Ich hätte gehen sollen …«

»Du hättest bleiben sollen. Du solltest sie lieben. Dich von ihr *lieben lassen.*«

»Ich kann nicht bleiben. Für mich gibt es keine Rettung. Ich habe gelogen. Ich habe sie immer wieder angelogen.«

Er schürzt die Lippen. »Ja, du hast eine ziemliche Gewohnheit daraus gemacht, oder?«

»Eine Gewohnheit?« Ich schnaube. »Ich habe sehr viel Schlimmeres getan, als gelegentlich zu lügen, alter Mann. Das weißt du.«

»Ich weiß, was du getan hast«, stimmt er zu. »Aber ich kenne auch dein Herz. Russland. Japan. All die Leben, an die sie sich nicht erinnern kann. Du warst ihr Schutzengel. Denk einmal *daran.*«

»Dann sag deinem Gott, dass ich auf meine Absolution warte.« Ich erhebe mich, breite Arme und Flügel gen Himmel aus. »Und? Hier bin ich. Ich bin bereit.«

Natürlich passiert nichts. Der Nachthimmel ist still und gefühllos.

Ich lasse die Arme sinken. »Mein *Herz* genügt anscheinend nicht.«

»Sie ist nicht die Einzige, die von Dämonen verfolgt wird«, murmelt er.

»Genug geredet. Geh, alter Mann. Für mich ist es zu spät.«

»Bist du dir sicher?« Er strahlt eine endlose Geduld aus, so stark und lebendig wie die weißblaue Aura. »Umarme sie. Morgen bei der Hochzeit. Tanz mit ihr. Halte sie, und sag ihr die Wahrheit. Hör auf, ihre verdammten Erinnerungen zu löschen. Hör auf, *dich* aus ihrer Erinnerung zu löschen, denn sosehr du es auch versuchst, aus ihrem Herzen kannst du dich nicht ausradieren.«

Ich blicke zu Boden. »Ich kann. Es gibt eine Möglichkeit.«

»Auslöschung?« Er schüttelt ernst den Kopf. »Das ist keine Lösung, Junge. Überhaupt keine Lösung.«

»Dann sag mir, was ich tun soll, Priester. Wie endet es?«

»Natürlich mit deinem Tod.«

Ich unterdrücke einen Fluch und breite die Flügel aus, um abzuheben.

»Casziel«, sagt er und hält mich mit der ihm innewohnenden sanften Autorität auf, derselben, die er auch vor viertausend Jahren schon besaß. »Was ist der Tod, wenn nicht ein neuer Anfang? Und jeder neue Anfang entsteht aus dem Ende eines anderen Anfangs.« Er neigt den Kopf. »Ich glaube, das habe ich mal irgendwo gehört.«

Ich schäume vor Ungeduld, will nicht, dass Hoffnung in der schwarzen Erde meiner Seele keimt.

Für mich wird es keine Anfänge mehr geben. Nur ein Ende. Ein endgültiges Ende.

Er stößt sich von der Wand ab und kommt auf mich zu, seine Aura wird heller, heißer. Brennt mir in den Augen. Wenn ich ihn berührte, würde ich mich verbrennen. Weil ich verdammt bin und er rein. Sein Blick durchbohrt mich. Er hat dunkelblaue Augen wie Lucy. Wie Li'ili. Das dunkle Blau von Lapislazuli, dem göttlichen Edelstein aus Sumer.

Schon damals war er ein heiliger Mann. Und sie ... sie war ein Geschenk der Götter.

»Du warst schon immer zu streng mit dir, Junge«, sagt er. »Und stur! Oh ja! Aber auch gut. Ehrenhaft bis ins Mark. Hammurapi hat versucht, es aus dir rauszufoltern. Astaroth hat versucht, es aus dir rauszubrennen. Die anderen ... sie wollten dich überzeugen, dass es zu spät ist. Aber so etwas gibt es nicht. Vergiss das nicht.« Er tippt sich grinsend an seinen Fedora und sagt mit einer merkwürdigen Stimme: »Ich seh dir in die Augen, Kleiner.«

Dann ist er fort, und ich bin allein, die Nacht undurchdringlich schwarz bis auf die Sterne. Nadelstiche aus Licht. Wie winzige Hoffnungstupfer an einem dunklen Himmel, der sich bis in alle Ewigkeit fortsetzt.

Mein Herz schwillt an vor all den Gefühlen, die ich zu unterdrücken versucht habe. In den letzten Tagen mit Lucy ist Stück für Stück eine Barriere zerbrochen. Die Worte ihres Vaters geben mir eine Hoffnung, die ich nicht verdient habe.

Abe vielleicht hat er recht, und ich muss sie einfach nur lieben …

TEIL III

NEUNZEHN

Ich wachte keuchend auf. In meinem Magen kribbelte es nervös, als hätte ich irgendetwas wahnsinnig Wichtiges verschlafen.

Die Hochzeit …

Ich fuhr hoch und warf einen Blick auf den Wecker. Kurz vor sieben. Ich sank zurück aufs Bett. Ich hatte noch ewig Zeit. Aber irgendwie hatte ich einen schweren Kopf und fühlte mich benommen und verkatert. Sonne fiel durch die Fenster auf Edgar, meine welkende Zimmerpflanze. Ich lag im Bett, obwohl ich gestern Nacht auf der Couch gesessen hatte …

Oder?

Ich versuchte krampfhaft, mich daran zu erinnern, was passiert war. Cas war verletzt gewesen. Ich hatte diese schreckliche Wunde an seinem Rücken versorgt, und dann …

»Verdammt«, sagte ich, und vor Frust brannten mir Tränen in den Augen.

Irgendetwas war passiert. Ich hatte an etwas Wunderschönes gerührt, und es war mir entglitten. Schon wieder, wie Japan und Leningrad. Diese Frau in … wo? Vor ein paar Tagen hatte ich einen Traum gehabt, aber der war mir auch entglitten. Meine einzige Gewissheit war ein Gefühl von Verlust, wie ein Schrei, der durch einen langen Flur hallt und auf nichts als Leere trifft.

Ich schaltete die Kaffeemaschine ein und duschte, hoffte, eins davon oder beides würde den Matsch aus meinen Gedanken spülen. Aber nichts half, und dann war es Zeit, mich für Kimberlys Hochzeit anzuziehen. Ich betrachtete mich im Spiegel. Das Empire-Kleid schmeichelte meiner Figur, betonte, was ich betonen wollte, und kaschierte, was ich kaschieren wollte. Ich steckte das Haar hoch, wie die Kosmetikerin es neulich getan hatte, und ließ nur ein paar hübsche Strähnen meine Wangen umspielen.

Ich war hübsch. Es kam mir arrogant vor, das zu denken, aber nur ganz kurz, weil damit nicht nur mein Aussehen gemeint war. Trotz meiner aufgewühlten Gedanken hatte ich Farbe im Gesicht, meine Augen strahlten heller. Vielleicht hatte diese letzte Woche einen Lebensfunken in mir geweckt.

Oder er war schon immer da.

Ich seufzte. Und wenn schon. War ich jetzt hübsch genug, um Guys Herz zu erobern? Würden wir glücklich bis ans Ende unserer Tage leben, und würde das den Dämon retten, den ich in den letzten acht Tagen in meiner Wohnung beherbergt hatte?

»Ich bin eine Idiotin«, sagte ich, bevor Deber oder Keeb es konnten.

Die Hochzeit fing mittags an. Um elf keine Spur von Casziel. Die Sehnsucht und die Enttäuschung schwollen an wie ein verletzter Körperteil, der sich weigerte zu heilen. Ich brauchte Hilfe. Orientierung. *Irgendwas.*

Ich sah mich in meiner Wohnung um. »Daddy? Bist du hier?«

Cas hatte gesagt, er sei in meiner Nähe, weil er noch eine Rechnung offen hatte, was auch immer das hieß. Aber es kam keine Antwort.

»Ich vermisse dich so sehr und könnte wirklich einen Rat gebrauchen. Jetzt.«

Schweigen. Und die Zeit war um. Ich rief gerade ein Uber, als mein Handy eine eingehende Nachricht signalisierte. Weder Name noch Telefonnummer, nur: #######

Ich bin draußen.

Wenn man bedachte, dass ich Cas meine Nummer nicht gegeben hatte – und er nicht einmal ein Telefon besaß –, konnte ich ziemlich gut mit diesem Geistertext umgehen. Ich zuckte nicht einmal zusammen.

»Ich habe schon Schlimmeres überstanden«, murmelte ich.

Ich nahm meine Handtasche und ein lavendelfarbenes Schultertuch, dann ging ich raus.

Cas stand unten an der Treppe. Er trug einen dunkelgrauen Anzug, ein schwarzes Hemd, keine Krawatte. Er war irgendwie noch umwerfender, weil er *nicht* komplett Schwarz trug. Er sah aus wie ein Mensch, der eine schwere Nacht hinter sich hatte. Ein leichter Bartschatten auf den kantigen Wangen, das Haar vom Wind zerzaust. Ich konnte nicht aufhören, seinen Mund anzustarren. Seine Hände. Ich konnte seine weichen Lippen praktisch auf meinen spüren – täuschend weich, weil sie beißende Zähne verbargen und eine Kraft, die mich zu ihm hinzog …

Diese Hände haben mich berührt. Ich habe diesen Mund geküsst …

Gott, ich war es so leid, mich *fast* zu erinnern.

Cas starrte mich an, sein Blick wanderte an mir auf und ab. »Du bist … wunderschön.«

»Du auch«, fuhr ich ihn an. »Hast du irgendjemanden ausgeraubt für diesen Anzug?«

Seine Augen weiteten sich angesichts meines aggressiven Tons. »Er wurde bezahlt, Lucy Dennings.«

»Ich hasse es, wenn du mich mit meinem vollen Namen ansprichst. Wo hast du das Geld her? Hast du *mich* bestohlen?«

»Das Geld stammt von einem Mitarbeiter. Ich habe vor, dir alles zurückzuzahlen, was du für mich ausgegeben hast …«

»Behalt es. Ich will dein Geld nicht.«

Er neigte den Kopf. »Hast du etwas auf dem Herzen, Lucy Dennings?«

»Ja, in der Tat«, sagte ich und verschränkte die Arme. Die drückten meine Brüste hoch in dem quadratischen Ausschnitt und vergrößerten das Dekolleté. Seine Augen weiteten sich wieder, und ich spürte als Reaktion Hitze in meinem Bauch. Ich räusperte mich. »Was ist letzte Nacht passiert? Sag mir die Wahrheit.«

»Wir haben diese Lieblingsserie von dir geguckt, und dann bist du eingeschlafen.«

»Das ist alles?«

»Du hast Wein getrunken. Vielleicht ist deine Erinnerung deshalb ein bisschen vernebelt.«

»Ich glaube dir nicht.«

»Was du *glaubst*, hat für mich keine Bedeutung«, sagte er, und ich sah Schmerz in seinem Gesicht aufblitzen, bevor er sich abwandte.

Tränen traten mir in die Augen aus tausend unterschiedlichen Gründen, die ich alle nicht genau benennen konnte. *Weil* ich sie nicht benennen konnte. Weil Casziel log und es ihm wehtat. Ich konnte die Unruhe in seinen Augen sehen und in seiner Stimme hören, sie versteckte sich hinter seinem kalten Tonfall. Er hielt mich auf Armeslänge von sich weg, und ich wollte nur, dass er diese Arme um mich legte …

Schweigen senkte sich auf uns, so schwer wie die Luft, die Regen verhieß. Schlechtes Wetter war im Anzug, und ich fragte mich, was von mir übrig sein würde, wenn es uns erreichte.

»Los, komm«, sagte ich, als mein Telefon signalisierte, dass das Uber da war. »Bringen wir es hinter uns.«

Der Wagen brachte uns zum Central Park, wo wir noch andere Nachzügler trafen, die ins Boathouse eilten. Das Restaurant war geöffnet, damit die Gäste sich drinnen und draußen aufhalten konnten, in der Bar und auf der überdachten Terrasse, wo nach der Zeremonie die Party steigen würde. Man hatte draußen die Esstische und Stühle weggeräumt und Reihen von weißen Klappstühlen aufgestellt, vor einem Bogen mit Gardenien, die die Luft mit ihrem zarten Duft erfüllten. Das Wasser kräuselte sich sanft in der Brise, die schon fast ein Wind war, aber nicht ganz. Hochzeitsplaner blickten nervös in den Himmel.

Cas und ich wurden zu unseren Plätzen geleitet, eine Reihe hinter Jana und ihrem Mann. Sie hielt einen bezaubernden kleinen Jungen in einem pastellblauen Mini-Anzug im Arm. Seine rundliche Wange lag an der Schulter seiner Mutter, während er nichtsahnend schlief.

Ich beugte mich vor und flüsterte: »Ich schaffe es niemals durch die Zeremonie, wenn ich die ganze Zeit dieses entzückende Baby angucken muss.«

Jana drehte sich um. »Hey! Du siehst wundervoll aus. Und wegen Wyatt braucht ihr nicht leise zu sein. Dieses Kerlchen verschläft alles. Oh, nur die *Nächte* ist er wach.« Sie stieß den Mann neben sich an. »Brian, das ist Lucy. Die mit der genialen Schuh-Idee, für die du Jason dazu überreden wirst, seinen Tennisstar zu rekrutieren.«

Janas Mann drehte sich auf seinem Platz um und lächelte freundlich. »Das werd ich, und ich glaube, Kai wird nicht viel Überredung brauchen.« Er hielt Casziel die Hand hin. »Brian Gill.«

Der Dämon warf einen Blick auf Brians Hand und sah wieder weg.

Ich hustete. »Das ist Cas Abisare. Er ... fühlt sich nicht ganz wohl.«

»Tut mir leid, das zu hören«, sagte Brian und warf seiner Frau einen Blick zu. Schnell drehte er sich wieder um; in seinem Nacken sah man eine Gänsehaut.

Jana zog die Augenbrauen hoch, aber die Zeremonie fing an. Kimberly stellte sich unter den Bogen und strahlte vor Glück in einem weißen Anzug mit einer kobaltblauen Krawatte. Sie blickte nervös die Person an, die die Zeremonie durchführte, was mich zum Lächeln brachte. Kimberly war sonst nie nervös.

Die Brautjungfern und Trauzeugen und -zeuginnen gingen den Gang entlang und nahmen ihre Plätze ein – sie saßen gemischt auf beiden Seiten. Dann kam Nylah am Arm ihres Vaters. Sie sah atemberaubend aus in einem weißen Kleid, das am Saum mit blauen Blumen bestickt war, von demselben Blau wie Kims Krawatte. Als die beiden sich an den Händen fassten, hatten sie Tränen in den Augen.

Es machte mich glücklich, ihr Glück zu sehen – ein Liebesroman, der sich direkt vor meinen Augen abspielte. Ohne nachzudenken, nahm ich Casziels Hand und drückte sie. Ich brauchte irgendein Ventil, damit ich mich nicht lächerlich machte und in Tränen ausbrach.

Zu meinem Entsetzen erwiderte er den Druck und hielt meine Hand fest. Ich wagte nicht, ihn anzusehen, aus Angst, er würde es sich überlegen und mich wegstoßen. Aber er saß dort und hielt die ganze Zeit meine Hand, während wir bei der Zeremonie zusahen.

Die Frau, die die Trauung vollzog, begann mit ihrer Rede, aber ihre Stimme klang weit weg. Nylah und Kimberly wurden unscharf. Ein neues Bild schob sich vor sie – eine andere Hochzeit, hoch oben auf einem steinernen Dach. Ein Tempel. Zwei Flüsse glitzerten auf beiden Seiten in der Ferne ...

Ich keuchte und blinzelte. Das Bild verschwand, und ich wandte mich Cas zu. Er sah mich mit demselben Schmerz an, den ich so lange gefühlt hatte. Seine Sehnsucht spiegelte meine und war jetzt so nah an der Oberfläche …

Vage war mir bewusst, dass Kimberly und Nylah sich jetzt küssten, die Gäste jubelten und klatschten, und mehr als nur ein paar wischten sich die Augen. Dann kam das frisch vermählte Paar Hand in Hand den Gang entlang, und alle standen auf.

Ich befeuchtete meine Lippen. »Cas, ich …«

»Da seid ihr ja! In letzter Minute reingeschlichen, was?«

Wir zuckten beide zusammen, und Cas ließ meine Hand los und wandte auch seinen intensiven Blick von mir ab. Abby hatte die Hände in die schlanken Hüften gestemmt und sah ihn an, als hätte sie Hunger und er wäre ihre nächste Mahlzeit. Sie sah aus wie ein Supermodel in einem engen lila Kleid, das sich an ihre Kurven schmiegte. Das Haar fiel ihr in weichen Wellen über den Rücken. Guy war bei ihr, und er sah so gut aus wie immer in einem beigen Blazer und einer legeren Hose – als wäre er einem Ralph-Lauren-Katalog entsprungen. Alle begrüßten sich und beugten sich begeistert über das Baby.

»Es war eine wunderschöne Zeremonie«, sagte Guy und nickte Cas misstrauisch zu. »Hey.«

Ich machte mich auf eine scharfe Bemerkung oder einen finsteren Blick gefasst, aber Cas sah Guy nur mit einer seltsamen Miene an, die ich nicht deuten konnte. Als wären sie um die Wette gelaufen, und Cas hätte verloren.

Liebenswürdig schüttelte er Guy die Hand. »Schön, dich zu sehen.«

»Äh, ja, gleichfalls«, sagte Guy überrascht und grinste dann. »Ich habe Zu doch zu Hause gelassen, oder?«

»Ich bezweifle, dass er dich je wieder belästigen wird.«

Mein Herz zog sich plötzlich schmerzhaft zusammen.

Er verabschiedet sich.

»Können wir uns jetzt *bitte* was zu trinken holen?«, maulte Abby.

Der See wurde grau unter einem schweren Himmel. Jana und Brian wollten noch mit ein paar Leuten reden, während wir vier zur Bar gingen. Abby hakte sich bei mir unter und hielt mich zurück, während die Männer vorgingen.

»Der weite Schnitt von dem Kleid gefällt mir nicht so gut, aber das Dekolleté gleicht es aus. Super Vorbau, Süße. Guy wird durchdrehen.«

»Ach ja?«, sagte ich ohne Energie. »Er hat kein Wort zu mir gesagt.«

»Natürlich nicht. Warum sollte er, wenn du Cas dermaßen anschmachtest? Ihr habt ausgesehen, als würdet ihr euch gleich küssen.«

Meine Finger wanderten zu meinen Lippen. Ein Flackern von … irgendwas kam und verschwand wieder. Abby schüttelte den Kopf.

»Ist ja noch mal gut gegangen, aber mach das nicht noch mal. Ich kümmer mich drum, und du wirst sehen, wie schnell Mr Baker angerannt kommt.«

»Kümmern …?«

Wir kamen zu den Männern an die Bar.

»Du siehst hübsch aus, Luce«, sagte Guy, und Abby formte *Hab ich doch gesagt* mit dem Mund.

Aber sein freundliches Grinsen hatte nichts von der betrunkenen Hingabe beim Karaoke-Abend. »Willst du was trinken?«

»Wasser, bitte.«

»Laaangweilig«, sagte Abby gedehnt. »Komm schon, Luce. Leb ein bisschen.«

»Nein, alles gut«, sagte ich, und meine Stimme war untypisch fest. Ich glaubte nicht eine Sekunde, dass ich letzte Nacht zu viel getrunken hatte, aber ich würde kein Risiko eingehen.

»Gute Idee«, sagte Guy. »Ich bleibe mit dir nüchtern. Abby?«

»Für mich Wodka Soda bitte«, sagte Abby. Sie quetschte sich Hüfte an Hüfte neben Cas und grinste ihn verführerisch an. »Wodka macht mich leichtsinnig. Was ist mit dir?«

Er sah sie ausdruckslos an. »Ich krieg davon Kopfschmerzen.«

Ich musste fast lachen und trank einen Schluck Wasser. Abby schmollte, aber erholte sich schnell. Sie hakte sich bei Cas ein. »Vielleicht hast du nur noch nicht den richtigen Alkohol gefunden«, schnurrte sie. »Oder die richtige Person, mit der du ihn trinkst.«

Cas warf Guy einen Blick zu. »Vielleicht«, sagte er mit einem schwachen Lächeln, und mein Wunsch zu lachen verschwand.

Wir nahmen die Getränke und gingen wieder nach draußen zu Jana und Brian. Der kleine Wyatt war jetzt wach und blinzelte schläfrig in seine Umgebung. Kim und Nylah waren auch nach draußen gekommen, schoben sich auf dem Weg zu uns durch Gratulanten.

»Eine wunderschöne Zeremonie«, sagte Guy. »Herzlichen Glückwunsch.«

Wir anderen schlossen uns an, dann verbeugte Casziel sich tief.

»*Šùde níñ-mí-ús-sá*. Die besten Wünsche für ein glückliches gemeinsames Leben.«

Seine Stimme war leise und tief, seine Muttersprache wie köstlicher Wein. Alle starrten ihn fasziniert, aber verwirrt an und hatten zweifellos das Gefühl, dass irgendetwas … *nicht stimmte*.

Abby unterbrach die Stille mit einem Kreischen. »Oh, mein Gott, was war das? Irakisch?«

»Es klang auf jeden Fall wunderschön«, sagte Kimberly und lächelte Nylah an. »Danke, Cas.«

»Im Irak spricht man eigentlich Arabisch und Kurdisch.« Guy runzelte leicht die Stirn. »Ich bin kein Experte, aber es klang weder wie das eine noch das andere.«

Weil es keins von beidem war. Ich hatte in dem Anthropologiekurs an der Uni gelernt, dass Sumerisch eine isolierte Sprache war. Es hatte keine Verbindung zu anderen Sprachen. Keine Wurzeln und keine Zweige.

So wie Casziel, dachte ich und betrachtete ihn – elegant, geheimnisvoll schön und absolut allein auf der Welt. *Ein wahrer »Outlander«. Ein Wanderer. Ein Rōnin ...*

Ich erstarrte, und die Brust zog sich mir zusammen, als hätte jemand einen Eimer Wasser über mir ausgekippt. Dann durchfuhr mich eine Hitze, als würde in mir eine Zündschnur abbrennen. Die Erinnerung an die letzte Nacht kehrte zurück. An alles. Dämon:innen in dunklen Gassen, Fliegen und ... Meine Hand flog an meinen Mund; fast hätte ich das Wasserglas fallen lassen. Wir hatten uns geküsst. Genau wie der Krieger und die Frau in meinem Traum. Weil es kein Traum war.

Es war eine Erinnerung.

Er war der Krieger, und sie war ...

Mir entfuhr ein Keuchen, aber es wurde von Gesprächen, Musik und dem Klirren der Gläser übertönt. Irgendwo tief in mir hatte ich die Wahrheit gekannt, aber sie hatte sich in den Schatten versteckt. Jetzt stand sie nackt und bloß im hellen Tageslicht. Und alles, was damit zusammenhing, überwältigte mich; es war zu viel, um alles auf einmal zu begreifen. Das Gefühl, dass etwas Ungeklärtes zwischen uns jetzt geklärt war, erfüllte mich und nahm mir den Atem.

Ich sah Casziel an, der im Licht dieser Wahrheit stand, neu

und doch schmerzlich vertraut. Ich kannte jeden seiner Gesichtszüge. Jede Miene, jedes Verziehen seiner Lippen, jeden Blick.

Weil er mein ist. Er war immer mein.

Ich packte seinen Arm, als könnte man ihn mir wieder wegnehmen. »Ich muss mit dir reden.«

Er sah mich an und las alles in meinem Gesicht. Verstehen zeigte sich in seinen Augen. Ich wartete, dass er mir sagen würde, dass ich verrückt oder betrunken sei oder das Wort aussprach, das meine Erinnerungen wieder löschte.

Stattdessen schüttelte er den Kopf, ein schwaches Lächeln auf den Lippen.

»Vielleicht hatte er recht. Ich muss dich nur lieben.« Er berührte meine Wange. »Li'ili.«

Tränen traten mir in die Augen, und mein Herz fühlte sich an, als würde es zugleich brechen und heilen. Diese Wärme und *Erfüllung* war anders als alles, was ich je erlebt hatte. Die Liebe, die mir in diesem und Hunderten anderen Leben gefehlt hatte, hatte jetzt einen Namen.

Abby riss mich mit einem kräftigen Rippenstoß aus meinen Gedanken. Sie räusperte sich vielsagend und deutete mit dem Kinn auf Guy. »Oh mein Gott, ich liebe dieses Stück! Tanzt du mit mir, Cas?«

Sie nahm seinen Arm und zog ihn zu der kleinen Tanzfläche am Ende der Terrasse. Jana und Brian hatten gereizt miteinander geflustert und etwas in der Wickeltasche gesucht, die über seiner Schulter hing.

»Wenn ich die Hände frei hätte, würde ich es finden«, sagte Jana. »Würdest du, Luce?«

Sie drückte mir Wyatt in die Arme, als Cas sich von Abby wegziehen ließ. Aber er schüttelte den Kopf und ließ mich wissen, dass alles gut werden würde.

Und auch mit ihm *wird alles gut werden,* dachte ich. *Jemand sieht zu. Es muss einfach …*

»Vergiss es. Es ist eh zu spät«, schimpfte Jana mit ihrem Mann, dann hörten sie auf, sich zu kabbeln. Jana warf mir ein dankbares Lächeln zu und streckte die Arme nach ihrem Kind aus. »Danke, Lucy …«

In diesem Moment machte Wyatt ein Bäuerchen, und etwas Weißes landete auf meiner Schulter.

»Oh nein, es tut mir so leid. Mist, dein Kleid …«

»Das ist überhaupt nicht schlimm«, sagte ich lachend. Ich klopfte dem Baby auf den Rücken. »Geht's dir gut, Kleiner? Willst du zu Mama?«

Jana nahm das Baby und wedelte mit der freien Hand vor Brians Nase rum. »Schnell, ein Feuchttuch.«

Ihr Mann wühlte erneut in der Wickeltasche. »Ich seh hier keine Feuchttücher …«

»Machst du Witze …«

Sie fingen wieder an, sich leise zu streiten, und ich lachte. »Keine Sorge, Jana. Die haben bestimmt einen Lappen an der Bar.«

Drinnen war jeder Hocker an der glänzenden Theke besetzt, bis auf den ganz am Ende. Ich setzte mich darauf und bat den Barkeeper um ein feuchtes Tuch. Er gab mir eins, und ich putzte mir die Milch, die das Baby erbrochen hatte, von der Schulter. Als ich aufstand und wieder gehen wollte, nahm ich einen schrecklichen Gestank wahr, der nur schwach von Cologne überdeckt wurde. Etwas Kaltes und Klammes legte sich um mein Handgelenk. Finger mit antiken Ringen aus poliertem Gold und mit Rubinen hielten mich fest. Ich hob den entsetzten Blick.

Der Mann war in mittlerem Alter, aber seine hellblauen Augen sagten mir, dass er älter war als die Zeit. Er trug einen reinweißen Frack mit Zylinder. Auch das war eine Lüge – weil an ihm nichts Reines war. Das braune Haar fiel ihm in Wellen über den Rücken. Auf seiner Nase saß eine elegante Brille. Er erinnerte an Gary Oldman in *Bram Stoker's Dracula* – ein abscheuliches Monster im Anzug eines ehrwürdigen Mannes.

Astaroth.

Während ich ihn anstarrte, glitt eine Schlange unter seinem Ärmel hervor über meine Haut, kalt und glatt. Ich versuchte, die Hand wegzuziehen, aber der Dämon hielt mich fest.

»Lucy Dennings«, sagte er mit einer Stimme so alt wie das Grab. »Die Frau, die mein schöner Prinz nicht aufgeben kann. Endlich lernen wir uns kennen.«

»Lassen Sie mich los.«

Er beugte sich vor. »Du zuerst.«

Ich starrte ihn an. Die reine Bosheit in seinen leeren blauen Augen ließ mich erschaudern. Von seinem Atem, der nach allem Modrigen und Verfaulten auf der ganzen Welt stank, tränten mir die Augen. Er wandte den Blick ab, umklammerte jedoch weiter mein Handgelenk.

»Deine Macht über Casziel ist seit Jahrhunderten ein Ärgernis. Seine Schwäche für dich ekelt mich an. Eine Anfälligkeit, die ich nicht länger tolerieren kann. Und ebenso rätselhaft ist deine Vernarrtheit in ihn. Weißt du überhaupt, wer er ist, dein *Geliebter*?«

»Ja«, brachte ich durch die trockene Kehle heraus. »Ich weiß genau, wer er ist. Endlich …«

Astaroth schnaubte, und der Gestank war kaum auszuhalten. »Ich meine nicht den Mann, den du in einem lächerlichen kleinen Leben vor Tausenden von Jahren gekannt hast. Diesem Leben, an das ihr beide euch klammert wie Muscheln an ein sinkendes Schiff. Ich meine, *wer er ist*. Was er unter meiner Obhut geworden ist.«

»Obhut?« Ich lachte kurz und ängstlich auf. »Egal. Er ist immer noch er selbst. Sie haben versagt ...«

»Versagt? *Versagt?*«

Astaroths Stimme war so laut, dass ich den Widerhall in meiner Brust fühlte. Ich sah mich hilfesuchend um und stieß einen kleinen Schrei aus. Der gesamte Raum war erstarrt, alle Personen formten ein regloses Tableau. Als wäre dies ein Film, und Astaroth hätte ihn mitten in einer Szene einfach angehalten.

»Ich versage nicht, Mädchen«, schnaubte der Dämon. »*Andere* versagen und müssen bestraft werden. Und ersetzt.«

»Nein.« Ich schüttelte den Kopf und wunderte mich selbst über meinen Widerstand. »Sie haben versagt, weil die Liebe stärker ist als alles, was Sie ihm anzutun versucht haben.«

»Liebe.« Er schnaubte. »Liebe kann ihn nicht retten. Er ist ein Lügner. Ein Sünder. Ein Teufel höchsten Ranges. Hast du etwa sein kleines Märchen über die Erlösung geglaubt?« Er lachte freudlos und kalt. »Törichtes Kind. Für ihn gibt es nur einen Ausweg.«

»W-welchen?«, fragte ich mit zitternden Lippen.

»Einen Tausch. Eine Seele gegen eine Seele.« Astaroth strich mir mit einem langen Fingernagel über die Wange. »So süß, Lucy Dennings. So voll erblüht und gut. Ich frage mich, wie tief deine Güte reicht.«

Fest kniff ich die Augen zusammen, und die Angst legte sich genauso fest um mein Herz, bis ich keine Luft mehr bekam.

»Casziel hat seine ewige Seele geopfert, weil er nach dir verlangt hat. Ich kann mir nicht vorstellen, dass du ihn noch ein Jahrtausend voller Qualen erleiden lässt. Nicht, wenn du ihn liebst, süße Lucy. Und du liebst ihn doch ...« Er neigte den Kopf mit gespielter Neugier. »Oder nicht?«

Der Dämon ließ mich los und stand auf, Schlangen schlängelten sich um seine Füße und durch die Bar. Er legte den gekrümmten Finger unter mein Kinn, schob meinen Kopf hoch und betrachtete mich. Ich spürte seinen toten Blick überall auf meiner Haut. Seine wurmige Zunge berührte seinen Mundwinkel.

»So voll erblüht …« Er atmete aus, und der üble Gestank von Fäulnis und Verwesung wehte über mich hinweg. »Ich werde die Ohren offen halten, Lucy Dennings.«

Astaroth verschwand in der Menge, und dann regte sich meine Umgebung erneut, und alle nahmen ahnungslos ihr Leben wieder auf. Ich rieb mir das Handgelenk und hatte das Gefühl, als würde ich diese Berührung auch durch hundertmal Duschen nicht abwaschen können.

Casziel eilte zu mir, sein scharfer Blick durchsuchte den Raum. »Etwas ist passiert. Ich habe es gespürt … Warum bist du so blass?«

»Astaroth«, brachte ich heraus. Meine Hände zitterten.

Cas' Augen weiteten sich, und er unterdrückte einen Fluch. »Götter, nein …«

Er führte mich zu einem stilleren Bereich auf der Terrasse. Gierig atmete ich die kühle Luft ein. Die Wolken über uns zogen sich dichter zusammen.

Casziel nahm meine Schultern und blickte mir in die Augen. »Erzähl mir alles. Was wollte er?«

»Mich.«

Er erstarrte. »Was waren seine genauen Worte?«

»Eine Seele gegen eine Seele. Ich gegen … dich.«

»Was war deine Antwort?«, fragte er, und sein Tonfall wurde etwas schärfer.

»Ich hatte keine Chance zu antworten. Ich … Was ist los?«

Direkt vor meinen Augen veränderte sich sein komplettes Verhalten. Die Sorge verschwand aus seiner Miene, fiel von ihm ab wie eine Maske und ließ ihn gefühllos und kalt zurück. Leer.

»Cas?«

Langsam verzog er den Mund zu einem spöttischen Lächeln und seufzte. »Dann ist das Spiel wohl vorbei. Wie schade. Du warst ein Vergnügen, Lucy Dennings. Die beste Unterhaltung, die wir – Astaroth und ich – seit vielen Jahren hatten.«

»Was … Wovon redest du?«

Er nahm ein Glas Rotwein vom Tablett eines vorbeigehenden Kellners. »Weißt du«, sagte er im Plauderton, »alle Menschen sind Narren, aber die meisten sind vernünftig genug, nicht völlig auf unsere Machenschaften hereinzufallen.«

»Machenschaften …«

»Aber du bist wirklich erstaunlich naiv. Gutgläubig.« Sein Lächeln wurde immer höhnischer, als er seinen Wein trank. »Lucy, das Dummerchen. Wie herrlich amüsant du doch warst.«

Das Blut wich mir aus dem Gesicht, und ich trat einen Schritt zurück. »Was passiert hier gerade? Was tust du?«

»Bitte erlaube mir, mich vorzustellen«, sagte er mit leiernder Stimme und verbeugte sich spöttisch. Als er sich aufrichtete, verschwand sein höhnisches Grinsen und hinterließ eine Miene reiner Boshaftigkeit. »Ich bin der Nachtbringer. König des Südens. Menschenschlächter und Großherzog der Hölle.«

»Nein …«

»*Doch*.« Die Augen des Dämons blitzten schwarz, und eine kalte Welle der Angst überflutete mich. »Ich bin, wie du mich gefunden hast, Lucy Dennings.« Er hob das Weinglas und ließ die rote Flüssigkeit darin herumwirbeln. Sie verdichtete sich, wurde dickflüssig wie Blut. »Eine Kreatur der Nacht. Der Verdammnis. Kommandant von Legionen …«

Das Glas war plötzlich so groß wie ein Ozean. Der Wein wirbelte wie ein Strudel und zog mich mit sich. Alles war rot, der Himmel, die Wolken. Der Boden war matschig vor Blut.

Ein Schlachtfeld. Dämonen – haarlose Dämonen – rasten geifernd wie tollwütige Hunde über diese Ödnis, Tausende über Tausende. Mehr davon flogen mit schwarzen Flügeln am Himmel, ihre Schreie bohrten sich in mein Innerstes.

Hinter seiner Legion fuhr Casziel in einer Kutsche. Sie wurde von Pferden gezogen, deren Fleisch lose an den Knochen hing, bei jedem Schritt dagegen klatschte, faulige Sehnen entblößte. Ihre Augen waren gelb. Seine eigenen schwarzen Augen waren so gnadenlos wie seine Peitsche, die Flügel ausgebreitet wie eine endlose Nacht.

Das alles sah ich, während sich ein anderes Bild über das erste schob. Ein Schlachtfeld unter blauem Himmel. Menschliche Männer rannten mit gezogenen Schwertern über ein Feld, ihre Gesichter waren vor Zorn verzerrt. Menschen und Dämonen verschwammen und verschmolzen miteinander, der Himmel war blau und dann wieder voller Blut.

Und ich begriff, was ich sah. Casziel führte die Dämonen auf der Anderen Seite an, während die Menschen auf Dieser Seite kämpften, und beide spiegelten sich im Schleier. Entsetzt sah ich zu, wie Casziel seine Dämonenheere über das Land trieb und ihren Zorn aufpeitschte. Und auf der anderen Seite des Schleiers ergoss sich dieser Zorn in die Menschen, die kämpften und starben …

Ich keuchte und taumelte rückwärts, versuchte, die Bilder wegzublinzeln. »Hör auf. Warum tust du das? Das bist nicht du …«

»Nein?« Cas neigte den Kopf mit gespielter Neugier. »Was bin ich dann? Einer der Helden deiner Geschichten, der bereit ist, alles für sein Liebchen zu tun?« Seine Stimme wurde unheilvoll, seine Augen blitzten. »Ich habe es dir schon einmal gesagt, Lucy Dennings. Ich bin kein Engel und werde auch nie einer sein.«

Ich schüttelte den Kopf. »Nein …«

Er blickte über meine Schulter. Abby stand am Geländer und betrachtete den See. Sie winkte Cas aufreizend zu, und er lächelte vielsagend zurück.

»Hast du dich je gefragt, wo ich meine Nächte verbringe?«, fragte Cas. »In wessen Arme ich sinke? Wer die Beine für mich breit macht? In welche warme Möse ich meinen Schwanz stecke …«

»Hör auf!«, rief ich. »Du lügst.«

»Wirklich?«, fragte er, und alles, was ich über uns zu wissen geglaubt hatte, zerfiel unter der Grausamkeit seines Blicks.

Nein! Ich weiß, was ich gesehen habe. Wer ich bin …

»Ich weiß, was du vorhast«, sagte ich. »Du willst mich wegstoßen. Um mich vor As… vor ihm zu schützen. Es wird nicht funktionieren.« Ich holte tief Luft. »Ich … bin deine Frau.«

Casziel starrte mich an und warf zu meinem Entsetzen lachend den Kopf zurück. »Meine *Frau? Du?*« Sein Lachen erstarb, und er kam näher, voller Bosheit und kaum unterdrückter Abscheu. »Meine Frau war wild und mutig. Sie hat sich nicht in einem kleinen dunklen Zimmer verkrochen und nur zwischen Buchseiten gelebt. Sie war in jeder Hinsicht bemerkenswert.« Er kam mir so nah, dass seine Nase meine Wange streifte, und flüsterte mir heiß ins Ohr: »An dir, *Lucy, aus Licht geboren*, ist nur bemerkenswert, wie leicht du dich täuschen lässt.«

Es fühlte sich an, als würde der Boden unter mir wegbrechen und bis zum Mittelpunkt der Erde fallen. Ich hob die Hand ans Herz, das in tausend Stücke zerbrach.

»Nein. Bitte …«

Sein Gesicht war ungerührt. Kalt. Er trank einen Schluck Wein und tat mich mit einem letzten Achselzucken ab. »So sind wir eben.«

»Äh, hey. Störe ich?«

Guy Baker war da und fuhr sich mit der Hand durchs Haar.

»Kein bisschen.« Casziels Augen waren wie Steine. »Du bist hier für deinen Tanz.«

»Äh, ja. Aber wenn es grad nicht passt, kann ich wiederkommen ...«

»Es könnte nicht besser passen.« Der Dämon nahm meine Hand und gab sie Guy. »Auf Wiedersehen, Lucy.«

Für den Bruchteil einer Sekunde riss Casziels harte Fassade, und der Schmerz brach durch. Sein Blick flackerte gequält zu mir ...

... aber vielleicht bildete ich mir das auch nur ein, denn er ging und blickte nicht zurück.

Ich sah ihm nach, wie betäubt und innerlich leer, und Guy räusperte sich. »Bist du okay?«

»Alles gut.«

»Willst du dich hinsetzen?«

»Nein.«

»Vielleicht ein Glas Wasser ...?«

Halt einfach den Mund.

»Du wolltest tanzen. Tanzen wir.«

Guy zog mich auf die Tanzfläche. Ich bewegte mich wie ein Zombie, als hätte ich die Emotionen, die ich in einer Woche fühlen konnte, schon alle gefühlt und wäre jetzt wie ausgehöhlt. Ausgelaugt. Es war nichts mehr übrig.

»Du siehst wirklich toll aus, Luce«, sagte Guy und zog mich an sich. Sein Atem roch penetrant nach Alkohol und einem Pfefferminzbonbon, mit dem er versuchte, Ersteres zu überdecken. Seine blauen Augen waren glasig und leer, als sie mich betrachteten. Anscheinend hatte er beschlossen, doch nicht nüchtern zu bleiben. »Irgendwie witzig, oder?«

»Was?«

»Dass wir schon zwei Jahre zusammenarbeiten und ich dich erst jetzt wirklich sehe.«

»Was siehst du?«

»Jemanden, der gütig und klug ist und … schön. Du bist wirklich schön, Lucy.«

»Was noch?«, fragte ich, und Tränen brannten mir in den Augen.

Sag mir alles, Guy. Sag mir all das, worauf ich seit zwei Jahren warte. Jetzt. Da es zu spät ist.

»Na ja, es ist irgendwie blöd, dass ich ausgerechnet jetzt, da wir uns nach so langer Zeit gefunden haben, nach Sri Lanka gehe.«

Nach so langer Zeit gefunden.

Ich glaubte, ich würde mich übergeben müssen.

»Ich bin noch dabei, das Team zusammenzustellen«, fuhr er fort. »Aber wahrscheinlich bin ich Ende nächster Woche weg.«

»Ich weiß. Ich habe geholfen, die Logistik auszuarbeiten.«

»Ja, klar«, sagte er und lachte kurz. »Aber es ist gar nicht so leicht, Leute zu finden, die alles stehen und liegen lassen, um ans andere Ende der Welt zu fliegen und an einem Strand Plastik einzusammeln.« Er neigte den Kopf, als ihm etwas einfiel. »Du warst nie mit auf so einer Reise, oder?«

»Nein, nie.«

Das ist es. Meine Fantasie erwacht zum Leben. In diesem Moment.

»Nun, einmal ist immer das erste Mal.« Er lachte leise. »Was meinst du, Luce?«

»Du fragst mich, ob ich mitkommen würde?«

»Ich weiß, es ist kurzfristig, aber … ja. Ich will, dass du mitkommst. Ich weiß nicht, was diese Woche passiert ist, aber es kommt mir so vor, als wären die zwei Jahre, die du bei Ocean Alliance arbeitest, an mir vorbeigegangen, und ich bedaure jede

Sekunde. So viel verlorene Zeit.« Er zog mich an sich. »Ich will keine Minute länger verschwenden.«

Tränen stiegen mir in die Augen, und ich verbarg sie, indem ich die Wange an seine breite Brust legte. Guys Duft stieg mir in die Nase – so anders als Casziels. Kein Feuer, keine Würze. Er fühlte sich auch anders an als Cas. Ich fühlte mich anders an in seinen Armen. Steif und unbehaglich statt perfekt. Auf der anderen Seite der Terrasse stand Abby. Sie war allein, aber sie hatte ihr Telefon in der Hand und filmte alles.

»Ich komme mit nach Sri Lanka«, sagte ich.

»Wirklich?«

Ich spürte, dass er sich von mir lösen und mich ansehen wollte, aber ich hielt ihn fest.

»Klar, warum nicht.« Ich drückte mich an ihn, unsicher, ob ich lachen oder weinen sollte.

Weinen. Definitiv weinen.

»Super! Lass uns Montag im Büro darüber reden. Die Details besprechen.« Er seufzte zufrieden und zog mich fester an sich. »Es wird perfekt.«

»Perfekt.« Ich nickte. Meine Tränen hinterließen kleine Wasserflecken auf seinem Jackett. »Glücklich bis ans Ende ihrer Tage.«

»Was hast du gesagt?«

»Nichts. Überhaupt nichts.«

ZWANZIG

Auf die schweren Wolken, die am Samstag aufgezogen waren, folgte ein anhaltender Regen, der den ganzen Sonntag nicht nachließ. Der Wetter-App zufolge zog ein Sturm auf, der bis Dienstag dauern würde, Casziels letztem Tag auf Dieser Seite.

Meine Gedanken wollten zu ihm wandern, aber ich lenkte sie ab und verbrachte den düsteren Nachmittag damit, mich auf die Präsentation vorzubereiten. Ich ging alles durch wie ein Roboter. Regen prasselte gegen das jetzt geschlossene Fenster.

Weil das alles nur eine Lüge war.

Das Telefon klingelte, es war Cole Matheson. Ich ignorierte es. Mein bester Freund versuchte es wieder, und dann kam eine Nachricht mit einem Foto von seiner letzten Zeichnung – ich, strahlend glücklich und überrascht darüber. Geradezu schockiert, dass ich mich wirklich so fühlen konnte.

Das bist du, wenn du an Cas denkst. Noch Fragen?

Mein Herz zog sich schmerzhaft zusammen.

Okay, das war sogar für meine Verhältnisse kitschig, aber du bist wunderschön, Lucy. Ich hoffe, die Hochzeit war so, wie sie sein sollte. Melde dich, sobald du es schaffst.

Ein Schluchzer stieg in mir auf, aber ich unterdrückte ihn. Wenn ich jetzt anfangen würde zu heulen …

Als ich das Handy zur Seite warf, fiel mir auf, dass Edgar, meine Zimmerpflanze, tot war. Das Wasser, das er gebraucht hätte, lief draußen an der Scheibe herunter.

»Es tut mir leid, Edgar«, murmelte ich und berührte die trockenen Blätter. »Es tut mir so leid. Ich war so darauf konzentriert …«

Ich verstummte. Ich wusste nicht, wie ich die letzten neun Tage beschreiben sollte. Ein Albtraum? Eine Fieberfantasie? Vielleicht war das Ganze eine Halluzination. Vielleicht hatte ich ein Aneurysma. Vielleicht lag ich dem Tode nah im Koma in einem Krankenhaus.

Dads Stimme erklang sanft in meinem Kopf. *Du lebst, Mädchen. Du bist hier. Du bist stark, und du bist noch nicht am Ende.*

Ich wünschte, ich könnte ihm glauben. Ich wünschte, es wäre wirklich mein Dad. Dass er noch bei mir wäre, nur einfach im Nebenzimmer. Aber vielleicht war auch das eine Lüge gewesen.

Am nächsten Morgen zog ich mich für die Arbeit an und legte das Material für meine Präsentation in eine alte Aktentasche, die Dad mir am Anfang des Studiums geschenkt hatte. »Für alle deine großen Ideen.« Sie hatte jahrelang leer im Schrank gelegen.

Jetzt legte ich meine Notizen hinein und das Laptop mit einer sehr schlichten PowerPoint-Präsentation meiner Schuh-Idee. Ich hatte keine Ahnung, warum ich das überhaupt noch durchzog. Wahrscheinlich hatte ich noch einen Rest von Selbstachtung übrig, denn der Gedanke, den ganzen Tag herumzuliegen und mich in Selbstmitleid zu suhlen, widerte mich an. Auf der anderen Seite machte mich meine kleine, leere, einfache Wohnung sowieso krank. Die ganzen Liebesromane waren nichts als Lügen, Seite für Seite. Im richtigen Leben gab es keine Happy Ends. Das richtige Leben war brutal und voller grausamer Witze.

Wie die Tatsache, dass Guy mich endlich bemerkt hatte und nach Sri Lanka mitnehmen wollte.

Ich durchforstete meine Seele und fand keine Gefühle für ihn. Ich hatte mein Leben lang auf die wahre, echte Liebe gewartet. Wahrscheinlich sogar noch länger. Und jetzt bekam ich eine Chance, und mir war es einfach egal.

»Fake it till you make it«, murmelte ich in der Bahn.

Wenn Guy mich aus meinem dummen kleinen Leben befreien wollte, meinetwegen. Hier gab es nichts mehr für mich. Und obwohl ich wusste, dass ich nie wirklich etwas für ihn empfinden würde, war er besser als noch mehr Einsamkeit. Noch mehr Alleinsein.

Du hast nicht nichts, Mäuschen, beharrte Dad. *Du hast dich selbst.*

Und was war ich? Ich hatte keine Ahnung. Aber ich konnte meine Idee präsentieren und einen Strand von Plastik säubern und vielleicht ein bisschen Gutes in der Welt bewirken.

Im Büro ging ich direkt zu Guy.

»Hey, Luce, was gibt's?«, fragte er. Vielleicht bildete ich es mir nur ein, aber sein Lächeln wirkte etwas gezwungen, und es fiel ihm schwer, mich anzusehen.

»Äh, wir müssen die Details wegen Sri Lanka besprechen. Oder?«

»Sri Lanka?«

»Ja. Das, worüber wir am Samstag geredet haben. Auf der Hochzeit.«

Er neigte den Kopf und legte sein Gesicht in Falten. »Worüber haben wir geredet?«

Ich versteifte mich am ganzen Körper. »Du erinnerst dich nicht.«

»Oh, Scheiße. Hab ich mich betrunken und etwas Unpassendes gesagt?« Er runzelte die Stirn. »Komisch, ich kann mich gar nicht daran erinnern, etwas getrunken zu haben. Sorry, Luce, was hab ich gesagt?«

Entweder er war ein Weltklasseschauspieler, oder seine Verwirrung war echt. Mir wurde ganz anders, als ich mich an den komischen Geruch und die Minzbonbons erinnerte, die merkwürdige Leere in seinen Augen …

»Oh mein Gott.«

»Mist, Luce, es tut mir wirklich leid. Ich weiß nicht, was passiert ist, aber wenn ich einen falschen Eindruck erweckt habe …«

»Hast du nicht«, sagte ich schnell. »Wir haben über die Logistik geredet. Das ist alles.«

»Wirklich?«

Ich brachte ein Lächeln zustande, während sich mir insgeheim fast der Magen umdrehte. »Ja, klar. Du hast mich gebeten, dir zu helfen, die Lieferzeiten zu ermitteln, und ich hab Ja gesagt.«

»Oh.« Guy lachte kurz. »Hey … super! Ich bin so erleichtert. Ich fände es furchtbar, wenn ich mich wie ein Arschloch aufgeführt hätte.«

Hast du nicht, du warst nur besessen.

Die Folgen wurden schlimmer. Kein Sri Lanka. Kein Happy End für mich, nicht mal ein vorgetäuschtes.

»Aber du siehst immer noch ein bisschen schockiert aus.« Guys Lächeln erweichte sich zu so etwas wie Mitleid. »Hat es was mit Abbys Video zu tun?«

»Welches Video?«

»Hör zu, Luce, ich finde es echt süß und bin total geschmeichelt, aber ich date keine Kolleginnen. Das gibt nur Probleme …«

»Welches Video?«

»Es ist nichts. Ich glaub, sie will uns verkuppeln. Es ist dumm, wirklich.«

»Dumm.« Irgendetwas legte sich mir schwer und hässlich in den Magen. »Ich verstehe nicht. Geht es um dein Lied am Karaoke-Abend?«

Guys verwirrte Miene war zurück, und mein Magen zog sich wieder zusammen.

Er hat keine Ahnung, wovon ich rede.

»Ich kann mich gar nicht erinnern, gesungen zu haben.« Er lachte leise. »Zum Glück. Das würde wirklich niemand hören wollen.« Er räusperte sich, blätterte durch den kleinen Berg an Unterlagen auf seinem Tisch und verpasste meinen ungläubigen Blick. »Sorry, Luce, ich hab noch eine Million Sachen zu tun vor der Reise. Brauchst du noch etwas?«

»Nein, nichts.«

»Viel Glück für deine Präsentation«, rief er, als ich rückwärts rausging. »Ich kann es kaum erwarten.«

Ich verließ sein Büro und sah Grüppchen von Kollegen, die sich über Handys oder Laptops beugten, kicherten und tuschelten. Sie hörten sofort auf, als sie mich sahen, ihre Blicke allesamt schuldbewusst.

Ich stürmte zu Dale, der neben Hannah vom Fundraising stand, und streckte die Hand aus. »Gib mir das.«

»Oh-oh, Luce, es ist nichts«, sagte Dale und tauschte einen Blick mit Hannah.

»Du musst dir das nicht ansehen.« Jana kam näher und durchbohrte die anderen mit Blicken. »Komm, Luce. Lass uns über deine Präsentation reden. Ich hab gute Neuigkeiten …«

Ich zog die Hand nicht zurück. »Zeig es mir.«

Dale sah verlegen Jana an, dann gab er mir sein Handy. Abby hatte ein Video auf TikTok gepostet – einen Zusammenschnitt von Situationen der letzten paar Monate, wie ich Guy im Büro anschmachtete, ihm mit großen Hundeaugen hinterherblickte, wenn er vorbeiging, zu ihm aufsah, wenn er in einem Meeting etwas sagte. Eine Dokumentation meiner Verknalltheit, unterlegt mit einem Song namens »Notice Me« – Bemerk mich.

Meine Haut fühlte sich heiß an und zu eng.

»Luce.« Janas Stimme klang weit entfernt. »Denk einfach nicht dran. Die Präsentation …«

Die Präsentation. Richtig. Ich sollte mich vor all diese Leute stellen und über *Schuhe* reden.

Keine Chance.

Ich rannte zu meinem Schreibtisch, um meine Sachen zu holen. Für immer. Ich würde mir einen neuen Job suchen. Irgendwo, wo mich keiner kannte. Ich würde in der Ecke sitzen und mich um meinen eigenen Kram kümmern und mit niemandem reden. Weil mir in dieser letzten Woche absolut klar geworden war, was passierte, wenn man sich der Welt öffnete. Erniedrigung und Schmerz. Meine »Dämonen« hatten die ganze Zeit recht gehabt. Das Dummerchen Lucy hatte sich aus seinem dummen kleinen Leben herausgewagt und dafür eine saftige Ohrfeige kassiert.

Innerhalb von Minuten hatte ich meine sämtlichen Besitztümer in meine Tasche geworfen – es war nicht viel. Jana war mir nicht gefolgt. Wahrscheinlich wartete sie mit den anderen im Konferenzraum. Sie konnte das Schuhprojekt ohne mich durchziehen.

Ich hängte mir die Tasche über die Schulter, als mein Blick auf die Rose in der Wasserflasche fiel, die Casziel mir geschenkt hatte. Sie war verwelkt, und die Blütenblätter waren braun geworden und abgefallen. Bis auf eins. Ein Blütenblatt war noch da, und es war genauso rot und lebendig wie vor einer Woche.

Es ist noch Zeit.

Zeit wofür? Ich hatte alles verloren. Ich hatte gedacht, ich wäre bei Cas auf eine echte Verbindung gestoßen, eine tiefe Wahrheit über uns – über *mich* –, aber es war nur eine Lüge gewesen. Seine Erlösung und unser großer Plan, Guy in mich verliebt zu machen? Noch mehr Lügen. Die tiefsten Wünsche meines Herzens waren ans Licht gezerrt worden und zu Asche verbrannt.

Tränen stiegen mir in die Augen, und ich sank auf den Stuhl und starrte die Rose an.

Hey, Mäuschen. Dads Stimme war so deutlich in meinem Kopf, als würde er neben mir sitzen. Ich bildete mir sogar ein, Pfeifenrauch zu riechen. *Gib nicht auf. Es ist nicht zu spät.*

»Doch, ist es, Daddy«, flüsterte ich, und die Rose verschwamm vor meinen Augen. »Ich kann nicht …«

Doch, du kannst. Du hast nie aufgegeben, nicht in Tausenden von Jahren. Du bist stark. Unerschütterlich. Du hast es nur für eine Weile vergessen.

Die Wahrheit dieser Worte durchdrang mich. In dieser einen Woche hatte ich mehr getan und gesehen und gefühlt als in meinem ganzen Leben.

Ich hab bei blassem Mondlicht mit dem Teufel getanzt.

Ich richtete mich auf und nahm die Schultern zurück. Mein Privatleben hatte sich vielleicht auf unfruchtbares Ödland reduziert, aber ich stand noch. Da war niemand neben mir, der meine Hand hielt. Keine alles verzehrende Liebe, aber ich hatte immer noch mich. Im Moment war das nicht viel, aber ich hatte noch etwas zu erledigen. Die Meere würden nicht von selbst die fast zehn Millionen Tonnen Plastikmüll loswerden, die jedes Jahr in ihnen abgeladen wurden.

Ich warf meine Tasche auf den Stuhl und nahm die Aktentasche. Meine Nervosität verschwand nicht – sie wurde noch stärker, bis mir fast schlecht wurde bei dem Gedanken, mich vor diese Leute zu stellen, die meine Demütigung noch frisch in Erinnerung hatten.

Aber ich spürte Dads stolzes Lächeln, als ich mit feuchten Händen den Griff der Aktentasche umklammerte und in den Konferenzraum ging. Seine Stimme in meinem Kopf – und meinem Herzen – war so viel lauter als die Dämonen, die schrien, dass ich einen großen Fehler machte.

Das ist mein Mädchen. Ich wusste, du schaffst es, Mäuschen.

Das Wasser traf mein Gesicht, und ich legte mir die Hände auf die Wangen; die belebende Kälte war das Beste, was ich je gefühlt hatte. Ich sah vom Waschbecken auf, und die Frau, die mich aus dem Spiegel ansah, lächelte. Sie hatten es richtig toll gefunden. Kimberly hatte darauf bestanden, aus Cancún zugeschaltet zu werden, und schon ein paar Anweisungen gegeben, um meinen Plan anzuschieben. Jana, die stolze Tränen unterdrückt hatte, konnte verkünden, dass Kai Solomon sich einverstanden erklärt hatte, den Schuh mit seinem Namen zu unterstützen, sobald er fertig war. Guy war beeindruckt, aber ich sah trotzdem, dass er schon halb aus der Tür war. Ohne mich.

Vielleicht sollte es so sein. Kein Guy und kein Casziel. Es gab schlimmere Tragödien, als keinen Mann zu haben, zum Beispiel die in Sri Lanka.

Das stimmt, spottete Deber. *Lucy, das Dummerchen, ist zurück in seinem dummen Leben. Allein. Und so wird es auch bleiben. Weil dich keiner will. Keiner.*

Ich ignorierte ihre Unterstellungen, die so lahm und alt waren wie eine verblichene Tapete. Dann fuhr ich zusammen, als die Tür einer Kabine aufging. Halb erwartete ich, dass Deber und Keeb herausschlurfen würden, aber es war Abby. Sie hatte sich Toilettenpapier unter die Augen gedrückt und hielt inne, als sie mich sah.

»Oh. Hey, Luce.«

»Hi«, sagte ich ausdruckslos, als sie sich neben mich vor ein Waschbecken stellte.

Ihre Wimperntusche war verschmiert, und ihr standen Tränen in den Augen. »Lucy, ich …«

»Ich will es nicht hören.«

Sei nicht bitter, Mäuschen, sagte Dad. *Das ist nicht dein Stil.*

Ich schnaubte. »Vielleicht wär es das besser.«

»Was?« Abby schüttelte den Kopf. »Hör zu, ich muss dir etwas sagen. Lucy … ich bin ein schlechter Mensch.«

Ich verschränkte die Arme. »Aha.«

»Ja, schon klar, shocking, oder? Ich weiß meistens gar nicht, warum ich tue, was ich tue. Weißt du, warum ich dir unbedingt bei Guy helfen wollte? Weil er mich nicht interessiert. Er ist so gesund und gut, und wir ticken total verschieden. Aber Cas? Er hat so etwas Düsteres, das einfach passt. Ich wollte dich und Guy nur zusammenbringen, damit ich Cas für mich allein hatte. Aber er hat kein Interesse an mir, und, ey, das hat er echt verdammt klargemacht auf der Hochzeit. Ich hab mich so *unsichtbar* gefühlt. So gedemütigt. Und deshalb habe ich dich mit diesem blöden Video gedemütigt. Als ob der ganze Scheiß deine Schuld wäre. Es tut mir leid, Lucy. Wirklich.«

Ich ließ die Arme sinken. »Also, du und Cas …?«

Sie schnaubte. »Wie jetzt, *ich* und Cas? Er hat mich nie beachtet, obwohl ich mir wirklich Mühe gegeben hab.«

»Du hast nie mit ihm geschlafen?«

Abby warf mir im Spiegel einen ungläubigen Blick zu. »Schön wär's. Er wollte mich nicht mal küssen. Ich meine …

wie demütigend ist es, wenn ein Callboy dich nicht anrührt? Das ist schließlich sein Job.«

Ich hätte beinah gelacht. Es war eine ziemliche Beleidigung, dass Abby immer noch dachte, Casziel sei nur mit mir zusammen gewesen, weil ich ihn dafür bezahlt hatte, aber die Tatsache, dass er sie nie angerührt hatte, war wie eine kleine Hoffnung, die versuchte, die dünne Schale um mich herum zu zerbrechen.

Abby fing wieder an zu heulen. »Ich weiß nicht, was mit mir los ist. Ich habe ständig diesen Drang, furchtbare Dinge zu tun, wie mit diesem Video, und ich gebe dem einfach nach. Und es ist aufregend, die Likes und die bösen Kommentare und so zu sehen, aber hinterher fühl ich mich einfach nur scheiße. Warum mach ich so was?«

Weil du auch eine Deber und eine Keeb hast.

»Das machen wir alle«, sagte ich. »Wir alle hören diese Stimmen im Kopf, die uns sagen, dass etwas Schlechtes eigentlich gut ist. Ich hab lange geglaubt, mit mir würde etwas nicht stimmen. Als wäre mein eigenes Gehirn gemein zu mir. Aber diese Stimmen sind nicht dein wahres Ich, und sie haben nicht wirklich die Kontrolle. Du hast die Macht, sie zu ignorieren, und dann sind sie irgendwann nur noch ein Hintergrundrauschen.« Ich lächelte. »Ich behaupte nicht, dass es leicht ist, aber wenn man sie lange genug ignoriert, verschwinden sie ganz.«

»Das wäre wirklich schön«, sagte Abby und schniefte. »Gott, du bist so nett zu mir, obwohl ich es nicht verdiene. Weil du ein guter Mensch bist.« Sie atmete zitternd ein. »Ich werde kündigen.«

»Das musst du nicht.«

»Doch, muss ich. Ich hab den Job eh nur angenommen, weil meine Eltern mehr Geld haben als Gott und gedroht haben, mir den Hahn zuzudrehen, wenn ich mich nicht *in sinnvoller*

Weise betätige. Hier zu arbeiten hat ihren Anforderungen genügt, aber es ist nicht meins, und ich hab eindeutig zu viel Zeit
zur Verfügung.«

»Was wirst du tun?«

Sie wischte sich die Mascara unter den Augen weg. »Irgendetwas, was *ich* will. Ich miete mir eine eigene Wohnung.
Ich such mir erst mal eine Mitbewohnerin, und für eine Weile
wird's nicht so leicht. Aber das ist egal. Hör zu, Lucy, ich erwarte nicht, dass du mir vergibst, und du musst *definitiv* keinen Rat von mir annehmen, aber lass dir das mit Guy nicht von
dem blöden Video verderben. Gott, das ist hoffentlich nicht
passiert. Weil du verdienst, glücklich zu sein.«

Ich brachte ein schmales Lächeln zustande. »Das Video hat
nichts verdorben, versprochen.«

Sie fiel mir kurz um den Hals. »Danke, Luce. Und deine
Schuh-Idee ist wirklich gut. Die wird richtig einschlagen.«

Ich wartete ein paar Minuten, nachdem sie weg war, dann
ging ich hinaus. Die Kolleginnen und Kollegen gratulierten
mir, und Jana – die an ihrem Schreibtisch saß und telefonier-
te – winkte mir, als würde sie reden wollen, aber ich konnte keine Sekunde länger im Büro bleiben. Morgen würde ich wiederkommen und arbeiten, aber heute würde ich mir den Rest des
Tages freinehmen.

Draußen regnete es in Strömen, und ich zog die Schultern hoch. Die Schlechtwetterfront war schließlich mit voller Wucht angekommen. Bei all dem Aufruhr wegen Casziel
hatte ich meine Regenjacke vergessen, und das Kleid und die
Wolljacke waren innerhalb von Sekunden durchnässt. Ich hätte ein Uber rufen sollen, aber ich konnte nicht denken, fühlte
mich so dumpf und ausgehöhlt. Es heißt, was dich nicht um-
bringt, macht dich stärker, aber ich war einfach völlig gefühllos.

Geh zurück in dein kleines Leben …

Deber ließ nicht locker, aber selbst hier draußen auf den leer gefegten Straßen und nass bis auf die Knochen wusste ich, dass ich nicht in mein *kleines Leben* zurückkehren würde. Ich war nicht mehr dieselbe wie vor zehn Tagen. Ich wusste nicht, wer ich war, hatte mich in einer Art Fegefeuer verloren und keine Ahnung, was als Nächstes kommen würde. Der Stolz darauf, meine Idee vorgestellt zu haben, war schon verblasst, und ich wollte nur nach Hause, heiß duschen und mich in einen Liebesroman vertiefen. Weil ich die gern las.

Ich brauchte keinen anderen Grund.

Den Kopf voll von diesen Gedanken, trat ich auf die Fahrbahn.

Zu spät sah ich die Frontscheinwerfer auf der regennassen Straße.

Zu spät hörte ich die Hupe und das Quietschen der Reifen, die auf dem rutschigen Asphalt nicht schnell genug bremsen würden.

»Casziel«, flüsterte ich mit meinem letzten Ausatmen.

Etwas Schweres erfasste mich von der Seite, und ich flog. Ich fühlte den Fahrtwind des Lasters an den Knöcheln, als ich in schwarze Augen starrte. Starke Arme und Flügel umgaben mich. Cas drehte sich in der Luft, landete mit dem Rücken zuerst auf dem Boden und kriegte die ganze Wucht des Aufpralls ab. Dann drehte er sich mit mir in den Armen um, sodass ich mit dem Rücken auf der Straße lag und sein immenser Körper mich vor dem Regen – vor der Welt – schützte.

Ich starrte in sein Gesicht – weiß und blutleer, die Augen schwarze Gruben. Die Kälte in ihnen wurde von der Liebe in meinem Herzen besiegt, das immer weiter anschwoll, bis ich dachte, es würde platzen.

Weil er mein ist und ich sein. Immer.

Ich strich über die Konturen seines Gesichts, über das Regen lief, der von seinen vollen Lippen herabtropfte.

»Li'ili«, sagte er mit rauer Stimme.

Ich nahm sein Gesicht in beide Hände, sah ihm viel zu lange in die Augen, die mich in ihre Tiefe zogen; aber ich konnte nicht wegsehen. Noch nicht.

»Sag es«, flüsterte ich, als die Dunkelheit mich einhüllte.

»Meine Frau …«

EINUNDZWANZIG

In meiner Wohnung war es dunkel, draußen tobte ein Gewitter. Ich saß auf meinem Bett, straffte den Rücken und zitterte in den nassen Klamotten. Casziel stand reglos am Fenster. Eine Statue, die in der Dunkelheit Wache hielt. Die Wachsamkeit war in jede Linie seines Körpers eingeschrieben. Ein Blitz erhellte seine glänzenden schwarzen Flügel.

»Casziel«, sagte ich sanft.

Er zog die Schultern hoch, die Flügel bewegten sich leicht. »Astaroth wird unverschämt. Ich lasse nicht zu, dass er dir wehtut, Lucy.« Er schnaubte. »Nicht noch mehr als sowieso schon.«

»Er hat von Guy Besitz ergriffen«, sagte ich und rutschte vom Bett. »Um mich zu fragen, ob ich mit ihm nach Sri Lanka fliege. Warum sollte er das tun?«

Casziels Kiefermuskeln spannten sich an. »Um dich mitten im Regen, hoffnungslos und allein, blind auf die Straße zu treiben. Um dich mit denselben teuflischen Versprechungen zu locken wie damals mich.« Er richtete den schwarzen Blick auf mich. »Er hat auf der Anderen Seite auf dich gewartet, Lucy. Bereit, dich aufzufangen, sobald du fallen würdest.«

»Du hast auch dazu beigetragen, dass ich mich hoffnungslos fühle«, sagte ich und trat auf ihn zu. »Was du auf der Hochzeit gesagt hast …«

Er zuckte zusammen, als hätte ich ihn geschlagen, seine Stimme stockte. »Oh Götter, vergib mir, Lucy. Es hat mir das Herz gebrochen, dich zu verletzen. Astaroth versucht auf jede erdenkliche Weise, dich zu kriegen. Ich hatte Angst, du würdest einen unaussprechlichen Handel abschließen. Für *mich*.«

Ein kleiner Schrei entfuhr mir, als Casziel sich plötzlich wütend umdrehte, die Schwingen ausgebreitet wie die Nacht, die Augen voller Kälte. Er packte meine Schultern und grub die Finger hinein. »Du darfst nicht auf ihn hören, Lucy. Du kannst nichts für mich tun. Es gibt keinen Handel. Du kannst mich nicht retten. Hast du das verstanden? *Du kannst mich nicht retten.*«

Der Sog seiner schwarzen Augen machte mich schwach. Meine Lippen öffneten sich, aber es kam nur ein Wimmern heraus. Fluchend ließ er mich los, dann verschränkte er die Arme, als wollte er sich daran hindern, mich zu berühren.

»Dann war's das also?«, fragte ich und umfasste meine Ellbogen. »In ein paar Stunden ist es einfach … vorbei?«

Tränen der Enttäuschung stiegen in mir auf. Schlimmer noch: Ich würde ihn verlieren. Die Minuten tickten, sein Weggang war ein gähnender schwarzer Abgrund, und ich fiel hinein.

»Und was sollte die Sache mit Guy?«, fragte ich. »Noch mehr Lügen? Wenn ich dich nicht retten kann, was sollte das dann alles?«

»Es war für *dich*, Lucy. Dein Glück. Es war keine Lüge. Dein Glück ist mir wichtiger als mein nächster Atemzug. Aber deine Güte war ein Hindernis. Ich konnte dir nur helfen, wenn ich dich in dem Glauben ließ, du würdest mir helfen.«

»Du wolltest mich also mit einem anderen Mann verkuppeln? Ich will niemand anderen lieben. *Ich kann nicht.*«

»Das musst du aber.«

»Warum? Weil du für immer zu Astaroth zurückgehst?«

Er antwortete nicht, seine Kiefermuskeln waren angespannt.

»Du hättest mir die Wahrheit sagen sollen. Mich selbst entscheiden lassen.«

»Vielleicht«, gab er zu. »Vielleicht war es von Anfang an eine Farce. Ich habe dich zu lange und zu sehr geliebt, um dich aufzugeben. Aber ich habe es versucht. Für dich und für mich habe ich es versucht.«

Wieder stiegen mir Tränen in die Augen. Wie lange hatte ich darauf gewartet, dass ein Mann mir sagte, dass ich geliebt wurde?

Nicht irgendein Mann. Dieser Mann. Ich habe auf ihn gewartet, meinen Ehemann.

»Ich gebe dich nicht auf«, sagte ich wild. »Jetzt, da ich dich endlich zurückhabe …«

Er schüttelte den Kopf. »Es gibt keine Hoffnung für mich, Lucy. Du musst mich gehen lassen. Ich sollte dafür sorgen, dass du vergisst. Dieser ganze Horror …«

»Wag es ja nicht!«, rief ich. »Ich will nicht mehr vergessen. Du hast einfach für mich entschieden …«

»Um dich zu beschützen«, gab er zurück. »Damit du mehr hast als nur Träume. Etwas Reales.«

»Mit *Guy*? Das, was ich für *dich* empfinde, ist echt, Casziel. Ich liebe …«

»Sag es nicht. Du kannst mich nicht lieben. Nicht so. Es ist sogar gefährlich für dich, mir in die Augen zu sehen …«

»*Du bist nicht mein Bodyguard!*«, schrie ich, und draußen donnerte es. Ich zog an Cas, damit er mich ansah; seine muskulösen Arme waren fest verschränkt, die Hände zu Fäusten geballt. »Weißt du, was heute Nachmittag auf der Straße passiert ist? Ich habe nicht um Hilfe gerufen. Ich habe dich nicht *beschworen*. Ich hatte noch Sekunden zu leben – sogar weniger – und habe deinen Namen gesagt, weil meine Gedanken nur bei dir sind.« Ich zerrte an seinen Armen, damit mein sturer Mann mich endlich umarmte. Er blickte über meinen Kopf hinweg, als ich mich gegen seine harte Brust presste. »Was ich für dich empfinde, ist real, Casziel, und mir macht einzig und allein Angst, dich wieder zu verlieren.«

»Lucy …«

»Ich muss nicht gerettet werden. Ich brauche *dich*.«

Ich legte meine Hand auf seinen Arm. Sie sah so klein aus auf seinem gewölbten Bizeps. Er überragte mich, groß und imposant. Eine Bestie der Finsternis, die nach altem Leder und Metall, nach Blut und Asche roch. Ich schloss die Augen und legte die Wange an seinen Arm. Seine blasse Haut war heiß und kalt zugleich durch die Feuer der Hölle und die Blutleere des Todes. Sein Flügel strich über meine Wange.

Meine Berührung erweichte ihn; sein großer, starker Körper erzitterte bei meinen Worten, und er seufzte. Dann legte er die Arme und Flügel um mich, und wir umarmten uns zum ersten Mal seit so vielen, langen Jahren. Tränen drangen mir aus den geschlossenen Augen, als ich mich in seine perfekte Umarmung schmiegte, in der ich so sicher und beschützt war, weil ich dort hingehörte.

»Es tut mir leid, Geliebte«, sagte er, den Mund an meinem Haar, »dass ich diese Dunkelheit zu dir bringe. Dass ich so schreckliche Dinge zu dir gesagt habe. Dass ich dir das Gefühl gegeben habe, weniger zu sein, als du bist, weil du alles für mich bist, Li'ili. Meine Frau. Mein Leben …«

»Ich bereue keine einzige Minute«, sagte ich. »Ich habe mich zweimal in dich verliebt – vor viertausend Jahren und vor zehn Tagen noch einmal. Aber das ist eigentlich nicht wahr. Ich habe nie aufgehört, dich zu lieben.«

»Und ich auch nicht.«

»Das muss etwas zählen. Es muss einfach.«

Seine Brust hob und senkte sich an meiner Wange, als er einen schweren Seufzer ausstieß. »Ich habe dich hundert Leben lang geliebt, Lucy. Wenn mich das retten könnte, wäre es schon geschehen.«

»Das glaube ich nicht. Liebe ist stärker als alles andere. Ich spüre sie in dir. Wie kann nichts mehr von ihr übrig sein, wenn wir jetzt hier sind?«

»Ich weiß es nicht«, flüsterte er. »Ich habe Angst zu hoffen ...«

»Ich nicht.« Ich drückte einen Kuss auf sein Herz. Seine Kehle. Sein Kinn. Suchte seine Lippen. »Lieb mich einfach, Casziel ...«

Sein Körper spannte sich an, als mein Mund seinen fand – eine zitternde, federleichte Berührung. Er ließ ein Knurren hören – kaum gezügeltes Verlangen, das sofort da war. Cas presste seinen Mund auf meinen, seine Zunge drang in mich ein, er biss in meine Lippen, saugte daran, erkundete jeden Winkel meines Mundes. Er schmeckte metallisch und elektrisch, erhellte mich von innen.

Ich ließ die Augen geschlossen, als das kalte Feuer seiner Dämonengestalt in mich hineinfloss. Ich hatte keine Angst; ich gab mich ihm hin. Empfindungen, von denen ich nicht wusste, dass sie existierten, entfalteten sich in mir – die heißeste Begierde, gefärbt von einem kalten Hauch der Angst. Jeder Teil von mir brannte, während mir Schauder über die Haut tanzten. Dieser Kuss ... überirdisch und ätherisch. Ein Fiebertraum, aus dem ich nicht erwachen wollte.

Aber Casziel riss sich von mir los, und ich fühlte mich atemlos und leer.

»Es geht nicht«, stöhnte er. »Astaroth ist am stärksten in der Nacht. Ich kann ihm nicht in meiner menschlichen Gestalt gegenübertreten. Noch nicht.«

»Noch nicht?«

»Wenn der Morgen dämmert, schlafe ich mit dir.« Casziels Tonfall war rau und erregt. »Ich habe Jahrhunderte darauf gewartet, dich wieder zu spüren. Ich kann auch noch ein paar Stunden warten.«

»Nein.« Ich nahm sein Gesicht in meine Hände und blickte direkt in die tote Schwärze seiner Augen. »Wir *haben* nur noch ein paar Stunden. Ich will sie alle. Ich will nicht warten.«

»Meine tapfere Frau«, sagte er und schloss meine Lider mit Küssen. »Es gibt eine Hölle in mir, Lucy. Wenn du mir lange genug in die Augen blickst, wirst du deinen Tod sehen.«

»Ich will ihn sehen. Unsere letzte Nacht.«

»Lucy, nein …«

»Du machst es schon wieder.« Ich presste mich an ihn, hob das Kinn, suchte blind seinen Mund. »Du willst mich beschützen. Vor dieser Nacht. Vor deiner Berührung. Ich will, dass du mich berührst.«

»Götter, Frau. Du weißt nicht, was du von mir verlangst«, sagte er rau, und zwischen uns war nur eine minimale, von Hitze erfüllte Distanz. »Es wäre nicht wie mit einem Menschen. Ich bin *un*menschlich.«

»Würdest du mir wehtun?«

»Niemals. Aber Götter, du bist ein Engel, mich in diesem Körper zu nehmen.«

»Ich will es«, sagte ich, auch wenn mir das Herz gegen die Rippen schlug. »Du bist so, weil du mich geliebt hast. Außerdem …« Ich lächelte, und meine eigene Dreistigkeit schockierte und erregte mich, als meine Hand zu der riesigen Erektion hinunterwanderte, die seine Hose dehnte. »… bin ich vielleicht nicht so rein, wie du denkst.«

Seine Augen weiteten sich, und er umfing meinen Mund in einem brennenden Kuss. Die Empfindungen – heiß und kalt,

Feuer und Eis – kamen mit aller Macht zurück. Sein Kuss verschlang mich grob und wild. Überwältigend.

Und das ist nur ein Kuss.

Ein Hauch von Furcht durchzitterte mich, wurde jedoch von dem Verlangen verbrannt, das jede Faser von mir elektrisierte, da ich seine Haut auf meiner spüren wollte, seinen Mund und seine Hände auf meinem Körper, ihn in mir …

Allein bei dem Gedanken wurde mir schwindelig.

Er trug mich zum Bett, küsste mich ungezügelt und fing schnell an, mich auszuziehen. Die Wolljacke fiel zu Boden, dann zog er mir das Kleid über den Kopf und entblößte meine Kurven, die Brüste, die aus dem BH drängten. Einen Moment lang war ich mir unsicher, ob mein Körper üppiger sein könnte, als er wollte.

Aber Casziel fuhr sich mit der Zunge über die Lippen, und sein hungriger Blick wanderte über mich, als wüsste er nicht, wo er anfangen sollte.

»Die Götter seien mir gnädig«, flüsterte er. »Ich habe davon geträumt, dich zu besitzen. Jahrelang jede Nacht. In jedem Leben wollte ich dich küssen und berühren und vögeln, bis ich beinahe den Verstand verlor.«

Meine Unsicherheit verbrannte wie ein trockenes Blatt.

Ich legte den Rest meiner Kleidung ab und legte mich aufs Bett, streckte mich wartend aus. »Komm«, sagte ich, und meine Stimme zitterte.

»Schließ die Augen, Lucy, und mach sie nicht auf. Egal, was passiert.«

Ich nickte und tat, was er sagte. Die dämonische Verzweiflung wurde weniger, aber ich hatte mich nie verletzlicher gefühlt, im Dunkeln mit dem Gewitter draußen und dem Rascheln der Flügel über mir. Das Bett sank ein, als Casziel sich schwer und hart auf mich legte und ich die Arme um ihn schloss. Mein Puls hämmerte, Verlangen und Nervosität verflochten sich miteinander, und alles kribbelte. Ich spürte, wie er einen Kuss in meine Halsgrube drückte, sein Haar kitzelte mich am Kinn.

»Lucy, dein Herz …«

»Gehört dir«, sagte ich und zog ihn an mich. »Ich will es. Ich will dich.«

»Bist du dir sicher?«

»Ich war mir im ganzen Leben keiner Sache so sicher.«

Das Gewicht seines Körpers war massiv und real, ich hatte mich so sehr danach gesehnt. Mein hämmernder Puls verlangsamte sich ein wenig, als ich mich jetzt von ihm umgeben fühlte. Es war real. *Er* war real und kein Traum. Dies war nicht die Geschichte anderer, sondern unsere. Seine und meine.

»Wenn du aufhören musst, hören wir auf«, sagte Casziel, fuhr mir mit Lippen und Zunge über die Haut und schickte eisig heiße Flammen über meinen Hals und meine Brüste, sodass die Nippel hart wurden. »Du musst mir sagen, wenn es zu viel ist.«

Es war jetzt schon zu viel und zugleich nicht genug. Eine Mischung aus Adrenalin und Lust durchflutete mich. Jeder Partikel meines Körpers und meiner Seele wollte ihn, musste ihn endlich fühlen. Ich konnte mich nicht an alles von uns erinnern, aber ich spürte jede Minute der langen Jahrhunderte, in denen ich ihn nicht gehabt hatte. In denen er meinem Körper gefehlt hatte.

»Schnell«, wimmerte ich. Bettelte ich. »Ich will …«

»Du willst, dass ich dich nehme«, knurrte Casziel, und sein Atem war heiß auf meiner Haut. Sein Ton war nicht länger zivilisiert, sondern heiser und grob. Er legte den Mund auf eine schwere Brust und saugte daran. »Du willst, dass ich deinen sinnlichen Körper nehme, stimmt's, Lucy? Du willst, dass ich meinen Schwanz in deine feuchte Enge stoße und es dir richtig besorge. Und das werde ich, weil du *mir* gehörst.«

Ich stöhnte, seine besitzergreifenden Worte erfüllten mich mit einer Hitze, wie ich sie noch nie erlebt hatte. Lust und Liebe. Hingabe und Verlangen. Ich war komplett in seiner Gewalt; er konnte mit mir tun, was er wollte, denn was er wollte, wollte ich auch.

Ihn in mir …

Schamlos drückte ich die Hüften an ihn. Er war jetzt nackt – nur harte Muskeln und glatte Haut, seine schwere Erektion zwischen meine Schenkel gepresst. Er war so unglaublich groß, die Spitze seines Schwanzes drückte gegen meinen feuchten Eingang. Der Drang, die Augen zu öffnen, war verlockend und furchteinflößend zugleich.

»Augen zu«, stieß er hervor, bewegte sich wieder zu meinem Mund. »Meine Li'ili. Meine Geliebte …«

Er küsste mich mit dem überirdischen kalten Feuer, das meine Nervenenden elektrisierte, bis ich keuchte. Dann richtete er sich auf, kniete sich aufs Bett und nahm mich mit. Ich schlang die Beine um seine Taille, und er drang mit einem einzigen Stoß in mich ein.

Ich schnappte nach Luft und erstickte fast, als der Atem sich in meiner Kehle verfing. Alles an mir war plötzlich zu klein. Zu eng. Zu voll von *ihm.* Sein Mund war überall. Er hatte ein Dutzend Hände, die mich liebkosten, streichelten, kniffen. Und sein Schwanz … ich war so komplett erfüllt, in jeder Weise, in der ein Mann eine Frau füllen kann, alles zur gleichen Zeit. Ich strich ihm über den Rücken, mächtige Muskeln bewegten sich unter glatter Haut, seine Flügel streiften mich …

»Oh mein Gott«, wimmerte ich. »Oh mein Gott …«

»Li'ili«, sagte er angespannt. »Bei den Göttern, du bist alles. Alles …«

Ich hatte keinen Atem, um zu sprechen. Ich konnte ihm nur die Arme um den Hals legen, und mir war schwindelig von diesem Gefühl, dass ich ihn endlich, endlich in mir spürte. In der Dunkelheit der reinen Empfindungen war ich nur noch kopflose Begierde, meine Gedanken lösten sich auf, alles war erfüllt von ihm.

»Was machst du mit mir?«

Aber ich wusste es.

Er nahm mich in Besitz.

Casziel nahm mich in jedem Sinne des Wortes. Jede Berührung ging über das Körperliche hinaus – Hände und Münder waren überall, alles von ihm berührte alles von mir, von innen und von außen. Er war in meinem Körper, meinem Herzen, meiner Seele …

»Sag mir, wenn es zu viel ist«, raunte er an meinen Lippen.

Es war zu viel. Ich konnte ihn kaum in mir aushalten. Ich war zum Zerreißen gedehnt, so komplett von ihm erfüllt und so überwältigt von den Empfindungen … Aber ich würde ihn um nichts in der Welt loslassen.

Unter der Intensität, der Enge, war Lust. Ein ganzer geschmolzener See davon, kilometertief. Casziel brachte meine Haut zum Glühen, wo auch immer er sie berührte. Sein Mund nahm meinen mit besitzergreifendem Verlangen, unsere Körper bewegten sich in perfektem Einklang. Ich ritt ihn hemmungslos, fühlte mich wild und waghalsig, obwohl ich in seiner Umarmung gefangen war. Seine Arme hielten mich, ließen keinen Raum, während ich meine um seinen perfekten Körper legte. Die Muskeln seines Rückens bewegten sich unter meiner Berührung, seine Haut war heiß und makellos.

Ich ließ meine Hände wandern. Vorsichtig. Riskierte, das Unmögliche zu finden. Ich keuchte in seinen Mund, als ich das harte Gelenk fand, wo seine Flügel an den Schulterblättern befestigt waren. Ich fuhr fort mit meiner Erkundung, ertastete die kräftige Form eines Flügels, die leicht gewölbten Knochen unter einer Haut, die mit weichen, glänzenden Federn bedeckt war. Er hörte nie auf, mich zu nehmen, mich ihn reiten zu lassen, während ich mich in dem Rausch all dessen verlor, was er war. Seiner unmöglichen Gestalt.

Das ist real.

Plötzlich stieg wilder Stolz in mir auf, dass ich ihn ganz in mich aufnehmen konnte, auch wenn es sich anfühlte, als würde ich platzen. Und ich war kurz davor, zu explodieren und zu Sternenstaub zu werden bei der Ekstase, die sich dort aufbaute, wo wir verbunden waren, und an tausend anderen Stellen, an denen ich ihn spürte.

Endlich, gerade als mein Verstand sich anfühlte, als würde er gleich zerspringen, als könnte ich es keine Sekunde länger aushalten, flutete mich die Lust. Jagte über mich hinweg wie ein unaufhaltsamer Steppenbrand. Ich bohrte die Fingernägel in seinen perfekten Körper, kratzte über die gewölbten Muskeln zwischen den Flügeln. Ich klammerte mich an ihm fest, als mich ein Orgasmus durchzitterte, der alles übertraf, was ich für möglich gehalten hatte. Die Lust war mehr als nur körperlich. Ich fühlte all das, wonach ich mich jahrelang gesehnt hatte. Ganze Leben lang. Ich war die Heldin jedes Liebesromans, den ich je gelesen hatte. Jeder Passage, die mich mitgerissen und zu Tränen gerührt hatte, die mein Herz zum Klopfen oder die Schmetterlinge in meinem Bauch zum Flattern gebracht hatte. Ich spürte jeden ersten erregten Blick. Jeden ersten Kuss. Jede erste Berührung. Jede Sehnsucht danach, sich geschützt, sicher ... *zugehörig* zu fühlen. Jedes Verlangen, begehrt, geliebt und mit wilder, animalischer Lust gewollt zu werden ... und das alles auf einmal.

Und zugleich verwandelte Casziel sich in jeden Helden, dessen Mauern durch die Liebe eingerissen wurden. In jeden stoischen, sturen Mann, den seine Frau in die Knie zwang. Seine rauen Laute des Verlangens und der Lust waren wie ein Chor männlicher Begierde, der in mir zusammenfloss. Ich war ein zitterndes Häuflein reiner Empfindungen, das sich allem hingab, was er mit mir tat, aber ich war gleichzeitig auch mächtig. Mächtiger, als ich je gewesen war.

Ich biss in den Muskel zwischen Schulter und Hals, während ich mich auf seinem Schwanz auf und ab bewegte, zog die Ekstase in die Länge, bis ich klitschnass und erledigt und völlig fertig war.

Dann lockerte er seinen Griff und legte mich aufs Bett. Schnell zog er sich aus mir raus, und dieses unglaubliche Gefühl des Ausgefülltseins verschwand. Ich blinzelte ganz kurz, weil ich ihn unbedingt sehen musste in diesem Moment.

Casziel kniete zwischen meinen gespreizten Beinen auf dem Bett, die schwarzen Flügel zu ihrer vollen Spannweite ausgestreckt, war von schrecklicher dunkler Majestät. Sein weißer muskulöser Körper war angespannt, der Kopf zurückgeworfen, die Miene ekstatisch. Mit einer Hand nahm er seinen riesigen Schwanz und brachte sich selbst zum Orgasmus.

Der Anblick war so unglaublich erotisch. So falsch und schmutzig und unrein. Ich lag vor ihm wie ein Gefäß, das darauf wartete, zu empfangen. Ich legte die Finger auf die feuchte pochende Hitze zwischen meinen Beinen, schürte das unglaubliche Verlangen, während tief in seiner Brust ein Laut erklang. Er kam über meinem Bauch und meinen Brüsten, sein Erguss wie heißes Wachs. Ich stöhnte und schloss schnell die Augen, bevor er mich erwischte.

Zu spät.

»Du hast geguckt«, sagte er mit einem schalkhaften Tonfall in der Stimme. »Und warum berührst du, was mir gehört? Diese wunderschöne Möse ... sie gehört mir heute Nacht.«

Seine schmutzigen, gierigen Worte zündeten ein neues Feuer in mir an. Ich streichelte mich ohne Scham. »Ist das so?«, brachte ich schwer atmend heraus. Irgendwie wollte ich noch mehr. »Hol sie dir doch.«

Seine Augen weiteten sich schwarz und wild. Ich schloss die Augen und schrie leise auf, als er meine Hand wegzog und seinen großen, mächtigen Körper über meinen Schritt beugte. Der Schrei wurde lauter, als er mich mit seiner hungrigen Zunge zu einem zweiten Orgasmus brachte. Zärtlich leckte er über den wunden, pochenden Schmerz, den sein Schwanz hinterlassen hatte, und trieb mich in das nächste Crescendo, bis ich unwillkürlich die Hüfte vom Bett hob und mich an das Laken klammerte.

Nachdem mich eine letzte Welle der Ekstase durchlaufen hatte, sank ich zurück, schlapp und völlig erschöpft. Jetzt würde ich, selbst wenn ich wollte, die Augen nicht offen halten können. Ich spürte, wie Casziels Gewicht neben mir das Bett einsinken ließ, und er zog mich an sich, umarmte mich, und mein Kopf lag auf seiner warmen Haut.

»Schlaf, Li'ili. Meine wilde Frau.«

Ich ließ mich gegen ihn sinken, mein Körper kraftlos und schwer. Darunter spürte ich den Schmerz, ihn zu verlieren, wie eine neue, zerklüftete Wunde, die mit jeder Sekunde weiter aufriss.

»Ich kann nicht …«, murmelte ich. »Ich werde nicht …«

»Schsch...«, flüsterte er an meinem Haar. »Schlaf, meine Geliebte. Wir haben noch morgen früh.«

Aber ich nahm meinen Schwur mit in den Schlaf. Ich hatte Casziel zurück und würde ihn nicht kampflos wieder aufgeben.

ZWEIUNDZWANZIG

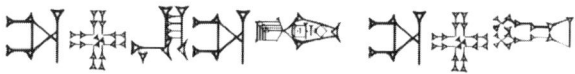

Graues, wässriges Licht fiel durchs Fenster, als ich aufwachte. Mein Körper fühlte sich an, als würde ein Gewicht mich aufs Bett drücken, jeder Teil von mir völlig erschöpft, aber befriedigt.

Cas lag auf dem Rücken, seine bernsteinfarbenen Augen blickten an die Decke. Sein Haar war zerzaust. Menschlich. Ich bewegte mich nicht, sah ihn nur an, nahm seine Gegenwart in mich auf, weil jetzt, da ich ihn zurückhatte, alles endete. Die Uhr zeigte kurz nach zehn.

Sieben Stunden. Noch sieben Stunden, dann ist er fort.

Er hatte mir gesagt, dass er sich wieder in Astaroths Dienst begeben und nicht wieder auf Diese Seite zurückkehren würde. Aber da war mehr, was er mir nicht sagte. Etwas Schlimmeres. Eine Endgültigkeit, die mich bis ins Mark ängstigte.

Das Tageslicht war wie eine Beleidigung, schleuderte mir die Wahrheit, dass unsere gemeinsame Zeit begrenzt war, ins Gesicht. Ich dachte an *Romeo und Julia*, wo die Ankunft des Morgens bedeutet, dass Romeo aus Verona fliehen muss, weil er Tybalt getötet hat. Julia hält ihn fest, will ihn nicht gehen lassen und tut so, als wäre noch nicht Tag geworden. Es ist ein verspielter Moment, aber Romeos Antwort lässt einen erschaudern.

Lass sie mich greifen, ja, lass sie mich töten.

Cas drehte den Kopf auf dem Kissen und missverstand meinen Gesichtsausdruck. »Letzte Nacht … es war zu viel. Ich habe es geahnt. Vergib mir. Ich wollte dich so sehr, und …«

»Nein, letzte Nacht war perfekt«, sagte ich, kuschelte mich in seinen Arm und legte die Wange auf seine warme nackte Haut. »Ich will nicht, dass du gehst.«

Er zog mich an sich und drückte die Lippen auf mein Haar.

»Kannst du wirklich nicht zurückkommen? Oder vielleicht sterben und ein neues Leben als Mensch haben? Vielleicht finden wir uns das nächste Mal …«

»Ich wünschte, es wäre so.«

»Ich kann nicht glauben, dass es für dich keine Vergebung gibt«, sagte ich wütend, und in meinen Augen brannten Tränen. »Ich weigere mich, es zu glauben.«

Cas schwieg und zog mich an sich. Ich fuhr mit den Fingern über seine Haut, zog die Narben nach bis zu der Wunde über seinem Herzen, die ihn getötet hatte.

»Erzähl mir mehr von uns«, sagte ich. »Im Irish Pub – was mir vorkommt, als wäre es eine Million Jahre her – hast du gesagt, dass unsere Ehe arrangiert war.«

»Das war sie«, sagte er. »Heirat in Sumer war eher ein Geschäft zwischen den Vätern als etwas anderes. Aber bei uns war es anders. Unsere Väter waren Freunde, und unsere Familien standen sich nah. Es war Liebe, gleich als wir uns kennenlernten.«

»Ich wünschte, ich könnte mich erinnern.«

»Ich war achtzehn. Du warst vierzehn und …«

»*Vierzehn?*«

Wie Julia …

Cas' leises Lachen rumpelte unter meiner Wange. »Es war eine andere Zeit. Ich war schon in den Rängen von König

Rim-Sins Armee aufgestiegen, als unsere Väter unsere Verlobung vereinbarten. Bevor wir heiraten konnten, griff Hammurapi an, und ich musste für vier Jahre in den Krieg.«

»Und dann bist du zurückgekommen«, sagte ich und kuschelte mich dichter an ihn. »Daran kann ich mich erinnern. Aber ich will den Rest von unserer Geschichte.«

»Ich kann sie dir geben, Lucy.«

Ich verdrehte den Kopf, um ihn anzusehen. »Auch die letzte Nacht?«

»Dieser Albtraum bleibt besser im Dunkeln.«

»Ich will es wissen, Casziel. Ich habe keine Angst.«

»Natürlich nicht«, sagte er. »Du bist meine wilde Frau. Meine Li'ili ...«

Er küsste mich, und auch wenn keine eiskalte Hitze oder überirdische Aura darin lag, hatte der Kuss seine eigene Macht. Die simple Macht eines Mannes, der die Frau küsst, die er liebt. Tränen liefen unter meinen geschlossenen Lidern hervor, als er den Mund zärtlich auf meine Lippen legte, schmeckend und tastend. So vertraut. Die Erinnerung an uns war tausend Jahre alt und doch lebendig in diesem Moment. Aber nicht vollendet. Ich wollte den Rest über uns wissen – diese kurze Liebe, die so hell und heiß gebrannt hatte und so schnell ausgelöscht worden war.

Wie bei Romeo und Julia.

Jetzt, da ich den Bezug einmal hergestellt hatte, konnte ich nicht damit aufhören, und die Angst wuchs mit jeder Sekunde. Cas küsste mich so wunderbar innig und langsam, und es lag Liebe darin und ein Abschied.

Und so im Kusse sterb ich.

Schluchzend löste ich mich von ihm. Er zog mich wieder an sich.

»Es tut mir leid, Lucy«, flüsterte er an meinem Haar. »Wenn

ich etwas anderes tun könnte, dann würde ich das. Aber ich habe mein Schicksal besiegelt. Ich habe mich ruiniert, als du gestorben bist, und mich der Dunkelheit übergeben. Die Sünden, die ich begangen habe, können nicht durch deine süßen Tränen weggewaschen werden.«

»Ich gebe nicht auf«, sagte ich und wischte mir die Augen. »Und wir haben noch Zeit. Erzähl mir mehr von uns. Unsere Hochzeit. War sie schön?«

Sein Blick war ruhig und sanft. Traurig. »Sie war perfekt.«

»Zeig mir den Rest unserer Geschichte.«

»Das werde ich. Aber noch nicht.«

Er küsste mich noch einmal und stand dann auf. Mein Blick folgte ihm. Ich betrachtete seinen nackten Körper, der trotz der Narben perfekt war, abgesehen von dem schrecklichen Brandzeichen auf seinem Rücken. Es war nicht mehr ganz so schlimm, aber die Linien hoben sich grausam und schwarz von seiner olivfarbenen Haut ab. Er zog seine Boxershorts unter den Klamotten am Fuß meines Bettes hervor und ging ins Bad.

Ich hörte das Wasser in die Wanne einlaufen, und der Duft von Lavendel erfüllte die Luft. Er kam zurück und hob mich wortlos aus dem Bett.

»Kommst du mit rein?«, fragte ich, als er mich ins Wasser legte, das genau so war, wie ich es mochte – ein paar Grad weniger als zu heiß.

»Nein«, sagte er. »Das ist für dich. Für letzte Nacht.«

»Wenn du darauf bestehst«, sagte ich und seufzte. Ich lehnte mich zurück und genoss das perfekte Wasser. Mein Körper war angenehm wund, fühlte sich an, als wäre einmal das Innere nach außen gekehrt worden, als ich …

Mit einem Dämon gevögelt hatte?

Ich hielt mir die Hand vor den Mund, als ein irres Lachen herauswollte. Ich hatte das wirklich getan. Es war wie ein Klippensprung bei Höhenangst. Aufregend und todesmutig ging man an seine Grenzen … in dem Wissen, dass man es nur dieses einzige Mal tat.

Cas nahm einen Waschlappen, wusch damit mein Gesicht, meinen Hals, meinen Nacken unter dem Haar und den Rücken, dann meine Brüste und wanderte tiefer. So ausgelaugt ich auch war, ich konnte nicht verhindern, dass ich mich seinen Berührungen entgegenbog. Aber er bewegte sich weiter, wusch meinen Arm und dann die Finger, die er an seinen Mund presste. Dann warf er den Waschlappen beiseite und verschränkte die Arme auf dem Badewannenrand. Ich tat dasselbe, sodass unsere Ellbogen übereinanderlagen.

»Was passiert als Nächstes?«, fragte ich im aufsteigenden Dampf.

»Ich habe Zeit bis fünf Uhr.«

Ich nickte und begriff, dass ich das nur überleben würde, wenn ich so tat, als würde Cas auf eine lange Reise gehen und als würden wir uns nur eine Weile nicht sehen. Nicht *nie wieder*.

Weil nie wieder *nicht sein kann. Es geht nicht.*

»Willst du noch etwas machen?«

Er schüttelte den Kopf, sah mich an. »Ich will das machen, was du willst. Oder nichts. Nur bei dir sein. Das ist alles, was ich jemals wollte.«

»Du warst in Japan und Russland bei mir, oder? In den anderen Leben?«

Er nickte. »Immer von Weitem, weil ich sichergehen wollte, dass dir nichts geschieht.«

»Ich hatte einen Dämon als Schutzengel.«

Er zog eine Augenbraue hoch. »Ich glaube, der Begriff, den du nicht mochtest, war *Bodyguard*.«

Ich lachte. »Du hättest in jedem dieser Leben ein Bodyguard mit Extras sein können. Aber das warst du nicht.«

»Nein. Es wäre falsch gewesen, so mit dir zusammen zu sein.« Er hob die Hand, als ich ihn listig ansah. »Ja, ich habe dich immer wieder getäuscht, aber das wäre unverzeihlich gewesen. Dich zu benutzen, während ich unsere Geschichte kannte, du aber unwissend warst.«

»Vielleicht hätte ich auch da geträumt. Dieses Gefühl gehabt, dich zu kennen, das ich jetzt die ganze Zeit hatte.«

»Vielleicht. Ich konnte es nicht riskieren. Damals war mein Verlangen nach Blut und Tod noch unersättlich. Seitdem ist es abgestumpft, und jetzt bin ich nur noch müde.«

Ich machte den Mund auf, um ihn zu fragen, was es bedeuten würde, wenn er sein Leben unter Astaroth wiederaufnahm, aber Cas schüttelte den Kopf und legte einen Finger auf meine Lippen. Dann beugte er sich vor und küsste mich. Der Kuss wurde tiefer, ernster. Ich hatte gedacht, dass mein Körper nie wieder bereit sein würde, aber ich wollte ihn so sehr.

Ich stand auf. Das Badewasser rann in Bächlein an mir hinab. Cas betrachtete mich, und ich hatte mich nie schöner oder wohler gefühlt in meiner Haut. Ich brauchte Cas nicht, um mich ganz zu machen; seine Liebe zeigte mir, dass ich das schon war.

Ich ließ das Wasser ablaufen. Er wickelte ein Handtuch um mich und hob mich auf die Badematte. Er nahm sich Zeit, rieb mich am ganzen Körper ab, bis meine Haut warm und trocken war.

Dann gingen wir ins Bett.

Die Stunden schmolzen dahin, viel zu schnell, während der Sturm draußen heftiger wurde und den Regen gegen die Fensterscheibe trieb. Drinnen wütete unser eigener Sturm aus Angst und Liebe, Ekstase und Verzweiflung, und jede Berührung, jeder Kuss, jedes Zustoßen seines perfekten Körpers, als er in mir war, brachten uns dem Abschied näher.

Endlich lagen wir in der Stille meiner Wohnung auf dem Bett und ließen den Sturm für uns heulen. Mein Kopf lag an seiner Schulter, ich hatte den Arm auf seine Brust gelegt, und er umarmte mich. Es war nach ein Uhr mittags, und ich fing an wegzudösen.

»Cas? Ich muss dich etwas fragen.«

»Was denn?«

»Wo ist meine Mutter?«

Ich machte mich auf eine heftige Antwort gefasst, aber er sagte sanft: »Sie ist bei dir. Sie ist immer bei dir.«

»Aber nicht wie mein Dad.«

Ich spürte, wie er nickte. »Wie soll ich das beschreiben … Jeder Mensch hat eine Familie aus geliebten Menschen, auch wenn sie nicht immer blutsverwandt sind.«

»Wie ein Team?«

»Ja, ein Team. Und sie sind in jedem Leben in deiner Nähe, auch wenn sich die Positionen ändern und die einzelnen Personen jeweils wichtigere oder weniger wichtige Rollen einnehmen.«

»Sie gehören zur Startmannschaft oder sitzen auf der Bank.«

Er nickte. »Deine Mutter und du wart euch in vielen Leben sehr nah. In anderen trat eine von euch in den Hintergrund. Aber sie war nie weg. Nie weit weg.«

»Sie war einfach im Nebenzimmer«, murmelte ich und drückte ihm einen Kuss auf die Schulter. »Danke, Cas.«

Ich konnte es mir nicht leisten, auch nur eine Minute unserer schwindenden gemeinsamen Zeit zu verlieren, aber ich wurde immer müder. Wenn seine Zeit um war, wollte ich … irgendwas tun. Ich wusste nicht, was, aber ich würde ihn nicht einfach zur Tür rausgehen und dem wartenden Astaroth in die Arme laufen lassen.

Casziel küsste mich auf die Stirn, auf die Wangen und dann

auf die Augenlider. Ich spürte, wie ich in den Schlaf sank. Ich kämpfte dagegen an, doch der Sog war zu stark.

»Ich will nur ein bisschen schlafen. Ganz kurz. Aber ich will den Rest von uns wissen. Zeigst du es mir?«

»Das werde ich.«

»Alles. Auch die letzte Nacht. Beschütz mich nicht davor, Cas. Ich habe keine Angst.«

»Wie du wünschst«, sagte er sanft, und ich spürte seine Lippen auf meinen bei einem letzten zärtlichen Kuss. »Ich zeige dir, wer wir waren, Li'ili, meine Geliebte.«

Ich schlief ein und reiste zugleich rückwärts in der Zeit. Tausende Jahre bis zu dem Haus aus Lehmziegeln, in dem sich Gäste für eine Feier versammelt haben. Es dämmert. Lampen werden angezündet, und sie …

… trägt das volle schwarze Haar auf dem Kopf aufgetürmt und ein mit Gold und Blau geschmücktes Kleid. Ihre Augen sind mit Kajal umrahmt, und mehr Gold und Lapislazuli glitzern an einem Diadem auf ihrem Kopf. Der Bräutigam tritt vor. Er trägt einen ledernen Rock, sein Wams ist mit Goldmünzen geschmückt. Er hängt seiner Braut eine schwere Kette um den Hals. Als er in ihren Nacken greift, um sie zu schließen, begegnen sich ihre Blicke; sie sehen nur einander.

Dann legt er seiner Frau einen Schleier über den Kopf und vergießt ein paar Tropfen Duftöl darüber. Unter dem Schleier glitzern Tränen in ihren Augen.

»Dies ist meine Frau«, verkündet er den Anwesenden.

Großer Jubel erhebt sich im vorderen Raum des Hauses. Ihr Vater – Hohepriester von Utu – lächelt und nickt wissend. Männer machen anzügliche Witze. Frauen stupsen die Braut an, flüstern ihr zu, dass sie hoffen, die Axt des neuen Ehemanns sei ausreichend groß und schwer, jetzt, da ihr erlaubt sei, sie anzufassen.

Getragen von diesen derben Witzen, nehmen Braut und Bräutigam sich an der Hand und eilen nach oben in die Schlafkammer. Dort wartet das Hochzeitsbett aus frischen Binsen unter weichen Schaffellen. Lachend, aber trotzdem in Eile, ziehen sie sich gegenseitig aus und knien sich einander gegenüber aufs Bett.

Seine grimmig erregte Miene wird weich, als er ihr Gesicht in beide Hände nimmt. Sein Blick wandert, nimmt jedes Detail ihres Körpers auf. Auch ohne seine Rüstung ist er so prachtvoll, wie sie angenommen hat, trägt stolz die Narben des Kampfes. Sie reckt ihren Kopf, dass er sie küssen soll, ihre Lippen sind geöffnet, der Atem heiß. Aber er wartet ab, zieht den Moment in die Länge. Eine nach der anderen löst er die zarten Nadeln aus Lapislazuli und Karneol aus ihrer Frisur. Das lange schwarze Haar fällt ihr über den nackten Rücken.

Sie reckt sich wieder nach ihm, aber seine starke Hand hält sie zurück.

»Nimm mich jetzt, mein Geliebter. Mein Mann, ich bin dein«, wimmert sie. Bettelt sie. »Gieße deinen Samen in mich, und ich werde dir Söhne gebären. Gute, gesunde Söhne. Stark wie ihr Vater.«

Er umfasst ihren Hals, bewegt vor Rührung und kaum kontrolliertem Verlangen. »Wie habe ich die Gunst der Götter verdient, mit einer Frau wie dir gesegnet zu sein?«

Sie schüttelt den Kopf. »Wir kennen den Willen der Götter nicht. Liebe mich einfach, Casziel. Liebe mich so, wie ich dich liebe ...«

»Ich werde niemals aufhören.«

Sie setzt sich auf seinen Schoß, und er küsst sie und stößt in sie, zerreißt mit rauer Begierde ihre Barriere. Ein Schrei steigt in ihr auf, aber er schluckt ihn und stößt wieder zu. Nimmt sie ganz. Erobert sie. Sie ergibt sich und triumphiert zur gleichen Zeit. Sie packt seine Schultern, bohrt die Nägel in seine Haut und reitet ihn ohne Angst. In jedem erhitzten Blick, in jedem Kuss brennt das Feuer zwischen ihnen. Ihre Körper bewegen sich, ihre braune Haut glänzt *nass vor Schweiß im Licht der Fackeln. Das Haar klebt ihr am Rücken; seine Hände verheddern sich darin, als sie auf ihn niederstößt und er in sie hinauf.*

Ihre Liebe ist rau und grob und auch stark. Sie sinkt ihnen bis ins Mark, da sie jetzt endlich ihre Körper vereinigen. Er ist ihr absolut ergeben. Sie begehrt ihn und niemanden sonst. Sie sind perfekte Liebende – Casziel und seine Frau. Sie atmen und bewegen und berühren sich, als wären sie eins. Eine Seele in zwei Körpern.

Ihre Bewegungen werden unkontrollierter, drängender, als sie sich gegenseitig in die Ekstase treiben. Er ist von dunkler Schönheit in seiner Lust und Zärtlichkeit. Animalische Begierde und Ehrerbietung. Er fickt und liebt sie zugleich. Und sie …

Sie ist ich.

Dieser Gedanke, der die Wahrheit ist, reißt mich fast aus dem Traum oder der Vision, aber ich bemühe mich, dort zu bleiben und ganz darin einzutauchen. Jahrhunderte aufgestauter Liebe sind endlich frei. Irgendwo höre ich mich keuchen, und meine Liebe zu Casziel ist alles, was ich kenne oder fühle. Endlich lauert sie nicht mehr am Rand meines Bewusstseins, hallt nicht mehr wie ein trauriges Echo durch die langen Korridore der Zeit. Sie ist real, und ich habe sie in all ihrer grimmigen Wildheit zurück.

Tränen lassen die Szene vor mir verschwimmen, aber ich blinzele sie weg. Ich will nichts verpassen. Ich will alles. Jede Berührung, jeden Seufzer …

Ich will nicht mehr nur zusehen. Irgendwie lasse ich es geschehen und werde sie. Ich bin …

… ich, und er ist in mir – er dehnt mich, so groß ist er. Schützend hält er mich fest, sein Mund liegt auf meinem, er haucht mir seine Liebe ein. Schweiß, Sex und der Duft des Parfüms in meinem Haar

liegen schwer in der Luft. Der Geruch seiner Haut, salzig und würzig, steigt mir in die Nase, und ich will ihn lecken und beißen und ganz verschlingen.

Es fühlt sich wund an, wo wir verbunden sind, aber ich will auch das. Ich will spüren, wo er mich gezeichnet hat. Wo er mich das erste Mal genommen hat. Ich empfinde ihre Furchtlosigkeit, ihren Mut. Aber letztlich war ich immer schon so gewesen. Ich hatte mich nur eine Weile verloren. Jetzt habe ich mich zurück.

Ich greife zwischen unseren Körpern nach unten, berühre seinen feuchten Schwanz, der immer wieder in mich stößt.

»Mein Krieger.« Ich streiche mit dem Finger über seine Wange, dann über die andere. Mein Blut ist seine Kriegsbemalung.

Sein Atem stockt, dann entlässt er ihn, ein Windstoß, der das Feuer schürt. Er tut mir weh, als er meine Hüften umfasst und immer tiefer in mich eindringt, aber der Schmerz ist köstlich. Ich reite ihn nicht weniger wild, bringe ihn zum Höhepunkt, als er mich kommen lässt. Ich fühle die Lust überall, sie löscht jeden Schmerz. Sie verzehrt mich, bis ich fast den Verstand verliere und seinen Namen rufe. Weil da nichts ist außer ihm. Meine Welt, in der Erinnerung und der Realität, besteht nur aus Casziel.

Und für ihn gibt es nur mich. Ich sehe es in dem Feuer seiner Augen. Ich fühle es in seinen Händen, die mich an ihn ziehen. Ich fühle es in dem donnernden Schlag seines Herzens, das meinem antwortet.

Er kommt in mir, stöhnt, sein Samen ist heiß und sämig. Ich umschlinge ihn fest. Wir sind ganz und gar verbunden, nirgends getrennt. Lange Momente ist da nur das langsamer werdende Keuchen, unsere Bewegungen, die sich beruhigen. Dann sind wir still. Er bleibt in mir, ich will seine Abwesenheit nicht fühlen.

Nie wieder …

»Geliebte.« Seine Stimme ist voller Sorge, als er die Haare wegstreicht, die vom Schweiß und den Tränen an meinen Wangen kleben. »Ich habe dir wehgetan …«

Ich schüttele den Kopf und drücke das Gesicht an seinen Hals. »Nein. Ich bin überwältigt. Ich liebe dich so sehr.«

Er lacht leise. »Meine Li'ili ist überwältigt? Jetzt habe ich wirklich alles gesehen.«

Ich löse mich ein wenig von ihm, um ihn anzusehen, sein Gesicht in meine Hände zu nehmen. Ich ändere die Erinnerung, aber vielleicht wird er es verstehen.

»Du bist mein Licht. Mein Leben. Ich werde nie jemanden lieben, so wie ich dich liebe.«

Seine Augen verdunkeln sich durch seine eigene grenzenlose Liebe und Lust, die wieder aufflammt angesichts der wilden Überzeugung in meinem Blick.

»Ki-áng ngu«, sagt er. »Meine Geliebte. Ich werde dich bis ans Ende aller Zeiten lieben.«

Er küsst mich. Zärtlich. Innig. Dann wandern seine Hände abwärts und umfassen meine schweren Brüste, die er liebkost, dann wandern sie noch tiefer. Dorthin, wo wir noch verbunden sind.

»Ich will das noch einmal.«

Ich nicke, und die Augen fallen mir zu, als er meine pochende Lustknospe liebkost. Mein eigenes Verlangen nach ihm wird wiedererweckt, auch wenn ich noch wund bin. Ich will ihn noch einmal. Die ganze Nacht. Jede Nacht …

Aber uns sind die Nächte ausgegangen.

Auch nachdem ich keuchend erwachte, kehrten die Erinnerungen an die Wahrheit zurück. Ich sah unsere schreckliche letzte Nacht in all ihrer blutigen Klarheit.

Babylonier hatten das Haus gestürmt und uns alle in die Zikkurat gebracht. Casziel war schon dort, auf den Knien. Lodernde Fackeln warfen ihr Licht auf seine blutbespritzte Haut. Sie hatten ihn fast zu Tode gefoltert, aber sein Feuer brannte noch. Sie hatten ihn brutal gequält, aber er kämpfte. Für mich. Für seine Familie. Seine Schwester, seine Eltern und meinen Vater, den Hohepriester. Wir wurden alle gefesselt und geknebelt und gezwungen, uns auf den steinernen Boden zu knien. Nacheinander schnitten sie allen die Kehle durch, das Blut spritzte, und sie starben.

Dann war ich an der Reihe.

Die furchtbare Angst in Casziels Miene zerriss mir das Herz. Ihn hatten sie nicht geknebelt, und seine Schreie waren erschütternd, als sie mir den Dolch an den Hals legten. Mit den Augen flehte ich ihn an, sich selbst gegenüber Gnade zu zeigen. Es war unmöglich, mich zu retten. Mein Tod war unvermeidlich, aber ich würde im Jenseits auf ihn warten.

Ich legte mir die Hand auf den Bauch, der sich noch nicht gerundet hatte – wir beide würden warten.

Aber er verstand nicht und gab sich die Schuld. Dann schlitzte die Klinge mir die Kehle auf, und das letzte Bild war mein schreiender Geliebter, der den Kopf zurückwarf und sich mit aller Kraft gegen seine Fesseln wehrte. Sein Schrei folgte mir in die Dunkelheit …

Und dann war da nichts mehr.

Abrupt setzte ich mich auf, Tränen stiegen mir in die Augen. Es traf mich so hart, was Casziel hatte durchmachen müssen, aber die Liebe, die ich für ihn empfand, verwischte die blutigen Erinnerungen. Ich umfasste meinen Bauch.

Ein Baby …

Freude durchflutete mich und gerann genauso schnell zu Angst. Mein Bett war leer.

»Nein. Nein, nein, nein. Noch nicht. Bitte …« Ich holte Luft. »Casziel.«

Nichts.

»Casziel.«

Es antwortete nur der Regen, der gegen das fest verschlossene Fenster prasselte.

Tränen der Frustration und der Angst brannten mir in den Augen, aber ich wischte sie wütend weg. »Nein. Ich habe ihn gerade erst zurückbekommen …«

Mein Blick fiel auf ein Blatt Papier auf meinem Nachttisch. Rasch nahm ich es in die Hand und verschlang jedes Wort, obwohl es mich in tausend Stücke riss.

Meine Geliebte,
jetzt kennst du die ganze Wahrheit. Aber irgendwo tief in dir
warst du immer Li'ili. Tapfer und wild und so wunderschön.
Mein Herz weint vor Freude, dass du einmal mein warst.
Vergib mir, dass ich unsere Geschichte vor dir verborgen habe,
aber es gibt keine Hoffnung für mich. Ich kann nicht durch
den Schleier ins Licht gehen. Es ist zu hell und rein für einen
Sünder wie mich.
Dir wird nichts passieren. Wenn ich ganz fort bin, wird
Astaroth machtlos sein, und andere, die mächtiger sind als ich,
werden über dich wachen – und dich lieben. Das ist die Lektion,
die zu lernen ich viertausend Jahre gebraucht habe: Liebe ist
stärker als Hass. Du hast mich das gelehrt. Du hast meine Liebe
gerufen – hast sie beschworen –, und sie ist durch die trüben,
blutigen Tiefen in mir aufgestiegen und an die Oberfläche
gekommen. Ich bedaure, dass es so lange gedauert hat; ich hätte
gern unendlich viele Leben nach dir gesucht und dich gefunden
und dich immer wieder geliebt. Aber das kann ich nicht, und
du darfst dein Licht nicht länger meinetwegen ausgehen lassen.
Du strahlst zu hell für einen einzigen Mann. Nichts an dir ist
klein oder dumm und war es auch nie. Du enthältst Massen,
wie der Dichter sagt.
Und ich würde gern denken, dass sich selbst in der Auslöschung

ein Teil von mir daran erinnern wird, dich zu lieben, und dass ich endlich Frieden finden werde.

Ich lasse dich gehen, Lucy Dennings. Möge mein ewiger Schlaf die Ketten sprengen, die dich an meine Verdammnis binden. Du bist frei.

All meine Liebe gehört dir.

Casziel

DREIUNDZWANZIG

Ich segle in meinem Anikorpus über die Stadt, nutze die Aufwinde. Regen prasselt auf meine Flügel – kleine schwere Tropfen, die mich zu Boden drücken wollen. Böen schlagen mir ins Gesicht, treiben mich zu Lucy zurück.

Aber ich kann nirgends mehr hin. Ein Teil von mir hat sich gefragt, ob ich an diesem Morgen zu einem neuen Leben aufwachen und eine zweite Chance bekommen würde. Aber alles ist wie vorher. Alle Türen sind mir verschlossen bis auf eine. Also habe ich Lucy verlassen und ihr gegeben, worum sie gebeten hat – unsere zu kurze Geschichte.

Und einen Abschiedskuss.

Die alte Wut und Rage flammen in mir auf, als ich vor dem Idle Hands lande und meine Dämonengestalt annehme.

Was hast du erwartet? Erlösung? Du hast nicht bereut. Du hast Lucys Erinnerungen geweckt, sie gevögelt und sie dann verlassen.

Ich knurre angesichts der ungewollten Gedanken und schiebe mich am Türsteher vorbei.

Die Kneipe ist fast leer, nur ein halbes Dutzend Tische sind besetzt. Eistibus hat seinen üblichen Platz hinter dem Tresen eingenommen. Auch Ba-Maguje sitzt auf seinem Posten – der Kopf liegt in einer Pfütze seiner eigenen Flüssigkeiten, während er seine Menschen zum Trinken verleitet.

Aber ich bleibe abrupt stehen, als ich Ambri am Tresen entdecke, der anders aussieht als sonst. Unruhig und nervös wie ein zerzauster Pfau. Seine Federn sehen in der Tat alles andere als makellos aus. Ein schwaches Lächeln – ein Echo seines üblichen Übermuts – huscht über seine Lippen.

»Casziel, Herr und Freund, bitte setz dich zu mir.«

»Ich habe etwas zu erledigen«, warne ich ihn leise. »Das weißt du.«

»Ja, ja, natürlich«, sagte er und wedelt mit der Hand. »Aber der alte Mann geht nirgendwohin. Wir haben Zeit für ein Getränk.«

»Ambri …«

»Ach, komm schon. Tun wir so, als könnten wir uns betrinken, und nehmen eine Runde Shots.« Ambri gibt Eistibus ein Zeichen. »Tequila, guter Mann. Ha! Ist schon mal jemandem aufgefallen, wie absurd es ist, dass unser Treffpunkt auf Dieser Seite eine Kneipe ist? Kurios, oder? Wir sitzen herum, saufen wie alte Trottel und kriegen nicht mal einen Schwips.«

Ambri versucht nur, Zeit zu schinden, aber ich gebe nach und setze mich zu ihm. Er kann mich nicht aufhalten, doch der Versuch rührt mich mehr, als ich zugeben will.

Ich werde auch ihn vermissen.

Der Dschinn stellt zwei Shotgläser vor uns und schenkt ein.

»Nimm dir auch einen, Eistibus«, sagt Ambri, und wir heben die Gläser. »Auf Casziel, einen verflucht feinen Kerl.«

»Sehr richtig«, sagt Eistibus, und die Endgültigkeit wiegt so schwer.

Wir wollen trinken, aber Ambris herzliche Art fällt von ihm ab wie eine Maske, seine Stimme wird scharf. Er hebt das Glas höher, seine schwarzen Augen bohren sich in meine.

»Auf meinen Freund Casziel, den Narren. Den verfluchten Schwachkopf.« Ambri bekreuzigt sich mit der freien Hand.

»Vergib dem dummen Arsch, denn er weiß nicht, was er tut.«

Eistibus hält immer noch unsicher sein Glas hoch. »Prost?«

»Es reicht, Ambri«, sage ich und trinke den Tequila. Er läuft mir brennend durch die Kehle, dann ist er weg.

Ambri kippt ebenfalls den Tequila runter, dann stellt er das Glas so heftig auf den Tresen, dass es zerbricht. »Verzeihung, Eistibus«, murmelt er. »Mir ist die Hand ausgerutscht.«

»Kein Problem, Kumpel«, sagt der Dschinn und blickt zwischen uns hin und her. Aber er ist schlau genug, sich nicht in die Angelegenheiten von Großherzögen einzumischen. Als er einen Lappen holt, um die Scherben zusammenzuschieben, werfe ich Ambri einen Blick zu.

»Willst du mir etwas sagen?«

»Teufel auch, es geht um die Auslöschung«, zischt er und beugt sich vor. »Es gibt da kein Zurück. Vielleicht hast du nicht so gründlich darüber nachgedacht, wie du solltest. Ich hab das nämlich.«

»Ich habe alles bedacht.«

»Und deine Frau? Ich kann mir nicht vorstellen, dass sie glücklich über deine Entscheidung ist.«

»Ihre Sicherheit ist alles, was zählt. Wenn es nur um meine Seele ginge, könnte ich einen anderen Ausweg wählen. Aber sie ist wirklich in Gefahr.« Ich senke die Stimme. »Astaroth will sie, Ambri. Wenn ich weg bin, hat sie keinen Grund, sich von seinen Versprechungen in Versuchung führen zu lassen. Und sie wird frei sein, um erneut zu lieben.«

Ambri schnaubt, als Eistibus mit neuen Gläsern Tequila wiederkommt.

»Du denkst anders darüber?«, frage ich und nicke dem Dschinn dankbar zu.

»Ich treffe Entscheidungen über den Verlauf meiner Existenz lieber selbst«, sagt Ambri mit einem schiefen Grinsen. »Aber das ist nur meine Meinung.«

Ich stoße verächtlich die Luft aus. »Ich soll riskieren, dass sie sich Astaroths Schlechtigkeit ausliefert? Denn für mich würde sie alles tun.«

»Ein entsetzliches Schicksal, gewiss, und ich bin kein Experte für solche Dinge, aber …« Ambri sieht mich aus schwarzen Augen an. »Es ist *ihr* Leben.«

Er hat recht. Die Li'ili, die ich kenne, würde es hassen, nur eine Figur in diesem Spiel zu sein, auch wenn alle meine Taten lediglich dazu dienen, sie zu beschützen. Es ging immer nur um ihren Schutz.

Ich schüttele den Kopf. »Sie kann nicht begreifen, was auf der Anderen Seite liegt, und offensichtlich hast auch du zu viel Zeit auf *Dieser* Seite verbracht und es vergessen. Nein, ich gehe dieses Risiko nicht ein. Ich werde sie nicht diesem endlosen Leid aussetzen. Nicht, wenn ich sie retten kann.«

»Während du einfach aufhörst zu existieren.«

»Gibt es eine Alternative?«

»Vielleicht«, sagt Ambri bitter. »Es ist nur so eine Idee, aber hast du je überlegt, dass die Vergebung, die du brauchst, deine eigene ist?«

Einen langen Augenblick starre ich ihn an, dann kippe ich den zweiten Tequila. »Ach, Ambri. Du hattest schon immer ein Talent dafür, mich zum Lachen zu bringen.« Ich lege ihm die Hand auf die Schulter. »Danke, mein Freund. Ich werde dich vermissen.«

Er verzieht den Mund, dann sieht er weg und murmelt etwas vor sich hin.

Ich winke Eistibus zu mir und ergreife sein Handgelenk. Die Miene des Dschinns ist verwirrt und zugleich ängstlich.

»Herr?«

»Leb wohl, Eistibus. Und ich bitte um Entschuldigung. Es wird ein bisschen unschön werden.«

»Leb wohl?« Eistibus wirft Ambri einen Blick zu, aber der beugt sich noch beleidigt über seinen Drink.

Ich wende mich von beiden ab, bevor Ambri mir mein Vorhaben doch noch ausredet. Ich gehe zur Tür des Hinterzimmers und ziehe das Großschwert aus der Scheide zwischen meinen Flügeln. Andere Dämonen beobachten mich mit großen Augen, ihre Befürchtungen verdichten sich in dem Raum wie Rauch. Ich kämpfe einen Moment, um mein Blut zum Kochen zu bringen, um den Zorn und die Wut auf Astaroth in mir zirkulieren zu lassen. Auf den Dämon, dessen Lügen mich zu diesem Dasein verleitet haben. Aber die Wahrheit ist unbarmherzig – er hatte keine Macht außer der, die ich ihm gegeben habe.

Und ich gab ihm alles.

Die Wut kommt, aber nicht auf Astaroth, sondern auf mich selbst. Weil ich so dumm und schwach war. Ich konnte meine Frau nicht beschützen und habe dann den schlechtesten Ausweg aus meiner Qual gewählt und unsere Liebe für immer zerstört.

Mit einem Knurren trete ich die Tür ein, die zu Kleinholz zersplittert. Ich gehe ins Hinterzimmer. Die Dunkelheit wird vom Licht aus dem Gastraum vertrieben, das sich zu der Flamme der einzelnen schwarzen Kerze auf dem kleinen Tisch gesellt. Der Gestank ist unterirdisch.

Astaroth liegt auf der kleinen Couch und wartet auf mich, streichelt den Kopf der riesigen Schlange auf dem Boden. Die weiße Python strahlt ihr eigenes geisterhaftes Licht aus, sie beobachtet mich aus schwarzen Augen.

»Dramatischer Auftritt«, sagt Astaroth träge und verzieht dann das Gesicht. »Du stinkst nach ihr.« Er legt den Kopf schief und grinst höhnisch. »Hast du dich verabschiedet?«

Ich packe den Schwertgriff fester.

»Es muss kein Abschied für immer sein«, fährt er fort. »Es wird leicht werden, die süße Lucy in unser Reich zu locken. Ich bin durchaus gewillt, sie zu teilen …«

Ich stoße ein unmenschliches Brüllen aus und zertrümmere den kleinen antiken Tisch mit dem Schwert. Die Tischbeine splittern, die schwarze Kerze fällt zu Boden und rollt auf mich zu, die Flamme flackert nicht einmal.

»Du rührst sie nicht an«, knurre ich mit zusammengebissenen Zähnen. »Du hast nichts mit ihr zu schaffen.«

Astaroth betrachtet mich amüsiert, meine Drohungen haben für ihn keine Bedeutung. »Das ist nicht allein deine Entscheidung, oder? Und das stört dich am meisten, dass du völlig die Kontrolle verloren hast. Deine Lügen und dein Egoismus haben sie an den Abgrund getrieben. Es wird so leicht für mich werden, sie herunterzuziehen …«

Ich brülle erneut, hebe mit beiden Händen das Schwert und hacke der Schlange mit einem Hieb den Kopf ab. Ihr Körper zuckt, dann liegt er still da, bevor er sich in einen stechenden Gestank auflöst und auf die Andere Seite zurückkehrt.

Astaroth breitet die Flügel aus und kommt auf die Füße. Zorn verzerrt seine Gesichtszüge. »Du gehst zu weit, Junge«, schäumt er und zieht jetzt auch sein Schwert.

Ich mache mich für meinen Kampf bereit – meinen letzten Kampf –, und plötzlich ist Ambri hinter mir und tippt mir auf die Schulter.

»Mein verehrter Herr Astaroth«, sagt er und verbeugt sich. »Vergib Casziel, er hat schlechte Laune. Lange schlaflose Nacht. Du weißt selbst, wie das ist. *Ich* weiß, wie es mit diesen Menschen ist.« Er lacht leise. »Sie können einen ganz schön auslaugen im Bett. Aber es geht ihm schon besser, nicht wahr, Cas?«

Ich drehe mich ungläubig zu ihm um. Er wirft mir einen eindringlichen Blick zu, dann lächelt er wieder Astaroth an.

»Tut mir wirklich leid wegen der Schlange, Herr, aber Cas hat es nicht so gemeint. Ihm ist bloß die Hand ausgerutscht. Wirklich eine Schande, aber sie ist ja nur auf der Anderen Seite, lebendig und wohlbehalten ... äh, vielleicht nicht *wohlbehalten*. Und auch nicht richtig lebendig, wenn man es bedenkt.«

»*Ruhe*«, brüllt Astaroth. »Hinfort, Ambri.« Er richtet den Blick auf mich. »Es ist offensichtlich, dass Casziel noch eine Rechnung mit mir offen hat.«

Eine offene Rechnung ...

Eine kurze Erinnerung – Pfeifenrauch durchdringt den roten Nebel meiner Wut, wird jedoch schnell von den überwältigenden üblen Dämpfen im Raum übertönt.

Ambri verbeugt sich erneut. »Ja, ja natürlich. Ich dachte nur ...«

Ich wirbele zu ihm herum. »*Geh*«, knurre ich und schubse ihn. Ich befürchte, sein loses Mundwerk wird noch Astaroths Zorn auf ihn ziehen. Er fällt auf Hände und Knie, obwohl ich nicht einmal so grob war.

»Entschuldigung«, sagt er, steht auf, klopft seinen roten Rock ab und geht rückwärts zu der zerschmetterten Tür. »Ich sehe, wenn ich nicht willkommen bin. Eine Schande, den ganzen Spaß zu verpassen. Sicher wird es ein herrlicher Schwertkampf. Nicht meine liebste Art von Schwertkampf vielleicht ...« Er salutiert kurz. »Nun ja. Bis dann.«

Als er fort ist, wende ich mich wieder Astaroth zu.

»Deine Zeit läuft ab«, sinniert der Herr der Dämonen und packt seine Klinge fester. »Du wirst auf die Andere Seite zurückkehren und deinen Dienst wiederaufnehmen. Wenn du das nur von meinem Schwert gezwungen tust, dann sei es so.«

»So sei es!«, sage ich und stürze voran, ein einziger Flügel-
schlag verleiht mir Schwung. Mein Schwert durchschneidet
die Luft, er pariert und stößt mich zurück.

»Narr«, sagt er, schockiert – und erfreut – über meine Wildheit. »Aber wenn diese Torheit das Feuer wiedererweckt, das
du hast missen lassen, dann will ich sie begrüßen.«

Und ich werde seinen Blick begrüßen, wenn er mir den Todesstoß versetzt und begreift, dass er mich nicht auf die Andere
Seite schickt, sondern in die Auslöschung.

Mit einem Schrei greife ich erneut an, und der Kampf ent-
brennt. Er pariert meine Schläge, unsere Schwerter singen. Die
Vorhänge, die Möbel, alles im Zimmer wird von unserem Zorn
in Mitleidenschaft gezogen, und doch höre ich nicht auf.

Wir kämpfen im Gastraum weiter, und ich lasse den Zorn
durch mich fließen wie in der Nacht, als ich meine Frau verlor. Er gibt mir Kraft. Macht. Astaroth beginnt unter meinen
Angriffen zu wanken, aber sein arrogantes Grinsen wankt nie.
Und ich bin froh darüber. Er hat keine Ahnung, dass er mir
meine Freiheit schenken wird.

Der Schmerz presst mein Herz mit eiserner Faust zusammen.

Vergib mir, Liebste. Es ist der einzige Weg.

»Ja, darauf habe ich gewartet«, schreit Astaroth, als unsere
Schwerter sich kreuzen. »Mein schöner Prinz. König des Sü-
dens. Vielleicht wirst du deinen rechtmäßigen Platz auf dem
Blutthron wieder einnehmen …«

Ich dränge ihn zurück, während die anderen Dämonen sich
hinter Möbeln verstecken oder ganz fliehen. Eistibus sieht von
hinter der Bar aus dabei zu, wie seine Kneipe im Sturm unseres
Kampfes kurz und klein geschlagen wird.

Astaroth wehrt erneut einen vernichtenden Schlag ab, aber
als ich die Klinge zurückziehe, verletze ich endlich seine Schul-

ter. In seinen Augen flammt Zorn auf. Er hebt die ausgestreck-
te Hand, spricht ein Wort und schleudert mich rückwärts gegen die Wand.

»Das ist Irrsinn, Casziel«, sagt er. »Komm. Lass uns …«

Dann hält Astaroth inne und lauscht. Ein Lächeln, das ich
nie vergessen werde, erblüht in seinem Gesicht. Freude strahlt
in seinen Augen, und er dreht sich mit triumphierender Miene
zu mir um.

»Ah. Da ist sie ja«, sagt er mit einem kleinen Seufzer.

Jeder Muskel in meinem Körper versteift sich. »Was …?«

Aber er löst sich schon vor meinen Augen auf.

»Nein!«, schreie ich und stoße beide Hände nach vorn. »*Ma
ki-ta!*«

Eine Orkanbö zerstört, was noch von der Kneipe übrig ist,
die letzten Gäste spüren meinen Zorn.

Ich starre auf die stummen Ruinen.

»Lucy …«

VIERUNDZWANZIG

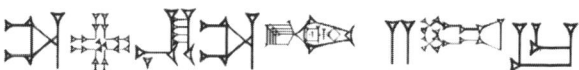

»Ewiger Schlaf?« Meine Tränen tropften auf das Blatt und ließen die Worte von Cas' Brief verschwimmen. »Nein«, flüsterte
ich und dann lauter: »Nein. *Nein.*«

Hektisch stand ich auf, zog ein langes T-Shirt und eine Jogginghose an und riss die Wohnungstür auf. Es regnete in Strömen. Obwohl es mitten am Tag war, war der Himmel bleiern und dunkel, als würde gleich die Nacht hereinbrechen. Es
blitzte, und ich hielt mein Gesicht in den Sturm.

»*Casziel!*«, schrie ich.

Es war sein wahrer Name. Wir waren verbunden. Er musste
zu mir zurückkehren; er hatte keine Wahl.

Nichts.

Meine Tränen mischten sich auf meinen Wangen mit dem
Regen. Ich atmete tief ein, um ihn noch einmal zu rufen. Um
ihm zu *befehlen*, zu mir zurückzukommen.

»Es wird nicht funktionieren«, sagte eine weiche leise Stimme. »Er ist ein verflucht sturer Narr und trotzdem mächtig.«

Ein leiser Schrei entfuhr mir, als ich einen schönen Mann
in einem blutroten samtenen Gehrock entdeckte, der am Fuß
meiner Treppe am Geländer lehnte. Ein Schwert war um seine schmale Taille gegürtet. Seine schwarzen Flügel waren an-
gelegt, der Regen lief in silbernen Tropfen an ihnen herab. Er

hatte lässig die Arme verschränkt, als würde er nicht gerade bis auf die Knochen durchnässt. Schwarze Augen in einem perfekten Gesicht sahen mich an.

»Wer sind Sie?«

»Ambri, zu Diensten.« Er verbeugte sich tief, sein goldenes Haar tropfte. Dann richtete er sich auf und betrachtete mich. »Ich kann sehen, warum er dich liebt und dir durch die Jahrhunderte gefolgt ist. Dein Licht ist wahrlich blendend.«

»Wo ist er?«

»Auf dem Weg in die Auslöschung.«

Das Wort hatte mir wahnsinnige Angst gemacht, als ich es in Casziels Brief gelesen hatte, und jetzt wieder, als dieser Dämon es aussprach.

»Was ist die Auslöschung?«

»Der Tod für die Toten.«

»Ich dachte, Dämonen könnten nicht getötet werden. Sie sind unsterblich.«

»Alle Seelen sind unsterblich«, sagte Ambri. »Bis sie sich entscheiden, es nicht mehr zu sein. Die Auslöschung kann auf verschiedene Weisen erreicht werden. Zum Beispiel, wenn ein Dämon einen anderen in seiner menschlichen Gestalt tötet. Unser gemeinsamer Freund hat einen Streit mit dem einzigen Dämon angefangen, der mächtig genug ist, ihn auszulöschen. Wenn du ihn aufhalten willst, musst du nicht Casziel anrufen.«

»Astaroth«, murmelte ich.

»In der Tat. Aber das ist nicht ohne, Liebes. Um deinen Geliebten zu retten, wird Astaroth … eine Gegengabe verlangen.«

Ich wusste schon, was Astaroth für Casziels Freiheit wollte. Ich zitterte im kalten Regen, dann schob ich das Kinn vor und unterdrückte das Zähneklappern.

»Wie beschwöre ich ihn? Seinen Namen zu sagen wird nicht genügen.«

»Stimmt. Du wirst ein wahres Ritual ausführen müssen.«
Verzweiflung nagte an mir, während die Minuten mit jedem
fallenden Regentropfen vergingen. »Wie? Ich weiß nicht, was
ich dafür brauche oder was ich tun soll …« Ich dachte nach.
»Astaroths Zeichen.« Das Bild war so tief in meine Erinnerung gebrannt wie in Casziels Rücken.

»Kluges Mädchen. Und das hier wird helfen, ihn in dem
Zeichen einzuschließen.« Ambri suchte in seiner Tasche und
holte eine schmale schwarze Kerze heraus. »Hab ich dem alten
Herrn geklaut. Nichts zu danken.«

»Aber der Regen …?«

Er schniefte und warf mir die Kerze zu. »Schwarze Magie
kümmert sich nicht um deinen Regen. Du befindest dich auf
unbekanntem Terrain, Mädchen.«

»Warum helfen Sie mir?«

Er grinste schief. »Es könnte gut sein, dass ich dir zu ewigen
Qualen verhelfe, wie sie sich deinesgleichen nicht einmal vorstellen kann.«

»Sie sind wegen Cas hier. Weil Sie ihn auch lieben.«

»Liebe ist ein großes Wort, das in meinem Vokabular nicht
vorkommt. Oder dem irgendeines anderen Dämons, wenn ich
drüber nachdenke. Sie widerspricht gewissermaßen unseren
Prinzipien, aber ich will eine gewisse … *Zuneigung* zu ihm ge-
stehen.« Er zuckte die Achseln. »Außerdem würde ich an deiner Stelle gern selbst über mein Schicksal bestimmen. Aber sei
nicht zu hart zu ihm, Liebes. Casziel will dich, koste es, was es
wolle, schützen. Dich …«

»Er will mich vor meinem eigenen Leben abschirmen«, sagte ich. »Ich will das nicht. Ich will …«

Leben. Ich wollte einfach leben, mit all dem Schmerz und
dem Kummer und der Liebe und der Freude. Ich wollte selbst
die Heldin meiner Geschichte sein. Und nicht immer wieder

von Casziel gerettet werden, wenn das bedeutete, dass ich in Watte gepackt mein kleines Leben weiterführte, während er litt oder aufhörte zu existieren. Er war es auch wert, gerettet zu werden, auch wenn er es nicht glaubte.

Ambri nickte, als könnte er meine Gedanken lesen. »Gut. Ich geh dann mal. Sei vorsichtig. Versuch, nicht in der Hölle zu landen. Es ist nicht so lustig, wie es klingt.«

»Halt, bleiben Sie. Helfen Sie mir, Astaroth zu beschwören.«

»Ich habe getan, was ich konnte. Noch mehr, und man wird mich mit brennenden Peitschen schlagen, bis sich das Fleisch vom Körper löst – sonst vielleicht eine erfreuliche Erfahrung, aber … Außerdem brauchst du meine Hilfe nicht. Ich bin nicht stark genug.«

»Aber ich?«

»Menschen sind unendlich viel mächtiger als meinesgleichen.« Er lehnte sich so lässig an das Geländer, als würde es nicht aus Eimern schütten. »Ich verrate dir ein kleines Berufsgeheimnis: Wir können euch nur besiegen, wenn ihr uns lasst. Viel Glück, mein Engel.«

Ich sah ehrfürchtig zu, wie er sich in eine Wolke aus glänzenden schwarzen Käfern auflöste, die in die Finsternis flogen und verschwanden.

Sobald Ambri weg war, eilte ich in meine Wohnung und wühlte in meiner Schreibtischschublade nach Dads altem Zippo. Bevor ich es mir ausreden konnte, ging ich wieder hinaus in den Wolkenbruch. Ich war jetzt schon völlig durchnässt vom Regen und zitterte.

Ich durchsuchte den mit Müll übersäten Hof und fand einen alten Besen, den jemand weggeworfen hatte. Ich räumte eine Fläche von etwa zweieinhalb Metern Durchmesser auf dem Boden frei, der inzwischen ziemlich matschig war, und schloss die Augen. Ich rief mir das Zeichen ins Gedächtnis, das in

Casziels Rücken eingebrannt war, jede Linie, jeden Schnörkel. Dann zeichnete ich das Pentagramm und die anderen Linien mit dem Besenstiel in den Boden.

Als ich fertig war, warf ich den Besen weg, stellte Ambris Kerze in die Mitte und zündete sie mit dem Zippo an. Es gab keinen *natürlichen* Grund, weshalb die Kerzenflamme dem Regenguss widerstehen sollte, aber sie brannte hoch und ruhig. *Ich muss dasselbe tun. Sei mutig. Sei mutig …*

Ich nahm einen beruhigenden Atemzug, um die aufsteigende Angst zu unterdrücken. Doch es gab nichts zu entscheiden. Ich hatte keine Ahnung, was als Nächstes passieren würde, aber ich musste alles in meiner Macht Stehende tun, um Casziel zu retten. Weil es nicht zu spät war. Wenn ich das glauben würde, wären wir verloren.

Ich stellte mich an den Fuß des Pentagramms und hob die Arme gen Himmel.

»*Astaroth!*«

Nichts passierte. Ich knirschte mit den Zähnen und wollte es gerade noch einmal versuchen, als ich Rauch bemerkte. Die Kerze rußte unnatürlich stark, und gleichzeitig stieg ein übler Gestank auf. Schlangen schossen aus dem Matsch hervor, als wäre unter der Erde ein Rohr gebrochen. Sie krochen schlängelnd von der Mitte des Pentagramms auf die Ränder des Hinterhofs zu, wanden sich um meine Knöchel.

Es hat funktioniert.

Aus dem Rauch bildete sich eine Wolke, und der faulige Geruch überwältigte mich fast. Ich stolperte rückwärts, hielt mir den Arm vor die Nase. Schlangen zischten, als ich auf sie trat, und mein Herz hämmerte, als wollte es sich aus meiner Brust befreien angesichts der bösen Energie, die ich angerufen hatte und die sich buchstäblich zu meinen Füßen krümmte.

Die Wolke löste sich auf, dann war da Astaroth.

Auf der Hochzeit hatte ich ihn in Menschengestalt gesehen, aber jetzt überragte er mich in all seiner schrecklichen dämonischen Pracht. Regenwasser glitzerte auf seinen schwarzen Hörnern. Seine ausgebreiteten dunklen Schwingen brachten eine frühe Nacht, als er damit schlug und seinen modernden Körper etwa einen Meter über dem Boden schweben ließ. Das Schwert in seiner Hand war riesig, und er sah fürchterlich *glücklich* aus.

»Ich wusste, du würdest dich melden, mein süßes Kind.«

Panische Angst ließ jeden Teil von mir erzittern, aber ich erinnerte mich an Ambris Worte: *Wir können euch nur besiegen, wenn ihr uns lasst.*

Ich stellte mich gerade hin und hob das Kinn. »Ich habe dich beschworen. Du musst machen, was ich sage.«

Lachend warf er den gehörnten Kopf zurück. Sein dröhnendes, spöttisches Gelächter machte dem Gewitter Konkurrenz.

»Ah, diese Unschuld, *Lucy, aus Licht geboren.*« Jedes Wort war voller Hohn. »Sehr gut. Du hast mich gerufen. Was wirst du mit mir machen?«

Meine Kehle fühlte sich an, als hätte ich seit Jahren kein Wasser getrunken. Ich schluckte ein paar Regentropfen und fand meine Stimme wieder.

»Lass Casziel gehen.«

»Ist das dein Befehl?«

»J-ja.«

Astaroth kniff die Augen zusammen. »Erledigt.«

Ich blinzelte. »Er ist frei?«

»Natürlich … hat das einen Preis. Du hast doch nicht geglaubt, ich würde ihn einfach so gehen lassen?«

»Was willst du?«

»Ich habe meine Bedingungen klar genannt.«

Angst nagte an mir. Meine Stimme wankte, aber ich kämpfte mich durch die Tränen. »Okay. Lass ihn gehen und …« Ich schluckte schwer. »Nimm mich stattdessen. Er hat genug gelitten.«

»Mädchen«, sagte Astaroth mit einem seelenerschütternden Lächeln, »du kennst die Bedeutung dieses Wortes nicht.« Er streckte die Hand nach mir aus. »Komm, süßes Kind. Komm …«

Da begriff ich, dass Astaroth das Pentagramm nicht verlassen konnte. Er wartete mit ausgestreckter Hand, dass ich näher kam. Er konnte mich nicht holen, ich musste mich ihm ergeben.

Meine Seele schreckte zurück, aber mir fiel keine andere Möglichkeit ein. Er hatte Casziel seit Jahrhunderten in seiner Gewalt. Vielleicht war ich jetzt an der Reihe …

Ich streckte die zitternde Hand aus, da kam ein Rabe aus der Dunkelheit geschossen. Plötzlich erschien Casziel neben mir in Dämonengestalt, aber in seiner menschlichen Kleidung – schwarze Jeans, T-Shirt, Lederjacke. Seine Haut leuchtete, er hatte das Schwert gezogen. Er stellte sich zwischen mich und Astaroth an den Rand des Pentagramms.

»Lucy«, keuchte er gequält. »Was tust du?«

Ich berührte seine Wange. »Ich rette dich.«

»Du …?« Er schüttelte den Kopf, seine Miene war entsetzt. »Nein. *Nein!* Du weißt nicht, was du sagst. Ich habe dir gesagt, dass du mich nicht retten kannst, Lucy. Nichts kann das.«

»Doch, Liebe«, sagte ich, und heiße Tränen liefen mir über die kalten Wangen. »Sie ist mächtiger als alles. Sie kann dich retten. Ich glaube das von ganzem Herzen.«

Casziel schüttelte den Kopf, und hinter seinen großen Flügeln sah ich, wie Astaroth, ein triumphierendes Grinsen auf den Lippen, das Schwert hob.

»Pass auf!«, rief ich.

Cas stieß mich zu Boden, wirbelte herum und hob das Schwert, gerade als Astaroth das seine nach unten sausen ließ. Stahl klirrte gegen Stahl. Astaroth drückte Casziels Schwert auf den Boden, dann versetzte er ihm einen so heftigen Tritt, dass Casziel in die Treppe krachte.

Ich lag rücklings auf dem Boden und versuchte wegzukrabbeln, als Astaroth sich über mich beugte.

»Die Lügen deines *Mannes* kennen kein Ende«, sagte er. »Du *kannst* ihn retten, süße Lucy, aus Licht geboren.« Er streckte wieder die Hand nach mir aus. »Komm mit mir, Kind, und ich lasse ihn frei …«

»Nein!«

Hinter mir verwandelte Casziel sich in seine Rabengestalt. Er flog Astaroth hektisch flatternd ins Gesicht und riss ihm mit den Krallen die Haut auf. Sein Schnabel wurde zum Messer, als er Astaroth ein Auge aushackte. Es zerplatzte wie eine reife Weintraube und troff an seiner Wange hinab.

Astaroth brüllte vor Wut und packte den Vogel mit einer Hand. Ich hörte, wie Knochen brachen, dann schleuderte er den Raben zu Boden. Casziel verwandelte sich neben mir zurück. Sein rechter Flügel war gebrochen, der rechte Arm hing schrecklich verunstaltet und schlaff an ihm herab.

»Cas …«, rief ich. Ich eilte zu ihm und kniete mich in den Matsch. »Oh Gott …«

»Lucy …«, flehte er mich an, sein Atem stockte vor Schmerz. »Bitte hör auf mich. Lauf weg. *Lauf.*«

Ich schüttelte den Kopf, als ich durch den Lärm des Gewitters ein Surren hörte. Es wurde immer lauter, dann sah ich die Fliegenwolke hinter uns.

Die Masse nahm Form an, und plötzlich standen Deber und Keeb in Dämonengestalt vor mir. Deber lächelte ein grausiges Lächeln hinter dem strähnigen grauen Haar und streckte mir dann die Zunge raus, auf der überall Fliegen saßen. Keeb schlurfte in ihrem unförmigen grauen Kleid neben ihrer Schwester her und kicherte obszön. Ihre Flügel waren nicht gefiedert, sondern nackt und geädert wie die von Fledermäusen.

»Unser süßer Junge.« Deber legte den Kopf schief und betrachtete Casziel, der zusammengesackt zu meinen Füßen lag. »Was warst du uns für eine Freude.«

»Euer Junge?« Ich starrte sie an. »Was soll das heißen?«

»Ja, er gehört uns. So wie du«, sagte Deber, und Keeb kicherte hinter ihren Haaren. »Wie sonst, glaubst du, hätten wir ihn all die Jahre davon überzeugen können, wie wenig er wert ist? Er ist so herrlich … herrlich *hoffnungslos*.«

Mir wurde übel angesichts der Folter, die Casziel so lange ausgehalten hatte. Meine Liebe zu ihm wurde noch wilder, als ich für möglich gehalten hatte.

Er versuchte, sich aufzusetzen. »Lucy, glaub nicht …«

Ich rappelte mich auf und nahm ihm das Schwert aus der gebrochenen Hand. Ich schaffte selbst mit beiden Händen kaum, es zu halten – es musste an die fünfzig Kilo wiegen –, aber ich stellte mich zwischen Cas und die Zwillinge.

Die drei Dämonen lachten über meine Mühen, während der Regen mir das nasse Haar ins Gesicht klebte und ich völlig durchnässt und matschverschmiert dastand.

»Pestilenz«, sagte Ashtaroh zu Deber wie ein stolzer Vater. »Zermalmerin.« Er neigte den gehörnten Kopf Keeb zu. »Schickt Casziel zurück auf die Andere Seite.«

»Nein!«, schrie ich. »Ihr rührt ihn nicht an!«

»Keine Angst, süßes Kind«, sagte Astaroth. »Er kann in diesem Zustand schlecht hierbleiben. Wir werden uns auf der Anderen Seite um alles kümmern, dort kann er genesen und …«

Ich bemerkte hinter mir eine Bewegung.

In Keebs Hand hatte sich ein hässlich gekrümmter Dolch

materialisiert. Mit einem mörderischen Kreischen stürzte sie sich auf Casziel und versuchte, ihm die Kehle durchzuschneiden. Die reine Verzweiflung verlieh mir Kraft. Ich schwang das schwere Schwert und schlug Keeb den Kopf ab, der platschend in den Schlamm fiel. Ihr Körper brach zusammen, und beides verwandelte sich in einen Fliegenschwarm, dann in nichts.

»Schwester!«

Deber starrte aus schwarzen Augen auf die Stelle, wo Keeb gestanden hatte, dann sah sie mich an, und Zorn brannte heiß in ihrem Blick. Mit einem unmenschlichen Kreischen riss sie den Mund auf, und eine Flut von Fliegen stürzte daraus hervor. Ich kniff die Augen vor dem irren Schwarm zusammen und unterdrückte einen Schrei, als Deber sich auf mich stürzte und mir mit den Fingernägeln Arme und Wangen zerkratzte.

Mit einem Stöhnen hob ich wieder Casziels Schwert und stieß blind damit zu. Ich spürte den Ruck, der meine Arme erschütterte, als ich traf, und hörte Debers Schrei. Vorsichtig öffnete ich die Augen ein wenig. Ich hatte die Dämonin aufgespießt, schwarzes Blut spritzte neben dem Schwert, das in ihrem Bauch steckte, aus ihr heraus.

Schockiert starrte sie mich an, dann löste auch sie sich in eine Wolke aus Fliegen auf. Die surrten ein paar Sekunden, bevor sie ebenfalls verschwanden.

»Interessant«, sinnierte Astaroth. »Vielleicht ist doch mehr an dir dran, Mädchen.«

Jetzt konnte ich das Schwert nicht mehr halten. Es fiel mir aus der Hand, und ich brach neben Casziel zusammen. Er schüttelte den Kopf; schwarze Tränen liefen ihm über die blassen, weißen Wangen. Ich nahm seine gesunde Hand.

»Ich kann dafür sorgen, dass du ... vergisst«, flüsterte er. »All diesen Horror. Diesen Albtraum. Ein Wort ...«

»Nein. Ich will dich nicht vergessen. Ich *werde dich nie* vergessen.« Ich küsste ihn. »Ich liebe dich. Ich habe dich immer geliebt und werde dich immer lieben.«

Ich wollte aufstehen und zu Astaroth gehen, aber Cas packte mich mit überraschender Kraft am Arm und zog mich zurück auf den matschigen Boden, auf dem immer noch überall Schlangen herumkrochen. Er rappelte sich auf, verzog das Gesicht zu einer Grimasse und nahm das Schwert in die schwächere linke Hand.

Er hob die Klinge und wandte sich Astaroth zu. »*Du ... wirst ... sie ... dir ... nicht ... holen.*«

Bei Casziels Tonfall zeigten sich Unsicherheit und ein Hauch von Angst in Astaroths Miene. Dann knurrte er: »Das endet jetzt. Du wirst zusehen, wie sie freiwillig ihr Schicksal annimmt, genau wie du zugesehen hast, wie sie in deinem Tempel gestorben ist – du konntest es nicht aufhalten.«

Mit einem wütenden Brüllen schlug Cas zu. Das Klirren des Stahls hallte durch den unendlichen Regen. Ein zweites Mal holte Casziel mit tödlichem Schwung aus. Astaroth parierte und ging einen Schritt rückwärts, aber Cas war unerbittlich, trotz des gebrochenen Arms und des einen nutzlos herabhängenden Flügels. Hieb um Hieb krachten die Klingen aufeinander, und Cas trieb Astaroth mit seinen kräftigen Schlägen Zentimeter um Zentimeter zurück. Immer weiter. Astaroth konnte nichts tun, als sich den silbernen Zorn von Casziels Schwert gerade so vom Leib zu halten.

Aber es konnte nicht andauern. Mein Herz war zerrissen, weil ich wusste, jede Sekunde brachte Casziel dem Tod näher. Etwas Schlimmerem als dem Tod – der Rückkehr zur Anderen Seite, wo er Astaroth bis in alle Ewigkeit dienen müsste.

Endlich konnte Casziel Astaroth am Rand des Pentagramms zu Boden schlagen. Er lag dort erschöpft und mit zitternden Flügeln, aber er war unverletzt.

Casziel drehte sich zu mir um. Selbst in seinem blutlosen Gesicht, selbst in der furchtbaren Schwärze seiner Augen sah und fühlte ich seine Liebe. Sie strömte aus ihm heraus wie Regen.

»Du hattest recht, Lucy«, sagte er, und seine Stimme brach. »Liebe hat mich gerettet. Deine. Es endet nicht mit meinem Tod. Ich nehme sie mit mir …«

»Bitte«, rief ich, und die Tränen liefen mir übers Gesicht. »Geh nicht …«

Meine Worte verwandelten sich in einen Schrei, als Astaroth sich hinter ihm erhob. Mit einem einzigen geschmeidigen Stoß versenkte er sein Schwert in Casziels Rücken. Entsetzt sah ich, wie die Klinge aus seiner Brust wieder herauskam.

Aus seiner menschlichen Brust.

In dem Sekundenbruchteil, bevor die Klinge ihn berührt hatte, hatte Casziel seine menschliche Gestalt angenommen.

Die Zeit schien stillzustehen, als Cas an dem Schwert in der Luft hing und dann zu Boden stürzte. Ich fing ihn auf, als er fiel, und wiegte ihn in meinen Armen. Rotes Blut floss anstelle von schwarzem und befleckte Casziels olivfarbene Haut. Er blickte mich an. Mit menschlichen Augen voller Liebe. Auf seinen blutigen, zitternden Lippen zeigte sich ein Lächeln. Irgendwo in der Ferne hörte ich Astaroth seine Niederlage herausbrüllen.

»Nein, Cas«, flüsterte ich. »Nein, bitte nicht …«

Ich legte die Hand auf die Wunde, wo vorher die Narbe gewesen war. Heißes Blut floss in Strömen aus ihr heraus. Da war so viel Blut. Viel zu viel …

»Nein!«, schrie Astaroth, dann setzte er ein entsetzliches gezwungenes Lächeln auf und streckte wieder die Hand nach mir aus. »Komm, süßes Kind. Du musst nicht hierbleiben. Ich kann dir dabei helfen, deine Trauer zu besiegen. Ich zeige dir, wie du sie nutzen kannst. Um dich an diesem grausamen Leben zu rächen. Es ist so unfair …«

»Nein.« Ich streichelte Cas über die Wange, als seine Brust sich in schrecklichen Krämpfen zusammenzog. Ich hielt den Mund dicht an sein Ohr, meine Tränen vermischten sich mit dem Regen. »Hör mir zu. Ich habe alles gesehen. Du hättest mich nicht retten können. Hörst du mich? Es war nicht deine Schuld. Ich bin dankbar. So dankbar, dich zu lieben und von dir geliebt zu werden. Ich würde keine einzige Minute davon eintauschen. Gegen nichts. Okay?«

Casziel blickte in den Himmel, sein stockender Atem ging langsamer. Eine Träne sammelte sich in seinem Augenwinkel und lief ihm über die Wange. Ich küsste sie, schmeckte das Salz auf meinen Lippen.

»Lass das Vergangene los, Baby«, flüsterte ich, meine Stimme erstickt vor Tränen. »Es ist okay … loszulassen.«

Astaroth ließ noch ein Brüllen hören, wahnsinnig vor Wut. »Sie wird unendliche Schmerzen leiden, das schwöre ich dir, Casziel. Ich werde meine Diener schicken … Tausende von ihnen. Du wirst deine kostbare Auslöschung erreichen und wissen, dass du sie unendlichen Qualen ausgesetzt hast!«

Er hob das Schwert, und einen Moment lang fragte ich mich, ob Ambri gelogen hatte und ich sterben würde. Dann wurde der Hof von reinem weißen Licht und dem unverwechselbaren Geruch von Pfeifenrauch erfüllt.

Eine offene Rechnung …

Astaroths gequältes Kreischen zerriss die Luft. Ich kniff die Augen zusammen, als ich sah, wie das Licht den Dämon durchdrang. Weiße Flammen brannten in ihm und rasten über den Boden, um jede sich windende Schlange zu vernichten, bis nichts mehr übrig war. Astaroths Schrei hallte durch den Äther. Dann verblasste das Licht, und nichts blieb übrig. Alles war still, der pladdernde Regen das einzige Geräusch.

»Er ist weg«, sagte ich und lachte unter Tränen. »Du bist

in Sicherheit. Du …« Meine Worte erstarben, und ich stieß einen leisen Schrei aus. Seine Augen waren offen, sein Körper bewegte sich nicht. »Oh, Cas. Nein …«

Ich packte sein blutgetränktes T-Shirt und schüttelte ihn. Sein Blick blieb starr. Ich legte meine Wange an seine Brust und hörte nichts. Ein leiser Klagelaut kam tief aus mir. Vom Grund meiner Seele. Lange Augenblicke hielt ich ihn fest, wiegte ihn in meinen Armen, und meine Tränen vermischten sich mit seinem Blut. Ich schloss die Lider, während der Regen auf mich hinunterprasselte.

Ich weiß nicht, wie lange ich ihn so im Arm gehalten hatte, als ich sanfte Schritte hörte. Der Duft von Pfeifenrauch wurde kräftiger, süß und vertraut.

Langsam hob ich den Kopf. »Daddy?«

Der Hinterhof war leer, aber Dad war da. Ich konnte ihn in meiner Nähe spüren.

»Es ist Zeit zu gehen, Lucy.«

»Nein, ich kann nicht. Cas …«

Ich blickte wieder nach unten, und Casziel war weg.

»Nein …« Ich griff mit beiden Händen in den Matsch, Schluchzer erschütterten mich, und es tat so weh. »Ich dachte, ich wäre bereit. Ich bin nicht bereit. Ich kann ihn nicht wieder aufgeben. Noch nicht. Bitte …«

Das weiße Licht kam zurück, diesmal nicht feurig, sondern eher wie Wolken oder Watte. Weich und sanft und von einem hellen Blau gesäumt. Es umhüllte mich mit einem Frieden, den ich nicht empfinden sollte – nicht, solange die Trauer um Casziel noch ein stechender Schmerz in meiner Brust war. Das Licht dämpfte den Schmerz nicht komplett, aber plötzlich war so viel Liebe in mir, dass nichts anderes stärker war.

Weil nichts anderes stärker ist.

Das Licht wurde immer heller, und ich musste die Augen schließen. Als die ganze Luft davon erfüllt war, sah ich eine einzelne schwarze Feder, die sich klar von dem weißen Licht abhob. Ich nahm sie und hielt sie fest, als ich komplett eingehüllt wurde.

»Komm, Mäuschen.« Dads Stimme war weich und warm und voller Liebe. »Gehen wir nach Hause.«

FÜNFUNDZWANZIG

Der Weg in meine Wohnung war langsam und traumartig. Jeder Muskel tat mir weh, jeder Schritt war bleiern und schwer. Ich zitterte vor Kälte, war komplett durchnässt und voller Matsch und Blut. Casziels Blut. Es war so viel … Das warme Licht und Dads Gegenwart führten mich zum Bett; die schwarze Feder behielt ich die ganze Zeit in der Hand.

Ich legte mich hin und schlief, und es kamen keine Träume.

Stunden später wachte ich keuchend auf und setzte mich senkrecht hin. Panik durchströmte mich. Die Panik, etwas Kostbares verloren zu haben …

Schwer atmend sah ich mich um. Mein T-Shirt und die Jogginghose waren sauber und trocken. Die Kratzer und Schlangenbisse an meinen Armen und Beinen waren verschwunden. Die Sonne brach durch die Wolken und ließ ihr silbriges Licht in meine Wohnung fallen.

»Nein.« Wut, Angst und Panik schwollen in mir an wie eine Flut. »Nein, es ist nicht vorbei. Es war real. Er war wirklich da …«

Ich fand die schwarze Feder unter meinem Kopfkissen und hielt sie ins Licht. Sie war fast dreißig Zentimeter lang, irgendwie warm und roch ganz leicht nach Rauch und Asche.

Trauer umfing mich wie ein festes Band. Erdrückte mich

ohne Erbarmen. Nichts kam mir wirklich vor. Meine Wohnung war die Kulisse auf einer Bühne, die Bücher und das Geschirr, die vertrocknete Zimmerpflanze, alles Requisiten. Nur die Feder – und wem sie gehört hatte – war greifbar.

Ein großer Schluchzer stieg in mir auf, aber ich unterdrückte ihn und atmete wie eine Frau, die in den Wehen liegt und wartet, dass der krampfartige Schmerz wieder nachlässt. Das tat er auch, aber er lauerte im Hintergrund, bereit, mich in Stücke zu reißen, sobald ich es zuließ. Das konnte ich nicht.

»Daddy?«, flüsterte ich.

Nichts.

Mein Telefon signalisierte eine Nachricht von Jana.

Alles okay? Hab dich gestern vermisst. Mit unserem Tennisstar bewegt sich einiges. Komm ins Büro, und nimm die Sache in die Hand, Mädchen! <3

Der Gedanke zu duschen, mich anzuziehen, die Bahn zu nehmen und dann allen im Büro ins Gesicht zu sehen, war so absurd, ich konnte es mir kaum vorstellen. Aber wenn ich allein zu Hause bliebe, würde ich immer wieder vor mir sehen, wie Cas in meinen Armen verblutete und starb. Lebende Albträume würden mich verfolgen – Dämonen mit schwarzen Augen und Schwertern und Astaroth, der seine Hand ausstreckt und mir einen Ausweg bietet …

Komme, textete ich.

Wie ein Zombie ging ich los. Bei Ocean Alliance wurde das Gefühl, mich in einer Theaterkulisse zu befinden, noch stärker. Jana kam mit einem breiten Grinsen auf mich zu, das verschwand, als sie mich sah.

»Wow, hey. Geht's dir gut?«

»Alles okay.«

»Lucy …«

»Ich will nicht drüber reden«, sagte ich, und meine Stimme klang gar nicht nach mir – fest und kräftig und ohne Raum für Einwände zu lassen. »Machen wir uns einfach an die Arbeit.«

Jana war einverstanden, aber nur, weil ich ihr keine Wahl ließ. Wir setzten uns zusammen und gingen meine Recherche durch, und ab und zu warf sie mir einen besorgten Blick zu, den ich ignorierte. Irgendwie schaffte ich es durch den Tag.

Auf dem Weg nach draußen nahm Jana meinen Arm und hielt mich auf.

»Hör zu, ich weiß nicht, was los ist, und du musst mir nichts erzählen, wenn du nicht willst, aber ich muss wissen, dass du okay bist. Bist du okay? Ist etwas mit Cas?«

Sein Name traf mich wie ein Pfeil ins Herz. Ich brachte ein schwaches Lächeln zustande. »Ich kann noch nicht darüber reden, aber du musst dir keine Sorgen machen.«

»Leider zu spät.«

»Es geht schon. Versprochen.«

Es geht schon war zwar noch Millionen von Kilometern – und Leben – weit weg, aber Jana konnte nichts tun. Es wäre unfair gewesen, den Riesenberg Schmerz auf ihr abzuladen, der aus mir herauswollte.

»Bis morgen«, sagte ich und machte mich auf den Weg nach Hause.

Zu Hause ging ich direkt zu der schwarzen Feder, die sicher unter meinem Kopfkissen verwahrt war. Ich wollte sie zur Arbeit mitnehmen, sie überallhin mitnehmen, aber das ging nicht. Wenn ich sie verlöre …

Ich habe ihn verloren.

Der Schmerz traf mich in die Brust wie eine Kanonenkugel, aber ich unterdrückte ihn und kochte ein Abendessen, das ich nicht aß. Ich zog einen Pyjama an und nahm mir ein Buch, das ich nicht las. Am nächsten Morgen stand ich auf und fing wieder von vorn an.

Und den Tag danach und den danach, drei Tage lang. Ich war die Erste im Büro und ging als Letzte; ich aß kaum und blieb bis drei Uhr morgens wach und versuchte zu lesen, bis ich erschöpft einschlief, ohne mir zu erlauben, in Gedanken die Ereignisse der letzten Woche noch mal durchzugehen. Aber mir ging es *gut*. Alles war *wieder normal*. Alles war *in Ordnung*.

Irgendwo im Hinterkopf wusste ich, dass das nicht so bleiben würde, aber ich überlebte. Nicht einmal Deber und Keeb hatten etwas zu sagen.

Ich habe meine Dämonen getötet ...

Ich kam von der Arbeit nach Hause, und gerade als ich durch die Tür ging, klingelte mein Handy. Cole würde nach einer weiteren ausweichenden Nachricht wahrscheinlich in ein Flugzeug springen, also ging ich ran. Aber kein FaceTime. Wenn er mein Gesicht sähe, würde er wirklich in ein Flugzeug springen und sich die Abschlussprüfungen versauen.

»Hey«, sagte ich.

»*Hi*«, sagte er betont.

»Ich weiß, es tut mir leid. Ich ... hatte viel zu tun.«

»Wir hatten beide schon viel zu tun. Diesmal ist anders. Was ist los, Luce? Bitte sag es mir.«

Mir kamen die Tränen, aber ich blinzelte sie weg. Was konnte ich meinem besten Freund sagen? Dass die Liebe meines Lebens – und der anderen Leben davor – in einem Dämonenkampf im Hinterhof gestorben war? Dass da Fliegen und Schlangen gewesen waren und eine Kerze, die im Regen brannte? Dass ich für ein paar kostbare Stunden gefunden hatte, was mir fehlte, und dass es mir dann wieder genommen worden war?

Ich holte die Feder unter dem Kopfkissen hervor, strich

mir mit der weichen Spitze übers Kinn. Ihre Hitze und der Aschengeruch waren schon schwächer geworden. Ich schloss die Augen.

»Du hattest recht«, brachte ich heraus. »Cas und ich … du hattest recht. Er war es. Nicht Guy. Guy ist in Sri Lanka, aber Cas musste … weg, wie ich gesagt hatte. Also … ja. Ich krieg das schon hin.«

Mir war bewusst, dass ich Blödsinn plapperte, aber ich hoffte, es würde für Cole einfach nur nach Jungsdrama klingen. Ich hielt den Atem an und ließ ihn raus, als die Sorge in seinem Tonfall ein wenig abnahm.

»Ach Mist, Luce, es tut mir leid. Ich dachte, er wäre die große Liebe.«

»Ja, danke. Ich auch.« Ich räusperte mich. »Was ist mit dir? Du klingst müde. Schläfst du immer noch schlecht?«

»Es ist die blanke Ironie. Ich schlafe mehr, habe aber verrückte Träume … Aber es ist nicht wichtig. In ein paar Wochen sind Semesterferien. Ich komme dich besuchen.«

»Nein, lass mich kommen. Ich muss mal raus aus dieser Stadt.«

»Das ist noch besser! Ich kann dir alles zeigen und dir ein paar Leute vorstellen. Das wird super.«

»Jepp. Super.«

»Lucy«, sagte Cole. Ich wappnete mich. »Du bist meine beste Freundin. Ich mache mir immer noch Sorgen um dich. Ich weiß, an der Geschichte mit Cas ist mehr, als du erzählt hast.«

Kurz sah ich das Schwert aus seiner Brust herauskommen. Ich schloss die Augen. »Okay.«

»Und du sollst wissen, dass ich da bin, wenn du bereit bist zu reden. Ja?«

»Danke, Cole.«

»Hab dich lieb.«

»Hab dich auch lieb«, sagte ich und legte schnell auf.

An diesem Abend aß ich ein bisschen was, ging dann ins Bett und starrte die Worte auf einer Buchseite an, ohne sie zu sehen. Ich zwang mich weiterzulesen, bis mir die Augen zufielen und ich einschlief.

Am nächsten Morgen klingelte wie immer der Wecker. Und wie immer griff ich unter dem Kopfkissen nach der Feder. Meine Hand ertastete das glatte Laken. Ich warf das Kissen zur Seite. Da war nichts als ein Aschenfleck in Form einer Feder.

»Nein. Nein, nein, nein …«

Ich nahm das Bett auseinander, schüttelte das Bettzeug aus. Weg. Fast wäre der Damm in mir gebrochen, aber irgendwie schaffte ich es, mich zusammenzureißen. Ich zog mich an und ging in Richtung Tür. Mitten in der Wohnung blieb ich mit der Handtasche in der Hand stehen. Der Topf mit dem toten Edgar stand noch vor dem offenen Fenster. Die Blätter waren verwelkt und braun und teilweise schon abgefallen. Ich hatte ihn noch ein paar Mal gegossen, aber es war zu spät. Er würde sich nicht wieder erholen.

Ich trug die Pflanze in den Küchenbereich, öffnete den Treteimer mit dem Fuß und warf sie hinein. Schnappend fiel der Deckel zu, und ich ließ die Tasche fallen. Ich sank von Schluchzern geschüttelt zu Boden, ich konnte nicht mehr. Ich weinte, bis meine Hände zu zittern anfingen und ich Bauchschmerzen bekam. Draußen regnete es wieder, aber es war nicht windig, einfach ein steter Regen. Drinnen weinte ich meine eigene Sintflut an Tränen und fragte mich, ob ich je wieder aufstehen würde.

Aber ich stand auf.

Ich riss mich zusammen, rappelte mich auf, trocknete die Tränen und ging hinaus. Ich schloss die Tür ab und drehte mich um. Mein leiser Schrei wurde vom Regen übertönt.

Im Hinterhof lag eine Leiche.

Ich erstarrte, mein Inneres zog sich zusammen, mein Puls verlangsamte sich zu einem schweren Dröhnen. Es war keine Leiche, registrierte mein Verstand. Ich konnte Beine sehen, die sich bewegten. Ich hörte unter dem Prasseln des Regens ein leises Stöhnen.

Ich ging eine Stufe runter, dann die nächste.

Casziel setzte sich langsam auf. Er war ganz in Schwarz gekleidet – Jeans, Stiefel, Lederjacke – und sah sich mit einem leicht verwirrten Ausdruck im Gesicht um. In seinem schönen, gut aussehenden Gesicht, das ich mehr liebte als jedes andere. Er entdeckte mich und lächelte.

»Lucy.«

Der tiefe Tenor seiner Stimme riss mich aus meiner Lähmung. Ich wollte in seine Arme fliegen. Die Freude war so groß und umfassend, dass ich fast keine Luft bekam. Ich konnte es kaum glauben.

Kopfschüttelnd wich ich zurück. »Nein. Nein, das kann nicht … Ich habe dich sterben sehen. Du bist in meinen Armen gestorben …«

»Ich weiß«, sagte er rau. »Ich erinnere mich. Aber Lucy, ich …«

»Das kann nicht real sein. Es ist nicht real«, rief ich, stieß mit der Wade gegen eine Stufe und setzte mich abrupt. Erneut flossen meine Tränen, während mein Körper mit tausend verschiedenen Gefühlen kämpfte. Hoffnung durchflutete mich, während sich Möglichkeiten mit Unmöglichem mischten. Ein Dämon spielte mit mir. Nahm meinen schlimmsten Schmerz und bohrte das Messer tiefer in die Wunde.

Ich schlug mir die Hände vors Gesicht. »Lass mich in Ruhe. *Lass mich in Ruhe!*«

»Lucy …«

Casziels Stimme klang gequält. Ich hörte, wie er die Treppe hinaufstieg, spürte, wie er sich neben mich setzte. Sein Duft – frischer Regen und seine eigene Wärme – umhüllte mich sauber und gut.

»Lucy, ich bin es. Ich bin zurück. Irgendwie. Sie haben mich zurückkommen lassen, und jetzt bin ich hier.« Ich hörte, wie er stockend einatmete, seine Stimme war belegt vor Emotionen. »Götter im Himmel, du bist so wunderschön. Sieh mich an. Bitte, sieh mich an, Lucy, damit ich weiß, dass es kein Traum ist.«

Ich senkte die Hände und öffnete die geschwollenen Augen. Sein Gesicht war so nah, seine Miene voller Sorge. Und Liebe. So viel Liebe.

»Dies ist real?«

Cas nickte und wollte etwas sagen, aber ich legte ihm die Hand auf den Mund, und er schwieg. Er hielt still, seine Augen schimmerten, als meine Hände ihn erkundeten, sein Kinn umfassten, seine Lippen nachzeichneten, seine Augenbrauen und die gerade Linie seiner Nase. Die überirdische Aura war fort, und er sah so unglaublich menschlich aus – ein Muttermal an einem Ohr, eine feuchte Strähne, die ihm in die Stirn fiel. Langsam wurde seine körperliche Gegenwart – die Wärme seiner Haut in dem kalten Regen – eine unbestreitbare Realität.

»Cas?«, flüsterte ich.

Er nickte, Tränen standen ihm in den Augen. »Ja, Geliebte. Ich bin es.«

Endlich kam die Wahrheit bei mir an, und ein stockender Schluchzer drang aus meiner Brust. Cas zog mich an sich, und wir saßen im Regen auf der Treppe und umarmten uns. Seine Tränen liefen in mein Haar, mein Gesicht war an seinen Hals gepresst. Wir umarmten uns erst sanft, dann kräftiger. Er drückte die Schluchzer aus mir heraus, und ich schmiegte mich an ihn und ließ es zu.

»Was ist passiert?«, fragte ich irgendwann, löste mich von ihm und umfasste sein Gesicht. »Wie kannst du hier sein?«

Er schüttelte den Kopf. »Ich weiß es nicht. Es ist irgendwie schemenhaft. Ich war woanders, umgeben von weißem Licht. Und ich wusste …« Er brachte einen Moment lang keinen Ton heraus. »Dieses Licht war Vergebung. Und dann war ich hier.«

Er ist hier.

»Ich kann es nicht glauben«, sagte ich, und wieder traten mir Tränen in die Augen. »Woran kannst du dich erinnern?«

»Ich erinnere mich an uns. Und an den Kampf gegen Astaroth.« Er schüttelte den Kopf, sein Blick war in die Ferne gerichtet. »Ich weiß noch, was ich war. Etwas … Nichtmenschliches. Und ich erinnere mich an alles, was passiert ist, während ich hier war, aber nicht an das dazwischen.« Er deutete mit dem Kinn auf den Hinterhof. »Ich weiß nicht, was passiert ist, nachdem ich da unten gestorben bin.«

»Du kannst dich nicht an die Andere Seite erinnern?«

Er runzelte die Stirn. »Ich wusste einmal, was das bedeutet, oder? Jetzt nicht mehr. Ich glaube, ich soll mich nicht erinnern. Es ist wie ein Traum. Ich bin in deinem Hinterhof aufgewacht, und ich glaube, mehr soll ich nicht sicher wissen. Nur, dass ich eine zweite Chance bekommen habe. Und dass es nicht die Liebe war, die mich verdammt hat. Ich habe dich geliebt, aber mich dafür gehasst, dass ich dich sterben ließ. Und dieser Hass hat aus mir gemacht, was ich war.«

»Es war nicht deine Schuld«, flüsterte ich und legte die Hand an seine Wange. »Es war nie deine Schuld.«

»Ich habe das verstanden, als ich in deinen Armen gestorben bin. Ich habe dich gehört, Lucy. Du hast gesagt, du seist dankbar, und ich habe begriffen, dass ich das auch bin.« Seine Stimme brach, und er sah weg. »Und dass ich …«

»Was?«, fragte ich sanft.

»Ich habe nie um sie getrauert«, sagte er. »Meine Eltern. Meine Schwester ... Ich habe sie sterben sehen und die Trauer vergraben, bis Astaroth sie gefunden hat. Ich gab ihm die Schuld daran, mich zu dem gemacht zu haben, was ich war, aber das war ich selbst.« Ein zittriges Lächeln erschien auf seinem Gesicht. »Sie war so schön, meine Schwester. Aria. Sie hieß Aria ...«

Ich zog ihn an mich. Ich küsste sein Kinn, seine Wange, seine Schläfe. Er sah mich aus seinen schönen braunen Augen an, und sie waren so frei von dem Schmerz, der in ihnen gewohnt hatte, als sie noch bernsteinfarben gewesen waren, dass mir das Herz beim Anblick seiner Schönheit brach.

»Darf ich dich jetzt küssen?«, fragte er rau. »Oder willst du noch einmal von vorn anfangen? Es langsam angehen?«

Ich schüttelte den Kopf. »Ich will, dass du mich küsst. Ich will alles ...«

Er beugte den Kopf, drückte die Lippen fest und zärtlich auf meine, und ein kleiner Erleichterungsseufzer entfuhr ihm. Auch ich stieß einen leisen Schrei aus, als ich die Lippen öffnete und seinen Kuss erwiderte. Mich diesem Augenblick hingab, in dem wir ganz wurden. Viertausend Jahre verlorener Liebe strömten von ihm zu mir und wieder zurück, füllten all die kaputten und leeren Stellen in uns aus und machten uns endlich heil.

Wir küssten uns, dann umarmten wir uns einfach nur. Ich legte den Kopf an seine Brust und lauschte dem steten Rhythmus seines Herzens. Ich fuhr ihm mit den Fingern über den Kiefer, den Hals, weiter nach unten. Da musste eine Narbe an seinem Hals sein, aber seine olivfarbene Haut war glatt. Ich zog den Ausschnitt ein bisschen runter.

»Keine Narben«, sagte ich. »Sie sind weg.«

»Bis auf eine.« Er zog das Shirt noch weiter runter und zeigte mir die Narbe von der Größe eines Silberdollars über seinem Herzen. »Damit ich das Geschenk nicht vergesse, das ich bekommen habe. Dich, Lucy. Ich bin deinetwegen hier. Du bist meine Heldin. Du hast mich gerettet.« Er nahm meine Hand und legte sie auf die Narbe. »Du hast mich wieder ganz gemacht.«

Bevor ich noch etwas sagen konnte, küsste er mich wieder, dann gingen wir hinein und ins Bett. Unsere Körper stürzten sich aufeinander, und ich nahm ihn in mich auf, es war so wunderbar. Er hörte nicht auf, mich zu küssen, und deshalb konnte ich ihm nicht sagen, dass er mich auch gerettet hatte. Er hatte die Mauern um mein kleines Leben eingerissen und mir gezeigt, wie weit und groß es wirklich war. Was alles in mir steckte, wie viel ich geben konnte.

Doch jetzt hatten wir Zeit. Ich wusste nicht, wie viel – es gab für nichts eine Garantie. Aber ich schwor mir, jeden Tag, jeden Augenblick mit der Liebe meines Lebens zu ehren.

In diesem Leben und dem nächsten und allen, die noch kommen würden.

EPILOG

|

Ein Jahr später ...

Ich schloss die Tür zu meiner kleinen Wohnung auf und trat ein. Umzugskartons standen hinter der Tür, obwohl wir eigentlich gar nicht genügend Sachen besaßen, um so viele davon zu rechtfertigen. Ich bahnte mir einen Weg durch den Wohnbereich an noch mehr Kartons vorbei und hängte den Mantel in unseren kleinen überfüllten Schrank.

Ich lächelte, als ich sah, wie Cas' Klamotten sich zwischen meinen Kleidern drängten, der Duft seines Cologne sich mit meinem Parfüm mischte. Die Laken rochen nach uns beiden.

Es ist wie im Himmel.

Abgesehen von dem Umzug. Umzuziehen war grauenvoll. Aber dank Cas' Beförderung konnten wir uns dieses magische Wunder von Manhattan leisten – eine anständige Wohnung, die uns nicht in den Bankrott treiben würde. In drei Tagen würden wir in eine Wohnung mit fast fünfundsechzig Quadratmetern in Midtown ziehen, mit ein bisschen Blick über den Park, ganz für uns allein. Kein zugemüllter Hinterhof mehr und keine wackelige Treppe; wir würden unser Gebäude wie normale Menschen durch die Vordertür betreten können.

Normale Menschen. Sind wir das?

Ich lächelte und warf einen Blick auf die Uhr. Kurz nach vier. Cas würde bald fertig sein mit seinem Unterricht. Der neueste Assistenzprofessor in Kulturen und Geschichte des Altertums war auch der jüngste Mensch, der diesen Posten jemals innegehabt hatte. Man hatte seine Bewerbung schon ablehnen wollen, da er keine Lehrerfahrung und keinerlei Zeugnisse hatte. Aber wer auch immer mir Cas zurückgegeben hatte, hatte uns auch sonst geholfen. An jenem regnerischen Morgen hatten wir in seiner Jeans eine Brieftasche gefunden, mit tausend Dollar Bargeld und einer Sozialversicherungskarte mit seinem Namen drauf.

»Das Geld ist von Ambri«, sagte er und lächelte liebevoll. »Ich wollte dir zurückgeben, was du mir geliehen hattest. Und das hier ...«

Die Sozialversicherungskarte war der Pass zu diesem Leben.

Mit meiner Hilfe stellte er eine Präsentation zusammen, und den Leuten an der NYU blieb der Mund offen stehen, weil er so viel wusste. Um sein ungewöhnliches Wissen zu erklären, sagte er, seine Familie sei immer bemüht gewesen, die Traditionen von Generation zu Generation weiterzugeben. Eine schwache Erklärung. Doch es gab zwar Archäologen und Linguisten, die ein wenig Sumerisch sprachen, aber Cas konnte es fließend. Er öffnete Türen zu Aussprache und Kontexten, die seit Tausenden Jahren verschlossen gewesen waren.

Jetzt lauerten größere Museen auf der ganzen Welt auf das Wunderkind der New York University, riefen an, damit er zerbrochene oder verblasste Schrifttafeln übersetzte, Artefakte datierte und identifizierte und allgemein die Lücken der mesopotamischen Geschichte füllte, wie niemand es konnte … es sei denn, er wäre dabei gewesen.

Der Novemberhimmel draußen war bleiern und grau. Es würde kalt werden heute Nacht, ein perfekter Abend, um sich aufs Sofa zu kuscheln und sicher in Cas' Armen *Schitt's Creek* zu gucken. Dann würden wir ins Bett gehen, einen wahnsinnigen Orgasmus nach dem anderen haben und danach ineinander verschlungen einschlafen, ganz und perfekt.

Ich stand am Fenster und goss Edgar Junior, als ich auf einmal so ein überwältigendes Glücksgefühl hatte, dass es fast unheimlich war. Vielleicht war es gar nicht real. Vielleicht würde ich aus diesem verrückten Traum aufwachen und herausfinden, dass er nicht anders war als die Träume von Japan oder Russland. Mein Bett wäre leer, und ich hätte wieder dieses Gefühl, nicht vollständig zu sein …

Ich hörte Cas hereinkommen und über die Umzugskisten an der Tür fluchen.

»Hey«, rief ich, ohne mich umzudrehen, in einem so leichten Tonfall wie möglich. »Wie war dein Tag? Hast du …?«

Meine Frage verwandelte sich in ein wohliges Seufzen, als Cas mir die Arme um die Taille legte und mich auf den Hals küsste. Angenehme Schauder überliefen mich, als er an mir knabberte und seine Zunge und Lippen aufwärts zu meinem Ohr wanderten.

»Ob ich dich vermisst habe?«, beendete er meinen Satz. »Ja. Hatte ich einen Tagtraum, mit dir zu schlafen? Ja. Hatte ich Fantasien, dich auf dem Pult im Seminarraum zu nehmen oder auf dem Schreibtisch im Büro oder an der Wand im Flur …?«

»Das sind ziemlich viele Orte«, brachte ich schwach heraus und schmiegte mich in seine Umarmung. »Was war los?«

»Das Thema der heutigen Stunde waren Sexualität und Hochzeitsrituale im alten Sumer«, sagte er. »Du hast ja keine

Ahnung, wie schwer es ist, einem Raum voller Studierender deine eigene Hochzeitsnacht zu beschreiben, ohne eine Erektion zu kriegen.«

Ich lachte, aber es verging schnell, und er spürte meine Anspannung.

»Was ist? Ich habe keine Details preisgegeben …«

»Nein, natürlich nicht.« Ich drehte mich in seinen Armen und hielt inne. Er war so wunderschön. Wie er mich ansah, mit so viel Liebe und Verlangen, so wie ich immer geträumt hatte, angesehen zu werden. Es war zu perfekt. Zu gut.

»Du musst nicht mit mir zusammen sein«, platzte ich heraus.

Er blinzelte. »Sorry, was?«

»Ich … ich weiß nicht. Ich brauch einfach frische Luft.«

Ich ging nach draußen und setzte mich auf die oberste Stufe. Ich hörte, wie Cas mir folgte, und wischte schnell die Tränen der Frustration ab, die mir über die Wangen liefen.

»Lucy. Rede mit mir.«

»Wir waren vor viertausend Jahren verheiratet, aber das heißt nicht, dass du bei mir bleiben musst. Du musst dich nicht … verpflichtet fühlen.«

»Verpflichtet«, sagte er ausdruckslos. »Aber ich bin *verpflichtet*. Meine Liebe zu dir verpflichtet mich.« Er setzte sich neben mich. »Wo kommt das denn her?«

»Weiß ich nicht. Meine *inneren Dämonen* sagen mir, dass es zu schön ist, um wahr zu sein.«

Cas murmelte einen Fluch und holte ein kleines schwarzes Kästchen aus seiner Anzugtasche. Er drehte es in seinen Händen. Ein Laut des Erstaunens entfuhr mir.

»Ich hätte ihn dir vor Monaten schon geben sollen«, sagte er. »Jeden Tag, seit ich zurück bin, hätte ich auf die Knie gehen können und dich fragen, ob du meine Frau werden willst.«

»Und warum hast du nicht?«, fragte ich sanft.

Er wandte sich mir zu. Sein Blick war ernst und voller Liebe. »Aus dem gleichen Grund, weshalb du eben rausgegangen bist. ›Innere Dämonen‹ sagen mir, dass es nicht reicht. Also habe ich zur Orientierung deine Liebesromane gelesen. Ich wollte, dass mein Antrag etwas Besonderes wird. Eine *große Geste*, so wie du sie verdienst.«

Mich durchströmte so viel Liebe bei dem Gedanken, dass dieser Mann Liebesromane las, um mir etwas Gutes zu tun. »Wolltest du deshalb die Bücher zuletzt einpacken? Du liest sie?«

»Ja, aber was diese Milliardäre machen, kann ich mir nicht leisten.« Ein total süßer finsterer Ausdruck zeigte sich auf seinem Gesicht. »Warum gibt es überhaupt so viele Milliardäre? Oder englische Adlige? Wie viele heiratsfähige Herzöge existieren in der Königsfamilie?«

Ich lachte. »Im Namen der Liebe musst du schon bereit sein, über Unwahrscheinliches hinwegzusehen.«

Er verzog die Miene. »Es reicht, um einem armen Assistenzprofessor das Gefühl zu geben, unzulänglich zu sein.«

»Ich brauche keine große Geste.« Ich verbarg mein Lächeln an seiner Schulter. »Aber ich hätte nichts dagegen, wenn du das Schächtelchen aufmachst.«

»Noch nicht. Deine Bücher haben mir noch etwas anderes beigebracht: Man muss um Gnade winseln.« Ich wollte lachen, aber er sah mich ernst an. »Ich muss dich um Verzeihung bitten, Lucy.«

»Wofür?«

»Für so vieles. Kleine Verletzungen, die ich dir zugefügt habe … und große. Solche, die tief gehen. Weil ich damals im Kaufhaus wegen der Schnittwunden gesagt habe, dass es dich einen Dreck anginge. Ich konnte den Gedanken nicht ertragen, dass du dich um mich sorgst. Schon damals hat dein sanftmütiges Herz sich um einen Mistkerl wie mich Sorgen gemacht.«

»Oh, Cas. Du musst dich nicht …«

»Doch. Es tut mir leid, dass ich dich beschämt habe, als du dich hübsch gemacht hast, um in die Sing-Bar zu gehen, obwohl ich in Wirklichkeit von deiner Schönheit überwältigt war.«

»Wirklich? Ich dachte, du fandst es furchtbar. Das Make-up, das Kleid …«

»Nein. Die Frauen in Larsa haben ihre Augen mit Kohle umrahmt. Du hast in diesem Moment so sehr wie Li'ili ausgesehen, dass mir der Atem wegblieb. Aber ich habe das Kleid gehasst. Weil du es nicht für mich getragen hast.« Er strich mir eine Haarsträhne von der Wange. »Ich mochte, wie du dein Haar aus dem Gesicht gesteckt hast, weil ich so mehr davon sehen konnte. Ich bin es nie müde, dein Gesicht anzusehen. Das wird nie passieren.«

Inzwischen konnte ich wegen der Tränen kaum noch etwas sehen. »Casziel …«

»Und es tut mir leid, dass ich auf der Hochzeit nicht mit dir getanzt habe. Ich hätte derjenige sein sollen, nicht Guy. Ich hätte ihm niemals deine Hand geben sollen. Ich hätte nie diese schrecklichen Sachen zu dir sagen sollen. Ich habe sie statt dessen gesagt, was ich im Herzen fühlte, nämlich, dass ich dich immer lieben werde. Ich habe dich immer geliebt, in jedem Jahrhundert, in jedem vergangenen Leben und in jedem, das noch kommt. Es gibt nur dich. Es wird nur dich geben. Meine Liebe. Mein Leben.« Sein Kiefer verkrampfte sich. »Und wenn du mich wieder nimmst, auch meine Frau.«

Er öffnete das Kästchen, in dem ein Goldring mit einem ovalen Lapislazuli steckte, umgeben von kleinen blassblauen Diamanten.

»Lapislazuli ist der heilige Stein unseres Volkes«, sagte er und nahm den Ring heraus. »Er hat die Farbe deiner Augen.«

Die Hand flog mir ans Herz. »Cas … er ist so wunderschön.«

»Nicht halb so schön wie du. An Körper und Seele.« Er steckte mir den Ring an den Finger und drückte meine Hand an die Lippen. »Lucy Dennings … wir waren einst verheiratet, aber ich werde deine Liebe nie für selbstverständlich halten. Sie ist das größte Geschenk, das ich jemals bekommen werde, und ich werde dieses ganze Leben versuchen, mich ihrer würdig zu erweisen, wenn du mich lässt.«

»Ja«, flüsterte ich. »Ja, Cas. Natürlich.«

Sein Lächeln war atemberaubend, und sein Kuss, so zärtlich und sanft, erfüllte mich ganz mit seiner Liebe. Ich konnte sie schmecken, fühlen und einatmen, bis ich ganz voll davon war und kein Raum mehr für Zweifel blieb. Ich legte den Kopf an seine Brust, während er mich umarmte, und wir saßen dort auf der Treppe und genossen das Gefühl, komplett zu sein. Der Ring war nicht einfach nur schön, er fühlte sich an wie ein Siegel, das uns miteinander verband. Ein endlich eingelöstes Versprechen.

»Wirst du den vermissen?«, fragte Cas nach einer Weile und deutete auf den leeren Hinterhof unter uns.

»Ein bisschen. Dort habe ich dich gefunden. Zwei Mal.«

»Du warst so mutig, Lucy. Du hast mich in meiner wahren Gestalt gesehen und mit zu dir genommen. Mich akzeptiert.«

Ich lächelte. »Es hat ein bisschen geholfen, dass du nackt warst.«

Er lachte leise. »Ich kann mich nicht erinnern, was auf der Anderen Seite passiert ist, aber ich weiß, dass ich viel wiedergutmachen muss.«

»Sei einfach ein guter Mensch auf dieser Welt«, sagte ich. »Mehr ist nicht nötig.«

»Ich denke, das kriege ich hin. Du wirst es mir zeigen.«

Cas küsste mich wieder, und die Freude durchströmte mich ungehindert. Mein Geliebter. Mein Seelenverwandter und mein Happy End.

| |

Zwei Jahre später …

»Bist du sicher?«, fragte ich und nahm das Gesicht meiner Frau
in beide Hände.

»Ja«, sagte Lucy und lächelte sanft. »Wenn etwas passieren
sollte, passiert es sowieso. Du darfst diese Gelegenheit nicht
deshalb versäumen. Es ist so großartig, Cas. So etwas bietet
sich nur einmal im Leben.«

Ich schüttelte den Kopf. »Die *Gelegenheit* ist unwichtig,
verglichen mit dir. Wenn etwas schiefgeht und ich nicht hier
bin …«

»Es geht mir gut«, sagte sie, nahm meine Hände von ihrem
Gesicht und drückte einen Kuss auf den Ehering aus Wolfram
und Lapislazuli an meiner linken Hand. »Ich bestehe darauf.
Es ist nur eine Woche.«

Eine Woche ist eine Ewigkeit, wenn deine Frau zum zweiten Mal in der neunten Woche schwanger ist. Ihre Ärztin hatte
gemeint, alles sähe gut aus, aber woher sollte sie das sicher wissen? Wenn wir auch dieses Kind verlieren würden …

»Nein«, sagte ich. Bei dem Gedanken drehte sich mir fast
der Magen um. »Ich kann dich nicht allein lassen. Die Sache in
Kairo kann auch ohne mich stattfinden.«

»Du *bist* die Sache in Kairo.«

Ich war wütend. In der Golfregion waren sumerische Artefakte gefunden worden. Man hatte sie ins Nationalmuseum in Kairo gebracht, wo ich sie identifizieren und datieren sollte.

»Es ist nur eine Kiste voll Müll. Sie bedeutet mir nichts, aber du … du bist alles.«

»Und du bist wirklich sexy, wenn du so was sagst.« Lucy küsste mich auf die zusammengepressten Lippen.

Ich wollte protestieren, doch sie unterbrach mich.

»Ich fühle mich gut. Und du bist so klug. Das ist ein historischer Moment.« Lucy legte den Kopf an meine Brust. »Alles wird gut, Cas. Es ist okay, egal, was passiert.«

Ich umarmte sie. »Woher weißt du das?«

»Ich weiß es nicht. Ich vertraue einfach darauf, dass unsere Engel über uns wachen.«

»Lucy …«

»Geh jetzt, sonst verpasst du deinen Flug und ich komme zu spät zu meinem Meeting.« Sie küsste mich wieder, sanft, doch mit der ihr eigenen großen Kraft. »Wir können unsere Leben nicht aus Angst auf Eis legen.«

Ich nickte widerstrebend. Seit unserer Hochzeit waren anderthalb Jahre vergangen, und ich liebte meine Frau jeden Tag mehr. Sie nach einer Fehlgeburt leiden zu sehen hatte mir doppelt wehgetan – einmal ihretwegen und einmal meinetwegen. Aber sie erinnerte mich immer daran, dass wir die schweren Zeiten durchstehen mussten, damit die guten noch schöner wurden, und dass auch die kostbarsten Momente nicht so lange andauerten, wie wir es gern hätten.

Ich küsste sie ein letztes Mal und zog meinen Rollkoffer durch die Tür unserer Wohnung in Midtown, während sie sich an ihren Schreibtisch am Fenster mit Blick auf den Park setzte. Nach dem großen Erfolg ihrer Sportschuh-Kampagne hatten Lucy und Jana eine eigene Firma gegründet, die ausschließlich auf nachhaltige Kleidung spezialisiert war. Ich hätte nicht stolzer auf Lucy sein können, die unermüdlich für einen echten und andauernden Wandel zum Besten des Planeten arbeitete. Sie hatte bewiesen, dass sie stärker und mutiger war, als ich mir je hätte vorstellen können, und hatte sich den Hindernissen – und dem Kummer – im Leben mit einer Tapferkeit und Liebe gestellt, die niemals wankten. Aber jeder Schritt, den ich mich an diesem Morgen von ihr entfernte, fühlte sich wie Verrat an. Oder wie ein schrecklicher Fehler.

Drei Stunden später stand ich am Flughafen in der Schlange vor der Sicherheitskontrolle, als mein Herz sich plötzlich zusammenzog. Ich nahm einen Hauch von Pfeifenrauch in der sterilen Flughafenluft wahr.

»Lucy …«

Ich suchte nach meinem Handy und drängelte mich rückwärts durch die Schlange, was mir eine Reihe von Flüchen und bösen Blicken einbrachte. Ich wählte ihre Nummer. Keine Antwort.

»Scheiße.«

Ich ging gerade hektisch im Uber-Abholbereich auf und ab, als eine Nachricht von Jana kam – eine Reihe von panischen Worten, die mich wie Kugeln trafen.

Lucy ist bei ihrer Gyn. Blutung. Kann nicht kommen, bin Upstate, komm schnell.

»Oh, scheiße, nein«, flüsterte ich. »Bitte nicht noch einmal.«

Das Uber kam, und ich nannte dem Fahrer die Adresse von Dr. D'Onofrios Praxis. Die Ärztin hatte uns schon durch den ersten schmerzhaften Verlust geholfen.

»Lucy Abisare«, sagte ich zu der Frau an der Rezeption. »Ich bin ihr Mann.«

Ihr Lächeln kratzte an mir wie Glas. »Ah, ja, gehen Sie gleich durch. Untersuchungsraum drei.«

Ich stürzte in den Raum, und mein Herz zerbrach in zwei Teile, als ich Lucy auf dem Untersuchungstisch sah. Ihr Körper war von der Taille abwärts mit Papier bedeckt, sie schluchzte und hatte eine Hand über ihre Augen gelegt.

»Lucy.« Ich eilte zu ihr, nahm ihre andere Hand und drückte den Handrücken an meine Lippen. »Meine Geliebte. Es tut mir so leid. Es tut mir so furchtbar leid.«

Sie schüttelte den Kopf, konnte kaum sprechen. »Zwei Babys.«

»Ich weiß«, sagte ich zornig, und meine eigenen Wangen waren nass vor Tränen. »Ich weiß, und du bist so tapfer. So verdammt tapfer.«

»Nein, wir kriegen zwei Babys«, brachte sie zwischen den Schluchzern zustande. Sie nahm die Hand von den Augen und sah mich an, und ich begriff, dass sie das Gesicht nicht vor Schmerz verzog. Sie lächelte. »Cas ... ich dachte, sie würden mir sagen, dass gar kein Baby mehr da wäre, aber es sind zwei.«

Ich starrte sie mit offenem Mund an. »Aber ... du hattest eine Blutung ...«

»Die Ärztin sagt, das kann passieren. Aber es geht mir gut. Und den Babys geht es gut.«

Ich schüttelte ungläubig den Kopf. »Bist du sicher?«

Lucy nickte und drückte die Stirn an meine. »Es sind zwei, Cas.«

»Wir bekommen Zwillinge?« Ich konnte meine Tränen nicht unterdrücken, und sie vermischten sich mit ihren, als ich sie küsste.

»In der Tat.« Dr. D'Onofrio spazierte in das Zimmer. »Herzlichen Glückwunsch, Cas.« Sie deutete auf das körnige schwarz-weiße Ultraschallbild auf dem Wandmonitor. »Das ist Baby Nr. 1.« Sie zeigte auf einen unscharfen Fleck in der Gebärmutter meiner Frau. »Und das ist Baby Nr. 2.«

Eine Welle der Freude wollte mich überfluten und knallte gegen eine Mauer. »Aber … Lucy geht es gut?«

Weil ich verdammt noch mal nicht ertragen würde, sie noch einmal leiden zu sehen.

»Ich verstehe Ihre Besorgnis. Wir werden sie sehr eng überwachen, vor allem angesichts ihrer Vorgeschichte. Aber soweit ich sehen kann, sieht alles gut aus. Zwei kräftige, regelmäßige Herzschläge.«

Die Ärztin gab uns noch ein paar Anweisungen und Erklärungen und ließ uns dann allein. Ich umklammerte Lucys Hand und wagte nicht, sie loszulassen.

»Jana hat dich angerufen«, sagte sie.

»Sie hat eine Nachricht geschrieben, aber ich war schon auf dem Rückweg. Jemand hat mir gesagt, dass ich umkehren soll.«

Sie lächelte. »Ich bin so froh. Ich dachte, du wärst schon im Flugzeug.«

»Ich glaube, Opa hat dafür gesorgt, dass ich das nicht war.«

Lucy lachte unter Tränen, und ich umarmte sie, unsere Stirnen aneinandergepresst.

»Sie sind zurück«, flüsterte sie. »Die zwei, die wir verloren haben; sie sind zurück. Denkst du nicht?«

Ich runzelte die Stirn. »Aber zwei?«

Lucy nickte. »Das erste war in Larsa. Ich habe es dir nie gesagt. Als ich unsere letzte Nacht gesehen habe, wusste ich, dass ein Baby unterwegs war. Li'ili – ich – war schwanger.«

Ich starrte sie an. »Warum hast du mir das nicht erzählt?«

»Ich wollte so oft. Aber ich dachte, dass es dich sinnlos verletzen würde. Und dann hatten wir die Fehlgeburt letztes Jahr, und ich habe gesehen, wie du versucht hast, für mich tapfer zu sein und den ganzen Schmerz auf dich zu nehmen. Obwohl es dir auch wehgetan hat. Ich konnte dir das nicht noch einmal antun.«

»Du hast versucht, mich zu beschützen.«

Sie nickte. »Es tut mir so leid. Ich … ich wollte dir nicht das Herz brechen.«

Ich schüttelte den Kopf und kämpfte gegen die Tränen. »Wir können einander nicht beschützen, Lucy. Das habe ich auf die harte Tour gelernt. Wir können nur füreinander da sein, in guten und in schlechten Zeiten. Okay?«

»Du hast recht. Wenn du diesen Augenblick verpasst hättest, weil ich dich gedrängt habe, ins Flugzeug zu steigen, hätte ich mir das niemals verziehen.«

»Es ist okay«, sagte ich, küsste ihre Stirn, ihre Wangen, ihre Lippen. »Ich bin hier. Und ich glaube, du hattest recht. Sie sind zurück.«

»Ein Junge und ein Mädchen«, sagte Lucy. »Wir bekommen eins von jeder Sorte.«

»Glaubst du?«

»Ich fühle es. Ich würde den Jungen gern Garrett nennen. Nach meinem Vater.«

Fast hätte ich ihr gesagt, dass es das Schicksal herausfordern würde, diesen flackernden kleinen Herzschlägen schon Namen zu geben, aber das war die Angst, die sprach, und wir würden nicht in Angst leben.

»Und das Mädchen Aria«, sagte ich rau. »Nach meiner Schwester.«

»Garrett und Aria.« Lucy strahlte. »Das ist schön.«

Und auch sie war schön, und mein Herz war so voller Liebe, ich konnte sie kaum fassen. Und mit ihr kam eine Gewissheit, die ich bis ins Mark spürte. Tief in meiner Seele. Wir würden immer wieder leben, manchmal getrennt werden und uns vielleicht für eine Weile verlieren.

Aber am Ende würden wir immer wieder den Weg zueinander finden.

|||

Einhunderteinundfünfzig Jahre später ...

»Ich denke, du solltest es machen, Mom. Es ist zwei Jahre her.«

»Wäre es denn okay für dich?«, fragte ich und tippte auf mein Schläfenimplantat, um NeuroLink zu aktivieren. Gedanklich fragte ich die Luftqualität von New Los Angeles ab. Die Information zeigte sich vor meinen Augen, und ich blinzelte sie weg. »Luft-Q sagt, es wird heute dunstig, nimm deinen Filter mit.«

»Ja, Mom«, sagte meine Tochter gedehnt und verdrehte die Augen. »Und du weichst aus.«

Ich betrachtete meine fünfzehnjährige Tochter, die viel zu klug für ihr Alter war. Ich hatte immer gedacht, dass es an der Scheidung lag. Es war für uns alle hart gewesen, aber als Giles und ich uns endlich geeinigt hatten, dass unsere Ehe vorbei war, hatte ich in meinem Leben auch Platz für andere Dinge gehabt als Wut und Frustration. Und unsere Tochter hatte das gesehen.

»Ich dachte wohl, es wäre zu schwierig für dich, mich mit jemandem zusammen zu sehen, der nicht dein Dad ist.«

Sie stellte sich hinter den Hocker, auf dem ich an der Kücheninsel saß und vor mir in der Luft die Entwürfe für mein nächstes Projekt betrachtete, und nahm mich in den Arm.

»Es ist schwierig, dich einsam und unglücklich zu sehen«, sagte sie. »Du bist viel zu sexy, um allein zu Hause zu sitzen und dir Nacht für Nacht die ganze Kindle-Romance-Bibliothek reinzuziehen.«

»Nicht die *ganze* ...«

Sie lachte und gab mir ein Küsschen auf die Wange. Vor dem Fenster fuhr ein leeres Auto vor.

»Mein Wagen ist da.«

»Viel Spaß beim Demo.«

»Werd ich haben«, sagte sie und machte eine Handbewegung, als wollte sie mich wegscheuchen. »Und geh aus.«

Ich lachte. »Okay, okay. Vielleicht gehe ich einen Kaffee trinken und gucke, was passiert.«

»Ooooh. Kaffee. Heiß.« Sie warf mir eine Kusshand zu und ging hinaus.

Durch das Fenster sah ich sie zur Straße gehen. Die Schwingtür des elektrischen Wagens öffnete sich, und sie stieg ein. Er rollte davon und brachte sie zum Demonstrationskomplex 387, wo sie und der Rest ihrer Klasse zeigen mussten, dass sie die Daten dieser Woche im physikalischen Raum anwenden konnten.

Ich begann eine Videokonferenz mit meinem Team von Architektinnen und Architekten. Ihre Gesichter erschienen vor mir auf dem Bildschirm, und wir gingen die Pläne für das neue Recycling-Zentrum durch. Es war das bisher größte, aber immer noch nicht groß genug. Nachdem Los Angeles vor achtzig Jahren durch Hochwasser in den Ozean gespült worden war, war der Menschheit langsam aufgegangen, dass sie ernste Probleme hatte. Überall auf der Welt wurden Recycling-Fabriken eröffnet. Manche sagten, es sei zu spät und zu wenig, aber ich glaubte das nicht. Ich glaubte an zweite Chancen.

Vielleicht sogar für mich.

Als das Meeting vorbei war und ich den Bildschirm runtergefahren hatte, tippte ich an meine Schläfe und bestellte eine

Fahrt zum nächstgelegenen Café. Auf dem Weg gab ich meine Bestellung ein, und mein Cappuccino wartete bei meiner Ankunft schon. Ich fand sogar einen Platz in dem vollen Café; an allen anderen Tischen saßen Menschen, die in den Raum starrten, während sie durch ihre Links blätterten.

Mit Ausnahme eines Mannes am Nebentisch. Er sah aus wie in meinem Alter, Anfang vierzig. Er hielt sich in Form – seine dunkle Kleidung saß gut, und sein schwarzes Haar war voll und schön. Und noch auffälliger war, dass er ein richtiges Buch in der Hand hielt. Bäume zu fällen war vor über fünfzig Jahren verboten worden, aber hier war trotzdem ein Buch. Er blätterte echte Seiten mit Worten auf echtem Papier um. Eine Antiquität. Ich war überrascht, dass er es in der Öffentlichkeit las, und beinahe hätte ich etwas dazu gesagt.

Eine kleine Stimme sagte mir, dass ich den Mund halten, meinen Kaffee trinken und mich um meinen eigenen Kram kümmern sollte. Dieser gut aussehende Mann würde niemals wollen, dass ich ihn störte.

Diese Stimmen waren in den schlimmen Monaten meiner zerfallenden Ehe die lauteste gewesen. Sie hatten mir gesagt, dass ich bleiben sollte, dass ich eine Versagerin sei, wenn ich mein eigenes Glück über die Familie stellte. Aber als ich irgendwann nicht länger auf sie hörte und die Scheidung einreichte, fühlte es sich an, als würde mir ein schweres Gewicht von den Schultern genommen. Als hätte ich mein Leben auf Pause gestellt und würde da erst wieder damit anfangen.

Ich beugte mich vor. »Entschuldigung, ich will nicht stören, aber ist das wirklich ein Buch?«

Der Mann blickte auf, und bei dem Lächeln, das sich in seinem Gesicht zeigte, kam mein Herz ins Stolpern. Hellbraune Augen sahen mich an. Sie waren sanft und gütig und auch aufmerksam und intelligent. Er betrachtete meinen Hosenanzug, mein Gesicht. Vielleicht bildete ich es mir nur ein, aber als sein Blick an meinen dunkelblauen Augen hängen blieb, sah ich so etwas wie den Funken eines Wiedererkennens …

»Es ist echt.« Er hielt das Buch hoch. *Aus dem Hinterzimmer: Gesammelte Gedichte von Weston Turner.*

»Oh, wow, ich mag diesen Autor sehr«, sagte ich. »Er ist einer meiner Lieblingsdichter.«

»Ja? Das geht mir genauso.« Der Mann hielt mir die Hand hin. »Ich bin Cyrus.«

»Lilith.«

»Freut mich, Lily«, sagte Cyrus, dann schüttelte er sich einmal. »Das haben Sie gar nicht gesagt. Keine Ahnung, wo das herkam. Freut mich, Lilith.«

Wir bemerkten beide gleichzeitig, dass er immer noch meine Hand hielt.

Er ließ sie verlegen los. »Ich hab wohl gerade einen Lauf.«

»Scheint so«, sagte ich und grinste. Ja, ich grinste. Für meine Tochter, für Kollegen und bei Fremden lächelte ich, um höflich zu sein, aber anscheinend hatte ich seit Jahren nicht gegrinst. »Sind wir uns schon mal begegnet? Sie kommen mir wahnsinnig bekannt vor.«

»Sie lesen meine Gedanken«, sagte Cyrus. »Aber ich wollte nicht, dass das wie ein Spruch klingt. Sie hätten aufstehen und weggehen können, und ich will nicht, dass Sie aufstehen und weggehen.«

»Sie haben Glück«, sagte ich, und meine Wangen wurden warm. »Ich will gar nicht aufstehen und weggehen.«

Es ist sogar das Letzte, was ich will.

Sein Lächeln daraufhin war umwerfend, nicht nur, weil er so gut aussah, sondern weil es so persönlich wirkte. Intim. Als würde er diese Art Lächeln für vertraute Momente reservieren, warme Morgen, die man in Bettdecken gewickelt verbrachte …

Oh mein Gott, du solltest wirklich öfter ausgehen.

»Ich würde Sie gern zum Kaffee einladen«, sagte Cyrus. »Aber Sie haben schon einen Kaffee. Wir wär's also mit Abendessen? Ist das zu schnell?«

»Oh, äh …«

»Es ist zu schnell. Macht nichts.«

»Nein, ich würde sehr gern mit Ihnen zu Abend essen«, sagte ich schnell und wand mich innerlich angesichts des unverhüllten Eifers in meiner Stimme. »Aber ich muss das mit meiner Tochter absprechen.«

»Ja? Wie alt ist sie?«

»Aria ist fünfzehn«, sagte ich und wartete darauf, dass das Interesse in seinen Augen verblasste. Aber er lächelte breiter.

»Wirklich? Mein Sohn Garrett ist vierzehn.« Cyrus rutschte auf seinem Stuhl herum. »Ich sollte mich auch mit ihm absprechen. Seit wann brauchen wir die Erlaubnis von Kindern?«

»In meinem Fall ist es eine Nebenwirkung meiner Scheidung.«

»Bei mir auch. Wie lange?«

»Vor zwei Jahren. Sie?«

»Ein Jahr.« Cyrus hielt die linke Hand hoch und wackelte mit den Fingern. »Man kann noch sehen, wo der Ring war.«

Ich nickte. »Ich merke ständig, wie ich meinen Finger anfasse, als hätte ich nicht aufgepasst und den Ring verlegt. Dann fällt es mir wieder ein, und …« Ich schüttelte den Kopf und zuckte leicht die Achseln. »Es war das Beste so.«

»Das tut mir leid«, sagte Cyrus und dachte kurz nach. »Aber es tut mir auch nicht leid. Vielleicht macht es mich zu einem egoistischen Arsch, aber ich bin gerade ziemlich froh, dass Sie nicht mit jemand anders zusammen sind. Das Abendessen wird so viel weniger peinlich werden.«

Ich lachte. »Stimmt. Und mir tut es auch nicht leid. Die

Scheidung, meine ich. Es war hart, aber nötig. Giles, mein Ex, ist ein guter Mann und ein toller Vater. Aber ich hatte immer das Gefühl, mir würde etwas fehlen. Ich hab mich ständig umgesehen, wer als Nächstes zur Tür reinkommt. Und das war so unfair ihm gegenüber.« Ich sah auf und begriff, was ich alles gesagt hatte. Aber Cyrus hörte zu. Nickte.

»Bei mir ist es genauso«, sagte er. »Ich werde Kaylah immer lieben – sie ist die Mutter meines Sohnes. Aber ich habe mich nie …«

»Vollständig gefühlt?«

»Genau. Ich habe mich nie so gefühlt, wie man sich angeblich fühlen soll.«

»Wie in den Geschichten«, ergänzte ich und strich mir eine Haarsträhne hinters Ohr. »Und ich bin froh, dass Sie noch Liebe für sie empfinden. Das sagt viel über Sie aus.«

Er lächelte reumütig. »Danke, das höre ich gern. Ich habe mich wie ein Riesenarschloch gefühlt. Als wäre ich gescheitert.«

»Ich auch«, sagte ich und wurde auf einmal schüchtern. »Wir haben viel gemeinsam.«

»Oh ja«, sagte Cyrus. »Poesie und Scheitern.«

Ich lachte wieder. »Wissen Sie, in diesen wenigen Minuten mit Ihnen habe ich mehr gelacht als die ganzen letzten Jahre. Danke dafür.«

»Das ist kein Zufall. Ich gebe mir Mühe.« Er grinste. »Ich mag Ihr Lachen sehr.«

Der Moment dehnte sich aus, und ich fühlte, wie ich mich in Cyrus' Augen verlor. In ihrer Tiefe, die verlockend neu und irgendwie auch sehr alt war.

»Wahrscheinlich sollten wir Codes tauschen«, sagte er.

»Das sollten wir wohl, aber ich bin keine Expertin. Ist 'ne Weile her.«

»Bei mir auch. Und vielleicht können wir einfach etwas anderes ausprobieren«, sagte er. »Kennen Sie das kleine italienische Bistro auf dem Trebek Boulevard?«

»Das ist mein Lieblingsrestaurant.«

Sein Lächeln war fast erstaunt. »Meins auch. Ich werde uns eine Reservierung für 20 Uhr linken.« Er schob mir auf dem Tisch das Buch zu.

Ich starrte ihn an. »Sie wollen mir das schenken?«

Cyrus riss in gespieltem Entsetzen die Augen auf. »Meinen liebsten Weston Turner? Niemals. Nein, nehmen Sie es mit, und lesen Sie ein bisschen darin. Dann können Sie es mir heute Abend beim Essen zurückgeben, und wir können unsere Lieblingsgedichte vergleichen.« Er lächelte. »Wir können so tun, als wären wir in den alten Tagen, als man noch nicht die Historie des anderen runterladen konnte, sondern sich persönlich kennengelernt hat. Klingt das gut?«

Es klingt perfekt.

»Und wenn ich nicht auftauche?«, neckte ich ihn.

»Wollen Sie etwa mein Buch klauen, Lily?«

»Nein, Cyrus«, sagte ich, und allein als ich seinen Namen sagte, überlief mich ein wohliger Schauder. »Ich werde da sein.«

»Das hoffe ich«, sagte er und stand widerstrebend auf. »Bis heute Abend um acht.«

»Bis dann.«

Cyrus ging mit einem Lächeln, das mein halbes Herz mit sich zur Tür hinauszog.

Jetzt hör auf. Übertreib nicht!

Aber ich blickte ihm nach, bis er ganz weg war, und schlug dann das Buch auf. Ich blätterte durch die Seiten. Vorsichtig. Ich konnte nicht glauben, dass Cyrus ein so wertvolles Relikt einer völlig Fremden anvertraute.

Aber wir sind keine Fremden.

Ich schlug wahllos ein Gedicht mit dem Titel »Die Zeit krümmt sich« auf, und mit jedem Wort schlug mein Herz lauter.

Da ist Blut in meinem Bier.
Ich trinke es aus
und wische mir die Tränen ab.
Nichts macht die Vergangenheit weich
oder leicht zu schlucken.
Die Nacht kommt wie
ein Donnerschlag.
Schwärze fällt wie Blindheit.
Die Zeit krümmt sich.
Sie faltet die Jahre,
und plötzlich bin ich dort
auf diesem staubigen Feld voller Knochen.
Es war vor zwei Jahren.
Es war gestern.
Es war letzte Nacht.
Träume werden Erinnerungen,
werden jetzt.
Und was ist real?
Dieser Augenblick,
dieser Atemzug …
Ich schließe die Augen,
reise durch die Zeit
an den Ort, an dem ich gestorben bin,
der Sand saugt mein Blut auf,
ich wringe ihn aus,
trinke es.
Es geht schwer runter,
Steine in der Kehle,

ein Gewicht auf meinem Schoß,
ich kann nicht aufstehen
und weggehen.
Aber ich kann überall sein,
jeder-zeit,
kann dich zum ersten Mal küssen,
wieder und wieder,
ich muss nur
schlafen.

Ich hatte das Gedicht schon einmal gelesen – es handelte von Turners Zeit in der Army und wie er vor vielen, vielen Jahren in Syrien gedient hatte. Aber jetzt kam es mir vor, als würde es direkt zu mir sprechen. Die Verse stachen hervor, erfüllt mit neuer Bedeutung.

Träume werden Erinnerungen,
werden jetzt.

kann dich zum ersten Mal küssen,
wieder und wieder

Ich klappte das Buch zu und drückte es an mein Herz. In einer Welt der Daten und Downloads fühlte es sich verlässlich und real an. Cyrus fühlte sich auch real an, auf eine Weise, die ich nicht erklären konnte. Als hätte etwas aus meinen Träumen eine konkrete Gestalt angenommen, nach langer Zeit.

Die kleinen Stimmen in meinem Kopf versuchten, es mir auszureden.

Einen so schönen und perfekten Mann bildest du dir sicher nur ein. Bestimmt ist er eins von diesen neuen Dating-Hologrammen …

Der Rest des Tages zog sich hin.

Um acht Uhr betrat ich das Restaurant. Cyrus war schon da und saß an einem gemütlichen Tisch für zwei. Sofort war mein Herz erfüllt und warm, obwohl es überhaupt keinen Grund dafür gab. Er stand auf, als er mich sah, und das umwerfend schöne Lächeln in seinem Gesicht verriet Freude und so etwas wie Ehrfurcht. Ich ging auf ihn zu, als würde ein unsichtbares Band uns zueinander ziehen.

Er nahm meine Hand, hielt sie fest und sah mich aus seinen dunklen Augen an.

»Da bist du, Lily«, sagte er sanft. »Es wurde auch Zeit.«

Dabei war ich gar nicht zu spät.

Eine merkwürde Freude erfasste mich – das Gefühl, als würde etwas tief in mir an den richtigen Platz rücken. Ich erwiderte den Druck seiner Hand.

»Ich wollte gerade dasselbe sagen.«

Ende

ANMERKUNG
DER AUTORIN

Während dieses Buch zu einem großen Teil rein fiktional ist, sind einige unglückliche Tatsachen nur allzu real. Unser schöner Planet braucht unsere Hilfe, wenn er für die Zeit unseres jetzigen Lebens und all unserer künftigen Leben noch so schön bleiben soll.

theoceancleanup.com
oceana.org
initiativesoceanes.org/de/
nabu.de/natur-und-landschaft/meere/muellkippe-meer

DANKSAGUNG

Ein großes Dankeschön an mein Mädchen für besondere Fälle, Melissa Panio-Petersen, die immer noch den Titel »Aufmerksamste Person Ever« verteidigt. Ich habe so oft an dich gedacht, als Lucy auf diesen Seiten zum Leben erwachte. Sie hat so viel von deiner Güte und deinem großen Herzen. Hab dich lieb.

Dank an meinen großartigen Mann Bill, meinen Partner in allem, der dieses Buch gesehen hat, als es noch ein winziger Ideenfunke war, und nicht zuließ, dass ich ihn auspustete. Danke, mein Liebster, für alles, was du hineingelegt hast, und für alles, was du mir jeden Tag gibst auf unserer gemeinsamen Reise durch dieses Leben. All meine Liebe.

An meine Testleserin Marissa D'Onofrio. Du hast dich durch eine Version dieses Buches gekämpft, die nur ein blasser Schatten seiner selbst war, und deine freundliche Ermunterung und Liebe für die grobe Wortansammlung hat mir geholfen, es zu Ende zu bringen. Danke.

An Lori Jackson, die gleich beim ersten Versuch einen Volltreffer gelandet hat (und mich mit ihrem Können daran erinnert, warum ich Autorin und nicht Graphik-Designerin bin). Danke, dass du meinen guten Casziel in all seiner geflügelten Pracht zum Leben erweckt hast.

An Mary Ann Martinez. Danke für Coles Zeichnungen von Lucy und dafür, dass du dein unglaubliches Talent mit mir und diesem Buch teilst.

An Nina und ihr Team bei Valentine PR. Danke, dass du in den schwierigen Zeiten bei mir geblieben bist, mir Raum gegeben hast, als ich ihn brauchte, und für mich da warst, als ich bereit war. Alles Liebe!

An Teresa Reif. Ich kann nur staunen über deine Liebe und Freundschaft während meiner schwersten Momente. Danke, dass du im Auge der schlimmsten Stürme für mich da warst und meine Hand gehalten hast, bis sie vorüber waren. All meine Liebe.

Und einen sehr großen Dank an James Barrett Morison und seinen Tumblr-Blog über die sumerische Sprache. Ohne diese wertvolle Quelle hätte ich Casziel seine Stimme nicht geben können (wobei alle Fehler und genommene Freiheiten auf meine Kappe gehen).

Jeder Dämon in diesem Buch ist »real« dank Theresa Bane und ihrer *Encyclopedia of Demons*, aus der ich diese bunte Truppe aus höllischen bösen Boys und Girls rekrutieren konnte. Ich bin nicht nur dankbar für ihre breitgefächerte Recherche über die Unterwelt, sondern auch für viele neue und verrückte Ideen für das Buch, die daraus erwachsen sind.

Ich danke den Mitgliedern meiner Entourage. So oft habt ihr mir Kraft, Liebe und Energie gegeben, um weiterzumachen, wenn ich das Gefühl hatte, nicht mehr zu können. Ich bin es so leid, über meine schweren Zeiten zu posten, weil ich euch nicht alle enttäuschen will, aber wirklich jedes Mal teilt ihr eure Liebe mit mir und richtet mich direkt wieder auf. Danke dafür. Es bedeutet mir mehr, als ich sagen kann.

Und danke an Robin Hill. Deine Großzügigkeit und Freundschaft verblüffen mich immer wieder, und ich feiere sie einfach. Die Zeit, die du mir schenkst, und die Liebe und Unterstützung fühlen sich an wie eine endlose Quelle. Aber ich will dich nicht als selbstverständlich hinnehmen. Du berührst jeden Tag mein Herz. Hab dich lieb.

Außerdem danke ich den Leser:innen, Blogger:innen und allen aus der Romance-Community. Dieses Buch ist für euch. Die Seiten kommen von ganzem Herzen, sie handeln von meiner Reise mit Izzy, davon, wie Trauer in dunklen Momenten aussieht, von der Verzweiflung und schließlich dem Frieden meines Vaters. Das Buch ist so authentisch, wie es nur sein kann. Weil ihr nichts Geringeres verdient. Aber es ist auch für *uns*, die wir Romance lieben und immer wieder mit ansehen müssen, wie unser Genre schlecht- und kleingeredet wird. Immer wieder müssen wir Bücher verteidigen, die Liebe in all ihren Formen feiern, und ich finde das einfach nur verrückt. Dieses Buch ist ein Zeugnis dessen, was ich überlebt habe und noch immer überlebe, aber es ist auch mein Dank an die Romance-Community, die mich immer wieder aufgerichtet hat und die überhaupt nichts verteidigen muss. Wir wissen, dass die größten Erfahrungen des Lebens in diesem Genre besser erzählt werden als in jedem anderen.

Und dass die Liebe immer siegt.

Triggerwarnung

Bitte beachtet, dass sensible Leser:innen
durch manche Inhalte dieses Buchs getriggert werden
können – darunter der Tod eines Familienmitglieds,
Gewaltdarstellungen und die Erwähnung einer Fehlgeburt
(die nicht beschrieben wird). Ich hoffe sehr, diese Themen
mit der gebotenen Sorgfalt behandelt zu haben.

Leseprobe

EMMA SCOTT

A Whisper Around Your Name

ISBN 978-3-7363-1978-3

1. KAPITEL

Jo

Guten Morgen, Karn County! Auch heute wird wieder ein heißer Tag werden mit Temperaturen bis 35 Grad. Die Hitzewelle lässt nicht locker, es wird auch nächste Woche und noch länger so heiß bleiben. Passend dazu jetzt eine kleine »Heat Wave« von Martha and the Vandellas und eurem Oldie-Sender KNOL.

Hitzewelle traf es absolut. Es war höllisch heiß, seit wir gestern von Missouri hier hochgefahren waren, und im Führerhäuschen des Sattelschleppers war es stickig. Gerry ließ die Klimaanlage ungern länger an, weil er Angst hatte, den Motor zu überhitzen. Ich hatte die nackten Füße auf das Armaturenbrett gestützt und ließ wie ein Hund den Kopf aus dem Fenster hängen, um ein bisschen Fahrtwind abzukriegen.

Ich war kein Fan von der Musik, die im Radio lief, aber hier in der Gegend gab es nur Oldies, Gott oder Country. Da waren Oldies eindeutig die beste Wahl, und alles war besser als Stille. Gerry redete nicht viel, wenn er hinterm Steuer saß, antworte te höchstens ab und zu einem anderen Trucker über CB-Funk. Meistens steuerte er den Truck einfach stumm über die fast schnurgerade Straße durch die flache Landschaft von Iowa.

Martha und ihre Vandellas fragten sich, wie Liebe sein sollte. Ich fragte mich, ob das alles war, was Iowa sein sollte: meilenweit nur Mais. Als hätte man aus einem riesigen Ozean das Wasser abgelassen, bis man nur noch wogendes Seegras sah. Wir kamen an ein paar Farmen vorbei – Satelliten, die um Kleinstädte kreisten – und an Telefonmasten, die sich alle zwanzig Meter entlang des Highways in den wolkenlosen Himmel reckten. Ich starrte auf das eintönige Grün unten und nach oben ins Blau auf der Suche nach irgendetwas, was interessant genug war, um meinen Blick zu fesseln. Dann kam auf meiner Seite ein Schild.

Planerville
1341 Ew.

»Das ist es?«, fragte ich.

»Jepp«, erwiderte Gerry, den Blick auf die Straße geheftet. Sein Bauch wölbte sich so, dass er fast unten ans Lenkrad stieß.

Das war mehr, als wir in der ganzen letzten Stunde geredet hatten. Nicht, dass wir uns überhaupt irgendwas zu sagen gehabt hätten. Nichts zu sagen. Nichts zu sehen. Auf dem Weg nach Nirgendwo. Noch eine winzige Stadt, noch eine Highschool – meine dritte allein in diesem Jahr. *Und meine letzte*, betete ich. Bestimmt würde Gerry vor Juni nicht noch einmal versetzt werden. Es waren nur noch ein paar Wochen bis zum Ende des Schuljahrs, und dann wäre ich endlich nicht mehr ständig »die Neue«.

Gerry Ramirez war der Cousin meiner Mutter. Der einzige Verwandte auf ihrer Seite, den ich kannte. Als meine Mutter sich vor fünf Jahren umgebracht hatte, war er die ganze Strecke aus Florida gekommen, um sich um mich zu kümmern.

Er war Fernfahrer, süchtig nach der Straße und nicht dafür gemacht, Kinder großzuziehen, erst recht keine Teenagerin. Um meiner Mutter willen sorgte er dafür, dass ich ein Dach über dem Kopf hatte, auch wenn er sich selbst nur wenige Tage im Monat darunter aufhielt.

Ich war das ultimative Schlüsselkind. Wenn irgendeine meiner ständig wechselnden Schulen erfahren hätte, wie viel Zeit ich allein verbrachte, hätte Gerry wahrscheinlich wegen Kindesvernachlässigung Probleme gekriegt. Aber ich verriet nichts über meine Situation. Warum sollte ich auch?

Ich konnte entweder bei Gerry wohnen oder bei der Familie meines Dads in Fayetteville, North Carolina. Und die hätte mich ziemlich schnell vor die Tür gesetzt. Als rausgekommen war, was Onkel Jasper mit mir gemacht hatte, als ich dreizehn war, hatte es ihre verlogene scheißglückliche Welt wie eine Bombe explodieren lassen. Meine Mutter hatte ihr Leben beendet, Jasper war in den Knast gekommen, und die Clarks hatten mir beides nie verziehen. Und mein Dad war nicht da und konnte mich nicht verteidigen. Oder von vornherein vor seinem kranken Bruder beschützen.

Mein Dad hieß Vincent, und das war so ziemlich alles, was ich von ihm wusste. Seinen Namen und dass er in Afghanistan in Ausübung seines Dienstes gestorben war, als ich zwei war. Ich wusste nicht, was für eine Art Vater er gewesen wäre, wenn er überlebt hätte. Vielleicht total scheiße. Vielleicht okay. Und vielleicht wäre er auch der beste Vater aller Zeiten gewesen. Wenn nicht so ein mieser Kämpfer meinem Vater auf seiner Patrouille eine Sprengladung vor die Füße geworfen hätte, wäre unsere Familie vielleicht noch ganz, Mama würde noch leben, und ich hätte weder innerliche noch äußerliche Narben.

Egal ob Sprengladungen in entfernten Wüstenkriegsgebieten oder in Kleinstädten in North Carolina explodieren, es ist immer ein Blutbad. Shit Happens. Manchmal ziemlich viel Shit. Manchmal mehr, als ein Mädchen aushalten kann. Die ganze Umzieherei, von Wohnung zu Wohnung, von Stadt zu Stadt. Es fühlte sich an, als würde ich weglaufen, obwohl ich eigentlich irgendwo Wurzeln schlagen und mich erholen wollte. Genesen.

Hinter dem dichten Vorhang aus dunklen Haaren strich ich mir über die linke Wange. Die Beschaffenheit der Haut unter meinen Fingerspitzen veränderte sich.

Planerville, Iowa, Einwohnerzahl vernachlässigbar, tauchte am Horizont auf.

»Sieht gar nicht schlecht aus«, sagte Gerry.

»Sieht super aus«, sagte ich. Wenigstens für ein paar Wochen. Wenn ich im Juni achtzehn wurde, hätte Gerry seine Pflicht meiner Mutter gegenüber erfüllt. Ich würde von da an auf mich allein gestellt sein, und was dann?

Manchmal lachen Leute über etwas, was ihnen passiert, und sagen: »Die Geschichte meines Lebens.« Ich hatte keine Geschichte. Nur eine Frage.

Und was dann?

Wir kamen an einem Samstag in Planerville an, ich hatte also zwei Tage, um mich umzusehen, bevor ich am Montag mit der Schule anfing. Das schmuddelige kleine Dreizimmerhaus, das Gerry gemietet hatte, war wie jedes Haus, in dem wir gewohnt hatten. Man hätte es direkt aus der letzten Stadt einfliegen können: weiße Wände, die nach frischer Farbe rochen, Teppich, der nach Zigaretten roch, und quadratische Zimmer. Keine Persönlichkeit. Gerry hatte nicht die Absicht, sich einzurichten und sich die Wohnung zu eigen zu machen. In einem früheren Leben war er wahrscheinlich ein sadistischer Gärtner gewesen, der einfach alles mit der Wurzel ausriss, damit nichts jemals die Chance bekam zu wachsen. Nach unserer vierten Stadt packte ich nicht mal mehr die Koffer aus.

Sonntagnachmittag, die Sonne im Rücken, radelte ich ins Zentrum von Planerville. Eine Bank. Eine Autowerkstatt. Ein

Supermarkt. Eine Pizzeria und ein Sportgeschäft. Das war's. Ich würde später herausfinden, dass alles andere in Halston stattfand, etwa zehn Minuten Autofahrt Richtung Norden. Ich verstand warum.

Ich schrieb Gedichte, und normalerweise schrieb ich über jede neue Stadt, in die Gerry mich schleifte, ein paar Verse, um meinen ersten Eindruck festzuhalten. Für Planerville hätte ein einfaches weißes Blatt genügt.

Es gab eine einzige Sehenswürdigkeit: Die Stadt hatte letztes Jahr ein neues Erlebnisbad gebaut. Ich fuhr mit dem Fahrrad vorbei, und es reichte eindeutig nicht an Raging Waters heran, die spektakulären Wasserparks in Kalifornien. Es gab nur drei Wasserrutschen – keine besonders groß und furchteinflößend –, einen Lazy River und einen Pool. Und natürlich einen flachen Bereich mit Wassersprengern und Minirutschen, in dem Kleinkinder nach Herzenslust ins Chlorwasser pinkelten. Hohe Zäune sorgten dafür, dass die Leute nach fünf Uhr abends, wenn das Bad seine Tore schloss, draußen blieben, und im Winter war es komplett geschlossen.

Obwohl ich auf keinen Fall die Absicht hatte, jemals dort zu den Öffnungszeiten zu baden, sah es aus, als könnte man da gut nachts abhängen und die Füße ins Wasser halten. Vielleicht ein Gedicht entwerfen. Ich nahm mir vor, schon bald die Sicherheitsvorkehrungen des Funtown Water Park auszutesten.

Als die Sonne allmählich sank und die Insekten mit ihrer Dämmerungssymphonie anfingen, radelte ich zur Wilson Highschool. Es war sofort klar, dass hier Umstände herrschten wie in *Friday Night Lights*. In Planerville bestand das Leben aus Football. Der Platz war gute zehn Jahre neuer und besser gepflegt als das schäbige Backsteingebäude der Schule selbst. Ich sah Bilder von tobenden Pep Rallys, von Spielmannszügen, die Kampflieder schmetterten, und wie die komplette beschissene Stadt sich auf der perfekt instand gehaltenen Tribüne drängelte. Sportler waren Könige, Cheerleaderinnen Königinnen.

Da die Footballsaison längst vorbei war, warteten die paar Schülerinnen und Schüler sicher verzweifelt auf die nächste große Zerstreuung, und da wir Ende Mai hatten, war das wahrscheinlich die Prom.

Oder vielleicht die Neue in Schwarz, die sich hinter einem Vorhang aus Haaren versteckte und die Tendenz hatte, mit Jungs zu vögeln, die ihr komplett egal waren und denen sie komplett egal war. Seit Onkel Jasper war ich beschädigte Ware. Kein Typ würde mich je als Freundin in Betracht ziehen. Das waren die Karten, die man mir ausgeteilt hatte, und ich spielte sie so, wie ich konnte. Zu *meinen* Bedingungen.

Ich wappnete mich mental für den ersten Tag an der Wilson Highschool (Schüler*innenzahl: 311), bereit, als Klassenschlampe oder als Freak aufzutreten.

Es stellte sich heraus, dass »Schlampe« noch verfügbar war. Der Titel »Freak« war schon an jemand anderen vergeben.

Ich schaffte es nicht mal bis zum Mittagessen, ohne einen Haufen Dreck über einen armen Trottel namens Evan Salinger zu hören. Ohne direkt mit jemandem zu reden, erfuhr ich, dass Evan ein Pflegekind war. Ein Spinner. Ein Einzelgänger. Es hatte vor drei Jahren hier an der Schule einen Vorfall gegeben. Irgendwie hatte er in Mathe einen Nervenzusammenbruch gehabt. Ich kannte keine Details, aber nach diesem Zusammenbruch wurde Evan Salinger in ein Irrenhaus eingewiesen und dauerhaft »Freak« genannt.

Da mir die Bezeichnung selbst nicht fremd war, erwartete ich halb, dass Evan den Titel so trug, wie ich es tun würde: dunkle Kleidung, lange Haare, hinter denen man sich verstecken und andere beobachten konnte, vielleicht ein Emo-Lidstrich, wenn man richtig Bock hatte.

Und dann stellte sich heraus, dass ich in Politik und Gesellschaft, meinem letzten Kurs an dem Tag, neben Evan saß. Ich merkte es nicht mal, bis der Lehrer ihn aufrief. Er saß links von mir, und die Haare, die die Seite meines Gesichts verdeckten, hatten ihn vor meinem Blick verborgen. Ich wandte mich ihm zu und wäre fast an meinem heimlich gekauten Kaugummi erstickt. Keine schwarzen Klamotten oder Emo-Make-up oder strähniges Haar. Oh nein. Evan Salinger sah, milde ausgedrückt, einfach nur wahnsinnig gut aus.

Er trug sein blondes Haar ein bisschen länger, wie Leo Di Caprio zu seiner *Titanic*-Zeit, wobei Evan stämmiger war als der junge Leo. Ich sah ihn nur im Profil, aber Evans T-Shirt dehnte sich ziemlich nett um seinen Bizeps, und seine Schultern waren breit und sahen kräftig aus, obwohl sie nichts taten, als seinen Kopf über dem Buch zu halten. Er war groß – seine Knie stießen unten an sein Pult –, und als er aufsah, um auf die Frage des Lehrers zu antworten, erhaschte ich einen Blick auf eindrucksvolle himmelblaue Augen.

Umwerfend.

Dieser Typ, dachte ich, konnte unmöglich der berüchtigte Freak sein, über den die Schule den Mund nicht halten konnte. Ich hätte ihn für den Quarterback der Wilson Wildcats gehalten. Leiter der örtlichen Landjugend. Klassensprecher. Dieser Typ war Prom King, kein Freak.

Geschützt hinter meinem Vorhang aus Haaren, betrachtete ich Evans Kleidung, suchte nach Hinweisen, fand jedoch nichts, was der Gerüchteküche Recht gegeben hätte. Er trug ausgeblichene Jeans, ein schlichtes T-Shirt und Arbeitsstiefel. Auf den Jeans waren Flecken, die aussahen wie ausgewaschenes Motoröl. Wenigstens das ergab Sinn – ich hatte gehört, dass er der Adoptivsohn von Harris Salinger war, dem Besitzer der Autoreparaturwerkstatt der Stadt. Die Salingers wohnten in einem großen weißen Haus in der Peachtree Lane, und Mrs. S fuhr einen Lexus.

Evans Adoptivfamilie hatte Geld – noch ein Plus für ihn. Offensichtlich konnte sein Platz auf der untersten Sprosse der sozialen Leiter nur durch seinen Aufenthalt in der Woodside-Klinik kommen. Ich hoffte, dass das nicht der Fall war, aber was sollte es sonst sein? In einer Schule mit nur dreihundert Kids hätte Evan bei einer derartigen Vergangenheit keine Chance, jemals etwas anderes zu sein als der hauseigene Irre, und Prom King schon mal gar nicht.

Die Wilson High, folgerte ich schnell, war total ab vom Schuss. Die Kids waren so gelangweilt, man konnte nicht mal einen Furz lassen, ohne dass alle darüber tuschelten.

Und über Evan Salinger tuschelten sie so dermaßen.

Als Mr. Albertine Evan aufrief, um eine Frage über das Kolosseum in Rom zu beantworten, schien die ganze Klasse gleichzeitig zusammenzuzucken. Die Luft verdichtete sich, und dann drehten sich alle – und ich meine wirklich *alle* – auf ihren Stühlen um, um Evans Antwort zu hören.

Ich erwartete, dass er mindestens 'ne Opernarie schmettern würde. Oder vielleicht aufstehen und Mr. Albertine beide Mittelfinger entgegenstrecken und ihm sagen würde, dass er sich sein Kolosseum in den Arsch schieben könne. Ich hoffte irgendwie, er würde das tun. Ich meine, wenn man schon einen beschissenen Ruf hatte, warum nicht alles rausholen, was ging?

Evan, über sein Buch gebeugt, beantwortete die Frage korrekt mit einer total normalen, irgendwie tiefen, irgendwie rauen (okay, irgendwie sexy) Stimme. Die anderen Schüler starrten ihn kurz an, manche kniffen die Augen zusammen, alle arg-

wöhnisch, als wollten sie sagen: »Was hast du vor, Salinger?«
Dann kümmerten sie sich, einer nach dem anderen, langsam
wieder um ihren eigenen Kram.

Ich nicht. Ich hörte nicht auf zu glotzen. Bei all den harten
Kanten und der schroffen Männlichkeit war auch eine irgendwie nicht greifbare Sanftheit an ihm. Ich weiß nicht, wie oder
warum ich das auf den ersten Blick dachte, aber für mich sah
Evan wie jemand aus, der dem erstbesten Menschen, der ein
bisschen nett zu ihm war, die tiefsten Geheimnisse seines Herzens anvertrauen würde.

Er ist irgendwie schön, dachte ich.

Ich wurde aus meinem Tagtraum gerissen, als Albertine
mich aufrief, damit ich die nächste Frage beantwortete. Ich
schob das Kaugummi in meine Backentasche. »Sorry, ich hab
das grad nicht mitgekriegt.«

Wieder drehte sich die ganze Klasse um, diesmal, um sich
die Neue in zerrissener schwarzer Strumpfhose, lila Rock,
schwarzem T-Shirt und Stiefeln genau anzusehen. Ich hörte
Gekicher. Der *wirkliche* Quarterback der Wildcats, Jared Piltcher, blickte mich aus der Reihe vor mir abschätzend an.

Albertine wiederholte die Frage, und ich schummelte mir
eine Antwort zurecht und spürte immer noch Jareds Blick auf
mir. Er entsprach ebenfalls den Anforderungen, um als Mann
als sexy zu gelten, aber ihm fehlte diese nicht greifbare Quali-
tät, die mir an Evan aufgefallen war. Jared verbarrikadierte sich
hinter seiner Beliebtheit und dem guten Aussehen und dem
Star-Status. Man konnte wahrscheinlich tagelang mit ihm reden, ohne je durch all das Gepose zu seinem wahren Ich durch-
zudringen.

Weshalb er für meine Zwecke der perfekte Kandidat war.

Ich fing Jareds Blick mit dem Auge auf, das nicht hinter
den Haaren versteckt war, und fuhr mir mit der Zunge über

die Unterlippe. Langsam, als würde etwas gut schmecken. Er zog die Augenbrauen hoch, dann lachte er leise bei sich und schüttelte den Kopf. Er warf mir einen letzten, fragenden Blick zu. Ich nickte einmal. Dann hustete er und drehte sich wieder nach vorn um. Hat er seinen Schritt zurechtgerückt, um einen beginnenden Ständer zu unterdrücken, Ladies und Gentlemen? Ich denke schon. Wir würden uns unter der Tribüne oder hinter der Turnhalle oder in irgendeiner verlassenen Ecke der Bibliothek treffen, und ich würde mir einen Ruf erarbeiten.

Ich beugte mich wieder über den Tisch, achtete darauf, dass sich die Wand aus Haaren vor meiner linken Gesichtshälfte nicht bewegt hatte, und die Stunde schleppte sich weiter voran. Dann spürte ich eine Wärme, als würde ein Sonnenstrahl durchs Fenster fallen. Nur saß ich nicht am Fenster.

Ich blickte zu Evan Salinger. Er sah mich nicht an; sein Kopf war gesenkt, sein Blick auf das Buch gerichtet, aber trotzdem. *Er* war das. Ich spürte ihn, wenn das irgendeinen Sinn ergibt. Was es nicht tut. Ich weiß, dass es das nicht tut, und damals wusste ich es auch. Aber es fühlte sich an, als würde Evan Salinger mich beobachten, ohne hinzugucken.

»Lass das«, flüsterte ich.

»Sorry«, flüsterte er sofort zurück. Meine Bitte hatte ihn nicht verwirrt. Er wusste, was ich meinte, was verdammt komisch war, da nicht mal *ich* wusste, was ich meinte. Und dann war es, als würde plötzlich etwas abgestellt. Wie ein Lichtstrahl von einer vorbeiziehenden Wolke verdunkelt wird. Ich erschauderte, und das Gefühl, dass Evans Aufmerksamkeit auf mich gerichtet war, verschwand.

Okay, das war echt komisch.

Rührte sein Ruf als Freak teils daher? Da war ohne Zweifel etwas seltsam an ihm. Man konnte es nicht erklären, und es war höchstwahrscheinlich ein Produkt meiner Fantasie. Aber nicht schrecklich. Nicht, wenn ich wirklich darüber nachdachte.

Überhaupt nicht schrecklich.

2. KAPITEL

Jo

Am nächsten Morgen lockte ich Jared Piltcher vor dem zweiten Klingeln zu der Tribüne hinter der Turnhalle und erlaubte ihm, mir unters T-Shirt zu fassen, bis sein offensichtlicher Ständer gegen meinen Oberschenkel drückte. Er küsste, als wollte er meine Mandeln essen, aber ich schaffte es, meine Haare über meiner linken Wange zu behalten. An meinem Gesicht war er sowieso nicht interessiert.

»Ich hab eine Freundin«, sagte er, als es klingelte. »Ich geh mit ihr zur Prom. Nur dass du Bescheid weißt.«

Ich zuckte die Achseln. »Alles cool. Unser kleines Geheimnis.«

»Cool. Also … nach dem Mittagessen?«

Ich zuckte wieder die Achseln. »Gucken wir mal.«

Die erste Regel im Showbiz: Sorg immer dafür, dass sie mehr wollen. Und das hier war alles nur Show. *Ich* war nur Show. Die naturgetreue Nachbildung eines menschlichen Wesens, das die Rolle eines siebzehnjährigen Schulmädchens spielte. Und da meine Rolle es erforderte, suchte ich an jenem Tag beim Mittagessen meine Leute auf. Ich fand den Tisch, an dem die Jungs und Mädels in Schwarz saßen, mit Emo-Haaren und Make-up, und ich setzte mich dazu, als hätte ich das seit Beginn des Schuljahrs jeden Tag so gemacht.

Ich ließ mich neben Marnie Krauss auf einen Stuhl fallen, die Alpha-Bitch der Außenseiter, schräg gegenüber von ihrem Stellvertreter, Adam Lopez. Adam war der einzige offen schwule Junge an der ganzen Schule, vielleicht in der ganzen Stadt.

Adam stieß ein beleidigtes Schnauben aus und zog die Augenbrauen hoch. »Äh, sorry, kennen wir uns?«

»Nett, dass du dich zu uns setzt«, sagte Marnie gedehnt. Der Blick, den sie und Adam wechselten, war so beredt, dass ich ihre Gedanken praktisch hören konnte.

Meint die das ernst?

Ja, oder?

»Jo Clark«, sagte ich. »Ich bin neu.«

»Offensichtlich.« Marnie sah mich aus schmalen Augen an. »Wie bist du hier gelandet?«

»Ich hab gehört, ihr macht so 'ne Underground-Zeitschrift.«

Marnie wurde sofort munter, ihre Miene erhellte sich kurz, bevor sie sich bemühte, wieder auf blasiert zu machen. Sie war die Chefredakteurin von *Mo Vay Goo*, einer der monatlichen Publikationen an der Schule. Ich hatte vor etwa zehn Minuten eine Ausgabe aus dem Papierkorb im Flur geborgen.

Mo Vay Goo spielte mit dem französischen »mauvais goût«, was »schlechter Geschmack« bedeutete. Es war ein kleines Heft voll existentialistischer Meinungsartikel und wütender Tiraden gegen die da oben. Ich hatte erwartet, dass es kindisch und irgendwie dumm sei, aber es war in Wirklichkeit ziemlich gut. Außerdem war ich kein Fan davon, in der Mittagspause allein rumzusitzen.

»Ja, ich bin die Herausgeberin«, sagte Marnie. »Warum?«

»Ich würd gern was dazu beitragen«, sagte ich. »Ich schreibe Gedichte.«

Adam Lopez zog die Nase hoch. »Schätzchen, wir sind eine *ernstzunehmende* Zeitschrift.«

»Ich schreib keinen sentimentalen Scheiß.« Ich wandte mich Marnie zu. »Wenn du erst was lesen willst, gern.«

Adam sah aus, als wollte er protestieren, aber Marnie betrachtete mich und die Haare, die vor meiner linken Gesichtshälfte hingen. Sie klopfte sich mit einem Fingernagel, von dem schwarzer Lack abblätterte, gegen die Zähne. »Neue Inhalte können nie schaden.«

»Woher wollen wir wissen, dass sie sich nicht bei uns einschleichen will, um uns fertigzumachen?«, fragte Adam.

Ich schnaubte. Es war süß, dass die dachten, jemand wäre hinreichend an ihrem Heft interessiert, um ihnen die Party verderben zu wollen. »Seh ich aus, als wär ich undercover für die Cheerleader hier? Ich hab gesagt, ich schreibe Gedichte. Und die sind ziemlich ›schlechter Geschmack‹.«

Marnie verschränkte die Arme. »Das ist cool. Aber wir haben kein Interesse an lila Wolken der Trauer oder dass dein Leben ein dunkles Haus ohne Türen ist.«

»Wir wollen Kunst«, sagte Adam. »Keine nachgemachten Nick-Cave-Texte.«

Das war ermutigend. Vielleicht war *Mo Vay Goo* tatsächlich was für mich. Ich sah mich am Tisch um. Sechs weitere Kids in Schwarz mit gezackten Haarschnitten und teils bunten Strähnen starrten mich an. Meine Leute. Wären sie jedenfalls, sobald ich mich in ihren Kreis einführte. *Tu's einfach*, dachte ich. *Als würdest du ein Pflaster abreißen.*

Ich setzte mich gerade hin und hob die Haare hoch, die die Hälfte meines Gesichts verdeckten. Ich spürte kühle Luft auf meiner Wange und fühlte mich nackt. Entblößt. Mein linkes Auge blinzelte wegen der plötzlichen Helligkeit. Der ganze Tisch bekam für drei unerträgliche Sekunden einen guten Blick drauf, dann ließ ich den Vorhang wieder runter.

Adam pfiff leise durch die Zähne. »Gott. Was ist passiert?«

»Autounfall«, sagte ich. »Ich war dreizehn. Meine Mutter ist dabei umgekommen, ich hab dieses schöne Souvenir behalten. Ich rede nicht drüber. Ich schreib Gedichte.« Ich sah zu Marnie. »Keinen sentimentalen Scheiß.«

»Klar.« Sie nickte, guckte mit geweiteten Augen zu meiner Gesichtshälfte mit der Narbe, die jetzt nicht mehr zu sehen war. »Kein sentimentaler Scheiß.«

Ich war drin. Pack einfach 'ne Tragödie drauf, und schon hast du Freunde.

An dem Abend aß ich mein Abendessen im Schneidersitz auf einem der alten Liegesessel, die vor dem Fernseher standen. Gerry saß in dem anderen und guckte Baseball mit einem KFC-Bucket auf dem Schoß. Er hatte mir etwas angeboten – und war so seinen Vormundspflichten für den Abend nachgekommen –, aber ich war kein Fan von dem fettigen Kram. Für mich nur die besten Ramen-Nudeln voller Bisphenol A und eine Diet Coke.

»Ich hab demnächst eine längere Tour«, sagte Gerry, ohne den Blick auch nur eine Sekunde von der Glotze zu lösen. »Anderthalb Wochen. Vielleicht zwei.«

»Okay.«

»Du kriegst das hin?«

»Klar.«

Als hätte ich eine Wahl.

An diesem Abend stand ich vor dem Spiegel meines Badezimmers und band mir die Haare zurück. In dem scheußlichen Neonlicht setzte die Narbe sich glänzend ab. Eine gezackte Naht, die unter meinem linken Auge anfing und sich in einer ungeraden Linie bis zu meinem Kiefer hinunterzog. Ein strahlend weißer Blitz.

Ich hatte in der Schule erzählt, dass es ein Autounfall gewesen sei, und sie hatten es mir abgekauft. Und warum auch nicht? Ich hatte ihnen keinen Grund gegeben, daran zu zweifeln. Und »Autounfall« war so viel menschlicher, als ihnen die Wahrheit zu sagen: dass ich eine sieben Zentimeter lange Schraube genommen und mir die Verletzung selbst beigebracht hatte. Damit mein Onkel aufhörte, drei Mal in der Woche nachts zu mir zu kommen.

Jasper hatte gesagt, ich sollte es nicht weitersagen – niemandem –, also hatte ich es stattdessen gezeigt.

Ein schrecklicher Fehler. Es hatte Jasper aufgehalten, aber meine Mutter umgebracht. Ich hatte mir mit dieser Schraube die Wange aufgeschlitzt, aber ich hätte meiner Mom damit auch gleich die Pulsadern aufschneiden können. Sie warf nur einen Blick auf die blutige Wunde auf meiner Wange, hörte, warum ich sie mir zugefügt hatte, und drehte durch. Sie war ohnehin psychisch nicht so stabil gewesen. Drei Tage hielt sie durch, heulte und schrie hinter der geschlossenen Schlafzimmertür, bis mein Onkel Jasper ins Gefängnis verfrachtet wurde. Dann checkte meine Mutter aus.

Ich rieb die Narbe mit Cold Cream ein, so wie früher mit allen möglichen narbenreduzierenden oder Hautfehler abschwächenden Cremes, die in nächtlichen Dauerwerbesendungen verscheuert wurden. Nichts half, und solange ich nicht im Lotto gewann und mir eine Schönheits-OP leisten könnte, würde auch nichts helfen. Ich hatte gründliche Arbeit geleistet, als ich mein Gesicht verschandelt hatte. Meine Mutter kaputt gemacht hatte. Und mein Leben ruiniert. Alles auf einmal.

Hässliche Gedanken und Erinnerungen. Sie kamen immer hoch, wenn ich die Narbe jemandem zeigte. Eine Folgeerscheinung oder PTBS oder so was. Nachdem ich mir das Gesicht gewaschen und die Zähne geputzt hatte, zitterten meine Hände.

Ich legte mich aufs Bett und tat so, als würde ich irgendwo weit weg auf einem See treiben, das Wasser, das friedlich wie Eis war, von schönen, zerklüfteten Bergen umgeben. Es funktionierte; meine schwarzen und blutigen Gedanken trieben auseinander wie Öl auf Wasser und nahmen mich mit in den Schlaf.

Kurz bevor ich weg war, dachte ich an Evan Salinger.

Wir waren wieder in Politik und Gesellschaft, und er machte wieder diese Sache, die sich anfühlte, als würde ein warmer Lichtstrahl auf mich fallen. Ich wollte ihm schon sagen, dass er aufhören sollte, aber er wandte sich mir zu und sah mich direkt mit diesen himmelblauen Augen an. Mir stockte der Atem, und plötzlich wollte ich, dass er mich mit diesem warmherzigen, klaren Blick betrachtete.

Er lächelte mich an, als wäre ich nicht hässlich und aufgeschlitzt und von meinem Arschloch von Onkel benutzt worden.

»Gute Nacht, Jo.«

Ich wollte auch gute Nacht sagen, aber ich war schon in den Schlaf geglitten.

Er ist umgeben von Mauern aus Stein, Mauern aus Schuld. Sie ist gekommen, um sie mit der Kraft der Liebe einzureissen.

Mia Sheridan
THE LOVE THAT
LIES WITHIN
Aus dem amerikanischen
Englisch von
Barbara Först
432 Seiten
ISBN 978-3-7363-1665-2

Als Clara von der Windisle-Plantage am Stadtrand von New Orleans hört, ist sie sofort fasziniert. Sie stellt schnell fest, dass das alte Anwesen nicht so verlassen ist, wie alle denken. Jenseits der Mauer hört sie die Stimme eines Mannes. Sie gehört Jonah Chamberlain, der sich nach Windisle zurückgezogen hat und sein von Narben entstelltes Gesicht vor der Welt versteckt. Vom ersten Moment an spürt Clara eine tiefe Bindung zu ihm. Doch kann sie Jonah überzeugen, dass er ihre Liebe verdient hat?

»Mia Sheridan nimmt uns mit an einen Ort, wo ein Funken Hoffnung seinen Weg selbst durch einen winzigen Spalt in einer alten Mauer findet.« NATASHA IS A BOOK JUNKIE

LYX